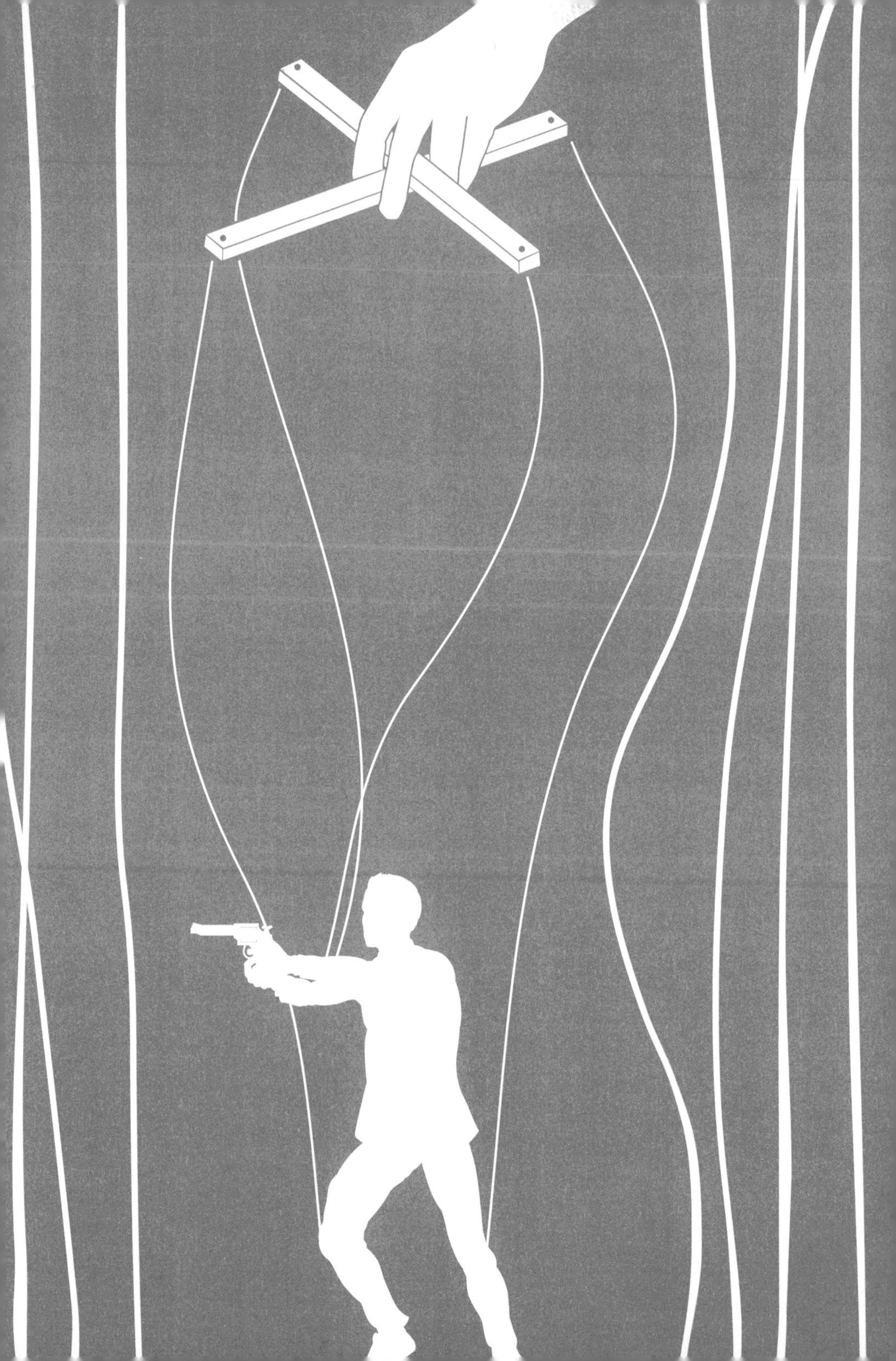

NORDIC CRIME FICTION

復仇女神的懲罰

尤・奈斯博

韓宜辰 譯

Sorgenfri

Jo Nesbø

《復仇女神的懲罰》媒體好評

情節深具層次且複雜，夾雜大量心理驚悚，超越了《知更鳥的賭注》的成功……奈斯博完成了令人難以置信的成就，探索了哈利這位主角的內心世界，其透徹、有說服力的寫作方式讓人聯想起露絲．藍黛兒；其錯綜複雜的情節鋪陳又跟大衛．休森一樣靈動。有一點毫無疑問：奈斯博絕對在每一位犯罪小說迷的必看名單中。——《書單》

奈斯博又推出一本暢銷神祕驚悚小說，層次豐富、情節精采、節奏快速，讓讀者手不釋卷。本書與《知更鳥的賭注》中的事件息息相關，是本精彩的續集……熱愛斯堪地那維亞犯罪故事的讀者非看不可。——《圖書館期刊》

高度密集的行動織進了連環套盒中，每打開一個，就揭開一個錯誤的破案關鍵，最後才是精彩又有原創性的結尾轉折。——《科克斯評論》

（一齣）鋪陳美麗的搶劫戲劇……，奈斯博打造出豐富的犯罪傳奇，讓美國讀者為了想看下一集而鼓譟。——《出版人週刊》

奈斯博說故事的技巧無與倫比。《復仇女神的懲罰》是犯罪小說，是藝術，亦是精彩娛樂。——《今日美國報》

高度緊繃、快如閃電的步調，一位有缺點卻富同情心的主角：《復仇女神的懲罰》裡面都有了。——《書頁》

如果這是你的第一本哈利．霍勒小說，那很可能你再也不會錯過另一本……精心寫就的複雜故事，即便是本厚書，也讓人讀來絲毫不感疲倦。如果你喜歡犯罪小說，看哈利．霍勒準沒錯。——《亞利桑那共和報》

在一個完美的世界，尤．奈斯博的精彩挪威文犯罪小說會以一種全球通用的語言寫成，沒有漫長的翻譯期，沒有等待，讀者每年會有一場閱讀盛宴……無論你看的是哪種語言，踏上尤．奈斯博的犯罪巡邏車，看看這世界為什麼喜歡哈利．霍勒吧！——《麥迪遜郡信使報》

電影般的情節一路美妙迴旋至結尾，其間的轉折比冰冷的挪威障礙滑雪賽軌道更多、速度更快。——《紐奧良時代瑣聞報》

《復仇女神的懲罰》一開始的震撼驚喜貫串了整本書……書裡充滿極為有趣又複雜的角色，每翻過一頁，讀者就更受故事吸引。——《美洲紀事報》

在複雜、充滿種族氣氛的現代挪威當中，尤．奈斯博讓哈利活了起來，成為一長串精彩黑色犯罪小說警探的接班人。——《聖地牙哥聯邦論壇報》

有說服力、複雜、令人激動。——《西雅圖日報》

超讚的小說。情節錯綜複雜、扣人心弦……有種優雅的純粹。如今斯堪地那維亞的犯罪小說不乏譯作，但奈斯博自成一格。太棒了！——英國《標準晚報》

奈斯博的《復仇女神的懲罰》，布局縝密且全面，讀來卻具有不可思議的靈巧。這個復仇故事背景裡隱微出現美軍轟炸阿富汗的現實背景，有著大量的轉折，也有足夠的人性為支撐。大師之作！——英國《Time Out》雜誌

針鋒相對的警察較量和完美的節奏感，構成了這部優秀之作，這也是任何驚悚作家的目標。——英國《金融時報》

奈斯博擅長操弄語言，在小說裡創造有趣的人物。——德國《慕尼黑水星報》

令人難忘的犯罪小說。《復仇女神的懲罰》展現了作者優秀的才華以及出色的節奏感。——挪威《達沙日報》

《復仇女神的懲罰》是奈斯博最佳的犯罪作品。——Kurt Hanssen，挪威《每日新聞報》

從各方面來看，奈斯博是歐洲最有原創性的犯罪作家之一，他有種老派卻現代的實驗筆法，讓他的犯罪小說既有創意又吸引人。——丹麥《政治日報》

處處讓人料想不到，一本讓人毛骨悚然的犯罪小說就該如此。……一部優秀的犯罪小說，高明的情節安排，讓你欲罷不能。——瑞典《維斯特維克報》

這部小說的情節更為複雜，奈斯博讓故事線索個別進展，再加入許多有意思的人物。——瑞典《工商日報》

現實、無奈、於事無補，但卻似乎非做不可

我知道你是個好人，但你明白我為什麼要殺掉你。你懂吧？

——《復仇》

臥斧（文字工作者）

哈佛大學有門極受歡迎的課程，講的主題是「正義」。

主持這堂課程的教授是邁可．桑德爾，他在課堂上以日常事例及新聞內容為題材，有技巧地將學生引入討論當中，並利用學生反應出來的不同看法，帶進各個世代哲學家們對於「道德」與「正義」的描述。這樣的過程，不但貼近生活、活潑有趣，同時也讓聽者發覺：從身旁日常瑣事到國家的政治議題，其實都會與某些本質的價值觀念有關，民主社會需要的正義，並不是挖醜聞扒隱私的狗仔行為所能提供的，而是需要理性地陳述自我觀點，同時多方面、開闊的反覆思考與集體討論。

因為這門課太有名了，課程內容後來不但被製成電視節目，也被集結成書。

這本名為《正義：一場思辨之旅》的文字作品在二〇〇九年出版，兩年後，本地書市出版了繁體中文譯本，同樣引發了不少的討論。書中明白指出，要做「對的事」來達成「正義」，約莫有三個考量方向：一是可以增進福祉、二是能夠尊重自由，三是以此提升美德。這聽起來似乎理所當然到不可思議，但在哲學及政治領域當中，「正義」該是怎麼回事，長久以來不但發展出各類學說，當中的相互辯論，也從沒停過；桑德爾在這本書裡分段介紹了思想歷程中各種正義論點，深入淺出，最後再提出自己的觀點。

相關的論辯，有時會從哲學或社會學的領域，進入神學的範疇。

舉個明顯的例子：大多數人認為「謀殺」是錯的，應當受到懲罰，但為什麼「謀殺」不是「對的事」，所以是違背「正義」的呢？幾派學說當中，有一派主張：包括「正義」在內的所有道德規範，都來自於神（可能是一個，也可能是很多個）的命令，是無庸置疑的權威標準。如此觀點，自然難以讓所有人的認同；有趣的是，倘若回頭看看西方將神話形象拿來當成「正義」象徵的這件事，都會發覺箇中其實有好幾回的扭曲。

大多數西方人熟知的正義象徵，是一位女神。

倘若西方電影中出現法院或者法學院場景，這位女神的塑像就可能出現在場景當中；大多數的狀況下，她的形象為一隻手舉著天平，另一隻手拄著一柄劍，雙眼被布條或眼罩矇住。天平代表公正的審判、劍代表制裁的力量，被縛住的雙眼，則代表她在進行裁決的時候，將無視容貌、家世、權力等等因素。這個形象的描述從古羅馬時代開始，但事實上，這是羅馬人將兩位希臘神祇混合之後，得到的一個綜合形象。

羅馬人使用的神祇原型之一，名叫賈絲媞莎。

在早期的希臘神話中，賈絲媞莎與另一位名為迪柯的女神擁有類似的特徵及意義，後來這兩位神祇的形象被混合為一，加上不同神話故事裡對她們的出身做了不同的描述，使得後來很難分得清楚原初到底是怎麼回事，能夠確知的，是賈絲媞莎（或迪柯）隨身帶著天平，本身即為公平正義的象徵；她後來因為人類世界的紀律敗壞，所以返回天界，成為黃道十二宮中的處女座，她的隨身天平，則成為天秤座。

而羅馬人加進的第二個神祇原型，則是納米希斯。

與賈絲媞莎類似，納米希斯的出身也有多種說法及混用；在希臘，她原來代表對罪行的報復及對驕誇的懲戒，羅馬人則讓她駕著由神話怪獸獅鷲拉的戰車，拿著代表量測審度的測量杖或者天秤，以及懲罰惡者的劍，好讓她執著地追索邪惡，並且對惡者降下應得的報應。因為納米希斯與賈絲媞莎都擁有能夠公正審理的度量工具，是故兩者的形象逐漸合而為一，今日大家所熟悉的正義女神樣貌，於是成型。

代表復仇的納米希斯成為「正義」的一部分，別具意義。

賈絲媞莎所代表的「正義」，其實是一種對於「公平」的想像，認為所謂「對的事」，就是基於某種標準（可能是主事者的價值觀、當事人的美德，或者是被分配之物事的本質意義等等），做出最公正的分配，也就是偏重在所謂的「分配正義」部分；而納米希斯的劍則指出另一個方向，亦即「應報正義」的討論範圍：對於做出惡行的人，應當做出什麼反應，才算是「對的事」？

是的。正義女神的劍昭示：「復仇」，也是「正義」的一部分。

法治社會自然不鼓勵私下報仇的行為，但事實上，這個概念卻很容易得到認同——這種情況，在許多創作品當中可以發現：某些時候，它會呈現一種浪漫爽快的質地，像是好萊塢電影常以壞蛋身亡的橋段做結，讓整齣戲都飽受折磨的好人主角出口怨氣；某些時候，它則會呈現一種情有可原的沉痛，在古典推理小說裡頭，如果策畫出整宗罪行的凶手其實背負著「必須為某某復仇」的因由，那些以解決詭計為樂的古典神探們，就常會做出不再追究的決定。

不過，在這個故事的伊始，還嗅聞不到什麼「復仇」的味道。

映入眼簾的場景是個銀行大廳，裡頭有在櫃檯前辦事的老人、在等候區陪著孩子的母親、邊數著鈔票邊朝外走去的男孩，處理著各式業務的作業員……這是個日常的銀行午后樣貌，警探哈利．霍勒默默注視著每處細節、觀察著每個人物，因為他知道，時間一到，有名男子會走進其中，如此日常景況，便會忽然出現扭轉。

《復仇女神的懲罰》，故事開始。

哈利奉命與負責搶劫案件、好大喜功又自以為是的搶案組長官合作，長官看他不順眼，哈利對長官也沒好臉色；與此同時，多年前曾經與哈利有過一段戀曲的舊情人出現，對哈利頻頻示好，哈利的戀人這時遠在莫斯科，正在與勢力龐大的前夫打官司爭取兒子的監護權，新情舊愛，搞得哈利心煩意亂。某日他迷迷糊糊醒來，發現自己前晚似乎醉得一塌糊塗，還沒清醒時便接到一通電話，要他前往一個命案現場，待他趕到，才發覺事情不大對頭……

搶案、發生在搶案中的謀殺，以及這宗疑似自殺的案件，開始在哈利的生活裡相互糾纏。

以哈利．霍勒為主角的系列小說揚名北歐文壇的，是來自挪威、從搖滾樂手轉而成為作家的尤．奈斯博；哈利出場的前兩部作品，場景都在遙遠的異國——第一本的故事發生在澳洲的雪梨，第二本則在泰國的曼谷——但讓他在國際書市大鳴大放的，則是接下來三個場景回到挪威首府奧斯陸的故事：《知更鳥的賭注》、本書《復仇女神的懲罰》，以及繁體中文本將在往後幾個月內面世的《魔鬼的法則》。這三部作品的主要故事各自獨立，其中還有另一條從《知更鳥的賭注》便埋下的支線，貫串三書，要到《魔鬼的法則》才會真正做出了結。

就目前已經出版的兩部作品來說，這個系列的故事，有幾個令人激賞的特點。

一是奈斯博描繪哈利性格及處事態度的手法細膩具體，甚少直接使用形容情緒的字眼來勾劃主角及各個角色之間的關係，而是以大量具體的互動情境來建構所有角色之間的相互聯合或彼此抗衡；這種方式雖然不算獨創，但在奈斯博的巧妙安排下卻呈現了極有趣的厚度——《知更鳥的賭注》中，奈斯博利用一個簡單的裝置，讓哈利訴說對亡友的思念，日常敘述中埋著深刻動人的想念；《復仇女神的懲罰》裡，長官與挪威頂尖銀行搶匪洛斯可之間的簡短對談，每個動作細節都藏著某種預謀。

在角色細節著力的同時，奈斯博並沒有犧牲故事情節。

相較於時間跨度宏大的《知更鳥的賭注》，《復仇女神的懲罰》在較短的時間裡頭塞進了多宗案件，有的彼此看似相關，卻隱隱透著不同，有的毫無關聯，卻在某些層面上頭意義相通；沒有出現什麼密室機關，但其糾纏複雜的程度，與以詭計謎題為主體的古典推理作品不相上下。

更精采的是，這些層層疊疊的案件，最後幾乎都可以收攏歸類在全書主題當中。

在推理作品中，扮演偵探角色的人物，大多以局外人的角度介入偵查；但在冷硬派推理及犯罪小說裡，偵探角色可能會與主要案件相關的人物在產生交集後，不知不覺成為案件的一部分——這種狀況倘若處理得宜，會增加許多情感與利害衝突，如果處理失當，便會顯得做作刻意。在《復仇女神的懲罰》中，奈斯博使用了某種聰明的安排，讓與哈利自身相關的案件與主要案件脫勾，看起來作用似乎只在讓這個主角因而心神不寧、焦頭爛額；但其實這起案件與主要案件有某些非實質的關聯，待到水落石出時，才會發覺，這一切的源頭，都會扣回書名題旨，即「復仇」二字上頭。

「復仇有益健康。」——在電影《原罪犯》（*Old Boy*）中，有這麼一句台詞。

《原罪犯》是韓國導演朴贊郁二〇〇三年的作品，本片與朴贊郁二〇〇二年的《復仇》以及二〇〇五年的《親切的金子》，常被合稱為《復仇三部曲》；這三個故事各自獨立，主題都與「復仇」相關。這三部作品中的最末一部《親切的金子》，敘述方式比較平直，並且將「復仇」這種行為，由個人行動拉抬成群體制裁，雖然仍在法律的容許範圍之外，但卻最接近前述的「正義」樣貌。而第二部《原罪犯》的剪輯節奏最特別，劇中的「加害者／復仇者」關係在故事的行進間出現奇妙的翻轉，其中一個角色，於是說了這句對白——復仇不會改變受害者已經被傷害的事實，但是，或許它可以提供某種聊勝於無的療癒作用。

但，復仇並不保證可以獲得救贖；很多時候，它只是一種不得不為而已。

而在這兩部作品之前問世的《復仇》，講的便是一種無奈的現實：一個在現實當中一再受挫的普通人，在走投無路的情況下，做了一樁本來應該不會傷害任何人的計劃，不料一個小小環節出了差錯，自己成了加害者，也成了別人意欲復仇的對象。縱使加害者明明也是個對現實無能為力的受害者，縱使復仇者知道自己的行動無法改變什麼，但在被不可抗拒的命運打得東倒西歪時，復仇，或許是渺小人類能做的唯一反擊。

現實、無奈、於事無補，但卻似乎非做不可。

讀罷《復仇女神的懲罰》，不難發現：隱在糾葛案件底下的，其實是這樣一個蒼白淒涼的概念。無論是發生在過去的某宗難解事件，亦或是發生在故事行進間的那些複雜難解罪案，都有這樣充滿人生苦味的核心；為了親情，為了愛情，為了解脫，為了憎恨，明明知道自己是在面對無邊的虛無吶喊，不會有任何諒解的回應，卻還是盡力吼了出來。

或許這是正義的某個面向。但更多時候，復仇者想的，只是基本的愛憎嗔痴。

在《復仇女神的懲罰》結尾，奈斯博描繪了一個溫暖、團聚的時刻，有些憧憬似乎將朝美麗的方向發展，有些美好被盡力保留下來；但在和樂之中，哈利站在窗邊、眺望雪景，隱隱覺得，有什麼變得不同了。此情此景雜揉著溫馨與緊張，正是對人生的描寫——

命運的試煉不會停止，但較之復仇，應該還有更多值得活著的理由。

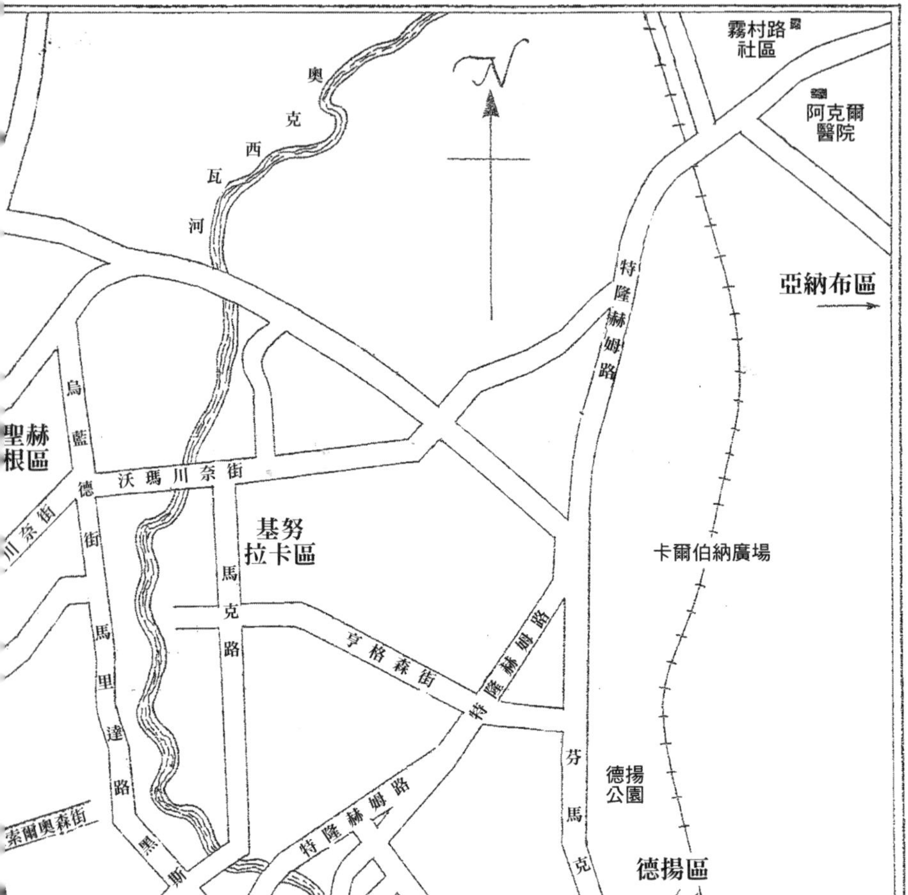

Oslo City Center Map © Reginald Piggott

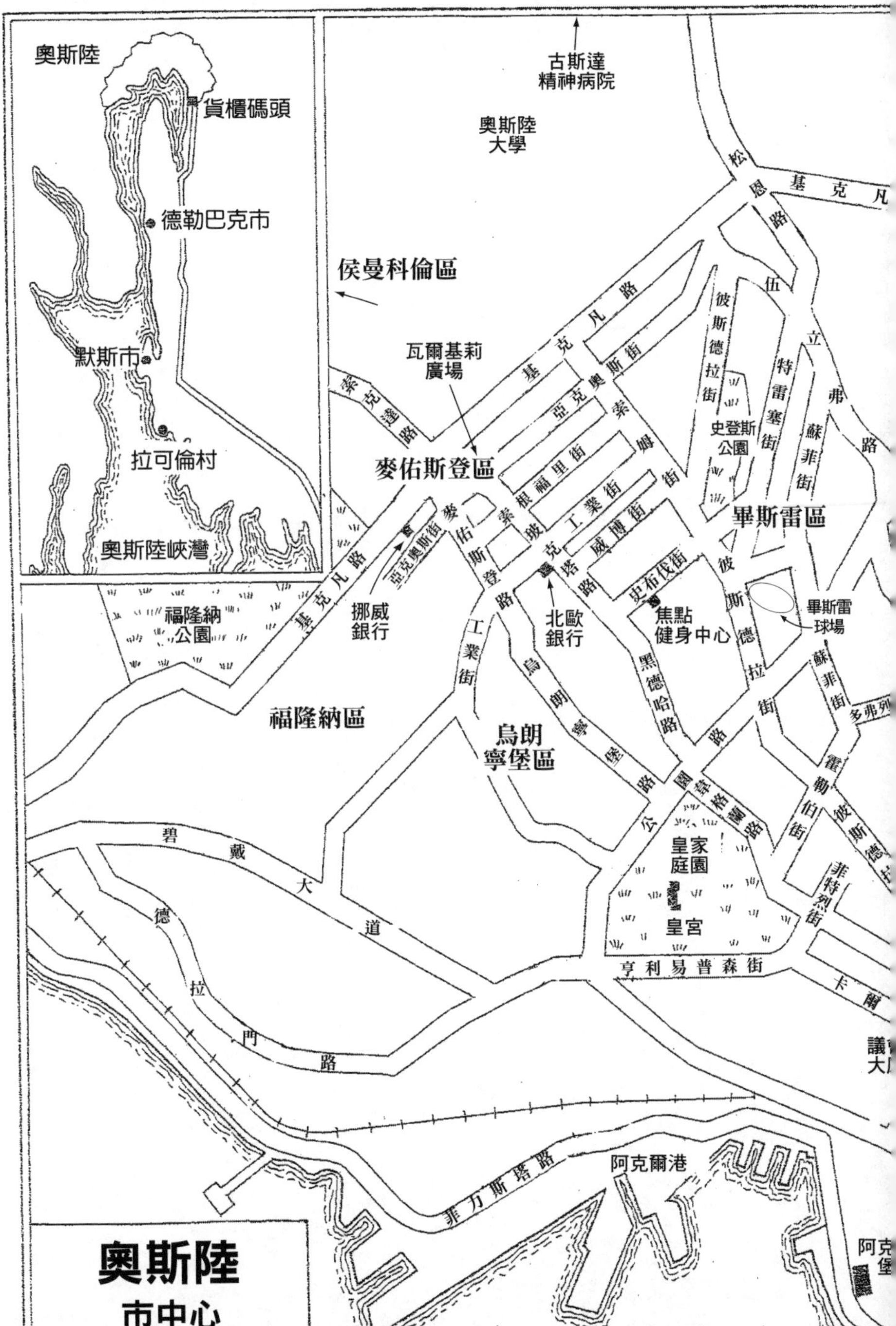
奧斯陸
貨櫃碼頭
德勒巴克市
默斯市
拉可倫村
奧斯陸峽灣
古斯達
精神病院
奧斯陸
大學
松恩路
基克凡
侯曼科倫區
伍立弗路
基克凡路
瓦爾基莉
廣場
索克達路
亞克奧斯街
彼斯德拉街
特雷塞街
史登斯
公園
蘇菲街
索姆街
麥佑斯登區
工業街
威博街
畢斯雷區
史布伐街
焦點
健身中心
畢斯雷
球場
挪威
銀行
北歐
銀行
麥佑斯登路
福隆納
公園
福隆納區
烏朗
寧堡區
烏朗寧堡路
黑德哈路
彼斯德拉街
多弗列
霍勒伯街
菲特列街
皇家
庭園
皇宮
亨利易普森街
卡爾
碧戴大道
德拉門路
阿克爾港
菲力斯塔路
奧斯陸
市中心

第一部

1 計畫

我就快死了。實在沒道理。計畫不是這樣的，至少我的計畫不是這樣。或許我一直不自覺地朝這個方向前進，但這不是我的計畫。我的計畫更好，我的計畫有道理。

我看著槍口，心裡很清楚事情是怎麼開始的。死亡的使者。那個船伕。最後一笑的時刻到了。如果你能看到隧道盡頭的光，那可能是噴出的火焰。最後落淚的時刻到了。我們本來可以度過美好人生的，只要照計畫行事就好。最後的念頭。大家都問人生有何意義，卻沒人問死亡有何意義。

2 太空人

那老人讓哈利想起太空人。滑稽的小步伐、僵硬的動作、一雙死氣沉沉的黑眼珠，和匆匆踩過木頭地板的鞋。好像唯恐一跟地面失去接觸，就會飄進太空。

哈利看了看懸掛在出口白牆上方的時鐘，下午三點十六分。窗外，玻克塔路上滿是行色匆匆的週五人潮；低懸著的十月太陽，映照在尖峰時間往來車輛的兩側後視鏡中。

哈利專心看著那個老人。亟需清洗的帽子和典雅的灰色外套，外套下是花呢夾克、領帶和穿舊的灰色長褲，長褲上有一道又直又挺的摺痕；腳下的鞋擦得光亮，鞋跟處有著磨損。這樣的退休人士在麥佑斯登區似乎多得是。這並非猜測，哈利知道奧古斯特．薛爾茲現年八十一歲，之前是服飾零售商，除了戰時有段時間在奧許維茲集中營待過一陣子，這輩子都住在麥佑斯登區。他每天都走過鈴環街的陸橋去探望女兒，僵硬的膝蓋就是在橋上摔過一跤的結果。他的手臂在手肘處彎成直角，伸向前方，更給人一種機械人偶的感覺。他的棕色拐杖吊在右前臂上，左手抓了張銀行支票，準備拿給二號櫃檯後方的短髮年輕人。哈利看不見銀行行員的臉，但他知道那人凝視著老人的臉上，露出混合同情和不耐的表情。

三點十七分，終於輪到薛爾茲了。

絲汀．葛瑞特坐在三號櫃檯後方，她剛從一個頭戴藍色毛帽的男孩手裡接過一張匯票，正替男孩數出七百三十挪威克朗。每把一張鈔票放上櫃檯，她左手無名指上的鑽石就閃一次光。

哈利看不到，但他知道三號櫃檯前方有個推著嬰兒車的女人，女人前後搖著嬰兒車，大概是想讓自己分心吧，因為嬰兒已經睡著了。女人等著布萊恩女士替她服務。布萊恩女士正大聲對電話那頭的男人解釋，他不能從別人的帳戶拿錢，除非該帳戶持有人簽了同意合約。她也說，在銀行上班的又不是他，因此討論或許該結束了。

這時門開了，兩個男人大步走進銀行。一個是高個子，另一個比較矮，都穿著同樣的工作服。絲汀抬頭。哈利看了看錶，開始計時。男人衝向絲汀所在的櫃檯，高個子走路的模樣像是腳下有水坑；矮個子則步履輕快，彷彿身上容納不了過度發達的肌肉。戴藍帽子的男孩緩緩轉身，開始朝出口走，一面專心地數錢，完全沒看到那兩個男人。

「哈囉。」高個子的男人對絲汀說，把一個黑箱子重重放在櫃檯上。矮個子推了推鼻梁上的反光墨鏡，上前將另一個一模一樣的箱子放在旁邊。「錢！」他尖著嗓子。「開門！」

就像按下了暫停鍵：銀行裡的一切動作都凍結了，只有窗外的車流透露出時間並未停止，還有時鐘的秒針顯示已經過了十秒。絲汀按下桌子下方的按鈕。一陣電子嗡嗡聲響起，矮個子男人用膝蓋把櫃檯門頂在牆上。

「鑰匙在誰那裡？」他問。「動作快，我們時間不多！」

「赫格！」絲汀回頭喊。

「什麼事？」聲音從銀行內唯一一間辦公室敞開的門內傳來。

「赫格，我們有客人！」

一個戴眼鏡、打著領結的男人出現。

「赫格，這兩位男士要你打開提款機。」絲汀說。

赫格．克萊門森眼神空洞地望著穿工作服的兩個男人。男人現在跟他在櫃檯的同一邊。高的那個緊張地瞥了大門一眼，矮的那個緊盯著這位分行經理。

「噢，對，當然。」赫格倒抽了口氣，好像剛想起錯過了一個約似的，又發出一陣宏亮的狂笑。

哈利一動也不動，只把這些人每個細微的行動和姿勢盡收眼底。他繼續看著門上的時鐘，但眼角仍能看見那位分行經理從裡面打開提款機，取出兩個長形金屬盒，遞給兩個男人。整個過程都在靜默中以極快的速度進行。五十秒。

「老兄，這些給你！」矮個子從他的箱子裡拿出兩個模樣差不多的金屬盒交給赫格。分行經理嚥了口口水，點點頭，拿起盒子放進提款機內。

「週末愉快！」矮個子說著挺直背脊，抓起箱子。一分半鐘。

「等一下。」赫格說。

矮個子的身體一僵。

哈利吸著兩頰，想讓自己專心。

「收據……」赫格說。

兩個男人瞪著這位矮小的灰髮分行經理好一會兒，然後矮個子開始大笑。聲音大且尖，帶著刺耳又歇斯底里的意味。「你真以為我們會沒簽名就走人哦？交出兩百萬卻沒收據！」

「唔，」赫格說，「你們其中一個上個禮拜就差點忘記啊。」

「最近送貨部好多新人。」矮個子說。他跟赫格分別在黃色和粉紅色的表格上簽名，然後交換表格。

哈利等到大門再度關上，才又看了看時鐘。兩分鐘又十秒。

透過門上的玻璃，他看見白色的北歐銀行保全車駛離。

銀行裡的人繼續交談。哈利不需要數，但他還是數了。七個人。三個在櫃檯後，四個在櫃檯前，包括那個嬰兒和一個剛進門的男人，男人穿工作服，站在房間中央的桌旁，正在支票收執聯上寫帳號。哈利知道是寫給陽光旅行社。

「午安。」薛爾茲說，開始朝大門的方向移動。

時間是三點二十一分十秒整。從這時起，一切都變了。

門開的時候，哈利看到絲汀從文件中抬起頭，又低下去。然後她又抬頭，這一次速度慢了些。哈利的注意力移到大門。進來的那個男人已經拉下連身衣的拉鍊，抽出一把黑色和橄欖綠相間的AG3自動步槍。一頂海軍藍的騎士頭罩完全遮住了他的臉，只露出眼睛。哈利從零開始數。

騎士頭罩的嘴巴部位開始動，像個大腳怪玩偶：「不准動，搶劫！」

他並沒有提高音量，但在小且密閉的銀行大樓中，這句話就像擊發了一門大砲。哈利仔細打量著絲汀。在遙遠的車聲當中，他聽到男人扳動扳機，上了油的金屬發出一聲流暢的喀噠響。絲汀的左肩垮了下來，不細看還不會發現。

勇敢的女孩，哈利想。也或許她只是嚇壞了。奧斯陸警察大學的心理學講師奧納曾經告訴他們，人如果害怕到了一個程度，會停止思考，以之前設定好的模式行動。奧納說，多數銀行員工會在驚嚇中按下無聲的搶劫警鈴。他也引述搶劫後的訊問簡報，表示很多人事後都不記得自己到底按過警鈴了沒。他們都進入了「自動導航」模式。奧納說，銀行搶匪也一樣，預先設定要對任何阻止他行動的人開槍。銀行搶匪愈害怕，別人讓他改變心意的機會就愈渺茫。哈利全身緊繃，盯著銀行搶匪的眼睛。藍色的。

搶匪解開一口黑色旅行袋，丟過櫃檯上方。黑衣男走了六步到櫃檯門口，手往門上一撐，雙腿越過門，站到絲汀的正後方。絲汀仍然坐著，表情空洞。很好，哈利心想。她熟知自己的直覺，她不想盯著搶匪看，免得激起對方的反應。

她還沒出現驚慌的反應，但哈利看出絲汀的胸口在起伏，她的白上衣變緊了，衣服下面的纖弱胸腔似乎掙扎著要吸氣。十五秒。

她清了清喉嚨。一次、兩次，總算讓聲帶發出聲音：

「赫格。提款機鑰匙。」即使三分鐘前才說過類似的話，但此刻絲汀的嗓音低沉沙啞得像是另一個人。

哈利看不到他，但他知道赫格已經聽到搶匪的說話聲，而且已經站在辦公室門口了。

「快點，不然……」她的聲音幾乎細不可聞。在一陣沉滯的停頓中，整個銀行只有薛爾茲的鞋底在木板地上拖曳的聲音，像兩把刷子反覆地慢速擦過鼓面。

「……他會開槍殺我。」

哈利看著窗外。外面通常會有一輛沒熄火的車，但他卻沒看見。只有經過的汽車和行人的模糊影子。

「赫格……」她的聲音在乞求。

快啊，赫格，哈利暗暗催促。他對這位老銀行經理略知一二，他知道他家裡有兩隻純種貴賓狗、還有妻子和最近被男友搞大肚子然後拋棄的女兒。他們已經打包好，準備等赫格一回家，就開車去山上的小木屋。此時此刻的赫格覺得自己沉在水裡，像身處在慢動作的夢境中，不管多麼想要加快速度都沒有用。然後他進入了哈利的視野。銀行搶匪抓住絲汀的頭髮一扯，站到她後方，自己則面對赫格。赫格像個必須餵馬卻又怕得要命的孩子，站得老遠，整條手臂伸得直直的，手裡抓著一串鑰匙。面罩男在絲汀耳邊低聲說了句什麼，把步槍對準赫格。赫格踉蹌地退了兩步。

絲汀清了清喉嚨：「他說，打開提款機，把錢放進這個黑色旅行袋。」

赫格茫然地瞪著對準他的步槍。

「你有二十五秒，之後他就會開槍。對象不是你，而是我。」

赫格張開嘴又閉上，好像想說什麼。

「快點，赫格。」絲汀說。

搶劫從開始到現在過了三十秒，薛爾茲已經快走到大門了。分行經理在提款機前跪下，看著那串鑰匙。鑰匙共有四把。

「還有二十秒。」絲汀的聲音響起。

麥佑斯登區警局，哈利想著。巡邏車已經出發，相隔八條街，現在是星期五的尖峰時間。

赫格發抖的手指取出一把鑰匙，插進鎖孔，鑰匙插進一半就卡住。他更用力地往裡戳。

「十七秒。」

「可是……」他開口。

「十五秒。」

赫格拔出鑰匙，換了一把再試。插進去了，卻轉不動。

「老天……」

「十三秒。赫格，用貼綠膠帶的那把。」

赫格盯著鑰匙，彷彿他從來沒有看過這串東西。

「十一秒。」

第三把鑰匙插入、轉動了。他拉開門，轉向絲汀和那個男人。

「還有一個鎖要開……」

「九秒！」絲汀喊。

赫格發出一聲嗚咽，手指滑過凹凸不平的鑰匙邊緣，眼前昏花一片。他像盲人摸點字那樣，摸索著鑰匙邊緣，想找出正確的那把。

「七秒。」

哈利仔細聽著，還沒聽見警車鳴笛聲。薛爾茲握住了大門的把手。

一聲金屬喀噠響，鑰匙整串掉到地上。

「五秒。」絲汀低聲說。

大門開了，馬路上的聲響湧進銀行。哈利好像聽到遠方有熟悉的瀕死哀號。那聲音又響了。警車聲，然後大門關上了。

「赫格，兩秒！」

哈利閉上眼，數到二。

「開了！」赫格大叫。他打開第二道鎖，半站著拉扯卡住的錢箱。「等我把錢拿出來就好！我——」

一聲刺耳的尖叫打斷他的話。哈利看著銀行的另一頭，有個女人呆若木雞地站著，望著那個一動也不動、拿槍抵住絲汀脖子的銀行搶匪。絲汀的眼睛眨了兩下，一聲不吭地朝嬰兒車的方向點了點頭，小孩的尖叫聲更響亮了。

第一個錢箱鬆脫時，赫格差點一屁股坐倒在地。他拉過那個黑色旅行袋，在六秒內把錢全丟了進去。赫格按照囑咐拉上袋口的拉鍊，站在櫃檯邊。一切指示都透過絲汀的口，她的聲音現在聽起來驚人地冷靜。一分鐘過三秒。搶劫完成，錢全進了旅行袋。幾分鐘後警車就會抵達，四分鐘內其他警車會擋在銀行四周的脫逃路線外。搶匪全身的細胞一定都在大叫他媽的該走了。然後，發生了一件哈利想不透的事。完全不合理。搶匪不但沒逃跑，還一把扯過絲汀的頭髮，將她轉了半圈、面向自己。哈利瞇起眼睛。他這幾天得去檢查一下視力，但他還是看到了。絲汀被迫望著面前那位看不見臉的施虐者，聽進他對她低聲說的話之後，她臉上呈現出緩慢、漸進的變化：那兩道纖細、修剪整齊的眉毛，在眼睛上方彎成了兩個「S」，眼睛像要跳出頭顱似的瞪得老大；上唇向上扭曲，嘴角下垂成一個慘笑。嬰兒不哭了，這場啼哭來去都很突然。哈利用力吸了口氣。因為他很清楚：這是凍結的畫面，精湛的影像。剎那中的兩個人被鏡頭捕捉，一個對另一個判了死刑。戴面罩的臉與無助的對手之間，有兩隻手寬的距離。死亡使者和他的受害人。槍對準她的喉嚨，一條細鍊懸垂著一個心形金墜子。哈利看不到，但他仍然能感到在她纖細皮膚下跳動著的脈搏。

一陣模糊的聲音響起。哈利豎起耳朵。但那不是警車，而是隔壁房間的電話。

面罩男轉頭，看了看吊在櫃檯後方天花板上的監視錄影機。他舉起一隻手，伸出五根戴著黑手套的手指，握拳，然後伸出食指。六根手指。多用了六秒。他又轉向絲汀，雙手把槍握在腰際，槍口向上指著她的頭，雙腿微微分開好抵抗後座力。電話還在響。一分鐘又十二秒。鑽石戒指在絲汀半舉著的手上閃爍，彷彿在向誰道別。

就在三點二十二分二十二秒時，他扣下扳機。槍聲尖銳又空洞，將絲汀的椅子打得後退，她的頭在脖子上晃著，像個肢體殘破的布娃娃。隨後椅子整個翻倒，絲汀的頭撞上了桌角，發出一聲悶響，消失在哈利的視野中。原本貼在櫃檯上方的玻璃隔板、打著北歐銀行新退休方案的海報，也成了一片血紅。哈利現在只聽到憤怒、不肯妥協的電話鈴響。戴面罩的搶匪拿起旅行袋。哈利得做個決定。

搶匪跳過櫃檯，哈利下定決心。他一個快動作離開椅子，跨出六步，抵達，接起電話：

「有話快說！」

在他話聲剛落的空檔中，他聽到客廳電視上的警車嗚笛聲、附近人家傳來的巴基斯坦流行歌，和走上樓梯井的沉重腳步聲，好像是麥德森太太的。然後電話那頭傳來一聲輕笑，笑聲來自過往的一次邂逅，儘管時間還不算太久，卻讓人覺得遙遠而陌生；就像哈利百分之七十的過去，總是不時地以含糊的謠傳、完全虛構的事實，出現在他的生活裡。不過現在這個是他能夠確認的往事。

「哈利，講話還是這麼有男子氣概啊？」

「安娜？」

「哇塞，哈利，了不起。」

哈利感到一陣甜甜的暖意衝上胃部，幾乎像威士忌，但只是幾乎。他從鏡中看到釘在對面牆上的一張照片，那是年幼的他和妹妹多年前在維斯頓市度暑假時照的。照片裡的兩人都笑著，是那種相信不會有壞事發生在自己身上的孩子笑容。

「哈利，你星期日傍晚都做些什麼？」

「唔，」哈利聽到自己自動模仿起她的聲音：稍嫌低沉、拖著尾音。他不是故意的，至少現在不是。他咳了一聲，改用更中性的音調：「做一般人會做的事。」

「什麼事？」

「看錄影帶。」

3 痛苦之屋

「看過錄影帶了嗎？」

在老舊辦公座椅的嘎吱響中，哈福森警官靠進椅背，看著資歷比他多九年的同事哈利．霍勒警探，天真年輕的臉上滿是不可置信的表情。

「當然。」哈利說，拇指、食指滑下鼻梁，露出充血雙眼下的兩個眼袋。

「看了整個週末？」

「從星期六早上看到星期天傍晚。」

「噢，至少你星期五晚上好好享受過了。」哈福森說。

「的確。」哈利從外套口袋裡拿出藍色檔案夾，放在面對哈福森的桌子上。「我看過筆錄了。」

哈利從另一個口袋拿出一小包灰色的法國殖民地牌咖啡。他和哈福森共用的辦公室位於格蘭區警察總署六樓的紅區，幾乎在走廊盡頭。兩個月前，他們買了一台藍奇里奧義大利濃縮咖啡機，現在這台機器就傲立在檔案櫃上。櫃子上方有張裝框的照片，一個女孩坐在桌前，雙腿翹在桌上，一張雀斑臉看似怪模怪樣，實際上她只是笑得不可開交。背景就是這間掛著照片的辦公室。

「你知不知道每四個警察裡面，就有三個沒辦法正確寫出『沒意思』三個字？」哈利邊說邊把外套掛上衣架。「他們不是漏掉三點水，就是——」

「有意思。」

「你週末做了什麼？」

「星期五，因為有個匿名的瘋子打電話說有汽車炸彈，我把車停在美國大使的公館外，在車裡坐了一整晚。當然只是虛驚一場，但現在情況這麼敏感，我們只得在那邊待著。星期六，我又去找我的真命天女。星期日，我認定她不存在。你從筆錄裡找到什麼跟搶匪有關的資料？」哈福森量好咖啡，放進雙杯份濾網中。

「什麼都沒有。」哈利說。他脫掉毛衣，毛衣下面是件深灰色的襯衫——襯衫以前是黑色的，現在只隱約看得出「暴力妖姬」幾個字。他哼了一聲坐進辦公椅。「沒人報警說搶案發生前在銀行附近看到我們要找的人。有人從玻克塔路上的7-11走出來，看到一個男的跑上工業街。吸引那人注意的是那頂騎士頭罩。銀行外的監視攝影機拍到這兩個人，搶匪當時在目擊者眼前，走過7-11外的資源回收箱。他所說的事情當中，唯一有意思而且錄影帶上沒有的，是搶匪在離工業街稍遠一些的地方過了兩次馬路。」

「一個不知道該走哪邊人行道的人。聽起來滿沒意思的。」哈福森把雙杯份濾網放進濾器把手。「有三點水，兩個心。」

「哈福森，你對銀行搶案真的不熟，對吧？」

「我怎麼會熟？我們是抓殺人犯的。搶案叫海德馬克郡的那些人去辦就好了。」

「海德馬克郡？」

「你從搶案組走過來的時候沒注意到嗎？農村方言、針織羊毛衫耶。但你的重點是什麼？」

「重點是維克多。」

「那個馴狗師？」

「這是老規矩。狗是第一個到現場的，有經驗的銀行搶匪都知道。一隻好狗可以追蹤逃跑的搶匪，但如果他過了馬路，路上又有汽車開過，狗就聞不出氣味了。」

「所以呢？」哈福森拿填壓器把咖啡壓緊，最後轉一下把表面抹平。他認為這個動作足以區分專業和外行。

「這點證實我們碰到了有經驗的銀行搶匪。光憑這個事實，就代表我們可以把尋人範圍大幅縮小。搶案組組長跟我說——」

「你說伊佛森？你們兩個不是在冷戰嗎？」

「對，但他當時是對整個調查小組說話。他說奧斯陸的銀行搶匪不到一百人，其中五十人不是蠢得要命、吸了毒，就是瘋子，我們幾乎每次都能逮捕歸案。那半數人已經在坐牢，所以可以不必理會。其他四十人的犯案技巧熟練，只要有人幫他們做計畫，就能夠逃脫。另外還有十個專家，會攻擊保全車和現金處理中心。要抓到這些人，我們需要靠運氣，還要隨時注意他們的行蹤。這些人目前正接受訊問，看他們當時是否在場。」哈利瞥了咖啡機一眼，它彷彿坐在檔案櫃上咯咯大笑。「我星期六也跟鑑識組的韋伯談過了。」

「韋伯不是這個月要退休嗎？」

「有人犯了個錯，他到夏天都不會走。」

哈福森笑了。「那他現在一定更不爽了。」

「沒錯，但原因不是這個。」哈利說，「他那批人一個屁也沒找到。」

「完全沒有？」

「沒指紋、沒頭髮，連衣服纖維都沒有。而且你可以從腳印看出他穿的是新鞋。」

「所以他們沒辦法跟其他鞋子比對磨損度了？」

「沒——錯。」哈利故意把「沒」的音拖長。

「搶匪的武器呢？」哈福森問，端一杯咖啡到哈利桌上。他抬起頭，看到哈利的左眉挑高到都快跑進短短的金髮裡了。「抱歉，我是說謀殺犯的武器。」

「感謝。沒找到。」

哈福森坐到他那張書桌旁，啜著咖啡。「那麼，簡單來講，就是有個男的在光天化日之下走進人多的銀行，搶走兩百萬克朗，殺了一個女人，又大搖大擺地出去，走上挪威首都市區裡一條人少車多的街，那條街離警察局只有幾百公尺，而我們這些領薪水的專業警察卻連一點線索都查不出來？」

哈利緩緩點頭。「也不是什麼都沒有。我們有錄影帶。」

「就我對你的了解，整捲帶子你應該每秒都滾瓜爛熟了吧？」

「什麼每秒？根本是每十分之一秒我都熟。」

「目擊者報告你也可以一字不漏地背出來嗎？」

「只有薛爾茲的。他跟我說了一大堆有關大戰的趣事，連服飾界競爭者的名字他都能倒背如流，還有大戰期間幫忙沒收他家財產的『好挪威人』等等，偏偏他就是沒發覺當時發生了搶案。」

他們沉默地喝著咖啡。雨點打在窗戶上。

「你喜歡這種生活，對吧？」哈福森忽然開口。「整個週末都一個人在家追鬼影子。」

哈利微笑，但沒回答。

「我以為你現在有了家庭責任，就會放棄獨身生活。」

哈利對這位年輕同事做出警告的表情。「我可不確定我是這樣想。」他慢吞吞地說，「我們又沒同居。」

「沒錯，但蘿凱有個小兒子，情況就不一樣了，不是嗎？」

「他叫歐雷克。」哈利邊說邊朝檔案櫃走去。「他們星期五飛去莫斯科了。」

「哦？」

「去打官司。孩子的父親想要監護權。」

「噢，對喔。他人怎麼樣？」

「唔。」哈利把咖啡機上方那張歪掉的照片扶正。「他是蘿凱在那裡上班時認識的教授，後來他們結了婚。蘿凱說，他家很有錢、很傳統，很有政治影響力。」

「所以他們認識幾個法官囉？」

「那還用說，但我們覺得應該沒關係。大家都知道這男的是怪人，酗酒成癮又沒什麼自制力。你也知道這種人。」

「這倒是。」

哈利立刻抬頭，正好看到哈福森收起笑容。

幾乎每個警察總署的人都知道哈利有酗酒問題。現在，酗酒已經不足以作為遣散人民公僕的理由，但一樣不能在上班時間喝得爛醉。上一次哈利故態復萌時，上面已經有人提出要開除他，但畢悠納．莫勒，也就是犯罪特警隊隊長，執意把哈利收進保護傘下，懇求看在特例的份上通融一次。這個特例就是咖啡機上那張照片中的女人——愛倫．蓋登。愛倫是哈利的搭檔和密友，她在奧克西瓦河河畔的小徑被人用球棒活活打死。哈利勉強振作了起來，但這個傷口仍不時作痛。尤其是這個案子在哈利眼中，一直還有疑點尚未澄清。哈利和哈福森找到新納粹份子史費勒．歐森涉案的鑑識證據時，湯姆．沃勒警監立刻前往歐森住處逮捕他。顯然歐森朝湯姆開了一槍，湯姆為求自保開槍還擊，一槍殺了他。至少湯姆的報告上是這麼寫的，而槍擊現場和ＳＥＦＯ獨立警察機構的調查都沒有異議。另一方面，歐森殺害愛倫的動機始終不明，除了因為他涉嫌非法買賣槍枝、導致奧斯陸近年來槍枝氾濫，而愛倫正好逮著他之外。但歐森不過是個嘍囉，警方對這件殺人案的幕後主使者依舊毫無線索。

哈利在頂樓的密勤局短暫客串了一陣，又申請調回犯罪特警隊，調查愛倫．蓋登的案子。密勤局聽到他要申調，高興都來不及，莫勒也樂意讓他重返六樓。

「我上去一下，把這個給伊佛森。」哈利嘀咕著，揚了揚那捲ＶＨＳ錄影帶。「他想跟那個新來的模範生一起看。」

「哦？是誰？」

「一個今年暑假才從警察學校畢業，而且顯然光看錄影帶就偵結掉三件搶案的女人。」

「哇！漂亮嗎？」

哈利嘆口氣。「你們這些年輕人腦袋裡就不能裝點別的嗎？我希望她真有能力，別的我都不管。」

「確定是個女的？」

「隆恩夫婦為了好玩給兒子取名貝雅特，也不是不可能啦。」

「我有預感她很好看。」

「最好不要。」哈利說著習慣性地矮了矮身，把他那一百九十二公分的身軀移出了門框。

「為什麼？」

哈利在走廊上大喊：「好警察都很醜。」

貝雅特・隆恩給人的第一眼印象很普通。她不醜，甚至有人說她像個洋娃娃；但那大半是因為她的小：臉、鼻子、耳朵和身體都小。她最突出的特徵是蒼白，膚色和髮色都好淡好淡，讓哈利不由得想起他和愛倫從邦恩峽灣撈上來的一具屍體。不過貝雅特跟那具女屍不同，哈利覺得只要他別過頭幾秒鐘，就會忘記貝雅特的長相。但她大概也不介意吧，因為她的自我介紹含糊不清，一隻潮濕的小手被哈利握了一下又馬上抽回。

「霍勒警監是這棟樓的傳奇人物。」盧納・伊佛森組長站著背對他們，手裡拿著一串鑰匙。他們面前的灰色鐵門上方有個招牌，以哥德式字體寫著：痛苦之屋。下方還有一行字：五〇八會議室。「沒錯吧，霍勒？」

哈利沒有回答。他對伊佛森心裡所想的「傳奇」再清楚不過。伊佛森認為哈利是警力中的瑕疵，早在幾年前就該革職，他對這個看法也從不刻意掩飾。

伊佛森終於把門打開門，他們走進去。痛苦之屋是搶案組用來研究、編輯和拷貝錄影帶的地方，房間中央有張大桌和三個工作區，沒有窗戶，四壁全是架子，架上放滿錄影帶、十幾張通緝搶匪的海報，一面牆上有個大螢幕，一張奧斯陸地圖和幾個成功緝捕搶匪後所得到的戰利品：比方門邊的牆上就有兩隻剪下的羊毛袖子，上面還開了眼睛和嘴巴的洞。除此之外，這房間裡還有灰色的電腦、黑色電視螢幕、錄影帶和ＤＶＤ播放機，以及幾部哈利不認得的機器。

「犯罪特警隊從這卷帶子裡看出了什麼？」伊佛森一邊問著，一屁股坐進其中一張椅子。

「一點東西。」哈利說著走向一個錄影帶架。

「一點東西？」

「不多。」

「真可惜你們沒人來聽我去年九月在餐廳的那場演講。如果我沒弄錯，局裡每個部門都派代表來了，就缺你們。」

伊佛森很高，手長腳長，一對藍眼睛上方是一撮波浪般的金色瀏海。他的五官頗具Boss那種德國品牌男模的特色，加上他總在夏日午後打網球，也許還去健身房做點日光浴，好讓自己維持著古銅色的肌膚。簡言之，盧納．伊佛森是多數人眼中的型男，也鞏固了哈利認為警察的長相和工作能力成反比的理論。不過，伊佛森把自己欠缺的辦案能力，以政治敏感度和在同僚中締結盟友來彌補。此外，伊佛森有一股天生的自信，也讓很多人誤以為是領導能力，然而這股自信其實是建立在他的自我感覺良好上。這個特點也無可避免地使他節節高升，甚而成了哈利的上司。原本哈利不覺得讓蠢才登上高位、遠離辦案過程有什麼不妥，但碰上伊佛森這種人卻有危險，因為他們動不動就認為自己應該干涉或指使那些真正了解該怎麼辦案的人。

「我們錯過了什麼嗎？」哈利問，手指摸過錄影帶標籤上的手寫小字。

「大概沒有吧。」伊佛森說，「除非你對破案的小細節感興趣。」

哈利成功壓下了那股衝動，沒說他缺席是因為去聽過幾次演講的同事都說，伊佛森這樣耀武揚威的唯一目的，就是要讓所有人知道，自從他當上搶案組組長，銀行搶案的破案率已經從百分之三十五上升到百分之五十，卻從頭到尾沒提他獲得任命恰巧是在組裡人手加倍、探員擴編，而且裡面最差勁的探員——伊佛森自己——正好走人之故。

「我是滿感興趣的啦。」哈利說，「那麼，請告訴我你是怎麼偵破這件案子的。」他取出一卷帶子，大聲唸出標籤上面的字：「一九九四年十一月二十日，曼格魯市北歐儲蓄銀行。」

伊佛森大笑。「樂意之至。我們靠傳統手法逮到了犯人。他們在亞納布區的垃圾場換車逃走，還放火燒掉丟棄的那輛車。但車子沒完全燒毀，我們找到其中一名搶匪的手套和DNA，再跟探員看完錄影帶後認為可能是嫌犯的幾位搶匪比對，結果其中一人完全符合。那個白癡朝天花板開了一槍，被判四年刑期。霍勒，還有哪裡不清楚嗎？」

「唔。」哈利把玩著那卷帶子。「是哪種DNA？」

「我說過了，符合的DNA。」伊佛森的左眼眼角開始抽動。

「對，但是是哪裡的DNA呢？死皮？指甲？還是血液？」

「那很重要嗎？」伊佛森的聲音變尖，不耐煩起來。

哈利告誡自己應該閉嘴，放棄這種唐吉訶德式的攻勢。反正，伊佛森這種人永遠也學不會。

「大概不重要吧。」哈利聽到自己說，「除非你對破案的小細節感興趣。」

伊佛森對哈利怒目而視。在這個特別密閉的房間中，沉默像有形的壓力充斥在所有人耳邊。伊佛森試圖開口。

「指節的汗毛。」

房間裡的兩個男人都轉向貝雅特．隆恩。哈利幾乎忘了她也在場。她的眼光在他們兩人身上轉了一圈，用幾乎是耳語的音量重複：「指節的汗毛。就是手指上的細毛……不是都這麼說的嗎……？」

伊佛森乾咳一聲。「沒錯，是一根毛。雖然我們不必繼續追究，但我記得是手背上的毛。貝雅特，妳說對不對？」他也不等回答，就敲了敲那只大手錶的玻璃錶面。「我得走了，你們慢慢看。」

伊佛森出去時重重帶上了門。貝雅特從哈利手中拿起錄影帶，不一會兒放映機就滋地一聲吃進帶子。

「有兩根毛。」她說，「在左手手套裡，都是指節上的。還有垃圾場是在卡利哈根區，不是在亞納布。但的確是四年刑期沒錯。」

哈利驚訝地望了她一眼。「這件案子不是在妳來以前發生的嗎？」

她聳聳肩，按下遙控器上的播放鍵。「只要看報告就會知道。」

「嗯。」哈利說，打量著她的側臉，換了個舒服的姿勢坐進椅中。「看看這一卷會不會留下幾根指節毛吧。」

貝雅特關燈時，放映機發出怪聲，接著亮起藍色的導入畫面。另一段影片在哈利腦海中開展：影片很短，只有幾秒鐘，一幕景象浸沐在藍色的閃光中，地點是阿克爾港一家現已廢棄的夜店「水濱」。他不知道那名女子叫什麼名字，她有雙微笑的棕色眼眸，正在音樂聲中對他大喊。音樂是鄉村龐克。「Green on Red」以及「Jason and the Scorchers」樂團。他在金賓波本威士忌裡倒進可樂，一點也不在乎她叫什麼名字。但第二天晚上，他就知道了。他們躺在一張以無頭馬為船頭雕像裝飾的床上，鬆繩解纜，展開這趟處女航。哈利在電話裡聽到她的聲音時，感到腹中傳來一陣暖意。

然後另一段影片開始了。

老人步履艱難地往櫃檯走去，畫面是另一架攝影機每隔五秒拍下來的。

「二號電視的托克爾森。」貝雅特說。

「不，是薛爾茲。」哈利說。

「我是指影片編輯。」她說，「看起來是二號電視托克爾森的手筆，因為有幾個十分之一秒不見了……」

「不見？妳怎麼看得出……？」

「從幾件事就能看出來。注意看背景，可以看出影像變換時，外面馬路上那輛紅色馬自達都在兩個攝影機的中央。物體不可能在同一時間內出現在兩個地方。」

「妳是說，片子被人修過了？」

「不是。室內的六架攝影機和室外的一架都用同一卷帶子拍攝，原本的片子裡，若把一段影片切換到另一段，就只會看到閃動，因此影片必須經過編輯，才能得到較長的連貫鏡頭。偶爾我們沒辦法的時候，會請電視台的人過來。像托克爾森這樣的電視剪接員會調整時間碼，提高錄影品質，讓畫面更精緻。我猜是他的職業病吧。」

「職業病。」哈利重複了一遍。一個年輕女子會說出這麼有中年味道的字眼，真是怪事。也許她沒有他想像中那麼年輕？燈光一變暗，她就像換了一個人，不但肢體放鬆多了，聲音也更堅定了。

搶匪進入銀行，用英語大喊。聲音遙遠且模糊，好像是蒙在毯子裡說的。

「妳對這個有什麼看法？」哈利問。

「挪威人。他說英語，免得被認出方言、口音或任何能讓我們聯想起之前搶案的特別字眼。他穿平滑的衣服，免得在逃亡車、藏身處或家裡留下衣服纖維，被我們查到。」

「唔，還有嗎？」

「他衣服上的每個開口都用膠帶貼住，以免留下可供追查的ＤＮＡ，如頭髮或汗水。他把褲腳貼在靴子上，袖口貼在手套上，我猜他頭上一定也貼了膠帶，眉毛上也有塗蠟。」

「所以是專業搶匪了？」

她聳肩。「百分之八十的銀行搶案都是不到一個星期以前才計畫的，而且犯案的都是喝醉酒或吸了毒的人。這個案子經過縝密盤算，搶匪似乎也很清醒。」

「妳怎麼知道？」

「要是我們的燈光或攝影機再好一些，就能把影像放大，看看他的瞳孔。但我們沒有，所以我只能靠他的肢體行為判斷。他冷靜、動作都三思而行，你看不出來嗎？如果他吸毒了，也不會是興奮劑或哪種安非他命。或許是羅眠樂，這種很受歡迎。」

「為什麼？」

「搶銀行是很極端的經驗。你需要的不是速度，正好相反。去年有人拿了把自動武器衝進索利廣場的挪威銀行，朝天花板和牆壁一陣掃射又衝出來，一毛錢也沒搶到。那人告訴法官，他吸了大量安非他命，非得發洩一下不可。我比較喜歡用羅眠樂的犯人，如果可以這麼說的話。」

哈利朝螢幕歪了歪頭。「妳看一號位置上絲汀的肩膀；她按了警鈴，帶子裡的聲音就忽然變清晰了。為什麼？」

「警鈴跟錄影設備是相連的。一被啟動，影片就會跑得更快，好讓我們有更清晰的影像和聲音，足以分析搶匪的聲音。這樣一來，說英語也沒用了。」

「真的這麼可靠嗎？」

「我們的聲帶就跟指紋一樣。如果我們錄下十個字，讓特隆赫姆大學的聲音分析師分析，就能比對出這兩個聲音，準確度達百分之九十五。」

「嗯，但若是警鈴響起以前的音質就沒辦法了吧？」

「那就沒那麼準確了。」

「所以他才先用英語喊，發現警鈴啟動後，才拿絲汀當傳聲筒。」

「就是這樣。」

他們在沉默中，看著那名黑衣男子朝櫃檯移動，槍管指住絲汀的脖子，在她耳邊說話。

「你對她的反應有什麼看法？」哈利問。

「什麼意思？」

「她的臉部表情。她好像滿鎮定的，妳不覺得嗎？」

「我沒感覺。通常，從臉部表情得不到多少資料，我想她的脈搏應該接近每分鐘一百八十下。」

他們看著赫格在錢箱前倉惶失措。

「希望他會得到適當的創傷後治療。」貝雅特柔聲說著，搖了搖頭。「我見過經歷這種搶案的人後來精神失常了。」

哈利什麼也沒說，心裡卻想她這句話可能是從年紀較大的同事身上聽來的。

搶匪轉身，伸出六個指頭。

「有意思。」貝雅特含糊地說，頭也沒低地就在面前的本子上寫起筆記。哈利從眼角看這位年輕的女警官，看到她在槍聲響起時整個人一震。螢幕上的搶匪拿起旅行袋、跳過櫃檯，跑出大門，貝雅特抬起她的小下巴，筆從手上落下。

「最後這一段還沒放上網路，也沒傳給任何電視台。」哈利說，「妳看，現在他在銀行外的攝影機鏡頭上了。」

他們看著搶匪走過玻克塔路的斑馬線──這時是綠燈──走上工業街，之後出了鏡頭。

「警察呢？」貝雅特問。

「最近的警局在索克達路的收費站後方，離銀行只有八百公尺。不過，警察還是在警鈴響了三分多鐘之後才到。所以搶匪只有不到兩分鐘可以逃。」

貝雅特若有所思地看著螢幕，看著路過的人、車，好像什麼事也沒發生。

「逃脫就跟搶劫一樣，經過縝密計畫。逃亡車可能停在轉角，免得被銀行外的攝影機拍到。他很幸運。」

「或許吧。」哈利說，「不過，在妳眼中，他不像是個會仰賴運氣的人吧？」

貝雅特聳肩。「很多成功的銀行搶案看起來都經過仔細計畫。」

「好，但這裡的警察會遲到卻是機率。星期五的這時候，那一區的每輛巡邏車都出勤了，去了──」

「──美國大使的公館！」貝雅特喊，一手拍上前額。「說有汽車炸彈的那通匿名電話。我星期五休假，但我看了電視新聞。要是你認為現代人有多歇斯底里，大使公館裡的人當然也一樣。」

「結果沒有炸彈。」

「那當然，這是標準的調虎離山之計。」

他們倆都坐著沉思，在沉默中看完了最後一段錄影。薛爾茲站在斑馬線前，綠燈轉為紅燈，又轉成綠燈，他卻一動也沒動。他在等什麼？哈利納悶著。等不規律出現？等一段特別長的綠燈？等百年難見的一路綠燈到底？好，應該快來了。他聽到遠方傳來警車鳴笛聲。

「有件事情不大對勁。」

貝雅特發出老男人的疲憊嘆息聲：「總有事情不大對勁的。」

然後影片就結束了，一片雪花襲捲了螢幕。

4 回音

「雪？」

哈利快步走在人行道上，一面對手機大喊。

「對，真的。」蘿凱的聲音從訊號奇差的莫斯科傳來，接著是一陣嘶嘶的回音。「……的。」

「喂？」

「這裡好冷……冷。裡面跟外面……面。」

「法庭裡呢？」

「也是零下好幾度。我們以前住在這裡的時候，連他媽都說我該把歐雷克帶走，現在她卻跟別人坐在一起，用怨恨的表情看我……我。」

「官司打得怎麼樣了？」

「我怎麼知道？」

「首先，妳是學法律的。第二，妳會說俄語。」

「哈利，我跟其他一億五千萬俄國人一樣，對這裡的法律系統一竅不通，行嗎？……嗎？」

「好吧。歐雷克還好吧？」

哈利又問了一遍，仍沒聽到回答，他把手機拿到面前，想看看是不是通訊斷了，但螢幕上的通話秒數仍在增加。他又把電話放回耳邊。

「喂？」

「喂，哈利，我聽得見……噢。我好想你……噢。那個啊啊怎麼樣了？……了？」

「線上有回音，我只聽到一堆噢和啊。」

哈利到了大門，取出鑰匙，打開大廳入口的鎖。

「哈利，你覺得我逼人太甚嗎？」

「當然不會。」

哈利對正想把雪橇弄出地下室的阿里點點頭。「我愛妳。妳還在嗎？我愛妳！喂？」

哈利困惑地從斷訊的通話上抬頭，看到他那巴基斯坦籍的鄰居滿臉笑意。

「對啦對啦，阿里，也愛你啦。」哈利咕噥著，一面笨拙地按著蘿凱的號碼。

「用通話紀錄。」阿里說。

「什麼？」

「沒事。你的地下室要不要出租？你不常用的樣子。」

「我的地下室有儲藏空間？」

阿里翻了個白眼。「哈利，你在這裡住多久啦？」

「我剛才說……我愛妳。」

阿里探究似的看著哈利。哈利對他揮揮手作別，打個手勢表示他電話通了。他小跑步上樓，把鑰匙直直抓在身前。

「好了，現在我們可以說話了。」哈利說著進了門，來到他那沒幾件傢俱的兩房公寓。那是他在九〇年代房市最低迷時以低價買到手的。哈利老覺得這間公寓把他這輩子的好運都用光了。

「哈利，真希望你能跟我們在一起。歐雷克也很想你。」

「是他說的嗎？」

「他不需要說。從這點來看，你們倆挺像的。」

「妳哦，我剛才說我愛妳，都說三遍了，旁邊還有鄰居在聽。妳知道這種事對男人的傷害有多大嗎？」

蘿凱笑了。哈利好喜歡她的笑聲，從初次聽到的那一刻起就喜歡。他直覺地知道，他肯做任何事，只為了更常聽到這樣的笑聲，最好是每天。

他踢掉鞋子，笑了。走廊的答錄機在閃，表示有留言。他不必當靈媒也知道是蘿凱稍早打來的。沒有別人會打電話到他家。

「你怎麼知道你愛我？」蘿凱柔聲問。回音不見了。

「我可以感覺到那裡熱熱的……那地方叫什麼？」

「心嗎？」

「不是，再往後一點，在心臟下面。腎嗎？肝嗎？胰臟？對了，就是脾臟。我可以感覺到脾臟整個熱起來。」

哈利不知道從電話那頭傳來的到底是啜泣聲還是笑聲。他按下答錄機上的播放鍵。

「我希望能在兩週內回去。」蘿凱在手機上說，沒多久話聲就被答錄機上的聲音蓋過：

「嗨，又是我……」

哈利覺得心跳漏了一拍，還來不及思考就立刻做出反應：按下停止鍵。但那有磁性又帶點沙啞的女性嗓音所說出的話，卻持續在牆壁間來回激盪，像個回音。

「那是什麼聲音？」蘿凱問。

哈利深深吸了口氣。一個念頭掙扎著想在他回答以前冒出來，但太遲了：「只是廣播。」他清了清喉嚨。「等妳確定班機了就告訴我，我會去接妳。」

「當然。」她用訝異的語氣說。

一段尷尬的沉默。

「我得掛電話了。」蘿凱說，「今晚八點我們再聊好嗎？」

「好。啊，不行，那時我要忙。」

「哦？希望是忙著做點新鮮的事情。」

「唔。」哈利用力吸了口氣。「反正我跟一個女人有約。」

「誰那麼幸運？」

「貝雅特．隆恩，搶案組的新警員。」

「是什麼事？」

「我們要跟絲汀．葛瑞特的先生談一談。絲汀在玻克塔路的搶案中被殺了，我跟妳提過的。我們還要跟分行經理談。」

「好好忙吧，我們明天再聊。歐雷克想先跟你說晚安。」

哈利聽到電話那頭傳來小腳奔跑和興奮的喘氣聲。

他們說完了話，哈利站在走廊，盯著電話桌上方的鏡子。如果他的理論沒錯，那麼他看到的就是一位優秀的員警：兩隻充血的眼睛分別在大鼻子兩邊，一張蒼白、瘦削且毛孔粗大的臉，上頭布滿細細的青筋，臉上的皺紋像是木頭橫樑被一把刀隨意劃過。怎麼會這樣？他從鏡中看到身後牆上的照片，照片裡的男孩和他妹妹有著被太陽曬黑的笑臉。但哈利的心思並不在失去的俊俏外表或逝去的青春上頭，因為那個念頭現在才浮現。他正在自己臉上尋找欺瞞、逃避與怯懦，正是這些讓他違背了自己訂下的承諾：不管怎麼樣，絕對絕對不要對蘿凱撒謊。在足以讓他倆關係觸礁的海上（而且礁石還挺多的），謊言絕不能是其中之一。那麼他為什麼又說謊了？他和貝雅特的確會去見絲汀的丈夫，但他為什麼沒說事後他會去找安娜？她是舊情人，但那又怎麼樣？這段過往情緣短暫又狂暴，雖留下疤痕卻沒造成永久的傷害。他們只是想一起喝杯咖啡，敘敘舊罷了，之後就會各過各的。

哈利按下答錄機上的播放鍵，聽完那段留言。安娜的聲音充溢走廊：「……期待今晚在M跟你見面。

拜託你兩件事：你過來的路上，能不能到威博街的鎖匠那邊去一趟，幫我拿我打的一把鑰匙？他們開到七點，我已經用你的名字登記這把鑰匙了。還有，你介不介意穿上那條我好喜歡的牛仔褲？」

又是一陣低沉沙啞的笑聲，房間似乎都以同樣的節奏振動了起來。毫無疑問，她一點也沒變。

5 復仇

在戶外燈光的照耀下，雨把早已暗下來的十月天空，打出一道道爭先恐後的線條。哈利看到燈下的陶瓷招牌寫著葛瑞特一家：艾斯本、絲汀和崔恩住在這裡。「這裡」是霧村路上一棟有著露台的黃色房屋。他按下門鈴，打量著四周。霧村路上一塊大且平坦的田野中央，有四長排附露台的房屋，圍繞在外的公寓區讓哈利想起牧場上的拓荒者在遭遇印地安人攻擊時，會占據這種防衛位置。或許這裡正是如此。有露台的房屋於六〇年代為迅速興起的中產階級而建，也許煙霧路和崔佛路上逐漸減少的工人人口早已知道這些人是新入侵者，會在這個新國家擁有領導權。

「好像不在家。」哈利說著又按了一下門鈴。「妳確定他知道我們今天下午會來？」

「不確定。」

「不確定？」哈利轉身，低頭看著在傘下瑟瑟發抖的貝雅特。她穿著裙子和高跟鞋，之前到施羅德酒館接她的時候，他還覺得她這身打扮像是早上要去喝咖啡。

「我打電話來的時候，崔恩跟我確認過兩次今晚的會面。」她說，「可是他好像完全……心不在焉。」

哈利從階梯上方傾身，鼻子貼在廚房窗戶上往裡看。室內很暗，他只看到牆上有個北歐銀行的白色月曆。

「我們回去吧。」他說。

這時，鄰居的廚房窗戶碰地一聲開了。「你們要找崔恩嗎？」

這句話是清晰的標準挪威語，卻帶了卑爾根市的腔調，把「r」的捲舌音發得又重又長，像一列脫軌的中型火車。哈利轉過身，看到一個棕色臉龐上有著皺紋的女人。她正準備擠出笑容，同時又一臉肅穆。

「對。」哈利說。

「是家人？」

「警察。」

「喔。」女人說，臉上哀悽的表情不見了。「我以為你們是來致哀的。他在網球場，那個可憐人。」

「網球場？」

她指了指方向。「就在田野另一邊。他四點就過去了。」

「可是現在天都黑了。」貝雅特說，「還下雨。」

女人聳聳肩。「我想一定是在哀悼吧。」她清楚說出「r」的捲舌音，讓哈利想起自己小時候住在奧普索鄉附近時，會把幾片卡紙塞進腳踏車車輪裡，讓紙片拍打輪輻。

「聽起來妳也在奧斯陸東邊住過。」哈利說著跟貝雅特朝女人所指的方向走去。「還是我弄錯了？」

「沒錯。」貝雅特說完就不想多談了。

網球場位於公寓區和露台房屋中間的路上。他們聽到球拍網線打上濕漉漉的網球，發出單調沉悶的聲響。在高高豎起的鐵絲網格圍籬內，有個模糊的人影，正在迅速變暗的秋日天色裡發球。

「嘿！」他們接近圍籬時，哈利大喊，但那男人沒有回答。他們現在才看出男人穿著一件夾克、襯衫，還打了領帶。

「你是崔恩．葛瑞特嗎？」

一顆球打進一灘黑水，彈起，又撞上圍籬，差點濺得他們身上全是雨水，但貝雅特很快地用雨傘擋了下來。

貝雅特拉著大門。「他把自己鎖在裡面了。」她低聲說。

「我們是霍勒和隆恩警官！」哈利大叫。「我們約好要見面的，能不能……媽的！」他沒看到球正往這邊飛來，就在他面前幾公分啪地一聲打上鐵網。他擦掉眼中的水，低頭看了看：自己身上全是骯髒、棕紅色的水污。哈利看到那男人又丟出下一顆球，立刻轉過身去。

「崔恩．葛瑞特！」哈利的喊聲在公寓區間迴盪。他們看著一顆網球飛出一個大弧，往公寓區的燈光處飛，被黑暗吞沒，掉落在田野上。哈利再度看著網球場，卻只聽到一聲嘶喊，看到一個人影從黑暗中朝他衝過來。網球打者撞上金屬網，網子發出嘎吱聲，他四肢著地倒在地上，爬起來，助跑，然後又朝鐵網衝來。倒下，站起，再衝。

「天哪，他瘋了。」哈利咕噥道。看到一張白臉和炯炯的目光朝他逼近，他直覺地退後一步。貝雅特扭亮手電筒，往崔恩身上照。崔恩現在掛在鐵網上，濕淋淋的黑髮貼著蒼白的前額，好像在找什麼目標，然後又像汽車擋風玻璃上的凍雨般滑下鐵網，動也不動地躺在地上。

「現在我們該怎麼辦？」貝雅特低聲問。

哈利咬了咬牙，朝手掌啐了一口。他從手電筒的光裡，看到紅色的碎石子。

「妳打電話叫救護車，我去車裡拿剪網鉗。」他說。

「然後就幫他打鎮靜劑了，對吧？」安娜問。

哈利點頭，喝了一口可樂。

坐在他們附近高腳椅上的，都是年輕的西城顧客，喝著烈酒、繽紛的調酒和健怡可樂。M就像奧斯陸大多數的咖啡館，在城市風格中帶有鄉村、純樸且討喜的味道，讓哈利想起以前學校裡的同學「烤串」，他聰明又守規矩，後來大家發現他竟然做了一本冊子，裡面全是那些「出風頭」小孩會用的俚語。

「他們把那個可憐人帶去了醫院。後來我們又去跟那個鄰居談，她說自從他太太被殺後，他每天傍晚都去那裡打網球。」

「老天！為什麼？」

哈利聳了聳肩。「在那種情況下失去親人，人會發瘋也不足為奇。有些人壓抑痛苦，表現得好像死者還在世。那個鄰居說，絲汀和崔恩是很棒的混合雙打，夏天時他們幾乎每天下午都去球場練球。」

「所以他是在期待太太回來發球嗎？」

「或許吧。」

「唉，天哪！請你幫我拿瓶啤酒好嗎？我去一下洗手間。」

安娜雙腿一抬，下了高腳椅，搖曳生姿地走向房間另一頭。哈利不想跟過去。他也不需要，他已經看到想看的了。她的眼角多了幾條皺紋，漆黑的頭髮中多了幾絲灰髮；除此之外，她跟以前一模一樣。同樣的黑色眼眸，相鄰的眉毛下那絲警惕的神色；同樣又高又窄的鼻子，下面卻是豐滿的唇，瘦削的雙頰似乎讓她顯露出一副飢餓的表情。她或許稱不上是「大美女」，因為她的五官太有稜有角、太極端，但她苗條的身軀卻十分曲線玲瓏，足夠讓哈利發現在她走過用餐區時，至少有兩個男人忘了剛才的話說到哪裡。

哈利點燃另一根香菸。離開崔恩那裡之後，他們去找了分行經理赫格．克萊門森，但也同樣沒什麼線索。他還是一副飽受驚嚇的樣子，坐在凱爾薩斯路自家雙層公寓的椅子上，一下子看著在他腳邊跑來跑去的貴賓狗，一下子看著在廚房和起居室走來走去、忙著弄咖啡和酥皮奶油牛角的妻子。那是哈利這輩子吃過最乾的酥皮奶油牛角。貝雅特的穿著比哈利身上那件褪色牛仔褲和馬汀大夫鞋更適合克萊門森家中產階級的風格，儘管如此，大部分仍是哈利在跟緊張且說話像連珠砲的克萊門森太太討論今年秋天不尋常的多雨和做酥皮奶油牛角的藝術，直到咚咚咚的腳步聲和響亮的啜泣聲打斷他們的對話為止。克萊門森太太解釋說，她可憐的女兒伊娜在懷孕七個月時，被男友拋棄了。這個男人倒真的很會遺棄東西，果然是當水手的[1]，現在他去地中海出海了。哈利差點把酥皮奶油牛角噴得滿桌。這時貝雅特轉過話題，問赫格：「你認為那搶匪多高？」赫格的目光已經不在那條狗身上了，因為狗從客廳房門走了出去。

赫格凝視著她，拿起咖啡杯舉到唇邊。由於他不能同時說話和喝咖啡，舉到唇邊的杯子就懸在那兒。

1　此處用heave-ho（拋棄、斷絕關係）和yo-heave-ho（水手起錨時的吆喝聲）的音近雙關語。

「多高？大概兩百公分吧。絲汀總是那麼一絲不苟。」

「克萊門森，他並沒有那麼高。」

「好吧，那一百九十公分。而且她也都打扮得很體面。」

「他當時穿什麼？」

「黑色的衣服，類似橡膠那樣。今年夏天她頭一次好好休了假，去了希臘。」

克萊門森太太吸了吸鼻子。

「類似橡膠？」貝雅特問。

「對。還有騎士頭罩。」

「克萊門森先生，頭罩是什麼顏色？」

「紅色。」

這時貝雅特不再做筆記了。沒多久他們就坐進車內，開回城裡。

「要是法官和陪審團知道，目擊者所描述的銀行搶匪有多可靠，他們就會拒絕讓我們用來當證據。」貝雅特當時說。「我們腦子裡重新創造出來的東西，真是錯得離譜。好像恐懼讓他們戴上了眼鏡，把搶匪都變高、變模糊，把槍變多、把每一秒都拉長了似的。這個搶匪只花了一分多鐘，但入口旁收銀櫃檯的布萊恩女士卻說他在裡面待了將近五分鐘。他的身高也不是兩百公分，而是一百七十九公分。除非他穿了墊高鞋，專業搶匪會這麼做也不奇怪。」

「妳怎麼能這麼確定他的身高？」

「錄影帶啊。你用搶匪進門時的門框作為高度依據。我早上去銀行記下來了，拍了新的照片然後測量過。」

「嗯。我們犯罪特警隊都把這種測量工作交給現場勘察組。」

「測量錄影帶裡的物件高度聽起來容易，實際上不然。比方說，一九八九年卡德巴肯區的挪威銀行搶案中，現場勘查組的測量就誤差了三公分。所以我傾向親自去量。」

哈利瞇著眼看她，心想不知道該不該問她當初為什麼來當警察。但他只問她能否載他去威博街的鎖匠那裡。下車前，他又問她有沒有注意到在他們問話的時候，赫格拿著滿到杯口的咖啡，卻一滴都沒濺出來。她沒注意到。

「你喜歡這裡嗎？」安娜問，坐回她的高腳椅裡。

「嗯，」哈利打量了一下四周。「不是我喜歡的風格。」

「也不是我的。」安娜說著拎起包包，站了起來。「去我家吧。」

「我才剛替妳拿了啤酒來。」哈利對著起霧的玻璃杯點點頭。

「一個人喝酒多無聊。」她說著拉長了臉。「放輕鬆啦，哈利。走吧。」

外頭已經沒雨了，冰冷且清洗過的新鮮空氣令人胸懷一暢。

「你還記不記得那年秋天我們開車去馬里達倫谷的事？」安娜問，邊把手插進他臂彎，開始漫步。

「不記得。」哈利說。

「你一定記得的！我們開你那輛超爛的福特，座位還沒辦法放平。」

哈利不自然地笑了。

「你臉紅了。」她開心地說，「哦，那你一定也記得我們停車到森林裡散步，林子裡滿地是黃葉，就像……」她捏了捏他臂膀。「就像一張床，一張金子做的大床。」她大笑著推了推他。「後來我還得幫你推車，好讓那輛老爺車發動。現在車子應該已經賣掉了吧？」

「這個嘛，」哈利說，「還在車庫裡。之後再看看吧。」

「哎唷，你怎麼說得像是得了腫瘤還是什麼病然後被送進醫院的老朋友似的。」她又柔聲加了句：「哈利，你不該這麼快就放手的。」

他沒回答。

「到了。」她說，「總之，你沒忘記這裡吧？」他們停在索根福里街上的一扇藍色門前。

哈利輕輕地抽出手臂。「安娜。」他開口，想假裝沒看到她警告的目光。「我明天一大早得跟犯罪特警隊的探員開會。」

「我什麼都沒說啊。」她說著打開了門。

哈利忽然想起了一件事。他把手伸進外套，把一個黃色信封放到她手上。「鎖匠那邊的。」

「啊，是鑰匙。沒什麼問題吧？」

「店裡的人很認真地研究我的身分證，還要我簽名，真怪。」哈利瞄了一眼手錶，打了個呵欠。

「他們給人通用鑰匙都很嚴格。」安娜很快回道。「整棟樓的門都可以用這把鑰匙，包括大門、地下室、住戶公寓等等。」她緊張又敷衍地一笑。「需要我們的住戶委員會寫書面申請書，他們才能多打一把備用鑰匙。」

「我懂。」哈利說，前後搖晃著身子。他吸口氣準備說晚安。

她沒讓他得逞。她的聲音幾乎是在哀求：「哈利，只是喝杯咖啡嘛。」

大起居室中，同一盞吊燈高掛在天花板上，下方是同一張桌子、幾張椅子。哈利以為當年牆壁是淡色的——白色或是黃色之類——但他不確定。現在牆壁卻是藍色的，房間似乎變小了。或許安娜想換個格局吧，畢竟一個人要住在有三間廳房、兩間大臥室和挑高三米半的公寓而不嫌空，實在不容易。哈利記得安娜曾經說過，她奶奶也獨自住一間公寓，卻不常在家，因為她是有名的女高音，能唱的時候都在世界各地巡迴。

安娜進了廚房，哈利打量著起居室。這裡空空的，沒幾件傢俱，只有一個跟冰島小馬一樣大的鞍馬，架在往外伸展的四隻木腳中央，後方還有兩個突出的圓環。哈利走近，摸了摸上面光滑的棕色皮革。

「妳開始運動了嗎？」哈利高聲問。

「因為那隻馬？」安娜在廚房裡喊著回應。

「這不是給男人的嗎？」

「對。哈利，你真的不要來杯啤酒？」

「不要。」他喊，「但是說真的，妳為什麼把這東西放在家裡？」

聽到她的聲音出現在自己背後，哈利嚇了一跳。「因為我喜歡做男人會做的事。」

哈利轉身。她已脫了毛衣，站在門廊，一隻手放在腰際，另一手高舉，扶著門框。哈利在最後一刻把自己想將她從頭打量到腳的目光壓抑住了。

「我在奧斯陸健身俱樂部買的。這會是件藝術品，一件設備，就像『握手箱』，這個我想你也沒忘吧。」

「妳是指桌上那個可以把手從簾子裡伸進去的箱子？箱子裡有很多可以讓人握住的假手？」

「也可以摸、挑逗或拍掉。那些手裡面裝了加熱器，維持在身體的溫度，結果暢銷得很，不是嗎？大家以為桌子下面有人躲著。跟我來，我有些東西想讓你看看。」

他跟著她走進最裡面的一間房，她拉開拉門，牽起他的手一起走進黑暗。燈光亮起時，哈利一開始只瞪著那盞燈。這盞鍍金的標準燈是女人身形，女人一手拿了天秤，另一手拿了把劍，三個燈泡分別裝在那把劍、天秤和女人的頭旁邊。哈利轉過身時，發現每個燈泡都照著一幅油畫。其中兩幅畫掛在牆上，第三也是顯然還沒完成的一幅畫則擱在一個畫架上，左邊牆角釘了個調色盤，上面有幾塊黃色和棕色的顏料。

「這些是什麼畫？」哈利問。

「肖像畫。你看不出來嗎？」

「喔。這裡是眼睛囉？」哈利指了指。「然後那邊是嘴巴？」

安娜歪著頭。「隨你怎麼看。裡面有三個男人。」

「是我認識的人嗎？」

安娜若有所思地凝視著哈利，好一會兒才開口回答：「不，我想不是，但如果你願意，或許可以跟他們認識一下。」

哈利更仔細地端詳著那三幅畫。

「告訴我你看到什麼。」

「我看到我的鄰居拿著雪橇，看到在我快走的時候有個男的從鎖匠那邊的小房間出來，我也看到M那裡的服務生，還有電視名人培・史戴爾・隆寧。」

她大笑。「你知不知道，視網膜會把一切都反過來，所以你的頭腦先接受到的是鏡像畫面？如果你想看清事物的真實樣貌，就必須看鏡中的影像。那麼你在裡面就會看到很不一樣的人了。」她的雙眼發光，哈利實在不忍心反駁，告訴她視網膜並不會把影像左右相反，而是上下顛倒。「哈利，這將是我最後的大作，後人會因為這幅畫而記住我。」

「妳說這些肖像畫？」

「不，這些只是一件作品的其中一部分。還沒完成呢，你等著看吧。」

「嗯，作品有名字嗎？」

「〈納米希斯〉。」她低聲說。

他以詢問的眼神看著她，兩人四目相接。

「名字靈感來自那位女神，你知道的。」

影子落上她的側臉。哈利轉過頭，他看夠了：她的背部曲線在乞求舞伴，一隻腳放在另一隻腳前方，彷彿不確定該往前還是往後；她的胸膛起伏著，細細的脖子上布著血管，哈利好像看到血管在跳。他覺得好熱，還有點頭暈。她剛才說什麼？「你不該這麼快就放手。」他有嗎？

「哈利……」

「我得回去了。」他說。

他從她頭上拉掉洋裝，她笑著倒上白床單。筆電上的螢幕保護圖片是搖曳的棕櫚樹，土耳其藍的螢幕光在床頭板那些小魔鬼和張著嘴的惡魔雕刻上搖晃，她在光裡解開他的皮帶。安娜說這是她外婆的床，已經放了快八年了。她咬著他的耳朵，用陌生的語言輕聲說起甜言蜜語，然後她停止低語，騎到他身上，一面喊著、笑著、哀求著，召喚著外在的力量，而他只希望能繼續。就在他快到達高潮時，她忽然停止動作，雙手捧起他的臉，輕聲問：「永遠只屬於我？」

「想得美。」他大笑，把她翻了個身，換成自己在上頭。木頭的惡魔對他邪笑。

「永遠只屬於我？」

「對。」他呻吟，然後射了。

笑聲止歇時，他們滿身是汗地躺著，床單上的他們身體仍緊緊纏在一起。安娜說這張床是一位西班牙貴族送給她外婆的。

「一九一一年，她在塞維亞開完演唱會後人家送她的。」她說著微微抬起頭，好讓哈利把點燃的香菸放在她唇間。

這張床上了伊利諾拉號，在三個月後抵達奧斯陸。機緣巧合、因緣際會之下，伊利諾拉號的丹麥船長，名叫什麼賈斯博的，應該是跟她外婆在這張床上睡過的第一位情人——雖然不是她這輩子的第一個情人。賈斯博顯然是個熱情的男子，根據她外婆的說法，這就是床上那隻裝飾馬沒有頭的原因。賈斯博船長在狂喜中，一口咬掉了馬頭。

安娜大笑，哈利微笑。然後菸抽完了，他們開始做愛，西班牙馬尼拉木發出嘎吱與呻吟聲，讓哈利覺得自己像在一艘無人掌舵的船上，但那無關緊要。

那是好久以前了，是他第一次、也是最後一次在安娜外婆的床上，清醒地過夜。

哈利在狹窄的鐵床上扭了扭身子，床頭櫃上的收音機鬧鐘刺眼地亮著三點二十一分，他咒罵了一句。他閉上眼，思緒又緩緩滑到安娜身上，還有那年夏天，她外婆那張鋪著白床單的床。當時的他經常喝得醉醺醺的，但他還記得那幾個粉紅而曼妙的夜晚，像一張張色情明信片。就連夏天結束時他所用的分手理由，都是庸俗卻熱情的老套：「我配不上妳。」

那時的他嚴重酗酒，人生只朝一個方向發展。在某一次稍微清醒些的時刻中，他下定決心不該拖累她。她用陌生的語言咒罵，發誓有一天會向他復仇：從他身邊拿走他最愛的東西。

那是七年前的事了，而且那段關係只維持了六個星期。那之後，他只見過她兩次。一次是在一間酒吧裡，她淚眼汪汪地走來請他離開，他照辦了；另一次是在哈利帶他小妹一起去參觀一場展覽會的時候。他答應會打電話給她，但他根本沒打。

哈利翻過身，又看了看時鐘。三點二十二分。那天晚上，他吻了她。等他安全地出了她家那扇有著凹凸玻璃的大門，他傾身過去想擁抱她說晚安，那個擁抱變成了一個吻。簡單又美好。總之，說簡單總是沒錯。三點三十三分。媽的，他什麼時候變得那麼敏感了？連跟舊情人吻別、道晚安都覺得愧疚？哈利做了幾次深且規律的呼吸，把心思放在從玻克塔路經工業街的脫逃路線上。吸，呼，再吸。他仍然聞得到她的香水味，感覺得到她身體的甜蜜壓迫，以及從她舌頭上傳來的狂野堅持。

6 辣椒

這天的第一道陽光剛從艾克柏山邊緣升起，照進犯罪特警隊會議室半拉起的百葉窗，鑽進哈利紅腫的眼周皺紋間。盧納・伊佛森站在長桌的一端，雙手負在背後，雙腿分開，一下子踮起腳尖，一下子又平放。他身後有個活動掛圖，上面用大大的紅字寫著**歡迎**。哈利猜這東西是伊佛森從演說研討會上拿來的。這位搶案組組長開始說話時，他半認真地壓抑住打呵欠的衝動。

「大家早。我們坐在這張桌旁的八個人是一個小組，負責偵辦星期五發生在玻克塔路銀行的搶案。」

「謀殺案。」哈利咕噥著說。

「對不起，你說什麼？」

哈利在椅子上坐直身子。不管他怎麼轉頭，該死的陽光還是照得他什麼也看不見。「我想這件案子應該以謀殺為基礎來調查才對吧。」

伊佛森擠出一個扭曲的笑，對象不是哈利，而是其他坐在桌旁的人，他掃視了這些人一眼。「我想我該先讓大家互相認識，但我們這位來自犯罪特警隊的朋友卻已經搶先了。哈利・霍勒警監是由他長官畢悠納・莫勒派來協助的，因為他的專長是調查謀殺。」

「重大刑案。」哈利說。

「重大刑案。霍勒左邊的是鑑識組的托雷夫・韋伯，負責犯罪現場的調查工作。各位都知道，韋伯是我們經驗最老道的鑑識調查員，以分析能力和毫釐不差的直覺出名。總警司有一次還說，想讓韋伯加入他的狩獵團隊當追蹤犬呢。」

桌旁響起笑聲，哈利不必看也知道韋伯沒笑。韋伯簡直從來不笑，至少對不喜歡的人是如此，而他幾乎沒有喜歡的人。韋伯認為長官們全是一些無能的野心家，覺得他們對這份工作或團隊毫無感情，卻對只要在警察總署露個幾次臉就能取得的行政權和影響力敏感得很，年輕一輩的長官尤其如此。

伊佛森微笑著，像一艘船艦的船長上下動著身體，等待笑聲止歇。

「貝雅特．隆恩是新進成員，也是我們的錄影帶監看專家。」

貝雅特的臉紅得像甜菜根。

「貝雅特是尤根．隆恩的女兒，尤根曾在搶案與重大刑案組服務二十多年。貝雅特目前正追隨她那位傳奇父親的腳步，她所找到的重大線索已協助偵破了多起案件。我想我可能還沒提過，但過去一年來，我們搶案組的破案率接近百分之五十，就國際的觀點來看，這個數字代表——」

「伊佛森，這個你提過了。」

「謝謝。」

這一次伊佛森微笑時，直勾勾地看著哈利。那是個僵硬、蜥蜴般的露齒微笑，嘴角兩邊拉得老開，他就以這樣的笑容說完剩下的介紹詞。這些人當中，哈利還認識兩位：麥格斯．瑞恩是來自湯姆洛峽灣村的年輕探員，加入犯罪特警隊才六個月，表現出色。戴瑞克．古德蒙森是現場最有經驗的調查員，也是搶案組的第二把交椅。哈利跟這位不多話、辦事有條不紊的警察相處毫無問題。最後兩個也是搶案組的，兩個都姓李，但哈利馬上就知道他們不是雙胞胎。托莉．李是金髮女郎，薄唇、高䠷，有張不苟言笑的臉。歐拉．李是個矮胖的男人，有一頭紅髮、圓圓的臉和笑意盈盈的眼睛。哈利在走廊上見過他們的次數多到一般人都會互相打招呼了，但他卻從來沒這麼做過。

「至於我自己，各位應該多少都曾聽過我的事。」伊佛森這麼為介紹作結。「但為了讓所有人熟悉，我是搶案組的組長，獲派領導這次的調查。霍勒，現在回到你在一開始說過的，這不是我們第一次必須調查一件造成無辜民眾死亡的搶案。」

哈利設法別上鉤。他真的努力了，但那個鱷魚般的詭笑卻讓他前功盡棄。

「那種案子也有百分之五十的破案率嗎？」

桌旁只有一個人笑，而且笑得很大聲。是韋伯。

「真抱歉，我好像漏了有關霍勒的幾件事。」伊佛森正色說，「據說他很有喜感。我聽說，他真的很幽默。」一秒鐘尷尬的沉默。伊佛森發出一陣喇叭似的笑聲，接著桌邊也跟著響起低低的笑聲。

「好了，我們先來聽聽簡報。」伊佛森翻開第一張紙。第二張紙上寫著**鑑識證據**的標題，他打開馬克筆的筆蓋，做好準備。「韋伯，來吧。」

卡爾・托雷夫・韋伯站了起來。他個子不高，有一頭獅鬃般的灰髮和鬍子。他那低沉的隆隆嗓音給人不祥的感覺，儘管如此，話語仍很清晰。「我不會說太久。」

「你只管說吧。」伊佛森說著拿筆靠近紙張。「卡爾，要花多少時間都沒關係。」

「我不會說太久，因為我不需要花太長時間。」韋伯低聲說，「我們什麼證據都沒找到。」

「噢。」伊佛森說著放下筆。「你們什麼證據都沒有，這話是什麼意思？」

「我們有個全新耐吉鞋的鞋印，尺寸是四十五。這宗搶案絕大多數的東西都很專業，因此我唯一的推論就是這不太可能是搶匪平常會穿的尺寸。彈道專家也分析過子彈了，那是AG3步槍所用的標準七點六二毫米子彈，這是挪威最常見的彈藥，因為全國的軍營、軍火店、儲備軍官或民兵家裡用的都是這種。換句話說，完全無法追查。除此之外，你會認為他從來沒進入銀行，或離開銀行。我們在銀行外也搜過了。」

韋伯坐下。

「謝謝，韋伯，你的說明很……呃，讓人獲益匪淺。」伊佛森翻開下一張紙。**目擊者**。

「霍勒？」

哈利往椅子裡又挪了挪。「當時在銀行裡的人，事後都立刻接受了訊問，沒人說得出我們從錄影帶看不出來的事。也就是說，他們記得的事我們都知道是錯誤的。一位目擊者看到搶匪走上工業街，此外就沒有其他人打電話提供線索了。」

「這點讓我們進入下一個項目：脫逃車輛。」伊佛森說，「托莉？」

托莉．李往前踏一步，打開頭頂上方的投影機，機器內已經放了張投影片，上面是過去三個月來遭竊的私家車概覽。她操著濃重的桑默斯克地區口音，說明她認為哪四輛車最可能是脫逃車，她的判斷基礎在於這些車都是常見廠牌與車款，毫不特別，淺色車身，車子還算新，搶匪開起來才覺得可靠，不怕車子半途拋錨。其中最有嫌疑的是一輛停在馬里達路上的福斯ＧＴＩ，該車在銀行被搶的前一天夜裡被偷。

「銀行搶匪常會盡量在接近搶劫時間前偷車，這樣車子才不會出現在巡邏車名單上。」托莉．李說。她關掉投影機，拿起投影片，準備回到自己座位。

伊佛森點點頭。「謝謝。」

「謝什麼？」哈利低聲對韋伯說。

下面那張紙的標題是**錄影分析**。伊佛森已經把馬克筆蓋了起來。貝雅特嚥了口口水，清了清喉嚨，從身前的杯子裡喝了口水，又咳了一聲，雙眼盯著桌面：「我量過高度了——」

「貝雅特，請大聲一點好嗎？」蜥蜴微笑著。貝雅特又咳了幾聲。

「我量了錄影帶中搶匪的身高，他是一百七十九公分。這個數字我跟韋伯確認過了，他也同意。」

韋伯點頭。

「太好了！」伊佛森高喊，聲音裡是裝出的熱情。他拔開馬克筆的筆蓋，寫下：**身高一百七十九公分**。

貝雅特繼續對著桌面說話：「我也跟大學的阿斯拉克森談過，也就是我們的聲音分析師。他聽了搶匪用英語說的那五個字，他說……」貝雅特緊張地抬眼看了看伊佛森，伊佛森背對著她而站，正準備寫筆記。

「……錄音品質太差，沒辦法分析。完全沒有用。」

伊佛森垂下手臂，正好跟低低的太陽在雲後消失是同一時間，他們身後那片方形的大光塊也消失了。房間內一片死寂。伊佛森吸了口氣，雙腳在地上往前拖移。

「幸好，我們把王牌留在最後。」

搶案組組長翻開最後一張紙。**監看**。

「我們或許該向不在搶案組的同仁說明，在一宗銀行搶案有錄影時，我們總會先監看影帶。如果搶匪是我們熟悉的罪犯，那麼有七成的機會，我們能透過一卷好錄影帶揭露搶匪的身分。」

「即使他戴了頭罩？」韋伯問。

伊佛森點點頭。「好的便衣調查員能從搶匪的體型、搶劫時的肢體語言和說話方式等種種無法隱藏在頭罩後方的小細節認出搶匪來。」

「但這樣還不足以查出搶匪是誰。」伊佛森的副手戴瑞克・古德蒙森插嘴。「我們必須——」

「沒錯，」伊佛森沒等他把話說完。「我們必須有證據。搶匪可以對著攝影機說出名字，但只要他戴著頭罩、不留下具體證據，我們在法律上還是站不住腳。」

「那麼，你們認出的那七成裡面，有幾個真的被定罪？」韋伯問。

「只有少數幾人。」古德蒙森說，「就算得放他們走，知道有誰犯過搶案還是有好處。因為如此一來，我們就學到他們的模式和辦法，下次就可以逮得到人。」

「要是沒有下一次怎麼辦？」哈利問。他注意到伊佛森大笑時，耳朵上的粗血管擴張了。

「親愛的謀殺案專家呀，」伊佛森還是一副開玩笑的口吻。「看看大家吧，你會發現大多數的人都被你剛才的問題逗得大笑。那是因為成功搶劫過一次的銀行搶匪總是——總是喔！——會再度犯案。這是銀行搶匪的不變定律。」伊佛森瞥向窗外，又咯咯笑了一聲，才轉過身來。「如果今天的成人教育到此為止，或許我們可以看看是否有嫌犯了。」

歐拉・李看了看伊佛森，不太確定該不該站起來，最後決定還是坐著。「唔，我上個週末值勤。星期五傍晚就有剪接完成的錄影帶了，我請監看組的人在痛苦之屋裡看過。那天沒執勤的人星期六也都被叫來了。總而言之，十三位監看人員都在場，第一位是星期五晚上八點看的，最後一位是……」

「很好，歐拉，」伊佛森說，「請說說你看完有什麼發現。」

歐拉緊張地笑著，聽起來像海鷗猶豫地鳴叫。

「說啊？」

「艾斯本‧瓦蘭今天請病假。」歐拉說，「他對銀行搶匪的地盤比較清楚，我會請他明天過來一趟。」

「所以你的意思是……？」

歐拉的目光在桌上移動。「沒什麼發現。」他輕聲說。

「歐拉算是我們的新人。」伊佛森說，但哈利注意到他下巴的肌肉已經開始繃緊。「他識別身分時，要求百分之百的肯定，這點值得讚賞，但如果搶匪──」

「殺人犯。」

「──從頭到腳都裹起來、身高中等、不開口、行動反常且穿了不合腳的大鞋，那就有點強人所難了。」伊佛森提高了音量。「所以呢，歐拉，請把整份名單告訴大家。嫌犯有哪些人？」

「沒有人。」

「總有名字吧？」

「沒有。」歐拉嚥了口口水。

「你是說，沒人提得出建議？那些志願線民、認真的便衣呢，那些人每天盡責地跟奧斯陸最爛的混混打交道，而十個混混裡就有九個會有脫逃車、捲款潛逃者、把風者的線索，可是他們連隨便猜一下都不肯嗎？」

「他們是猜了啦，」歐拉回道，「提到六個名字。」

「那就快說呀你。」

「我都查過了，其中有三個在坐牢，一個在搶案發生時人在布拉達廣場，另一個在泰國芭塔雅。這個我去查過。另外還有一個人，每個便衣警察都提到他，因為他跟搶匪的身材差不多，犯下的搶案也很專業，那人就是提維塔幫的畢永‧約翰森。」

「哦，是嗎？」

歐拉一副想溜下椅子、消失在桌底下的模樣。「他人在伍立弗醫院，上星期五正在接受招風耳手術。」

「招風耳？」

「就是耳朵突出啦。」哈利咕噥著，彈掉眉毛上的一滴汗。「伊佛森簡直快爆炸了。你現在多少了？」

「已經超過二十一了。」哈福森的聲音被牆壁反彈回來。剛過中午，警署地下室的健身中心除了他們兩個幾乎沒有別人。

「你是抄捷徑還是怎樣？」哈利咬緊牙關，想加快速度。他那有肌力測量儀的自行車周圍已經一灘汗水了，哈福森的前額卻好像根本沒濕。

「所以你一點頭緒也沒有囉？」哈福森問，呼吸規律又平靜。

「除非我能從貝雅特最後說的話裡找出什麼端倪，不然我們一點辦法也沒有。」

「她說了什麼？」

「她在研究一個程式，能把錄影帶中搶匪的頭、臉做出立體圖像。」

「加上頭罩的？」

「那個程式能把圖片裡的光啦、陰影啦、凹凸部位等資料都運算進去，頭罩愈緊，組成頭罩下方人頭的影像就愈容易。然而那都只是個草圖，但貝雅特說她可以用來跟嫌犯的照片比對。」

「是聯邦調查局的識別程式嗎？」哈福森轉向哈利，有些驚異地看著原本在哈利胸口那塊聯誼社商標處的汗漬，現在已經擴散到整件恤衫了。

「不是，她的程式更好。」哈利說，「多遠了？」

「二十二。什麼程式？」

「**梭狀回**。」

「微軟的？還是蘋果的？」

哈利用食指輕敲自己通紅的前額。「這東西每個人都有。就在大腦顳葉上，那東西唯一的功能就是認人。就這麼個作用。那塊小東西能讓我們分辨數萬張人類面孔，卻分不出十幾隻犀牛的不同。」

「犀牛？」

哈利用力擠了擠眼睛，想把刺痛眼睛的汗眨掉。「我是打比方啦，哈福森。不過貝雅特真的是特例，她的梭狀回比別人還強，可以記住這輩子見過的所有人的臉。我指的可不只是她認識或說話過的人而已，還包括她十五年前在擁擠的街頭見過的、戴著墨鏡的臉。」

「不會吧。」

「真的。」哈利低下頭，等調勻呼吸了才又說下去：「世界上只有大約一百個像她這樣的例子。古德蒙森說她在警察學校做過測驗，打敗了幾個知名的人臉識別程式。這女人根本就是會走路的人臉資料庫。要是她問你**我以前是不是在哪裡見過你**？相信我，那絕對不是搭訕。」

「哇塞。她來警局做什麼？拜託，她有這種天分耶。」

哈利聳聳肩。「你記得八〇年代在瑞恩區的銀行搶案中被槍殺的那個警員嗎？」

「那時我還沒進來。」

「銀行被搶時，他剛好在附近，由於他是第一個抵達現場的人，他就走進銀行去協商，什麼武器都沒帶。他在一陣亂槍掃射中被殺死，搶匪到現在都沒抓到。後來警察學校拿這件事來當教材，說明要讓銀行搶匪出奇不意就**不該**做什麼。」

「應該等待支援，不能跟搶匪對峙，或讓自己、銀行員工或搶匪暴露在沒必要的危險中。」

「對，課本上是這麼說的。怪的是，他是當時警方最優秀、最有經驗的調查員尤根．隆恩，也就是貝雅特的父親。」

「噢。所以你認為她加入警局是這個原因？因為她父親？」

把手。

「有可能。」

「她漂亮嗎？」

「還不錯。多遠了？」

「剛過二十四，還剩六。你呢？」

「二十二，你知道我會趕上的。」

「這次可不行。」哈福森說著加快速度。

「我會的，因為現在是上坡，我開始發威，你會因為太緊張而抽筋，你每次都這樣。」

「這次不會。」哈福森說著更用力踩踏板，濃厚的髮際線上開始滲出一滴汗珠。哈利笑著，傾身靠近車把手。

畢悠納・莫勒一下子看著太太瑪格麗特給他的購物單，一下子看著架上那些他以為是香菜的東西。去年冬天他們從普吉島度假回來以後，瑪格麗特就愛上了泰國菜；但面對這些每天從曼谷搭飛機來到格蘭斯萊達街上這家巴基斯坦雜貨店的各式蔬菜，這位犯罪特警隊隊長仍惴惴不安。

「老闆，那是綠辣椒。」耳邊有個聲音響起，畢悠納・莫勒一個轉身，看到哈利那張通紅、滿是汗水的臉。「幾根這個再加幾片薑，就可以煮泰式酸辣湯了。你的耳朵會冒煙，但你會排出大量的汗。」

「看來你已經嚐過了嘛，哈利。」

「只是跟哈福森玩了一趟自行車比賽。」

「是嗎？那你手裡的是什麼？」

「節朋椒，一種小紅辣椒。」

「我不知道你也會做菜。」

哈利困惑地望著那袋辣椒，好像他也是第一次見到。「對了，老闆，正好遇見你，我們有點狀況。」

莫勒感覺頭皮一陣發麻。

「不知道是誰決定讓伊佛森主導玻克塔路的殺人案，但這樣真的不行。」

莫勒把購物單放進菜籃。「你們兩個共事多久了？兩天？」

「老闆，那不是重點。」

「哈利，你這輩子就不能好好辦一次事、讓其他人決定該怎麼安排嗎？試著不要跟大家做對，不會造成什麼永久傷害的啦。」

「老闆，我只想盡快解決這件案子，這樣我才能開始調查下一件。」

「這我知道，但那件案子我給你兩個月，你調查的時間都超過好久了；哈利，我沒辦法把時間和資源用在私人考量和情緒因素上。」

「老闆，她是我的搭檔。」

「這我知道！」莫勒低吼。他忽然止住，看了看四周，然後稍微壓低了聲音：「哈利，你到底有什麼狀況？」

「那些人習慣對付搶匪，伊佛森對有建設性的意見完全不感興趣。」

想到哈利所謂的「有建設性的意見」，莫勒忍不住笑了。

哈利靠上前，連珠砲地說將起來：「老闆，發生謀殺案的時候，我們第一個會問的問題是什麼？我們會問：為什麼？動機是什麼？可是在搶案組，他們一概認為動機就是錢，而不會那樣問。」

「那麼你認為動機是什麼？」

「我還沒想法。重點是他們用的辦法完全錯誤。」

「哈利，是他們的辦法不同，**不同**。我得快點買好菜、趕回家，所以快說你有什麼事。」

「我要你跟相關人士談一談，好讓我能跟另一個人單獨作業。」

「退出調查小組嗎？」

「並行調查。」

「哈利——」

「我想跟貝雅特・隆恩合作，這樣她跟我才能重新開始。伊佛森已經快陷進——」

「哈利！」

「幹嘛？」

「真正的原因是什麼？」

哈利把身體重心換了邊。「我沒辦法跟那隻微笑的鱷魚合作。」

「你說伊佛森嗎？」

「我會做出超級蠢的事。」

莫勒的眉毛蹙起，在鼻梁頂端形成一個黑色的V：「你在威脅我？」

哈利把一隻手放在莫勒肩頭。「老闆，就幫這麼一次。我再也不會請你幫忙了，再也不會了。」

莫勒低吼一聲。這些年來，他放著資深同事給他的善意職業規劃不走，而替哈利出頭，已經不知道多少次了！大家都要他跟哈利保持距離，說他是一尊管不住的大砲。哈利身上唯一可以肯定的一點，就是總有一天他會做出錯得離譜的事。然而，不知道怎麼搞的，他和哈利目前為止總能化險為夷，讓別人沒法拿他們開刀。但這是目前的狀況。最耐人尋味的問題卻是：他為什麼要忍下這一切呢？他看著面前的哈利。這個醉鬼、麻煩人物、教人受不了又自大的頑固份子。同時也是他手下除了湯姆以外，最優秀的調查員。

「哈利，你最好少管閒事。否則我會讓你吃不了兜著走。懂了嗎？」

「懂得很，老闆。」

莫勒嘆口氣。「我明天會跟總警司和伊佛森開會。我們只能走著瞧了，我什麼都不保證，聽到了嗎？」

「是，老闆。請代我問候你太太。」哈利扭頭就往出口走。「香菜在最左邊底層的架子上。」

莫勒站著，望著那只菜籃。他現在想起為什麼了。他喜歡這個醉鬼、不聽話又頑固的混蛋。

7 白棋國王

哈利朝一位常客點點頭，在波浪狀的窄窗檯下找了張桌子坐下。窗外是沃瑪川奈街，他身後的牆上掛了一大幅畫，畫中是豔陽下的青年廣場，一個撐著陽傘的女人，正開心地接受頭戴高帽、正在散步的男人向她致意。那似乎永無止盡的秋季昏暗日光，和施羅德酒館裡幾乎是虔誠、靜默的午后，成了絕大的對比。

「你能來真好。」哈利對已經坐在桌旁的一個肥胖男子說。不難看出這個人不是常客，但不是因為那件高雅的花呢夾克，也不是那條有紅點的領結，而是因為他在散發著啤酒味、上面還有著點點黑色香菸焦痕的桌布上，攪拌著裝著茶的白色馬克杯。這位稀客是心理學家史戴・奧納，他是全國最優秀的心理學家之一，也是警方經常求助的專家。警方求助的結果時而令人滿意，時而令人後悔，因為奧納這個人性格耿直，剛正不阿，若沒有百分之百確鑿的科學證據，他在法庭上絕不發表意見。不過，由於心理學本來就沒什麼證據可言，常見的情況是檢方證人成為被告最好的朋友，檢方證人心中的疑惑一般來說都對被告有利。而身為警官的哈利，長久以來仰賴奧納的專長破解謀殺案，根本已把他當成了同事。有酒癮的哈利也完全放心地把自己交在這位仁慈、聰明而且愈來愈驕傲的男人手裡——逼不得已的時候，他甚至會稱他為朋友。

「所以這就是你的巢穴了？」奧納說。

「對。」哈利說著朝櫃檯的瑪雅揚了揚眉，瑪雅立刻快步穿過翻板門，進了廚房。

「你是吃了什麼啦？」

「節朋辣椒。」

一滴汗珠滾下哈利的鼻梁，在鼻端掛了一會兒，然後滴在桌布上。奧納訝異地看著那滴水。

「恆溫器有夠爛的。」哈利說，「我剛才在健身房。」

奧納皺起鼻子。「以科學人的角度來說，我想我應該讚賞你；但以哲學家的角度，我會質疑你讓身體經歷這種不堪有何意義。」

一個不鏽鋼咖啡壺和一個馬克杯放到了哈利面前。「謝了，瑪雅。」

「愧疚感作祟。」奧納說，「有些人只能用懲罰自己的方式來面對愧疚。就像你崩潰的時候，哈利。就你而言，你不是拿酒精當避風港，而是當成懲罰自己的終極辦法。」

「謝了。你這個診斷我以前就聽過了。」

「所以你才這麼努力地健身嗎？因為良心不安？」

哈利聳聳肩。

奧納壓低聲音。「還是忘不了愛倫？」

哈利迅速抬眼看著奧納。他緩緩舉起那杯咖啡，大大喝了一口，才苦笑著把杯子放下。「不，不是愛倫．蓋登的案子。那件案子我們毫無進展，但並不是因為我們沒好好辦。這我很清楚。會有線索出來的，我們只要耐心去等。」

「那好。」奧納說，「愛倫的死並不是你的錯，請牢牢記住這一點。也別忘了：你的其他同事全都認為凶手已經伏法。」

「也許是，也許不是。凶手已經死了，無法回答問題。」

「別讓這件事成為執念，哈利。」奧納把兩根手指伸進花呢夾克的口袋，取出一只銀色的懷錶瞥了一眼。「但我想你今天不是來談愧疚感的吧？」

「不是。」哈利從內袋中取出一疊照片。「我想知道你對這些有什麼看法。」

奧納伸手接過，翻起那疊照片。「看起來像是搶銀行。這不是犯罪特警隊的事啊。」

「看到下一張照片你就會明白了。」

「哦？他對攝影機豎起一根手指。」

「對不起，那就是下一張。」

「噢。她是……」

「沒錯，你幾乎看不到火光，因為那是AG3，但他剛開火。看這邊，子彈剛穿過那女人的前額。下一張照片就是子彈從她後腦杓穿出，射進玻璃隔板旁邊的木頭裡。」

奧納放下照片。「哈利，你為什麼老是拿這種照片給我看？」

「這樣你才知道我們在談什麼。看下一張。」

奧納嘆口氣。

「搶匪從那裡拿到了錢。」哈利指著照片說，「他現在只要逃走就好了。他是職業搶匪，冷靜、精確，沒理由去恐嚇別人或強迫人做事，但他卻選擇延遲幾秒鐘脫逃，開槍射殺這個行員，只因為分行經理從提款機拿錢時晚了六秒。」

奧納拿湯匙在茶杯中慢慢以8字形攪拌。「現在你是想知道他有什麼動機？」

「唔，動機總是有的，難的是知道從哪個理性面去看。你的第一個想法是什麼？」

「嚴重人格障礙。」

「可是他做的其他事情都很合理。」

「有人格障礙不代表愚笨。病人都能夠達成想要的目標，多數時候甚至比平常人還要在行。區分他們跟我們的關鍵，在於他們要的東西不同。」

「毒品呢？有沒有什麼毒品能讓一個普通人變得很有攻擊性、到想殺人的地步？」

奧納搖搖頭。「毒品只會強化或軟化潛伏的性向。一個殺害妻子的醉漢在清醒時就有毆打妻子的習性。像照片上這樣的蓄意殺人案，犯案的也幾乎都是有特定傾向的人。」

「所以你是說，這男的發作了？」

「或是預設行為。」

「預設行為？」

奧納點頭表示同意。「記得那個一直抓不到的搶匪，洛斯可．巴克斯哈嗎？」

哈利搖頭。

「吉普賽人。」奧納說，「關於這位神祕人物的謠傳已經有好幾年了。據說他是八〇年代奧斯陸所有保全車和金融機構等重大搶案的幕後主腦，警察花了幾年才相信這人真的存在，但即便如此，警察一直找不到他涉嫌的證據。」

「我有點印象了。」哈利說，「但我以為他被捕了。」

「錯。警察最接近他的一次，是抓到兩名願意提出對洛斯可不利證據的搶匪，但這兩個人卻在奇妙的情況下消失了。」

「沒什麼好奇怪的。」哈利說著取出一包駱駝牌香菸。

「在監獄裡消失就奇怪了。」

哈利低低吹了聲口哨。「我記得他最後還是去坐牢了。」

「沒錯。」奧納說，「但他並不是被捕，洛斯可是自首的。有一天他忽然出現在警察總署的櫃檯，說他想自首參與好幾宗陳年銀行搶案。可想而知，這件事造成極大的騷動。沒人知道到底怎麼回事，洛斯可也拒絕解釋他為什麼要自首。在案子送上法庭以前，警察打電話要我去看他是否精神正常，以評斷他的自首是否有效。洛斯可同意跟我談話，卻有兩個條件：一、我們要下一局棋——別問我他怎麼知道我愛下棋。二、我要帶一本法文版的《孫子兵法》過去，那是講軍事戰略的中文古書。」

奧納打開一盒小貴族牌小雪茄。

「我請巴黎那邊把書寄來，又帶了一組西洋棋過去。監獄的人讓我進了他的牢房，一個怎麼看都像僧侶的男人向我打招呼。他向我借一支筆，翻開那本書，歪歪頭要我把棋盤打開、排好。我把棋子放到定位，以瑞提開局法起頭，也就是在掌控中心以前不攻擊對手，這種策略對中等程度的棋手通常很有效。當然，從一步棋是看不出來我是這麼打算的，但這個吉普賽人卻從書上瞄了棋盤一眼，摸了摸山羊鬍子，用一種了然於心的神情看我，還在書上做筆記……」

小雪茄末端的銀色打火機呼一聲燃起火焰。

「……然後他又看起書來。我就說：**你不下棋嗎？**我看他拿我的筆草草寫著字，一面回答：**不需要。我正在寫這局棋會怎麼結束，每一步都寫下來。你會把你的國王弄倒。**我說，他不可能光憑第一步棋就知道整局棋會怎麼發展。**要不要打賭？**他問。我笑說不必，但他卻很堅持，於是我同意賭一百克朗，輸了之後訪談時就要對他厚道一點。他要求先看鈔票，我只好把錢放在棋盤邊上他看得到的地方。他舉起手，好像準備要下棋，之後發生的事快得不得了。」

「下閃電棋嗎？」

奧納微微一笑，在深思中朝天花板吐出一個煙圈。「接下來我就被他反扣住，我的頭被拉得往後仰，只看到天花板，然後我耳邊聽到一個聲音：Gadjo（**外地人**），**有沒有感覺到刀子？**我當然感覺得到，薄而鋒利的不鏽鋼壓著我喉頭，隨時可以刺穿我的皮膚。哈利，你有沒有經歷過這種感覺？」

哈利的腦子飛快回憶著相關經驗，但卻沒找到類似的。他搖搖頭。

「用我幾位病人的話來形容，那感覺就是矮了一截。我嚇得差點尿褲子。然後他又在我耳邊說：**奧納，把你的國王弄倒。**他抓住我的手放鬆了些，好讓我抬起手臂，把自己的棋推倒。然後他又突然鬆開我，回到他原本的位子上，等我站起來、調勻呼吸。我呻吟地問他，**幹嘛這樣？**他回答，**這就是搶銀行。先做計劃，然後執行。**然後他讓我看他在書裡寫的東西，我只看到我的那一步棋，和白棋國王投降。然後他問：**奧納，我回答你的問題了嗎？**」

「那你怎麼說？」

「我什麼也沒說。我叫警衛過來。但在警衛來以前，我問了洛斯可最後一個問題，因為我知道要是我現在得不到答案，就會一直去想而把自己搞瘋。我問：**你會下手嗎？要是我不肯投降，你會割我喉嚨嗎？就為了贏得這個蠢打賭？**」

「他怎麼回答？」

「他笑了笑，問我知不知道預設行為是什麼。」

「然後呢？」

「就這樣。門開了，我就走了。」

「可是他說預設行為是什麼意思？」

奧納推開茶杯。「人的預設行為能讓腦袋遵循特定的行為模式。人腦會忽略其他衝動，遵循既定的規則，不管那是什麼。這在人腦面臨驚慌的自然衝動時非常有用。比方說如果降落傘打不開，那麼我就希望傘兵有緊急程序的預設行為。」

「或是在士兵打仗的時候。」

「沒錯。不過，有幾個辦法能在某個程度內設定人類的行動，讓人進入類似催眠的狀態，甚至連極端的外在影響都無法打斷，人變成像活著的機器人。這是每個將軍夢寐以求的事，而且只要知道必要的技巧，達到這目的其實簡單得嚇人。」

「你是說催眠嗎？」

「我喜歡說是預設行為，這種說法的神祕性比較少。基本上就是打開和關閉衝動途徑。只要夠聰明，就能輕鬆讓自己以預設行為行事，也就是所謂的自我催眠。如果洛斯可的預設行為就是在我不投降的時候殺我，他就不會讓自己改變心意。」

「但他並沒有殺你。」

「所有的行為都有脫逃鈕，也就是讓人離開催眠狀態的密語。以這個例子來說，脫逃鈕可能就是把白棋國王推倒。」

「噢。厲害。」

「現在我要講重點了……」

「我想我知道了。」哈利說，「照片上那個搶匪的預設行為，就是在分行經理超出時限的時候開槍。」

「預設行為的規則必須很簡單。」奧納說著把小雪茄丟進馬克杯，又把淺碟放在杯子上。「為了讓你進入催眠狀態，頭腦必須形成一個小而合邏輯的封閉系統，屏除其他思緒。」

哈利把一張五十克朗的鈔票放在咖啡杯旁邊，站起身。奧納沉默地看著哈利把照片收好，才說：「我的話你一句都不信，對吧？」

「對。」

奧納站起來，把腹部的夾克釦子扣好。「那你相信什麼呢？」

「我相信經驗告訴我的事。」哈利回答，「我相信大多數的壞人都跟我一樣蠢，會選擇簡單的法子，沒有複雜的動機。簡單來說，事情就是表面上那樣。我可以打賭，那個搶匪不是瘋了，就是慌得亂了手腳。他的行為很無知，我可以據此說他很笨。拿那個你認定很聰明的吉普賽人來說好了：他拿刀子攻擊你，結果要坐多久的牢？」

「不必坐牢。」奧納冷笑著說。

「咦？」

「他們根本沒找到刀。」

「你不是說他在牢房裡拿刀抵住你嗎？」

「你沒有經驗過嗎？你趴著躺在海灘上，朋友叫你別動，因為他們要把燒紅了的煤炭放在你背上，然後你聽到有人哎呀一叫，下一秒鐘你就覺得被煤炭燙到了？」

哈利在腦中翻遍所有度假的回憶。沒花多久時間。「沒有。」

「結果只是鬧劇，那根本只是冰塊！」

「那又怎樣？」

奧納嘆氣。「有時候，我真懷疑你是怎麼活過這三十五年的，哈利。」

哈利一手摸過臉龐。他累了。「奧納，你到底想說什麼？」

「我是要說，一位出色的心靈操控師，可以讓你把百元鈔票誤認為是刀鋒。」

金髮女郎直視哈利的眼，承諾這天雖然偶有雲層，但會出太陽。哈利按下「電源」鈕，十四吋電視螢幕的畫面縮成中央的一個小光點。他閉上眼睛，視網膜上卻出現絲汀的影像，耳邊還聽到記者的聲音在迴盪「……到目前為止，警方仍未找到本案嫌犯。」

他又張開眼，打量著漆黑螢幕上的反射影像。上面是他自己、那張購自艾勒維多家具店的老舊高背沙發椅和一張有著玻璃和瓶蓋裝飾的茶几，上面空無一物。一切都跟往常一樣。打從他住進這裡以來，那架可攜式電視機就放在書架上，在一本寂寞星球泰國旅遊指南和一本挪威地圖之間，幾年來一公尺都沒移動過。他看過七年之癢的報導，也讀過人通常會開始渴望到新的地方住，擁有新的工作或新的伴侶等事。他什麼也沒感覺到，近十年來也一直都幹同一行。哈利看了看錶。安娜是說八點。

至於伴侶這件事，他的戀情從未持續過那麼久，因此他也無從得知那理論到底對不對。除了兩段原本可能維持到七年的感情，哈利的戀情總會因為他所謂的「六週之癢」而告終。他難以全心投入，究竟是不是因為他兩次愛上女人都以悲劇收場，那就不得而知了。或者該怪他那兩個不渝之愛——謀殺案調查和酒精？無論怎樣，在兩年前他還沒遇見蘿凱的時候，他已經開始認為自己不適合長久關係了。他想起蘿凱在侯曼科倫區那又大又酷的臥房，他們在早餐桌上的輕聲密語，歐雷克在冰箱門上的塗鴉，畫著三個手牽手的人，其中一個的個子就跟無雲藍天上的黃太陽一樣高，那人的下方寫了**哈力**二字。

哈利從椅子上站起來，在答錄機旁找到一張寫有她電話的紙片，在手機上按下號碼。鈴響四聲之後，另一頭有人接起了電話。

「嗨，哈利。」

「嗨。妳怎麼知道是我？」

一聲低沉的笑。「哈利，這些年來你到哪裡去了？」

「我到處跑。妳是怎麼知道的？我又說了什麼蠢話了嗎？」

她笑得更大聲了。

「啊哈，妳會看到來電顯示。我真笨。」

哈利聽出自己說的話有多老套，但那不重要，重要的是把該說的話說出來然後掛斷，結束。「安娜，是這樣的，今天晚上我們的約……」

「哈利，別耍幼稚哦！」

「幼稚？」

「我正在煮百年難得一嚐的咖哩。如果你怕我會引誘你，那我得讓你失望了，因為我只是覺得我們都欠對方一頓可以好好談天的晚餐，回憶往日，澄清誤會，或者也不必。不然閒聊也好。你還記得節朋辣椒吧？」

「喔，記得。」

「太好了，那八點整見囉？」

「唔……」

「那就這樣啦。」

哈利站著，瞪著電話。

8 賈拉拉巴德

「我馬上就會殺了你。」哈利說著握緊槍枝冰冷的金屬。「我只是先讓你知道，讓你想一想。把嘴張開！」

哈利對著不會動、沒有靈魂也沒有人性的蠟娃娃叫囂。頭罩下的他已經開始出汗，太陽穴的青筋跳動著，每跳動一次就隱隱作痛一次。他不想看周圍的人，不想看到他人責備的眼光。

「把錢放進袋子裡。」他對面前那個沒有臉的人說，「把袋子放到頭上。」

那個無臉人開始大笑，哈利把槍一轉，用槍托敲他的頭，但沒打中。現在銀行裡的其他人也開始大笑，哈利從頭罩上隨便剪出的眼洞裡觀察這些人：他們忽然變得很眼熟。二號櫃檯旁的女孩很像碧姬塔，他敢發誓發票機旁那個黑人男子是安德魯，還有推著嬰兒車的白髮婦女……

「修女。」他低聲說。

「你到底要不要錢？」那個無臉人說。「還有二十五秒。」

「要花多久由**我**決定！」哈利大吼，把槍管戳進無臉人張著的一張黑嘴。「原來是你，我就知道。再過六秒你就要死了，領死吧你！」

一顆牙齒吊在牙齦上，鮮血從無臉人的嘴角流下，但他卻毫無所覺地說著話：**我沒辦法把時間和資源用在私人考量和情緒因素上**。不知哪裡傳來瘋狂的電話鈴響。

「領死吧！像她一樣領死吧！」

「別讓這件事成為**執念**，哈利。」哈利感覺到那張嘴在咀嚼槍管。

「她是我同事，你這混蛋！她是我最要好的……」頭罩黏在哈利嘴巴上，讓他呼吸困難。但無臉男的聲音仍肆無忌憚地傳來：「放下她吧！」

「……朋友。」哈利扣下扳機，但什麼事也沒發生。他睜開眼。

哈利的第一個念頭是自己打了個盹。他還坐在同樣的綠色沙發椅上，面對著漆黑的電視螢幕，但那件外套卻是新的，披在自己身上，遮住他的下半張臉；他可以感覺到外套潮濕的布料，而且日光射進了房間。接著他感到有個大榔頭正敲擊著他眼睛後方的神經，一次又一次，既精準又毫不留情，結果是劇烈又熟悉的疼痛。他試著回憶：他最後去了施羅德酒館嗎？他是否在安娜家喝了酒？但一切就跟他擔心的一樣：一片空白。他記得坐在起居室跟安娜講電話，但之後就是一片空白。這時他胃裡一陣翻湧，哈利彎身到沙發椅外，聽到嘔吐物潑灑在鋪木地板上。他呻吟一聲，閉上眼，想把電話鈴響從耳邊隔絕。答錄機響起時，他已經睡著了。

就像有人偷走了他的時間、又把剩餘的零頭給丟了那樣。哈利再度醒來，卻遲遲不睜開眼，想知道情況會不會好一些。但他沒發覺什麼轉變，唯一的不同是那把大榔頭敲擊的範圍變大，他身上有嘔吐物的臭味，還有他知道自己這下子睡不著了。他數到三，站起來，跌跌撞撞地跨出八步來到浴室，頭低到兩膝間，把胃裡的東西都吐光。他撐著馬桶站起，努力想調勻呼吸。他驚訝地看見流下白瓷馬桶的黃色物質中，含有紅色和綠色的小塊。他用食指和拇指夾起一小塊紅色的，拿到水龍頭下沖了沖，舉起對著光看，然後又小心翼翼地放進齒間咀嚼。他嚐到節朋辣椒那辣人的汁液，不由得皺起臉。他洗了把臉，又站直身子，這才看到鏡中的自己有隻眼整個黑了一圈。他播放答錄機的留言時，起居室的日光刺得他雙眼好痛。

「我是貝雅特，希望沒打擾你。可是伊佛森說我應該立刻打電話給所有人。又發生一起銀行搶案，地點在基克凡路上的挪威銀行，就在福隆納公園和麥佑斯登區交口。」

9 霧

鋼鐵灰的雲悄悄低掩在奧斯陸峽灣上方，太陽消失在雲層後，南風以接近強風的勢道呼呼吹著，像是替天氣預報說會下的雨譜出前奏。屋頂的排水溝發出咻咻聲，整條基克凡路上的雨篷都在風裡上下翻飛。樹木根本光禿一片，彷彿城裡最後的色彩都被抽離，奧斯陸只剩下黑白兩色。哈利在風中縮著身子前進，雙手插進口袋把外套裹緊。他注意到底部的鈕釦鬆脫了，大概是傍晚或夜裡掉的，但這不是唯一不見的東西。

他要打電話找安娜，請她幫忙重建那天夜裡發生的事時，才發現自己的手機也不見了。他用室內電話打給她，只聽到一個語音訊息，讓他模糊地憶起過去。語音訊息說他想找的人目前無法接聽，請他留下電話或訊息。他懶得留。

哈利很快就打起精神，也驚訝地發現自己輕易就能抗拒想繼續喝酒和走一小段路到酒品專賣店或到施羅德酒館的衝動。他沖了個澡，換好衣服，沿著蘇菲街走過畢斯雷球場，轉進彼斯德拉街，經過史登斯公園，再穿越麥佑斯登區。他好奇之前到底喝了什麼。由金賓波本威士忌引發的肚子痛是消失了，但一片霧卻罩住了他，遮蓋起他所有的知覺，就連呼呼吹來的風都無法把霧吹散。

兩輛警察巡邏車閃著藍光，停在挪威銀行外。哈利向一位便衣警察亮出證件，低頭穿過封鎖線，來到銀行門口。韋伯正在那裡跟鑑識組的手下說話。

「下午好啊，警監。」韋伯說，故意強調「下午」兩字。看到哈利腫起的黑眼眶，他揚起眉。「老婆開始打人啦？」

哈利一時想不出怎麼回嘴，只好從菸盒裡彈出一根菸。「調查得怎麼樣了？」

「戴頭罩的男子，拿了把AG3。」

「點子飛了？」

「飛得遠囉。」

「跟目擊者談過了？」

「嗯，雙李正在總部忙這件事。」

「事情的詳細經過是怎樣？」

「搶匪給女性分行經理二十五秒打開提款機，他自己用槍指住櫃檯後方一位女人的頭。」

「他也讓她代為傳話嗎？」

「對。他走進銀行的時候，也用英文說了同樣的話。」

「不准動，搶劫！」他們身後有個聲音，接著是幾聲短促的笑聲。「霍勒，真高興你來了。哎唷，你在浴缸裡滑倒啦？」

哈利用一隻手點燃香菸，另一手把菸盒遞給伊佛森，伊佛森搖搖頭。「壞習慣啊，霍勒。」

「說得對。」哈利把那盒駱駝牌香菸放回內袋。「永遠不要請人抽菸，而該假設紳士都會自己買菸。班傑明．富蘭克林如是說。」

「是嗎？」伊佛森說，不理會韋伯的笑容。「霍勒，你真是博學。或許你知道我們的搶匪又犯案了——就跟之前我們預測的一樣？」

「你怎麼知道是他？」

「你大概也聽說了，整件案子就跟玻克塔路的北歐銀行搶案一模一樣。」

「是嗎？」哈利說著深深吸了口氣。「那屍體在哪？」

伊佛森和哈利互相瞪視。蜥蜴的牙齒閃著光。韋伯插嘴了：「這個分行經理動作比較快，她在二十三秒內就把提款機裡的錢拿出來了。」

「沒有謀殺受害人。」伊佛森說，「失望了嗎？」

「不。」哈利說，讓煙從鼻孔呼出來。一陣風把煙吹散，但他腦中的霧卻拒絕消失。

門開了，正盯著咖啡機看的哈福森抬起頭。

「能不能馬上幫我泡杯特級濃縮咖啡？」哈利說著一屁股坐進辦公椅內。

「早啊。」哈福森說，「你看起來好慘。」

哈利把臉埋進雙手：「昨天晚上的事我一點也想不起來。我不知道自己喝了什麼，但我再也不碰酒了。」

他從指縫間看到同事緊蹙眉頭的擔憂表情。

「放輕鬆，哈福森，只是小事一樁啦。我現在就跟這張辦公桌一樣清醒。」

「發生了什麼事？」

哈利苦笑一聲。「我從吐出來的東西看出我跟一個老朋友吃了晚飯，我打了幾次電話想求證，但她都沒接。」

「女的？」

「對，是女的。」

「哈，那可不是聰明的警察行徑喔。」哈佛森謹慎地說。

「你好好泡咖啡吧你。」哈利低吼。「只是舊情人而已，我們還算清白。」

「你什麼都不記得，怎麼知道清不清白？」

哈利的掌心搓著沒刮鬍子的下巴，想著奧納說過毒品只會強化潛伏的性向。他不知道這句話算不算安慰。片段的細節開始浮現：一件黑色洋裝。安娜穿了一件黑色洋裝。他躺在樓梯上。有個女人扶他站起來。只有半張臉，就像安娜畫的一幅肖像畫。

「我每次都會醉成一灘爛泥。」哈利回道，「這一次並沒有比其他時候更糟。」

「那你的眼睛呢？」

「大概是我回家時或什麼時候撞到廚房流理台了吧。」

「哈利，我是不想讓你擔心啦，但那樣子可比撞到廚房流理台嚴重多了。」

「喂！」哈利說著用雙手握住咖啡杯。「我像在擔心嗎？反正我每次醉得不省人事的時候，身邊也都是些就算我清醒時也不會喜歡的人。」

「對了，莫勒叫我傳話給你，他說沒問題，但沒說是什麼事。」

哈利讓濃縮咖啡在口中漱了漱，然後才吞下。「哈福森，你會知道的，很快就會知道了。」

那天下午在警察總署，調查小組開簡報會時詳細地討論過那起銀行搶案。古德蒙森告訴大家，警鈴響起後三分鐘，警車就到了，但那時搶匪已經逃離了犯罪現場。警方不僅立刻以巡邏車包圍並封鎖最近的街道，在接下來的十分鐘內還布下外圍封鎖線，範圍涵蓋幾條交通幹道：扶那布區的E18線、伍立弗體育場的三環線、阿克爾醫院的特隆赫姆路、貝蘭姆市外的格里尼路，以及卡爾柏納廣場的十字路口。

「真希望能說這是鐵封鎖線，但你也知道現在人手不足。」

托莉．李訪談了一位目擊者，那人說看見一個戴頭罩的男子跳進一輛停在麥佑斯登路行人徒步區裡等待的白色歐寶車，那輛車立刻左轉開上亞克奧斯街。麥格斯．瑞恩也說，另一位目擊者看到一輛可能是歐寶的白色汽車，開進維登的車庫，緊接著就有一輛藍色福斯車開了出來。伊佛森研究著掛在白板上的地圖。

「聽起來滿合理的。歐拉，也請你傳出注意藍色福斯車的訊息。韋伯那邊有什麼發現？」

「布料纖維。」韋伯說，「在他跳過的櫃檯後方找到兩條，門口還有一條。」

「好！」伊佛森向空揮出一拳。他開始繞著桌子在大家身後踱步，哈利覺得他煩死了。「所以現在我們只要找到幾位候選人就行了。一等貝雅特做完剪接，我們就把搶劫影片公開到網路上。」

「這樣好嗎？」哈利問，把椅背往後抵在牆上，截斷伊佛森的路。

這位長官訝異地看著他。「當然，我們總不會拒絕別人打電話進來，把影片裡的人名告訴我們吧。」

歐拉插嘴了。「你記得上次有個媽媽打電話進來，說她看到網路上的搶劫影片裡有她兒子的事嗎？結果那個兒子早就因為另一件搶案坐牢了。」

笑聲更大了。伊佛森微笑：「霍勒，我們絕對不會拒絕接受新目擊者的消息。」

「或者說新的仿效者？」哈利把雙手放在頭後方。

「你說模仿犯？霍勒，拜託你。」

「嗯，如果我今天準備搶銀行，我當然會模仿挪威目前最難抓的銀行搶匪，亂人耳目，讓警察以為是那個搶匪幹的。玻克塔路搶案的所有細節，網路上都找得到。」

伊佛森搖搖頭。「霍勒呀，恐怕現在的銀行搶匪沒那麼厲害。有誰願意向犯罪特警隊說明，慣性搶匪的標準行為是什麼嗎？沒有人？唔，這種人總是一成不變地重複之前成功的經驗。只有在他失敗——比方沒搶到錢或被捕的時候，才會改變行為模式。」

「這證實了你的理論，但並沒排除掉我的啊。」哈利說。

伊佛森不知所措地看了桌旁的人一眼，好像在求助。「好吧，霍勒。你有一次機會實驗你的理論。其實呢，我正好決定實驗一個新辦法。簡單說來就是讓一小組人獨立作業，跟調查小組分頭進行。這個辦法是聯邦調查局創立的，目的是避免掉進死胡同，只用一個觀點去看案子。通常在有一大群警官的時候，大家會有意識或無意識地形成對調查案中主要特色的共識。這一小組人能讓大家以嶄新且不同的角度來看案子，因為他們不一起工作，也不會受到另一組人的影響。實驗證明，這個辦法對棘手案件很有效。我相信在座多數人都會同意，哈利．霍勒無疑地符合這組人的成員資格。」

笑聲此起彼落。伊佛森走到貝雅特身後停步。「貝雅特，請你跟哈利同一組。」

貝雅特臉紅了。伊佛森像個父親般把一隻手放在她肩頭：「妳有什麼問題，只管開口。」

「我會的。」哈利說。

哈利正準備打開自家公寓大樓的門鎖，又改變主意，往回走十公尺來到那家小雜貨店。阿里正在人行道上搬一箱蔬果。

「哈囉，哈利！覺得好一點了嗎？」阿里臉上是個不懷好意的大笑容，哈利閉上眼睛一秒。就跟他擔心的一樣。

「阿里，你有沒有幫我？」

「只有幫你上樓。我們打開你房門的時候，你說你可以自己來。」

「我是怎麼到家的？走路還是……」

「計程車。你還欠我一百二十克朗。」

哈利咕噥了一聲，跟在阿里後頭進了雜貨店。「阿里，真是對不起。你能不能簡短跟我說一下經過？難堪的細節就不必多提了。」

「你和司機在馬路上吵，我們的臥房就面對那個方向。」他帶著勝利的笑容，又補充說：「窗戶在這邊簡直糟透了。」

「那時候幾點？」

「半夜。」

「阿里，你早上五點就起床，我怎麼知道你這種人的半夜是幾點？」

「至少是十一點半以後。」

哈利承諾下次不會再發生這種事，阿里連連點頭，臉上卻是「這種話我聽多了」的表情。哈利問他該怎麼表示謝意，阿里則建議哈利可以把他不用的地下室租給他。哈利說他會好好考慮，然後把計程車資還給阿里，又買了一瓶可樂、一包通心麵和一袋肉丸子。

「這下就兩不賒欠了。」哈利說。

阿里搖搖頭。「還有季費沒交。」這位住戶合作委員會主席兼財務兼打雜說。

「媽的，我都忘了。」

「艾瑞克森。」阿里微笑。

「那是誰？」

「今年夏天我收到他寫來的信。要我把帳戶號碼給他，他才能付一九七二年五月和六月的費用。他認為這是過去三十年來他一直睡不好的原因。我回信說整棟大樓都沒人記得他，所以他不必付了。」阿里用食指指著哈利。「但我才不會讓你欠咧。」

哈利舉起雙手作勢投降。「我明天就把錢轉帳給你。」

哈利一進到自己公寓，馬上就再撥一次安娜的號碼。跟之前一樣，又是同樣的語音訊息。他還沒把那包通心麵和肉丸子倒進滋滋作響的煎鍋，就聽到蓋過煎鍋聲音的電話鈴響。他衝進走廊，抓起電話。

「喂！」他叫著。

「喂？」電話那頭傳來一個熟悉女性聲音，感覺有點被嚇到。

「噢，是妳啊。」

「對，不然你以為是誰？」

哈利緊閉起眼睛。「同事。又發生一件搶案了。」這句話像膽汁和辣椒一樣又苦又辣。眼睛後方麻木的疼痛又回來了。

「我剛才還打了你的手機。」蘿凱說。

「我手機掉了。」

「掉了？」

「不知道放到哪裡去了，不然就是被偷了。天曉得。」

「哈利，有什麼不對勁嗎？」

「不對勁？」

「你好像……壓力很大。」

「我……」

「嗯？」

哈利吸了口氣。「官司打得如何了？」

哈利聽著，卻沒辦法把那幾個詞組成有意義的句子。他只聽見「財務狀況」、「對孩子最好」和「仲裁」，於是猜想事情沒什麼進展。下次跟律師的會面延到星期五；歐雷克很好，但已經受不了住旅館了。

「告訴他我很希望你們快點回來。」他說。

電話掛斷後，哈利還站著，不知道該不該回撥。但回撥做什麼呢？告訴她有個舊情人邀他晚餐，然後他完全不知道之後發生了什麼事？哈利把手放在電話上，但廚房的濃煙警報器卻響了。他把煎鍋拿離爐火，打開窗戶，電話又響了。事後哈利回想，要是莫勒沒選在那天傍晚打電話給他，很多事情都會不一樣。

「我知道你剛下班。」莫勒說，「但我們人手不太夠，有個女人死在自己的公寓裡，看來她是舉槍自殺的，你可不可以去一趟？」

「當然好，老闆。今天的事我還欠你一個人情。對了，伊佛森把並行調查的事說得好像是他自己想出來的點子。」

「如果你是長官，卻接到上級的這種命令，你會怎麼做？」

「光想我去當長官就夠嚇人的了。我要怎麼去那間公寓？」

「你待在原地，會有人來接你。」

二十分鐘後，一陣刺耳的滋滋聲響起，這聲音哈利實在太少聽到了，還嚇了一跳。那個被對講機扭曲了的鏗鏘聲音說，計程車已經到了，但哈利只覺得後頸的汗毛都豎了起來。他下樓，看到那輛低底盤的豐田MR2紅色跑車，更證實了心中的懷疑。

「霍勒，晚安。」聲音從敞開的車窗內傳來，但那聲音距離柏油路面實在太近，哈利一時沒看出說話的是誰。哈利打開車門，兜頭而來的就是放克貝斯的聲響、跟藍色硬糖一樣虛假的風琴聲和耳熟的男假音：「你這性感的混蛋！」

哈利好不容易倒進狹窄的桶型賽車椅中。

「看來今晚只有我們倆了。」湯姆．沃勒警監說，他張開嘴，被太陽曬黑的臉中央，露出一排無懈可擊的牙齒，但那淡藍色的眼睛仍是冷冰冰的。警察總署裡的很多警察都不喜歡哈利，但據他所知，把討厭化為恨意的只有一個人。哈利很清楚，自己在湯姆眼中，是警力的冗員，因此也冒犯了湯姆這個人。哈利曾在不少場合中清楚表達，他不同意湯姆和其他幾位同事對同性戀、共產黨員、詐領救濟金、巴基斯坦人、中國人、黑人、吉普賽人和外國佬的祕密法西斯主義式看法，而湯姆則稱哈利為「爛醉搖滾記者」。然而，哈利懷疑湯姆憎恨自己的真正原因是他喝酒。湯姆無法容忍弱點。哈利猜想，這也是他為什麼花這麼多時間上健身房、對著沙包和幾位新來的拳擊對手練習高踢和出拳的原因。在員工餐廳裡，哈利曾在不經意中，聽到一位年輕警員語帶崇敬地描述湯姆如何在奧斯陸中央車站，打斷了越南幫派份子中一個功夫小子的雙臂。以湯姆對有色人種的觀點來看，哈利實在搞不懂他那些同事為什麼花那麼多時間做日光浴，不過或許有個愛打趣的人說對了吧：湯姆並沒有種族歧視，他毆打起新納粹主義者來，也像毆打黑人時一樣開心。

除了那些事實以外，還有一些事是沒人清楚、但少數幾個人仍捉摸得出梗概的。一年多以前，史費勒．歐森——即唯一可以告訴警方愛倫為什麼被殺害的人——被發現躺在自家床上，手裡有把還溫熱的槍，兩眼中間有一顆從湯姆的史密斯威森手槍射出的子彈。

「湯姆，小心一點。」

「你說什麼？」

哈利伸手把那做愛的呻吟聲關小。「今晚路上結冰。」

引擎發出縫紉機的咻咻聲，但那聲音是騙人的；隨著車子加速，哈利體驗到這座椅的椅背有多硬。他們衝上史登斯公園沿著索姆街的上坡。

「我們要去哪裡？」哈利問。

「到了。」湯姆說著一個急轉向左，避開一輛迎面而來的車。車窗還是開著的，哈利聽到濕葉子黏到輪胎上的聲音。

「歡迎回到犯罪特警隊，」哈利說，「密勤局那邊不是要你過去嗎？」

「人事重整。」湯姆說，「而且總警司和莫勒都要我回來。也許你還記得，我在犯罪特警隊幹出不少漂亮的成績。」

「我怎麼忘得掉。」

「唔，誰都知道長時間喝酒會有什麼後果。」

突來的煞車把哈利往前甩向擋風玻璃，他只來得及用手臂撐住儀表板。置物箱彈了開來，有個重物撞上哈利膝蓋，然後掉在地上。

「媽的什麼東西？」哈利哼了一聲。

「傑立寇九四一手槍，以色列警察的配備。」湯姆說著把引擎熄火。「沒裝子彈。別撿了，我們到了。」

「這裡？」哈利訝異地問，彎身仰望著面前的一排黃色公寓大樓。

「不行嗎？」湯姆說，人已經快出車門了。

哈利覺得心跳加快。他摸索著門把，各種思緒在腦中竄過，只有一個留了下來：他應該打電話給蘿凱的。

霧又回來了。霧滲進馬路，從街上樹後緊閉的窗縫中，從那扇藍色的門裡，門在他們聽到對講機裡傳出韋伯突如其來的吼聲後打開；霧也從他們上樓時經過每扇門的鎖孔裡飄出，像條厚棉毯裹住了哈利。他們走進那間公寓，哈利覺得彷彿走在雲端：周圍的一切——人、聲音、對講機的雜音、相機的閃光燈——都蒙上了如夢似幻的光澤，披了一層隔離衣，因為這一切不是、也不可能是真的。但站在那張床前，床上躺著的女性死者右手握著槍，太陽穴上有個黑洞，他實在不敢看枕頭上的血、不敢注視她那空洞、責備的目光。他只好去注意那塊床頭板，看著那隻頭被咬掉的馬，希望這陣霧很快會散，自己也會清醒。

10 索根福里街

聲音在他周圍來來去去。

「我是沃勒警監，誰可以跟我簡報一下？」

「我們在四十五分鐘前抵達這裡，發現她的是電工。」

「什麼時候發現的？」

「五點。他立刻報警了。他的名字是……我查一下……洛納．彥森。我記下了他的身分證號碼和地址。」

「很好。打電話去局裡確認他的資料。」

「是。」

「洛納．彥森嗎？」

「我就是。」

「你能不能到這裡來？我是湯姆．沃勒。你怎麼進到屋子裡的？」

「我跟另一個警察說過了，用備用鑰匙。她星期二把鑰匙留在我店裡，因為我要來的時候她不在。」

「因為她在上班嗎？」

「不知道。她應該沒有工作。唔，不是一般的工作啦，她說她要準備一個什麼展。」

「所以她是藝術家了。這裡有人聽說過她的名字嗎？」

沉默。

「彥森，你在臥室做什麼？」

「找浴室。」

另一個聲音：「浴室在那扇門後面。」

「好。彥森，你進入這間公寓時，有沒有察覺什麼異狀？」

「呃……怎麼樣才叫異狀？」

「門是鎖住的嗎？有沒有窗戶開著？怪味或是怪聲音？這種都算異狀。」

「門是鎖住的，沒看到開著的窗戶，但我也沒特地去看。只有一個溶劑的味道……」

「松節油嗎？」

另一個聲音：「其中一個大房間裡有些美術材料。」

「謝謝。彥森，你還有沒有注意到什麼事？」

「剛才你說的最後一項是什麼？」

「聲音。」

「喔對，聲音！沒有，沒什麼聲音，就跟墳墓一樣靜悄悄的。啊，哈哈，我不是故意要說……」

「沒關係。你以前見過死者嗎？」

「在她到我店裡以前都沒見過。她那時看起來滿有精神的。」

「她要你做什麼事？」

「修理浴室地暖的定溫器。」

「你能不能幫我們一個忙，檢查一下線路是不是真的有問題？說不定她根本沒有暖氣線。」

「為什麼？噢，我懂了，整件事可能是她故意安排，好讓我們找到她的？」

「有可能。」

「喔，那定溫器燒了。」

「燒了？」

「故障了。」

「你怎麼知道？」

停頓。

「彥森，一定有人告訴過你，不要碰任何東西吧？」

「對……可是你們一直沒來，我有點不安，只好找點事情做。」

「所以，現在死者的定溫器運作正常囉？」

「呃……呵呵……對。」

哈利想從床邊移開，但雙腳卻不聽話。醫生已經闔上安娜的眼睛，現在她就像在睡覺。湯姆叫那位電工回家，但請他接下來幾天隨傳隨到。他也把接到報警電話的制服巡警遣走了。要不是這件事，哈利絕對不會相信自己竟然很高興湯姆在場。沒有這位經驗老道的同事，他一個聰明的問題都問不出來，更別提做出聰明的決定了。

湯姆問醫生能不能下幾個暫時的結論。

「子彈顯然貫穿頭殼，讓腦部受損，因此遏止了所有重要身體機能。如果假設室內溫度不變，屍體溫度顯示她已經死了至少十六小時。沒有遭受暴力跡象、注射或體外用藥痕跡。不過……」醫生故意賣關子。「手腕上的疤痕表示她以前也嘗試過自殺。我可以憑這些根據揣測，她有躁鬱或憂鬱症，還有自殺傾向。我們不妨打賭醫生那裡也有她的檔案資料。」

哈利想說點什麼，但舌頭也不聽使喚了。

「更多資料要等我仔細檢查過才知道。」

「謝謝你，醫生。韋伯，你有什麼消息？」

「槍是貝瑞塔M92，極不尋常的槍。我們只在槍柄上找到幾組指紋，而且指紋都是她的。子彈嵌進其中一片床頭板，也跟那把槍吻合，所以彈道報告上會顯示子彈由這把槍射出。明天你會收到完整報告。」

「很好，韋伯。還有一件事：電工過來的時候，門是鎖著的。我注意到門上裝的是標準鎖，而不是彈簧鎖，表示不可能有人進來這裡然後又離開，當然啦，除非那人有死者的鑰匙，離開時從外面鎖上門。換句話說，如果我們找到她的鑰匙，就可以結案了。」

韋伯點頭，舉起一枝黃色鉛筆，筆端掛著一個鑰匙圈和一把鑰匙。「就在走廊的五斗櫃上。這是那種系統鑰匙，可以打開大樓大門和所有公設的房間。我已經試過，鑰匙可以打開這間公寓的門。」

「太好了。現在我們只缺一張有署名的遺書了。這是案情明朗的案子，有人看法不同嗎？」

湯姆輪流看著韋伯、醫生和哈利。「好。可以把這個不幸消息告訴她家人，請他們來認屍了。」

他走進走廊，哈利仍站在床邊。不久，湯姆又探頭進來。

「霍勒，事情拼湊得合榫合拍，不是很棒嗎？」

哈利的腦子傳出要他點頭的訊號，但他完全不知道自己點頭了沒。

11 幻象

我在看第一段影片。如果我一個個畫面往下看，就會看到一陣火光。火藥的粒子這時還沒轉變成純粹的能量，就像一群閃亮的小行星隨著大彗星進入大氣層燃燒殆盡，但彗星仍持續安詳地行進，沒有人能阻止，因為這是百萬年前，在人類、情感、憎恨和慈悲誕生前就已註定的航程。子彈進入頭顱，截斷腦部活動，喚起夢境。頭蓋骨中央，最後一個思緒、來自疼痛中心的腦波控制被炸成了碎片。那是最後的、矛盾的自我求救訊號，之後的一切就歸於沉寂。我按下第二段影片的標題，看著窗外，等電腦慢慢地在網路之夜中搜索。天上有星星，我想每個星星都是宿命無可避免的證明。星星不合理；高懸於人類對邏輯和來龍去脈的需求之上。正因為如此，我才覺得星星那麼美麗。

第二段影片找到了。我按下播放。播放影片。就像一個巡迴劇團，每次演出相同的戲碼，但演出的地點都不同。相同的對話和動作、相同的服裝和布景，不同的只有臨時演員，還有最後一幕。今晚沒有悲劇。

我很滿意自己的發現。我找到了我扮演那一角的核心——我是清楚知道自己要什麼的職業選手，為達目的可以不擇手段。沒人想拖延時間；玻克塔路的案子過後也沒人敢。正因如此，這兩分鐘、在我給自己的一百二十秒內，我才是神。幻象真有用。連身工作服下的厚布料、雙層鞋內墊、有色隱形眼鏡和排練過的動作。

我登出電腦，房間變得漆黑。外界唯一讓我有感覺的是遙遠的市區噪音。我今天見到王子了。那個怪人。他總讓我心生矛盾，好像他是鱷魚，而我成了替鱷魚清潔牙齒的鱷鳥，隨時可能被吞下肚。他對我說，一切都在掌控中，搶案組並沒找到任何線索。他拿到了他的那一份，我也拿到了他答應要給我的猶太槍。

或許我應該高興，但再也沒什麼能讓我感覺完整了。

後來我從公共電話亭打電話給警察總署，但他們不想對我洩漏消息，除非我說我是家屬。他們說那是自殺；說安娜舉槍自盡，結案了。我只來得及在縱聲大笑以前把話筒放下。

第二部

12 自殺

「卡繆說過，自殺是哲學上唯一真正的大問題。」奧納說，鼻子朝玻克塔路上方的灰色天空一頂。「因為決定生命是否值得活，正是哲學最根本問題的答案。其他的一切——如世界是不是立體、心靈有九個還是十二個區——都是那之後的事。」

「喔。」哈利說。

「我有很多同事都在研究人為什麼會自殺。你知道他們發現最常見的原因是什麼嗎？」

「我正希望你會告訴我哩。」哈利得在狹窄的人行道上左閃右拐地避開人潮，才跟得上這位胖胖的心理學家。

「答案是他們不想再活了。」奧納說。

「這答案可以得諾貝爾獎。」哈利前一天晚上打電話找奧納，說今天九點會到他在史布伐街的辦公室接他。他們經過北歐銀行分行，哈利注意到那個綠色資源回收箱還在馬路對面的7-11門外。

「我們常會忘記，自殺通常是有理性的人在理性思考後，認為再也無法從生命中得到什麼之後所做的決定。」奧納說。「比方說失去另一半、或是身體不再硬朗的老人。」

「這個女人年輕又充滿活力。她會有什麼理性的原因？」

「首先，你必須定義什麼叫做理性。當憂鬱的人選擇以結束生命的方式逃離痛苦，你就必須假設痛苦的當事人已估量過雙方面。話說回來，在標準情況下，很難把自殺看成理性行為，因為患者已經在走出陰霾的路上，而他們只在那時才有動力去執行主動行為，也就是自殺。」

「自殺有沒有可能是完全衝動的行為？」

「當然可能。不過更常見的是先有幾次嘗試，尤其以女人為多。根據統計，美國的女人十次假自殺嘗試中，就有一次真的死亡。」

「假自殺？」

「吞五顆安眠藥是求救訊號，是夠嚴重了沒錯，但如果床頭櫃上還有半瓶沒動，那我不會說這叫嘗試自殺。」

「這女的拿槍自殺耶。」

「那就是陽剛式自殺了。」

「陽剛式？」

「男人自殺比較成功，其中一個原因就是男人會選擇比女人更激烈且致命的辦法。用槍或從高樓跳下，而不是割腕或吞藥。女人舉槍自盡非常不尋常。」

「不尋常到應該起疑的地步？」

奧納仔細打量哈利。「你有理由相信這不是自殺嗎？」

哈利搖搖頭。「我只想更確定。我們得在這裡右轉，她家就在轉彎後再過去一點。」

「索根福里街？」奧納咯咯一笑，瞇起眼抬頭看著飄過天際的烏雲。「當然了。」

「當然了？」

「索根福里是海地國王克里斯多夫的宮殿名稱，國王被法國人抓走之後就自殺了，或者用他們的話來說就是Sans Souci，也就是無憂。無憂路。索根福里街。你可知道，他把炮火對著天空發射，向神報復。」

「喔……」

「我想你也知道那個作家奧拉・鮑爾（Ola Bauer）是怎麼說這條路的吧？**我搬到了無憂路，但這樣也沒多大幫助。**」奧納笑得連雙下巴都抖動起來。

哈福森站在門外等。「我離開警局的時候遇見莫勒了。」他說，「他以為這件案子已經結束、塵封了。」

「我們只想澄清幾個小疑點。」哈利說著用電工給他的鑰匙打開了門。警察貼在門口的封鎖帶已經拿走，屍體也運走了。除此之外，一切就跟前一天晚上一模一樣。他們走進臥室，那張大床上的白床單在微弱的光裡發亮。

「那我們要找什麼？」哈福森問正要拉上窗簾的哈利。

「這間公寓的備用鑰匙。」哈利回答。

「為什麼？」

「我們認為她有一把備用鑰匙，是她給電工的。我調查過，系統鑰匙不是隨便哪個鎖匠都能打的，必須請製造商向授權過的鎖匠訂製。由於系統鑰匙能打開大門和地下室，這棟公寓大樓的住戶委員會會加以控管，公寓住戶想打新的鑰匙，必須先向委員會提出書面申請。根據委員會的同意書，授權的鎖匠有義務列舉每一把發給住戶的鑰匙。我昨晚打電話給威博街的拉斯曼登鎖行，他們給了安娜．貝斯森兩把備用鑰匙，所以鑰匙總共有三把。我們在公寓找到一把，電工有一把，那麼第三把在哪裡？除非找到那把鑰匙，不然我們不能排除她死亡時有人在場、那人出去時又把門鎖上的可能性。」

哈福森緩緩點頭。「唔，第三把鑰匙。」

「第三把鑰匙。哈福森，你從這裡開始找好嗎？我想請奧納幫我看個東西。」

「好。」

「對了，還有一件事。如果你找到我的手機，不必驚訝。我昨天晚上忘在這裡了。」

「你不是說你前天就掉了嗎？」

「後來我找到了，然後又掉了，你也知道……」

哈福森搖搖頭。哈利帶奧納進了走廊，往接待室走去。「我要問你意見，是因為我只認識你這麼一個會畫畫的人。」

「可惜，這麼說稍嫌誇張了。」剛爬完樓梯的奧納還有點喘不過氣。

「對啦，但你懂一點藝術，所以我希望你能給點意見。」

哈利拉開最遠那個房間的滑門，打開電燈，往裡一指。奧納倒抽一口氣，看的不是那三幅畫，反而走到那盞三向立燈旁。他從花呢夾克內袋取出眼鏡，彎身研究起沉重的底座。

「哇！」他滿懷熱情地喊。「葛瑞莫燈的真品。」

「葛瑞莫？」

「就是貝托．葛瑞莫啊，世界知名的德國設計師。除了其他東西以外，他還設計了凱旋門，也就是希特勒在一九四一年在巴黎建起的那一座。他本來可能成為我們這時代最偉大的藝術家之一，但在他生涯最高峰之時，卻發現自己有四分之三的吉普賽血統。他被送進了集中營，名字也從設計過的數棟建築和藝術作品中剔除。葛瑞莫活了下來，雙手卻在吉普賽人工作的採石場上受了傷。大戰後他仍持續創作，卻因為手傷而再也達不到同樣的巔峰。不過我敢打賭，這個燈一定是大戰後期的作品。」奧納拿下燈罩。

哈利咳了一聲：「其實我是想請你看那些畫。」

「初學者。」奧納輕哼，「還是專心看這座高雅的女人塑像好得多。涅米西斯是貝托．葛瑞莫在戰後最喜歡的主題，也就是復仇女神。有意思的是，自殺者常以復仇為動機。他們覺得人生不順遂是別人的錯，就用自殺的方法把這種罪惡感加諸於別人身上。貝托．葛瑞莫的妻子有了外遇，他在殺害妻子後也自殺了。復仇、復仇、復仇、復仇，你知不知道，人類是唯一會復仇的生物？復仇最有意思的地方在於——」

「奧納！」

「噢對，那些畫。你是要我詮釋吧？嗯，這些跟羅氏墨漬測驗倒是滿像的。」

「就是你給病人看，要他們說出聯想的那些畫紙？」

「對。這裡的問題是，如果我詮釋這些畫，說出的可能多半是我的內心生活，而不是她的。只不過，反正沒人相信羅氏墨漬測驗了，所以管它呢？我看看……這些畫的色調都很暗，或許畫裡的憤怒多、憂鬱少。不過其中一幅顯然還沒畫完。」

「說不定本來就該這樣，也許這樣三幅畫才形成一個整體？」

「你為什麼這麼說？」

「不知道。也許因為那盞燈上，三個不同燈泡的光都正好各照在一幅畫上。」

「嗯。」奧納把一臂橫放胸前，食指輕點嘴唇。「對哦，當然了。哈利，你知道嗎？」

「什麼事？」

「這些畫對我毫無意義。原諒我的用詞，但真的一點屁用也沒有。可以走了吧？」

「好。噢，對了，既然你會畫畫，我還有一件小事。你看，調色板是在畫架左邊，這樣不是很不方便嗎？」

「對，除非你是左撇子。」

「瞭解。我要去幫忙哈福森了。真不知道該怎麼謝你。」

「我知道。我會在下筆帳單上多加一小時的鐘點費。」

哈福森查完了臥室。

「她的個人物品不多。」他說，「好像在搜旅館房間一樣。只有衣服、化妝品、熨斗、毛巾、床單等等，沒有家人照片、信件或個人文件。」

一小時後，哈利完全明白了哈福森是什麼意思。他們找遍了整間公寓，再度回到臥房，卻仍然連一張電話費帳單或銀行帳單都沒找到。

「我從沒遇過這麼稀奇的事。」哈福森說著在哈利對面的寫字檯邊坐下。「她一定整理過了。也許她想在死時把所有東西、她整個人都一起帶走。你懂我意思吧？」

「我懂。你有沒有看到筆記型電腦在哪？」

「筆電？」

「就是可攜式電腦。」

「你在說什麼啊？」

「你沒看到這邊的木頭上有塊顏色稍淡的方形嗎？」

哈利指著他們面前的書桌。「看起來像是原本有台筆電，後來被拿走了。」

「會嗎？」

哈利感覺到哈福森探詢的目光。

他們站在馬路上，抬頭望著這棟淡黃色建築門面上屬於她的那扇窗。哈利在外套內袋裡找到一根皺巴巴的香菸，於是抽了起來。

「這家人的事滿奇怪的。」哈福森說。

「什麼事？」

「莫勒沒跟你說嗎？他們找不到她父母、兄弟姊妹或任何家人的地址，只有一個在坐牢的叔叔。莫勒得親自打電話給殯葬業者，請他們抬走這個可憐的女子。好像她還死得不夠孤單似的。」

「是哦。哪家殯葬業者？」

「山得曼。」哈福森說。「她叔叔希望把她火化。」

哈利吸了一口菸，看著煙霧上升又消散。這個過程從農夫在墨西哥田野播下菸草種子開始，種子在四個月內長成跟人一樣高的菸草，兩個月後採收，經過搖晃、烘乾、絞碎、包裝，然後運到佛州或德州的雷諾菸草公司，搖身一變成為裝了濾嘴的香菸，再裝進黃色駱駝牌的真空包裝袋，放進紙盒，運往歐洲。一片原本在墨西哥豔陽下一株綠色植物上的葉子，在八個月後，在一個醉漢走下樓梯、下計程車，或因為不敢打開臥室房門面對床下的妖怪，只好拿外套披在身上當被子的時候，掉出他的外套口袋。然後，等他終於找到這根皺巴巴、纏在一堆口袋棉屑裡的香菸，他把香菸的一端放進有口臭的嘴裡，在另一端打火點燃。

那些乾燥、切碎的菸草葉被吸入他體內，帶來短時間的喜悅後，又被呼了出去，終於能夠自由。自由消散、化為空無。被人遺忘。

哈福森輕咳了兩次。「你怎麼知道她跟威博街的鎖匠訂了鑰匙？」

哈利把菸屁股丟到地上，拉外套裹住自己。「奧納好像說對了。」他說。「馬上就會下雨。如果你要直接回總署，就順道載我一程。」

「哈利，奧斯陸肯定有上百家鎖匠。」

「是沒錯。我打電話到住戶委員會，問他們副主席克努特．亞納．瑞格斯的，他人挺不錯。他們二十年來都請同一家鎖匠打鎖。可以走了嗎？」

「你來了真好。」貝雅特看到哈利走進痛苦之屋時說。「我昨晚有了新發現。看看這個。」她倒轉錄影帶，按下「暫停」鈕。螢幕上出現一閃一閃的靜止畫面，畫面上絲汀的臉轉向搶匪的頭罩。「我把部分影格放大了，因為我想讓絲汀的臉愈大愈好。」

「為什麼？」哈利問，一面倒進椅子中。

「你看計時顯示，就會發現現在是屠子開槍前八秒……」

「屠子？」

她不好意思地笑了。「我私下都這樣叫他。我祖父有個農場，所以我……嗯。」

「在哪裡？」

「薩得斯達村的山谷。」

「妳在那裡看過動物被屠殺嗎？」

「對。」那是不歡迎別人多問的語氣。貝雅特按下慢速播放鈕，絲汀的臉開始有了變化。哈利看到她以慢動作眨眼、動嘴唇。他正擔心會看到開槍那一幕，貝雅特忽然停下影片。

「看到沒？」她興奮地問。

幾秒鐘過後，哈利才明白。

「她在說話！」他說，「她在被殺的前幾秒說話了，但錄音沒錄到。」

「因為她在說悄悄話。」

「我怎麼會沒注意到？可是為什麼？她說了什麼？」

「希望我們很快就會知道。我已經從聾啞學院找到一位唇語專家了，他現在正趕過來。」

「太好了。」

貝雅特看了看錶。哈利咬住下唇，吸了口氣，沉聲說：「貝雅特，我以前……」

他直接喊她的名字，她全身一僵。「我以前有過一位同事，叫做愛倫．蓋登。」

「我知道。」她急忙說，「她在河邊被殺了。」

「對。她跟我一起辦案碰到瓶頸時，會用幾個辦法來打開塵封在潛意識裡的訊息。算是聯想遊戲吧，把詞句寫在紙片上之類的。」哈利不安地笑了笑。「聽起來或許很籠統，但有時候滿有效的。不知道我們能不能也試試看。」

「隨便啊。」哈利再次感覺到，貝雅特在專心看錄影帶或電腦螢幕時，比平常更有自信。現在她看著他的樣子，好像他剛才是提議玩脫衣撲克牌。

「我想知道妳對這件案子有什麼感覺。」他說。

她緊張地笑著。「感覺喔，嗯。」

「暫時把冷冰冰的事實忘掉。」椅子裡的哈利傾身向前。「別當聰明女孩，妳不需要對說出的話負責。只要把妳的直覺說出來就好。」

她盯著桌子。哈利等待著。然後她抬眼直視著哈利的眼睛：「我全下在二。」

「二？」

「足球賽賭博，客隊總是贏家。那百分之五十的機率是我們永遠無法解開的。」

「好。為什麼會那樣？」

「簡單的算術。如果想想我們沒抓到的那些笨蛋，一個像屠子這樣的人，三思而行，又知道警察的辦案方式，他贏的機率就很大。」

「嗯。」哈利揉了揉臉。「所以妳的直覺會心理算術？」

「不只如此。他行動的方式也很特別，很果斷，好像是被什麼驅使著……」

「被什麼驅使？是錢嗎？」

「我不知道。根據統計，搶匪的主要動機都是錢，第二是追求刺激和——」

「貝雅特，別管統計。妳現在是警探，妳要分析的不只是錄影畫面，還要用潛意識來詮釋妳所看到的東西。相信我，那是一位警探最重要的線索。」

貝雅特望著他。哈利知道自己正在把她誘出軀殼。「說啊！」他鼓勵她。「是什麼在驅使屠子？」

「情感。」

「哪種情感？」

「強烈的情感。」

「貝雅特，哪種強烈情感？」

她閉上眼睛。「愛或恨。是恨。不，是愛。我不知道。」

「他為什麼開槍殺她？」

「因為他……不對。」

「儘管說，他為什麼開槍殺她？」哈利把椅子朝她挪近。

「因為他非這麼做不可。因為這是預定好的……」

「很好！為什麼是預定好的？」

有人敲門。

哈利寧可聾啞學院的弗列茲．別克動作沒那麼敏捷，還騎單車橫跨市區來協助他們，但人家現在已經站在門口了。這位溫和、矮胖的男人戴著圓邊眼鏡，還有一頂粉紅色的自行車頭盔。別克並不聾，更不是啞巴，為了讓他盡可能把絲汀的唇部位置弄清楚，他們播放了錄影帶的前面那部分，也就是可以看見絲汀說話的那一段。影片播放時，別克也說個不停。

「我是專家，但其實每個人都會讀唇，即使我們聽得見別人說什麼。正因為如此，提早或延後百分之一秒的電影配音才會給人這麼不舒服的感覺。」

「是嗎？」哈利說，「以我來說，我根本讀不出她說了什麼。」

「問題在於，只有百分之三十到四十的話語能夠直接透過讀唇看懂。要弄懂其他部分，就必須研究臉部和肢體語言，利用你本身的語言學直覺和邏輯去填補缺少的字彙。思考就跟視覺一樣重要。」

「她現在開始低聲說話了。」

別克立刻閉上嘴，聚精會神地看起螢幕上小得難以辨別的唇部動作。貝雅特在搶匪開槍前停止播放影片。

「好。」別克說，「再一次。」

之後他說：「再一次。」然後是：「拜託再一次。」

七次之後，別克點點頭表示看夠了。

「不知道她那樣說是什麼意思。」別克說。哈利和貝雅特交換了一個眼神。「但我想我知道她說了什麼。」

貝雅特幾乎是用跑的才能追上哈利。

「他是全國這領域裡最頂尖的專家耶。」她說。

「那有什麼用。」哈利說，「他自己都說他不確定了。」

「但要是她真的說了別克看出來的話呢？」

「那就不合理了。他一定漏讀了一個否定詞。」

「我不同意。」

哈利停步，貝雅特差點撞上他。她帶著警戒的神情抬頭，一隻眼睜得老大。

「很好。」他說。

貝雅特滿頭霧水。「什麼很好？」

「不同意是好事。不同意代表妳看到或明白了什麼事，即使妳並不確定到底是什麼。有件事我就不懂。」他又開步走。「先假設妳是對的好了，這樣我們就能探討接下來會怎樣。」他停在電梯前，按下按鈕。

「你現在要去哪裡？」貝雅特問。

「去查幾個細節。我一小時以內就回來。」

電梯門打開，伊佛森跨了出來。

「啊哈！」他一臉笑容。「大警探出動啦。有什麼新發現嗎？」

「平行調查小組的目的就是不需要一天到晚報告，不是嗎？」哈利說著從他身邊繞過，走進電梯。「假如我對你和聯邦調查局的理解沒錯的話。」

伊佛森燦爛的笑容和眼神仍然沒變。「重要消息當然得互相分享。」

哈利按下一樓的按鈕，但伊佛森用身體擋在門中間。「所以呢？」

哈利聳聳肩。「絲汀在被殺以前，對搶匪低聲說了一句話。」

「哦？」

「我們相信她說的是：**都是我的錯**。」

「都是我的錯？」

「對。」

伊佛森皺起眉頭。「不對吧？如果她說的是**不是我的錯**，還比較合理一點。分行經理把錢放進旅行袋時多花了六秒鐘，那並不是她的錯呀。」

「我不同意。」哈利說著故意看了看錶。「有位在這領域頂尖的國內專家前來協助我們，貝雅特可以把詳細經過告訴你。」

伊佛森靠著電梯一邊的門，門不耐煩地一直推擠著他的背。「不然就是她心裡一急，漏說了一個『不』字。貝雅特，你們就進展到這裡？」

貝雅特臉紅了。「我才剛開始研究基克凡路的銀行搶案錄影帶。」

「有什麼結論？」

她的目光從伊佛森轉向哈利，然後又回到伊佛森身上。「目前還沒有。」

「沒有啊。」伊佛森說，「那有個好消息可能會讓你們高興哦。我們已經從叫來訊問的人裡找出了九名嫌犯，也終於想出了讓洛斯可開口的辦法。」

「洛斯可？」哈利問。

「洛斯可．巴克斯哈，下水道鼠王。」伊佛森說，手指扣著皮帶帶釦。他吸口氣，把褲子往上一提，露出開心的笑容：「但或許待會兒貝雅特可以把詳細經過告訴你。」

13 大理石

哈利知道自己在某些事情上心胸狹隘。就拿玻克塔路來說吧：他不喜歡玻克塔路。他不知道原因，也許是因為這條鑲金戴玉、快樂國土之快樂山的馬路上，沒有人笑。哈利自己也不笑，但他住在畢斯雷路，沒人付錢要他笑，而且現在也有不笑的好理由。但這並不表示哈利跟大多數的挪威人一樣，不喜歡看到別人對他笑。

哈利試著在內心深處原諒7-11櫃檯後方的男孩。他大概討厭這份工作，搞不好也住在畢斯雷路，而且現在又下起了傾盆大雨。

這張蒼白且長滿火紅色青春痘的臉，百無聊賴地看了哈利的警察證一眼：「我哪知道資源回收箱在外面放多久了？」

「因為那是綠色的，還擋住你往玻克塔路看的一半視野。」哈利說。

男孩咕噥了一聲，雙手插腰，腰際的褲子好像隨時會掉下來。「差不多一星期吧。喂，有一堆人在你後面排隊耶。」

「嗯，我看過裡面了，除了幾個瓶子和報紙以外什麼都沒有。你知道是誰訂的嗎？」

「不知道。」

「我看到你們櫃檯上面有個監視錄影器。那角度可能剛好會照到回收箱吧？」

「你說會就會囉。」

「如果你們還有上星期五的錄影，我想看一下。」

「明天再打電話來，托本會在。」

「托本？」

「我們店長。」

「你最好現在就打給他，讓他准我看錄影帶，我就不繼續煩你。」

「你自己去找。」他說，臉上的痘痘更紅了。「我才沒時間去找什麼鬼錄影帶。」

「噢。」哈利說，身子卻沒動。「那下班以後呢？」

「我們二十四小時營業。」男孩說著翻了個白眼。

「開玩笑吧。」哈利說。

「對啦，哈哈哈。」男孩以夢遊般的聲音說。「你到底買不買東東？」

哈利搖搖頭。男孩對哈利身後的人說：「這邊可以結帳。」

哈利嘆口氣，轉向面對櫃檯的長排隊伍。「這邊不能結帳，我是奧斯陸警局的。」他亮出證件。「我要逮捕這個人，因為他不會說『東西』。」

哈利或許在某些事情上心胸狹隘，但在這一刻裡，他對結果滿意之極。他喜歡別人對他笑。

但他不喜歡那種被職業訓練出來的笑容，如牧師、政客和殯葬業者的笑。他們邊說話邊用**眼睛**笑，這樣的笑容讓山得曼葬儀社總監的山得曼先生有種誠摯感，再加上麥佑斯登區教堂裡棺材儲放室的溫度，哈利不禁打了個寒顫。他打量著四周。兩副棺材、一張椅子、一個花環、一位殯葬總監、一套黑色西裝和一顆條碼頭。

「她這樣真美。」山得曼說，「平靜、安詳、有尊嚴。你是家屬嗎？」

「不算是。」哈利亮出警察證，希望那股誠摯只是做給親近的家屬看的。結果並不是。

「這麼年輕的生命卻這樣結束，真是個悲劇。」山得曼微笑地說，雙掌交握。這位殯葬總監的手指異乎尋常地纖細彎曲。

「我希望能看看死者被發現時身上的衣著。」哈利說，「警局那邊說，你把衣服帶到這裡了。」

山得曼點點頭，拿來一個白色塑膠袋，說他這麼做是想在死者的父母或兄弟姊妹過來的時候可以領走。

哈利翻了翻那件黑洋裝的口袋，但什麼也沒找到。

「你是想找什麼特別的東西嗎？」山得曼在哈利背後看著他的動作，一面用無辜的語氣這麼問。

「一把家裡的鑰匙。」哈利說，「在你幫她……」他盯著山得曼微彎的手指。「……脫衣服的時候，什麼都沒發現嗎？」

山得曼閉上眼睛，搖搖頭。「裙子下面唯一的東西就是她的身體。當然，鞋子裡的照片除外。」

「照片？」

「對。很奇怪吧？他們的習俗就是不一樣。還在她鞋子裡哦。」

哈利從袋中取出一隻黑色高跟鞋，腦中閃過自己抵達她家時，她站在門口的景象：黑洋裝、黑鞋、紅唇。

照片的一角被摺了起來，上面是個女人和三個小孩在海灘上。看起來像是張度假快照，在挪威某個有又大又圓的岩石、背景的山坡上還有高大松樹的海邊。

「她家裡有人來過了嗎？」哈利問。

「只有她叔叔。當然是跟你們的一名警察一起來的。」

「當然？」

「對啊，他還在服刑。」

哈利沒有回答。山得曼傾身向前，弓著背，小小的頭縮在兩肩當中，看起來像一隻禿鷹：「真不知道那是何必。我是說，反正也不會准他來參加葬禮啊。」

哈利清了清喉嚨。「我能不能看看她？」

山得曼似乎有些失望，但他仍朝其中一具棺材擺了擺手。

跟往常一樣，專業級的屍身美化工作總讓哈利震驚。安娜的模樣的確很安詳。他碰了碰她的前額，感覺像在摸大理石。

「這是什麼項鍊？」哈利問。

「金幣。」山得曼說。「她叔叔帶來的。」

「這個呢？」哈利拿起用棕色粗橡皮筋綁起的一疊紙。那是一疊一百克朗的鈔票。

「是他們的習俗。」山得曼說。

「你一直說**他們他們**的，他們是誰？」

「你不知道？」山得曼又薄又濕的唇邊多了一朵微笑。「她是吉普賽人啊。」

警察總署的餐廳裡，每張桌旁都有同事在熱切討論，只有一張桌子除外。哈利走了過去。

「妳會慢慢跟大家混熟的。」他說。貝雅特抬頭，不解地看著他，他才發覺自己跟她的共同點搞不好比想像中還多。他坐了下來，把一卷錄影帶放在面前。「這是搶案發生當天，位於銀行斜對面的7-11拍的。再加上前一天、也就是星期四的錄影。能不能請妳看看有沒有什麼發現？」

「你是說，看看那名搶匪是不是在錄影帶裡？」貝雅特嘴裡塞滿麵包和肝醬，含糊不清地說。哈利打量著她的自備午餐。

「嗯，只希望他會在啦。」他說。

「當然。」她說，努力想把食物吞下，眼淚都快流出來了。「一九九三年，福隆納路的信貸銀行遭到搶劫。搶匪拿有薛爾商標的塑膠袋放錢，所以我們去查附近加油站的監視錄影器。結果搶匪在搶劫前十分鐘就在店裡買過袋子，穿著同樣的衣服，只是沒戴頭罩。我們半小時後就抓到人了。」

「**我們**？八年前嗎？」哈利想也沒想就衝口而出。

貝雅特的臉色像紅綠燈那樣變了變。她抓起一片麵包，想躲在麵包後面。「是我爸。」她低聲說。

「對不起，我不是那個意思。」

「沒關係。」她隨即答道。

「你父親……」

「被殺了。」她說，「那是很久以前的事了。」

哈利一面坐著聽她咀嚼，一面打量自己的手。

「你為什麼要拿搶案發生前一週的錄影帶？」貝雅特問。

「因為資源回收箱。」哈利說。

「資源回收箱怎麼了？」

「我打電話到資源回收箱公司問過了。是一個住工業街、名叫史丹．索斯塔的人在星期四訂的，要求他們隔天送到7-11的外面。奧斯陸共有兩位史丹．索斯塔，兩位都否認訂了這東西。我的理論是，搶匪叫人把資源回收箱放在那裡，好擋住窗內人的視線，這樣他走出銀行時，攝影機就不會照到他穿越馬路。如果他訂資源回收箱的那天也查探過7-11周邊環境，我們或許會看到有人看著鏡頭、看著窗外的銀行，要查看角度之類的。」

「那得運氣好。7-11外面的目擊者說，搶匪穿越馬路時還是戴著頭罩，那他何必大費周章地訂資源回收箱？」

「也許他原本的計畫是在過馬路時拿掉頭罩。」哈利嘆口氣。「我也不知道。我只知道那個綠色資源回收箱有問題。東西都在那裡放了一個禮拜，但除了偶爾把垃圾丟進去的路人以外，根本沒人用過。」

「好。」貝雅特說著拿起錄影帶，站了起來。

「還有一件事。」哈利說，「你對洛斯可．巴克斯哈知道多少？」

「洛斯可？」貝雅特皺眉。「在他自首以前，一直是個神祕人物。如果謠言是真的，那麼他就或多或少參與過奧斯陸百分之九十的銀行搶案。我猜，過去二十年來，他可以操控犯下銀行搶案的任何人。」

「所以伊佛森要利用他就是為了這一點。他人在哪？」

貝雅特用大拇指往身後一指。「那邊的A翼。」

「你說波特森監獄？」

「對。他拒絕在服刑期間對任何警員吐露一個字。」

「那伊佛森為什麼覺得他有辦法？」

「他終於找到洛斯可想要的東西，作為談判籌碼。波特森監獄的人說，自從洛斯可進去之後，就只要求過這件事，也就是請求獲准參加一位親戚的葬禮。」

「真的嗎？」哈利說，希望臉上的表情沒洩漏什麼。

「她再過兩天就要下葬了，洛斯可向獄方提出緊急聲請，希望能獲准參加。」

貝雅特走了以後，哈利仍待在桌旁。午餐時間結束，餐廳的人愈來愈少。這裡本該明亮又溫馨，由國營的餐飲公司經營，所以哈利才喜歡去市區吃飯。但他忽然想起，這裡正是他跟蘿凱在聖誕派對上跳舞的地方。就是在這裡，他決定對她展開追求。還是她先追他的呢？他手上仍感覺得到她的背部曲線。

蘿凱。

安娜再過兩天就要下葬了，她的自殺不會有人起一絲疑心。他是唯一一個到過她家、可以反駁他們的人，可是他卻什麼也想不起來。那麼他為什麼不能讓事情這樣過去？他可能失去一切，而且什麼好處也沒有。如果沒有其他原因，他為什麼就不能忘掉這個案子，算是為了他們，也為了他和蘿凱？

哈利的手肘撐在桌上，雙手捧著臉。

如果他當時可以反駁，他會那麼做嗎？

隔壁桌的人聽到椅子刮過地板的聲音都轉過身來，看著這位頂著小平頭的長腿警察，狼狽地倒退，快步奔出了餐廳。

14 運氣

陰暗、擁擠的小雜貨店門上鈴聲大作，兩個男人衝了進來。艾莫的水果菸草店已經是同類店家中絕無僅有的了，店內的一面牆上掛著汽車、打獵和釣魚雜誌，另一面牆上則是色情書刊、香菸和雪茄，櫃檯上有三堆抽獎優惠券，放在滲出水珠的甘草棒和灰撲撲的杏仁小豬糖果中間，小豬糖果綁著緞帶，是去年聖誕節剩下的。

「沒淋得太慘嘛。」艾莫說。年紀六十開外的他，光頭，瘦瘦的，留了一把鬍子，說話有北地口音。

「哇，這雨下得還真突然。」哈福森說，一面拍掉肩上的雨水。

「標準的奧斯陸秋天。」這位北地人改說起標準挪威語。「不是乾旱就是暴雨。二十包駱駝牌香菸？」

哈利點點頭，取出錢包。

「這位年輕警官要來兩張刮刮樂吧？」艾莫把刮刮樂卡遞給哈福森，哈福森對他開心地笑，迅速把卡片收進口袋。

「艾莫，我可不可以在這裡抽菸？」哈利問，一面望著外面的傾盆大雨。髒兮兮的窗外，人行道上已是空無一人，雨水拍打著路面。

「請便。」艾莫說著找給他們零錢。「毒藥和賭博就是我的生計。」

他矮身穿過身後扭曲的棕色窗簾，他們聽到裡面傳來咖啡機的咕嚕聲。

「這裡有張照片，」哈利說，「我只是想請你查一下這女人是誰。」

「只是？」哈福森看著哈利給他的這張照片，照片不是很清晰，邊角還被摺起。

「先從找出拍攝地點開始。」哈利說，他想讓菸留在肺腔，卻忽然一陣猛咳。「看起來是在渡假區。若是這樣，就一定有小雜貨商或出租農舍的人之類的，如果照片上的這家人是常客，在那邊工作的人就會知道他們是誰。你查出來以後，剩下的就交給我。」

「這一切都因為照片是在鞋子裡嗎？」

「拜託，鞋子不是一般人會放照片的地方吧。」

哈福森聳聳肩，走上馬路。

「雨還沒停啊。」哈利說。

「我知道，但我得趕回家。」

「為什麼？」

「因為我有生活，雖然你對這點不感興趣。」

哈利扮了個笑臉，表示他很清楚這句話是開玩笑。「好好享受囉。」

鈴聲又響，門碰地一聲在哈福森身後關上。哈利吸了口菸，打量著艾莫店裡的書刊，猛地驚覺自己跟一般挪威男人的興趣多麼不同。是因為他已經不再有興趣了嗎？音樂，對啦，但近十年來根本沒人做出像樣的音樂，包括他以前喜歡的歌手在內。電影呢？如果哪天他從電影院出來而不覺得自己像動了腦葉切開術，那就叫幸運了。沒別的了。換句話說，仍然讓他興致勃勃的唯一一件事，就是把人抓去關。但即使這件事也不再讓他像以前那樣感到刺激。可怕的是，這個情形他絲毫不覺得煩惱，哈利一面興味盎然地想，一面把手放在艾莫那冰冷、光滑的櫃檯上。他已經屈服了，變老真令人感覺舒暢。

鈴聲又叮噹亂響起來。

「我忘了告訴你，昨晚我們逮到一個非法持有武器的人。」哈福森說，「羅伊・柯維斯，他是賀伯披薩屋裡的光頭男之一。」他站在門口，雨水在他濕掉的鞋子旁飛舞。

「哦？」

「他嚇得要死，我就說如果他能說出一些有用的情報，我就放他走。」

「然後呢？」

「他說愛倫被殺的那天晚上，他在基努拉卡區看到史費勒．歐森。」

「那又怎樣？有好幾個目擊者都證實了這件事。」

「對，但這個人看到歐森和某人坐在車裡聊天。」

哈利的菸掉到地上，他毫不理會。

「他知道那人是誰嗎？」他慢慢地問道。

哈福森搖頭。「不知道，他只認得歐森。」

「他有沒有描述相貌？」

「他只記得覺得那人長得像警察，但他說如果再見到，大概可以認得出來。」

哈利感到外套下的身體開始發熱，他小心翼翼地吐出每個字：「他說得出是哪種車嗎？」

「不，他只是匆忙路過。」

哈利點頭，一手在櫃檯上游移。

哈福森清了清喉嚨。「但他覺得應該是一輛跑車。」

哈利發現香菸在地上冒煙。「什麼顏色？」

哈福森抱歉地攤了攤手。

「是紅色嗎？」哈利發問的聲音低沉嘶啞。

「你剛才說什麼？」

哈利挺直身子。「沒什麼。記下他的名字，回去過你的生活吧。」

鈴聲又響起。

哈利的手在櫃檯某處停下，感覺那裡好像忽然變成了冰冷的大理石。

艾斯翠．蒙森今年四十五歲，住在索根福里街的公寓裡，靠翻譯法國文學維生。她身邊沒有男人，卻有段錄下的狗吠聲，一到晚上就播放。哈利聽到她在門後的腳步聲，還聽到至少三道鎖被打開，然後門開了一條縫，露出一張隱藏在黑色捲髮下的小臉，臉上滿是雀斑。

「啊。」看到哈利高大的身形，那張臉發出輕喊。

那張臉或許陌生，但哈利立刻有種在哪裡見過她的感覺。或許是因為安娜詳細描述過這位鬼魅般的鄰居吧。

「我是犯罪特警隊的哈利．霍勒。」他說著拿出證件。「抱歉在這麼晚的時間來打擾你。有關安娜．貝斯森死掉那天的傍晚，我有幾個問題想請教。」

看到她一副闔不上嘴的模樣，他想做出安慰的笑容。哈利從眼角看到這位鄰居門上的玻璃後方有點動靜。

「蒙森女士，我可以進去嗎？不會佔用太久時間的。」

艾斯翠．蒙森退後兩步，哈利趁機溜進門縫，關上身後的門。現在他可以看到她那非洲髮型的全貌了：那頭黑髮顯然是染過的，頭髮像顆巨大的球，裹住她那顆小小的白色頭顱。

他們面對面，站在走廊的廉價燈下，身旁是乾枯的花和從尼斯的夏卡爾美術館買來的裝框海報。

「你以前見過我嗎？」哈利問。

「什……什麼意思？」

「只是問妳以前有沒有見過我。待會我再問其他問題。」

她張開嘴又閉上。然後堅決地搖搖頭。

「好。」哈利說，「星期二晚上妳在家嗎？」

她不確定地點頭。

「妳有沒有看到或聽到什麼動靜？」

「沒有。」她說。但在哈利聽起來，她回答得太倉促了。

「慢慢來，好好回想一下。」他說，嘗試做出友善的微笑，這可不是他能用的面部表情中最常練習的一種。

「沒有……」她說，目光搜尋著哈利身後的門。「完全沒有。」

哈利回到馬路，點起一根菸。他一到她家門口外，就聽到艾斯翠・蒙森鎖上安全鎖的聲音。這女人真可憐。她是哈利單子上的最後一位，現在他可以確定安娜死亡那天晚上，沒有人看到或聽到他或任何其他人出現在樓梯上。

吸了兩口菸後，他丟掉香菸。

他坐在家裡的椅子上，瞪著亮著紅燈的答錄機好一陣子，才按下「播放」鍵。一通留言是蘿凱祝他晚安，另一通是一位記者要他針對兩起銀行搶案發表意見。聽完後，他倒帶，重聽安娜的留言：「還有，你介不介意穿那條我好喜歡的牛仔褲？」

他撫了撫自己的臉，然後取出錄音帶，丟進垃圾桶。屋外的雨滴滴答答地下，屋內的哈利迅速切換著電視頻道：女子手球、肥皂劇和什麼答對了就能成為百萬富翁的猜謎遊戲。哈利停在一個瑞典電視台，看起一位哲學家跟社會人類學者討論起復仇的概念。一個認為像美國這種代表自由和民主等特定價值的國家，在道德上就有責任向侵犯其領土的人展開復仇，因為這也等於侵犯了美國的價值。「光是報復以及報復的實地行動，就能保障像民主這樣脆弱的系統。」

「要是民主本身所代表的價值成為報復行為的受害者呢？」另一位這麼回答。「要是這樣違背了另一個國家由國際法律所賦予的權利呢？如果你在獵補有罪對象之時，剝奪了無辜民眾的權利，那麼你所保障的是什麼樣的價值？再說，換一邊臉給別人打，這樣的道德價值是什麼？」

「問題在於我們的臉只有兩邊。」另一個男人笑著說。「不是嗎？」

哈利關掉電視。他不知道是不是該打電話給蘿凱，但又覺得現在已經太晚了。他想看看吉姆・湯普遜（Jim Thompson）的書，卻發現第二十三到三十八頁都不見了。他從椅子上起身，在房間裡來回踱步，然後又打開冰箱，沮喪地瞪著一塊白乳酪和一罐草莓果醬。他想吃點東西，卻不知道要吃什麼，於是用力關上冰箱的門。他想騙誰？其實他只想喝酒。

凌晨兩點，他在自家的椅子上醒來，身上的衣服都沒脫。他起身，走到浴室，喝了杯水。

「幹。」他對鏡中的自己說。他走到臥室，打開電腦，在網路上找到一百零四篇有關自殺的挪威文文章，但沒有一篇提到報復，只在文學作品和希臘神話中找到有關報復動機的關鍵字和連結。他正準備關機，才想起自己已經有兩週沒查電子郵件了。他有兩封信，一封是他的ISP於兩週前發出的，警告他服務即將終止；另一封的地址是anna.beth@chello.no，他連按兩下打開，看起訊息：**嗨，哈利。別忘了拿鑰匙，安娜。**寄件時間是他上次準備去見安娜的兩個小時前。他又看了一次那個訊息。好短，好……簡單。他想大家都是這樣寫電子郵件的吧。**嗨，哈利。**在局外人看來，一定認為這口吻表示他倆是老朋友了，但其實他們才認識了六週，而且是好久以前的事，他甚至不知道她有他的電子郵件信箱。

他睡著了，又夢到自己帶著槍站在銀行裡，身邊的人都是大理石做的。

15 外地人

「今天天氣真好。」第二天早上，畢悠納．莫勒步履輕快地走進哈利和哈福森的辦公室，一面這麼說。

「唔，你當然清楚啦，你有窗。」正在喝咖啡的哈利頭也沒抬。「還有一把新椅子。」看到莫勒一屁股坐進哈福森的破椅子裡，椅子發出痛苦的呻吟，哈利又補上後面一句。

「嗨，老兄。」莫勒說，「今天心情不好啊？」

哈利聳聳肩。「我快四十歲了，開始迷上賭博。有什麼不對嗎？」

「沒有啊。對了，能看到你穿西裝還挺不賴的。」

哈利拉起外套的翻領，好像現在才發現身上有這件深色西裝。

「昨天有個單位主管會議。」莫勒說，「你要聽原始版還是濃縮版？」

哈利用鉛筆攪拌著咖啡。「愛倫的案子得停止偵辦了，對不對？」

「哈利，事情早就結案了。鑑識組組長說，你一直吵著要他們鑑識各種老證據。」

「我們昨天找到一名新的目擊者，他——」

「哈利，新目擊者經常出現。他們就是不想辦這個案子。」

「可是——」

「哈利，已經否決了。抱歉。」

莫勒轉向門口。「去太陽下走一走吧，可能得等上好一陣子，才會再出現像今天這麼暖和的天呢。」

「聽說今天出太陽。」哈利走進痛苦之屋，看到貝雅特時這麼說。「只是讓妳知道一下。」

「把燈關掉。」她說，「我有東西要給你看。」

電話裡的她聽起來很激動，但並沒有說原因。她拿起遙控器：「有人訂資源回收箱的那天，我在錄影帶上沒有發現，但你看看這一段，是搶案當天的影片。」

哈利看到螢幕上出現7-11，看到店家窗外有綠色資源回收箱，也看到店內的奶油餐包，和前一天才跟他談過話的那個露股溝男。他正在替一個女孩結帳，女孩買了牛奶、一本《柯夢波丹》雜誌和保險套。

「錄影時間是下午三點零五分，差不多是搶案前十五分鐘。現在你看。」

女孩拿了東西離開，隊伍往前移動，一個穿黑色工作服，頭戴尖頂帽、帽緣的遮耳片拉得老低的男子指了指櫃檯上的某樣東西。他低著頭，所以看不到他的臉，但臂膀下卻有個摺起的黑色旅行袋。

「媽的！」哈利輕呼。

「他就是屠子。」貝雅特說。

「確定嗎？很多人都穿黑色工作服，而且搶匪也沒戴帽子。」

「他離開櫃檯的時候，你就會看到他穿的鞋跟錄影帶上的一樣。還有，他身體左邊鼓起，裡面就是那把AG3步槍。」

「所以他把槍用膠帶黏在身上。但他在7-11幹嘛？」

「等運鈔車，而且他需要一個可以把風又不會顯得可疑的地方。他事先查過了這一區，知道保全車會在三點十五分和三點二十分之間過來。在這五分鐘內，他總不能戴頭罩到處亂走，洩漏企圖，所以他用帽子遮住大半個臉。你仔細看，他走到櫃檯時，你會看到一小點閃光，那是眼鏡的反光。戴了墨鏡是吧，你這個混蛋屠子。」貝雅特的聲音很低，說話速度卻很快，語氣裡有種哈利從沒聽過的憤怒。「他一定也知道7-11裡面有攝影機，所以才完全不露臉。看他檢查角度的樣子！說真的，我得承認他真的很會躲鏡頭。」

櫃檯後方的收銀小弟給了穿工作服的男子一個奶油餐包，拿起他放在櫃檯上的十克朗銅板。

「還有呢？」

「哦對。」貝雅特說，「他沒戴手套，但他好像沒碰店裡的任何東西。這裡，你可以看到我剛才說的反光。」

哈利沒說話。

隊伍裡的最後一個人正準備付帳時，那男人已經走出了店外。

「嗯，我們又得開始找目擊者了。」哈利說著準備起身。

「我可沒那麼樂觀。」貝雅特說，眼睛仍然看著螢幕。「記得嗎？只有一位目擊者說，在星期五的尖峰時間看到屠子逃離現場。搶匪的最佳藏身地點就是人潮。」

「嗯，那妳有其他點子嗎？」

「坐下，不然你會錯過好戲的。」

哈利瞥了她一眼，覺得有點窘，然後看著螢幕。收銀員現在轉向錄影機，一根手指插進鼻孔。

「所謂的好戲還真——」哈利咕噥。

「看窗外的資源回收箱。」

窗台有反光，但他們還是看到了那個穿黑色工作服的男人。他就站在資源回收箱和一輛停著的汽車中間，背對攝影機，一手撐在資源回收箱的邊緣。他一面吃奶油餐包，一面似乎也在注意銀行的動靜。之前提著的那個旅行袋現在就放在柏油路上。

「這裡是他的把風地點。」貝雅特說，「他訂了資源回收箱，請人分毫不差地放在這個位置。這麼簡單的法子真虧他想得出來。他可以躲開保全攝影機，又能觀望保全車何時抵達。再注意看他的站姿：首先，因為有那個資源回收箱，有一半的路人根本看不到他；看到的也只會看到一個穿工作服、戴帽子的男人站在資源回收箱旁，以為他是建築工、搬運工或是收垃圾的。簡單來說，沒有一樣東西會在人的大腦皮層留下印象。難怪我們找不到目擊者。」

「他在資源回收箱上留下幾個清楚的指紋。」哈利說，「可惜上星期天天下雨。」

「但他吃了奶油餐包——」

「也把指紋一起吞了。」哈利嘆氣。

「——就會口渴。現在看這個。」

男人彎下腰，打開旅行袋，取出一個白色塑膠袋，又從裡面拿出一個瓶子。

「可樂。」貝雅特低語。「在你進來以前，我把靜止影像放大看過了，那是一瓶有瓶塞的可樂。」

男人抓住瓶頸，拔開瓶塞，然後仰頭，把瓶子高舉空中，往喉嚨裡灌。他們看到最後幾口可樂流出，但瓶蓋遮住了男人張開的嘴和臉。然後他把瓶子放回塑膠袋，綁好開口，正準備放回旅行袋，卻忽然停下動作。

「看仔細了。現在他在想。」貝雅特輕聲說，聲音是低低的獨白。「那些錢會佔去多大空間？那些錢會佔去多大空間？」

男人打量著旅行袋，又看了看資源回收箱。然後他下定決心，手臂迅速一甩，就把塑膠袋連同裡面的可樂瓶一起丟了進去，袋子在空中畫了個弧，落進打開的資源回收箱裡。

「三分球！」哈利大叫。

「觀眾歡聲雷動！」貝雅特也叫了起來。

「幹！」哈利喊道。

「不會吧。」貝雅特一聲呻吟，沮喪地一頭撞在方向盤上。

「他們一定才剛來過。」哈利說，「等一等！」

他猛地打開車門，門後的馬路上有個騎自行車的人一轉車頭躲開。哈利跑過馬路，衝進那家7-11，跑到櫃檯前方。

「資源回收箱是什麼時候被運走的？」他問收銀員，這男孩正準備把兩個大亨堡包起來，交給兩個大屁股女孩。

「拜託好不好，去後面排隊啦。」男孩頭也不抬地說。

其中一個女孩生氣地叫了一聲，因為哈利斜身擋住她要拿蕃茄醬的手，一把揪住那男孩的綠色襯衫領口。

「你好呀，又是我。」哈利說，「現在給我仔細聽好，否則這個大亨堡就會直接塞進……」看到男孩驚恐的臉，哈利才覺得自己太過分了。他鬆開手，指了指窗子。從這裡可以看到對街的挪威銀行，因為原本擋住視線的資源回收箱不在了。「他們什麼時候抬走資源回收箱的？快說！」

男孩嚥了口口水，瞪著哈利。「就是剛才，沒多久以前。」

「剛才是什麼時候？」

「兩分鐘前。」他的眼睛開始泛淚。

「他們開往哪裡？」

「我怎麼會知道？資源回收箱的事偶又不熟。」

「是『我』。」

「什麼？」

但哈利已經走了。

哈利把貝雅特的紅色手機放在耳邊。

「奧斯陸廢棄物管理處嗎？我是哈利．霍勒警探。你們收走的資源回收箱都拿去哪裡倒？對，是私人用的。梅托帝卡，好。那是在……亞納布區的凡賽福里蘭路嗎？謝謝。什麼？**不然就是**葛魯莫？那我怎麼會知道是哪……？」

「你看，」貝雅特說，「塞車了。」

一堵無法穿越的車牆一路延伸到黑德哈路的羅莉咖啡店前方。

「剛才應該走烏朗寧堡路的。」哈利說，「不然就是基克凡路。」

「可惜開車的不是你。」貝雅特說著把前輪開上人行道，按下喇叭，同時加速。行人慌忙跳開。

「喂？」哈利對著手機說，「你們剛才從玻克塔路和工業街交口拿走了一個綠色資源回收箱。要送到哪裡去？好，我等。」

「我們去亞納布區碰碰運氣。」貝雅特說，一轉方向盤，開上電車前方的十字路口。輪胎在鋼軌上空轉，最後總算開上了柏油路面。哈利忽然隱隱覺得，這情景以前也遇過。

他們開到彼斯德拉街的時候，奧斯陸廢棄物管理處的人才又拿起電話，說他們的司機沒接手機，但那個資源回收箱**應該**是在前往亞納布區的路上。

「好。」哈利說，「你能不能打電話到梅托帝卡，請他們不要把資源回收箱裡的東西倒進焚化爐，等我們……你們公司十一點半到十二點午休？小心！不，我剛才是跟車子的駕駛說話。不是，是**我**這邊的駕駛。」

哈利在易普森隧道裡打電話到警察總署，請他們派一輛巡邏車去梅托帝卡，但最近的一輛卻在十五分鐘的車程外。

「幹！」哈利把手機往肩後一丟，一手重重敲上儀表板。

到了白波頓購物中心和廣場飯店之間的圓環，貝雅特悄悄開進一輛紅色公車和雪佛蘭貨車中間，行駛在白線上。她以每小時一百一十公里的速度開到俗稱「交通機器」的高架路口，在輪胎尖叫聲中演出一個精準的打滑，又開上奧斯陸中央車站靠峽灣那邊的迴轉道之後，哈利發覺並不是完全沒有希望追上。

「是哪個失心瘋的混帳教妳開車的啊？」他邊問邊穩住身子，汽車在三線道公路的車陣中轉進轉出，前往艾克柏隧道。

「我自己學的。」貝雅特回答。

在弗勒卡隧道中央的時候，一輛又大又醜、邊開還邊漏柴油的大卡車緩緩出現在他們前方，卡車慢吞吞地切到右線，車子後方夾在兩條黃色機械手臂中間的，正是一個寫著**奧斯陸廢棄物管理處**的綠色資源回收箱。

「好耶！」哈利大喊。

貝雅特車子一轉，開到那輛卡車前，放慢車速，打開紅色警示燈。哈利搖下車窗，伸出拿著證件的一隻手，揮手要卡車開到路旁。

卡車司機對哈利要看資源回收箱一事沒有異議，卻不解哈利為何不等車子開到梅托帝卡垃圾場再說，因為到那裡就能把箱子裡的東西都倒到地上。

「我不想讓瓶子被壓扁！」哈利用吼的才能蓋過卡車後方隆隆駛過的其他車聲。

「我是替你那套漂亮的西裝著想。」卡車司機說，但那時哈利已經七手八腳地爬進資源回收箱。接著裡面傳來一陣噹啷亂響，卡車司機和貝雅特聽到哈利厲聲咒罵和翻找東西的聲音。最後只聽他喊了聲「找到了！」，然後人就出現在資源回收箱上，手裡像拿著獎盃似的高舉著那只白色塑膠袋。

「立刻把瓶子拿去給韋伯，跟他說這是急件。」貝雅特發動車子的時候，哈利這麼說。「也幫我跟他問好。」

「這樣有用嗎？」

哈利抓了抓頭。「沒用。就說是急件吧。」

她笑了。不是特別大聲，也沒有多開懷，但哈利注意到了。

「你總是這麼熱血嗎？」她問。

「我？那妳呢？為了這個證據，妳剛才差點把我們送上西天。」

她笑著沒有回答，只看了看後照鏡，又開上馬路。

哈利看了看錶。「可惡！」

「開會遲到了嗎？」

「妳能不能載我去麥佑斯登區的教堂？」

「好啊。你穿西裝就是為了去那裡？」

「對。是……一個朋友。」

「那你最好先把肩膀上那塊咖啡色的污漬弄掉。」

哈利扭頭去看。「被資源回收箱弄的。」他說著拍了拍。「好了嗎？」

貝雅特遞給他一條手帕。「吐點口水試試。是你的好朋友嗎？」

「不是，也可以說是……或許有一陣子是。但不管怎樣，換作是妳也會去參加葬禮的吧。」

「是嗎？」

「妳不會嗎？」

「我這輩子只參加過一次葬禮。」

車上的兩人沉默了。

「妳父親的嗎？」

她點頭。

他們經過辛桑區的交口。哈洛斯飯店下方的幕瑟倫登大草坪上，有個男人和兩個小男孩在放風箏，三個人都站著看藍天，哈利看到男人把風箏線給了身材比較高的那個男孩。

「我們還是沒抓到殺他的那個人。」她說。

「沒錯。」哈利說，「但總有一天會的。」

「上帝賜予生命，也奪走生命。」牧師說，目光落上空蕩蕩的幾排長椅，看著一個理小平頭的高個子男人輕手輕腳地走進來，在最後一排找了個位子坐下。一聲響亮、悲痛的啜泣響起，迴盪在拱形的天花板間，他等著聲音散去。「但有時候你會覺得，神只是奪走生命。」

牧師加重語氣說出「奪走」兩字，說話的聲響把這個詞傳到了教堂後方。啜泣聲更響了，哈利看著這一切。他本以為，安娜這麼活潑又外向，一定會有很多朋友，可是他卻只數出八個人，六個坐在前排，兩個坐在後排。八個耶。唔，好吧，會有幾個人出席他的葬禮呢？看來八個已經算不錯了。

啜泣聲來自前排，哈利看到三顆圍了鮮艷圍巾的頭和三個光頭的男人。另外的兩個人，坐左邊那個是男的，坐中間那個是女的。他認出了有著爆炸頭的艾斯翠・蒙森。

管風琴的踏板發出嘎嘎聲，音樂響起。是首聖歌。聖主恩典。哈利閉上眼睛，覺得自己好累。管風琴的琴音抑揚頓挫，高音像流水從天花板淌下，微弱的聲音唱著原諒與慈悲。他真想讓自己沉浸在溫暖、能夠裹住身體的東西裡。上帝將審判生者與死者。上帝的復仇。上帝是復仇之神。管風琴的低音讓空的長椅起了共振。一手拿劍，一手拿秤，懲罰與正義。或是沒有懲罰，也沒有正義。哈利睜開眼睛。

四個男人抬起棺材。哈利認出警官歐拉・李在兩個皮膚黝黑的男人後方，那兩人穿著亞曼尼西裝，白襯衫最上面的釦子沒扣。第四個人身材高得讓棺材都傾斜了，西裝鬆垮垮地掛在他瘦削的身子上，但他也是四個人當中，唯一不像被棺材壓得喘不過氣來的。這人的臉尤其吸引哈利的目光：他有張窄窄的臉，臉部線條柔和，一雙盛滿痛苦的棕色大眼嵌在深陷的眼窩中，一頭黑髮梳向後綁成辮，露出光亮的高額頭。一張敏感的心形嘴巴上覆著梳理整齊的長鬍子，彷彿基督從牧師身後的祭壇走了下來。還有一件事：很少人的臉會讓人用這個形容詞，但這人的臉卻的確給人發亮的感覺。這四個人來到走道盡頭的哈利身邊，他試著看出究竟是什麼讓那個人有這種表情。是悲痛？總不會是喜悅吧。還是善良？邪惡？

他們經過時，哈利的目光與他短暫相接。跟在他們後面的是目光低垂的艾斯翠・蒙森，一個似乎是會計的中年男子和兩老一少的三個女人，都穿著色彩鮮艷的裙子。他們啜泣、哀號，不時雙眼望天、絞著手，靜靜地伴著棺材走。

哈利站著不動，等這一小隊人離開教堂。

「霍勒，這些吉普賽人還真有意思，對吧？」話聲迴盪在教堂中。哈利轉身。是穿黑西裝打領帶的伊佛森，臉上還掛著微笑。「我小時候，家裡有個吉普賽園丁。你知道，吉普賽馴熊師會帶著跳舞的熊到處旅行。他叫喬瑟夫，喜歡音樂和惡作劇。但是死亡……這些人跟死亡的關係比我們都還緊綳，他們怕死了**繆爾**（mule），也就是死者的靈魂，而且相信死人會回來。喬瑟夫以前都會去找一個可以把鬼魂趕走的女人。顯然這種事只有女人做得到。我們走吧。」

伊佛森輕碰了一下哈利的臂膀，哈利得咬緊牙關才壓下想把他的手甩掉的衝動。他們一起走下教堂的樓梯，基克凡路上的車流聲蓋過了教堂的鐘聲，一輛黑色的凱迪拉克敞著後門，正在松寧斯街等候葬禮隊伍。

「他們會把棺材送去維斯特火葬場。」伊佛森說，「火葬是他們從印度承襲下來的印度教習俗。在英國，他們會焚燒死者的拖車，但把寡婦鎖在車上已經被禁止了。」他大笑。「他們可以把個人財產帶進棺材。喬瑟夫跟我說過，匈牙利有個吉普賽家庭，從事爆破工作的一個男子死了，家人就把他的炸藥放進棺材，結果把整間火葬場炸得半天高。」

哈利取出那包駱駝牌香菸。

「霍勒，我知道你為什麼過來。」伊佛森說，臉上仍掛著笑容。「你想看看能不能在這個場合跟他搭上幾句話，對不對？」伊佛森朝行進隊伍歪了歪頭，隊伍中那個高瘦的男子緩緩跨步，另外三個快步想跟上他。

「他就是那個洛斯可？」哈利問，一邊把香菸塞進唇間。

伊佛森點頭。「是她叔叔。」

「其他人呢？」

「看來都是朋友。」

「那家人呢？」

「他們不承認死者跟他們的關係。」

「哦？」

「洛斯可是這麼說的。吉普賽人都是說謊不打草稿的騙子，但他的話符合喬瑟夫所說的思考模式。」

「什麼模式？」

「家庭榮耀重於一切。所以她才被踢出來。洛斯可說，她十四歲時，跟西班牙一個說希臘語的外地吉普賽人結了親，但在完婚之前，她就跟一個**外地人**跑了。」

「**外地人**？」

「就是非吉普賽人。一個丹麥水手。沒有比這更糟的了，她讓全家族蒙羞。」

「嗯。」哈利說話時，沒點燃的香菸在嘴裡上下晃動。「據我瞭解，你跟這個洛斯可已經混得滿熟了？」

伊佛森作勢拍散假想中的煙霧。「我們有過一次詭異的談話，我會說那次是個小爭執。要等我們這邊遵守約定了，交談才會更具體。也就是說，要等他參加完葬禮之後。」

「所以目前為止他並沒說多少囉？」

「他沒說什麼對調查本案有影響的話，但他的語氣很積極。」

「積極到我看見警察幫忙抬他的親人去墓園？」

「牧師問歐拉或我能不能幫忙抬棺，因為他們還缺一個人。我覺得沒關係，反正我們也要來這裡監視他，而且會繼續下去。我是指繼續監視他。」

哈利瞇起眼，看著刺目的秋日太陽。

伊佛森轉身面對他。「霍勒，我想把話說清楚。在我們跟洛斯可談完以前，誰都不准打他主意。誰都不行。三年來我一直想跟這個什麼都知道的人打交道，現在終於有了機會，我絕對不准事情被搞砸。我的話你聽懂了嗎？」

「伊佛森，既然現在是私下談話，那請你告訴我，」哈利說著從嘴上摘掉一片菸草屑。「這件案子已經變成你我的競賽了嗎？」

伊佛森仰起臉對著太陽，咯咯笑了起來。「假如我是你，你知道我會怎麼做嗎？」他閉著眼睛說。

「怎麼做？」哈利忍不住打破沉默問道。

「我會把西裝送去乾洗。你這樣子好像剛從垃圾堆裡爬出來似的。」他把兩根手指放在眉角。「日安囉。」

哈利單獨站在階梯上抽菸，看著那口白色棺材一邊高三邊低地走過人行道。

哈利進來時，椅子上的哈福森猛地轉身。

「你來了真是太好了，我有好消息。我……媽的這什麼味道！」

哈福森捏住鼻子，以播報漁業氣象的機械化音調說：「你的西裝怎麼了？」

「掉進垃圾堆裡了。你有什麼消息？」

「哦……對，我想那張照片可能是南部地方的渡假區，所以就把照片寄給奧斯雅德郡的所有警局。然後，賓果！一位瑞瑟市的警察馬上打電話來，說他對那片海灘很熟。但你知道怎樣嗎？」

「呃，當然不知道。」

「那地方不在南部，而在拉可倫村！」

哈福森滿臉期待地笑著看向哈利，等不到哈利做出反應，他又說：「在奧斯佛郡，默斯市外面。」

「哈福森，我知道拉可倫村在哪。」

「對，但這個警察是——」

「南部地方的人也會渡假好不好。你打電話到拉可倫村了嗎？」

哈福森受不了似的翻了個白眼。「那還用說。我打電話到那個露營地，和兩個出租農舍的地方。還問了那邊僅有的兩家雜貨店。」

「運氣如何？」

「很不錯。」哈福森又露出笑臉。「我把照片傳真過去，經營雜貨店的其中一個男子知道她是誰。他們租了那一區最棒的一間農舍，他有時候就負責開車送貨過去。」

「那女人叫什麼名字？」

「薇格蒂絲．亞布。」

「亞布？」

「對，全挪威只有兩個叫這名字的人。一個出生於一九〇九年，另一個現年四十三歲，跟亞納．亞布住在史蘭冬區的畢攸卡特路十二號。還有喔，這是他們的電話號碼，老闆。」

「別這樣叫我。」哈利說著抓過電話。

哈福森哀叫一聲。「怎麼？你心情不好？」

「對，但那不是原因。莫勒才是老闆，我不是，好嗎？」

哈福森正準備回嘴，哈利急忙舉起一隻手：「亞布太太嗎？」

當初建造亞布家肯定花了不少時間、金錢和空間。還有品味。或者以哈利看來，這房子充滿著大量糟糕的品味。要是當初真有建築師，那麼他似乎想把挪威農舍傳統融進美國南方農場風格中，還加了一抹粉紅色的郊區氣氛。哈利的腳陷進圓石鋪成的車道，車道經過一處修剪整齊、長滿裝飾用灌木的庭園，和一隻正在噴水池旁喝水的青銅雄鹿像。車庫的屋脊上有個銅製的橢圓形標誌，標誌上裝飾著一面藍旗，旗子上是黃色三角形疊在黑色三角形上的圖案。

狗兒憤怒吠叫的聲音從屋內傳來。哈利走上兩個柱子之間的寬階梯，按了門鈴，心想來應門的說不定會是穿白圍裙的黑人阿嬤。

「哈囉。」門一開，她清脆的聲音幾乎也同時響起。薇格蒂絲·亞布符合一種女人形象，是哈利晚上回家會在電視健身廣告上偶爾看到的那種：露出一口白牙的笑容、芭比娃娃般的漂金頭髮，還有一副堅實、線條優美且屬於上流社會的身軀，裹在緊身慢跑褲和過小的上衣裡。她還做過隆乳，但至少她沒把尺寸做得太誇張。

「我是哈利——」

「請進！」她微笑，一雙又大又藍的眼睛畫了無暇的裸妝，眼角幾乎看不見皺紋。

哈利踏進寬廣的門廊，裡面眾多又肥又醜的木雕怪物堆高到他腰際。

「我正在洗東西。」薇格蒂絲解釋說。她又露齒一笑，用食指小心地擦掉汗水，免得弄糊眼影。

「那我還是脫鞋吧。」哈利說完才想起右腳大拇指那裡的襪子破了個洞。

「不必，真的，我不是在打掃房子，房子有別人會掃。」她笑著，「但我喜歡自己洗衣服。總得限制一下讓陌生人在自家進出的程度吧，你不覺得嗎？」

「對極了。」哈利含糊地說。他得加快腳步才跟得上她。他們經過一個漂亮的廚房，來到客廳。兩扇玻璃拉門外是一個寬敞的露台，客廳主牆上有個大型的磚造建築，像某種介於奧斯陸市政府和紀念碑之間的房子。

「是培爾·漢莫為亞納的四十歲生日設計的。」薇格蒂絲說，「培爾是我們的朋友。」

「嗯，培爾他真是設計了……好一個壁爐。」

「你一定聽過建築師培爾·漢莫吧？他設計了侯曼科倫區的新教堂呀。」

「恐怕沒有。」哈利說著把照片遞給她。「能不能請妳看看這張照片？」

他打量著她臉上越發驚訝的表情。

「這是亞納去年在拉可倫村拍的照片。你怎麼會有？」

哈利確認了她始終維持著那如假包換的困惑表情，然後才回答。

「我們是在一個名叫安娜．貝斯森的女人鞋子裡找到的。」他說。哈利看著薇格蒂絲臉上露出的一連串思考、推論和情緒起伏，就像一場快轉過的肥皂劇。先是驚訝，再來是納悶和困惑，然後是直覺反應，先以不信的笑容來否認，冷靜下來後似乎有種恍然大悟的理會，最後是一張繃緊的臉，上面寫著：**總得限制一下讓陌生人在自家進出的程度吧，你不覺得嗎？**

哈利把玩著剛取出的那包菸。一個玻璃大菸灰缸傲氣十足地放在茶几中央。

「亞布太太，你認識安娜．貝斯森嗎？」

「當然不認識。我應該認識嗎？」

「我不知道。」哈利據實以告。「她已經死了，我卻很納悶這樣一張私人照片為什麼在她的鞋子裡。妳有什麼看法？」

薇格蒂絲想做出寬容的微笑，但嘴角卻上揚不起來。她只好用力搖頭。

哈利等著，身子不動，放鬆。如同讓鞋子陷進那些圓石，他讓身體陷進那又深又白的沙發。經驗告訴他，沉默是讓人說話最有效的辦法。兩個陌生人面對面坐著時，沉默就像吸塵器，要把話吸出來。他們這樣對坐了漫長的十秒鐘。薇格蒂絲嚥了口口水：「或許是清潔工在哪裡看到這張照片，就順手拿走了，然後交給了這位……她是叫安娜．貝斯森吧？」

「對。亞布太太，介意我抽菸嗎？」

「家裡全面禁菸。我先生和我都不……」她迅速舉起一手去摸辮子。「而且我們最小的兒子亞歷山大有氣喘。」

「真是遺憾。你丈夫平常都做些什麼？」

她驚訝地望著他，原本已經很大的藍眼睛現在睜得更大了。

「我是說，他的職業是什麼？」哈利把香菸放回內側口袋。

「他是投資人，但三年前把公司賣掉了。」

「什麼公司？」

「亞布公司，替旅館和公家機關進口毛巾和浴室地墊的。」

「那毛巾的量一定很大了，還有浴室地墊。」

「我們在全斯堪地那維亞都有代銷。」

「恭喜。你們車庫上有面旗子，那不是領事館的旗嗎？」

薇格蒂絲恢復了鎮靜，把髮圈解了下來。哈利這才發現她臉上也做過整形，整個比例就是怪怪的。這表示整形整得太好了，她的臉幾乎是用人工整成完全對稱的。

「聖露西亞。我先生在那裡當過十一年挪威領事。我們在那裡有個縫浴室地墊的工廠，也有一棟小房子。你有沒有去過——？」

「沒有。」

「那個小島美麗、漂亮又迷人，有些年紀較大的島民還會說法文。雖然他們的法文我聽不懂，但他們真的好迷人呢。」

「克里奧爾式法語。」

「什麼？」

「我看過介紹。妳想妳先生會不會知道這張照片為什麼會在死者那裡？」

「我想不出這是怎麼回事。他為什麼應該知道？」

「嗯。」哈利微笑。「說起來這就跟一個人的鞋子裡為什麼會放了張陌生人的照片一樣困難吧。」他站了起來。「亞布太太，我在哪裡可以找到他？」

哈利寫下亞納．亞布辦公室的電話號碼和地址，目光正好瞥到剛才坐過的沙發。

「呃……」他開口時看到薇格蒂絲順著自己的目光看去。「我掉進資源回收箱了。當然，我會——」

「沒關係。」她打斷他的話頭。「反正下星期沙發套就會送去乾洗。」

來到屋外後，她對哈利說她又想了想，能不能請他等到五點再打電話去找她先生。

「那時候他就回家了，不會那麼忙。」

哈利沒有回答，只看著她的嘴角上下移動。

「那時候他和我就能……看看能不能幫你理出頭緒。」

「謝謝妳的好意，但我有車，而且他辦公室就在我回去的路上，所以我就直接開過去，看看能不能見到他吧。」

「好。」她帶著勇敢的笑容說。

哈利走在長車道上的時候，狗吠聲一直沒停。到了大門，他轉過身。薇格蒂絲仍然站在那棟粉紅色農莊的台階上。她低著頭，太陽照上她頭髮和身上閃亮的運動衣。從遠處看過去，她像一尊小小的青銅像。

哈利找不到停車位，也沒在維卡中庭飯店的地址找到亞納・亞布。只有一個接待員告訴他，亞布跟另外三位投資人租了一間辦公室，他正在跟銀行經紀人共進午餐。

離開那棟大樓時，哈利在擋風玻璃的雨刷下面發現一張罰單。他拿起罰單，心情惡劣地來到「路易斯號」——這不是一艘蒸氣船，而是位於阿克爾港的一家餐廳。跟施羅德酒館不同的是，這裡提供的食物能夠讓人下嚥，顧客群則是一批出得起飯錢的人，他們的辦公室就在勉強可以稱為奧斯陸的華爾街上。哈利在阿克爾港總覺得不自在，但那可能是因為他是土生土長的挪威人，而不是觀光客。他跟服務生簡短交談了幾句，服務生指了指靠窗的一張桌子。

「各位，抱歉打擾一下。」哈利說。

「啊，終於來了。」桌邊三位男士其中之一輕喊，一面把瀏海往後撥。「服務生，你會說這瓶酒是適飲溫度嗎？」

「我會說這是倒進教皇新堡瓶子裡醒過的挪威紅酒。」哈利說。嚇了一跳的瀏海男打量起穿黑色西裝的哈利。

「開玩笑的。」哈利笑著，「我是警察。」

驚訝轉成了警戒。

「我不是來查環境犯罪的。」

放鬆轉成了疑問。哈利聽到男孩子般的笑聲，吸了口氣。他已下定決心該怎麼做，但卻不知道結果會怎麼樣。「哪位是亞納．亞布？」

「是我。」笑著的那個人回答。他身材瘦削，一頭深色的頭髮又短又捲，眼睛周圍有笑紋，這點讓哈利知道他經常笑，而且比他原本猜測的三十五歲年紀更大。「抱歉起了誤會。」他繼續說，聲音裡仍帶著笑。「警官，我幫得上忙嗎？」

哈利打量著他，想先對他這人有點概念再開口。他的聲音鏗鏘有力，目光堅定，閃亮的白色衣領上繫了一條領帶，打得既不會太鬆，也不會太緊。他並沒在說了「是我」之後就開始沉默，反而加上一句道歉和「警官，我幫得上忙嗎？」——還故意用些許挖苦的語氣強調「警官」兩個字，這表示亞納．亞布不是非常有自信，就是為了給人這樣的印象而下過苦功。

哈利收斂心神，他不是要專心想待會兒該說什麼，而是要注意亞布會有什麼反應。

「是的，你幫得上忙，亞布。你認識安娜．貝斯森嗎？」

亞布那雙跟他太太一樣的藍眼睛看著哈利，想了一會兒之後，用清楚、宏亮的聲音回答：「不認識。」亞布臉上所透露的跟他嘴上說的一樣。倒不是哈利早知道會這樣，他已經不再相信天天跟謊言為伍的人能夠識破謊言的迷思。有位警察曾說，以他豐富的經驗來看開庭審理，他知道被告何時說的是謊話。再度為被告發聲的史戴．奧納則說，研究顯示每個專業團體識破謊言的能力都差不多，不論是清潔工、心理學家或警察都一樣好，也就是說，大家都一樣差。在比較研究中，唯一得分高於平均值的是祕密情報員。但哈利並不是祕密情報員，只是個承受時間壓力的奧普索鄉男人，心情惡劣，而且判斷力明顯不足。在毫無懷疑根據的情況下，拿不太站得住腳的事去質問一個男人，還當著旁人的面，根本稱不上有效率，也絕對不公平。因此哈利心知肚明他不應該這麼問：「你知不知道給她這張照片的可能是誰？」

三個男人都盯著哈利放在桌上的那張照片。

「不知道。」亞布說，「會不會是我太太？或是我的小孩？」

「嗯。」哈利尋找瞳孔的變化和脈搏加快的徵兆，如出汗或臉紅。

「警官，我不知道這到底是什麼情況，但既然你不嫌麻煩地來找我，我猜一定不是小事。或許等我跟這三位瑞典商銀的男士開完會之後，我們再私下談如何？如果你要等，我可以請服務生找一張吸菸區的桌子給你。」

哈利看不出亞布臉上的笑究竟是嘲弄，還是真心想幫忙。他連這個都無法判斷。

「我沒有時間。」哈利說，「如果可以現在就——」

「恐怕我也沒有時間。」亞布以冷靜但堅決的聲音說。「現在是我的上班時間，所以我們只能等下午再談。當然，這是在你仍然認為我幫得上忙的情況下。」

哈利嚥了口口水。他毫無招架之力，而且知道亞布也看得出來。

「那就這樣吧。」哈利說，自己都覺得這麼說很沒用。

「謝謝你，警官。」亞布微笑著點頭。「還有你剛才對酒的形容可能是對的。」他轉頭看著瑞典商銀的人。「史丹，你剛才說奧普特康公司怎麼樣？」

哈利拿起照片，臨去前不得不對那位有瀏海的銀行經紀人幾乎掩飾不住的笑容忍氣吞聲。

來到碼頭邊，哈利點燃了一根菸，但菸一點味道也沒有。他低吼一聲，把菸丟掉。陽光把阿克修斯堡壘的一扇窗照得發亮，大海平靜得像是上面結了薄薄的一層冰。他為什麼要這麼做？為什麼要用這種損人不利己的方式羞辱一個根本不認識的人？結果只被人用絲質手套拎起來，輕輕攆出去。

他轉向陽光，閉上眼，心想是不是該改弦易轍，去做點聰明事，比如把整個案子拋在腦後。一切都不合理，情況還是跟以前一樣混亂、令人困惑。此時市政廳的鐘聲響了。

但哈利卻不知道，莫勒說對了：這的確是今年最後一個暖日。

16 拿姆科G-Con45光槍

歐雷克真勇敢。

「沒關係的，」他在電話裡一遍又一遍地說，好像他有什麼祕密計畫。「媽咪和我很快就會回去。」

哈利站在窗前，看著面前那棟建築屋頂上的天空，傍晚的陽光把薄而皺的雲層底部染成了橘色和紅色。他回家的路上，氣溫突地驟降，好像有人打開了一扇看不見的門，把門裡的熱氣全都吸了出去。事實上，寒意已開始從地板滲進來了。他把毛拖鞋放到哪裡去了？地下室還是閣樓？他連自己到底有沒有拖鞋都不記得。他答應歐雷克，要是他能打破哈利在Game Boy上玩俄羅斯方塊的紀錄，哈利就要買一套Playstation的遊戲套件給他。幸好他把那東西的名稱抄了下來：拿姆科G-Con45光槍。

身後的十四吋電視裡正不停地報著新聞。又一場要替受害者募款的星光盛會。茱莉亞・羅勃茲展現同情，席維斯・史特龍接聽捐款者的來電。復仇的時刻來臨，電視播出山脈遭到地毯式轟炸的畫面，黑色的煙柱從岩石間升起，山間寸草不生，景色荒涼。電話響了。

是韋伯打來的。警察總署對韋伯這人有種普遍觀感，認為他是頑固又陰沉的老頭，而且很難相處。哈利卻覺得正好相反，你只要知道，他只有在你找他麻煩或對他不敬的時候才會變得很難搞就行了。

「我知道你在等結果。」韋伯說，「我們沒在瓶子上找到任何DNA，但找到了幾個模糊的指紋。」

「很好，我還擔心包在塑膠袋裡的指紋也會毀掉。」

「幸好那是玻璃瓶。如果是塑膠瓶，過了這麼多天，上面指紋的油漬就會被吸收掉了。」

哈利聽到電話那頭有棉花棒擦拭的輕碰聲。「你還在上班？」

「對。」

「你什麼時候會去比對資料庫的指紋？」

「你想找我麻煩？」這位鑑識老將懷疑地低吼。

「當然不是，我有得是時間。」

「明天。我不是電腦專家，那些年輕小鬼都已經下班回家了。」

「那你呢？」

「我只想拿指紋用老法子去比對幾個東西。霍勒，你好好睡吧。慢吞吞大叔會替你保持警覺的。」

哈利掛了電話，走進臥室，打開電腦。清脆的視窗開機樂聲短暫地蓋過起居室的美國復仇新聞，他點了幾下滑鼠，打開基克凡路上的銀行搶案影片，重看了幾遍，但依舊沒有什麼新的想法，又按下電子郵件的圖示。螢幕上出現沙漏和「你有一封訊息」的文字，走廊的電話又響了。哈利瞥了一眼手錶，拿起話筒，用專門為蘿凱準備的輕柔聲音喂了一聲。

「我是亞納．亞布，很抱歉在晚上打電話給你，但我太太把你的名字告訴我，所以我想把事情弄清楚。現在方便說話嗎？」

「沒問題。」哈利改用原本的聲音，有些不好意思地說。

「是這樣的：我剛才跟我太太談過，我們都不認識這個女人，也不知道她怎麼會有這張照片。但照片是專業人士沖洗的，或許可以請那家沖洗店的人看一下。此外，我們家裡來來去去的人很多，所以可能會有很多、**很多**種解釋。」

「嗯。」哈利注意到，亞布的聲音不像之前那麼沉著。幾秒有雜訊的沉默過後，亞布又說：「如果你想進一步談談，希望你能到公司找我。我知道我太太把電話號碼給過你。」

「我也知道你上班時不想被打擾。」

「我不希望……讓我太太有壓力。拜託，死掉的女人鞋子裡有我們的照片！我寧可你直接找我。」

「我瞭解，但那是你太太和小孩的照片啊。」

「告訴你，她完全不知道這件事！」他立刻後悔用了憤怒的語氣，又說：「我保證會盡一切努力來解釋這究竟可能是怎麼回事。」

「謝謝你提議幫忙，但我有想跟誰談就跟誰談的權利。」哈利聽著亞布的呼吸聲，又說：「希望你能瞭解。」

「我告訴你——」

「恐怕這件事沒有討論空間。要是我想知道什麼事，會再跟你或你太太聯絡。」

「等一下！你不明白，我太太她……很不舒服。」

「對，我是不明白。她生病了嗎？」

「生病？」亞布的語氣訝異。「不，可是——」

「那我建議我們的對話到此結束。」哈利看到鏡中的自己。「現在不是我的上班時間。晚安了。」

他放下電話，又看著鏡中的自己。那抹積怨得逞的歡暢笑容現在已經消失。那是器量狹窄的表現。自以為是而且蓄意殘忍。這些都是報復的表現。不過，還有其他東西：有哪裡不大對勁，少了點什麼。他打量著鏡中的反射影像。或許只是光照角度的不同吧。

哈利在電腦前坐下，心裡想著一定要把報復的幾項表現說給奧納聽，他會蒐集這種事。那封電子郵件來自一個他從來沒見過的地址：furie@bolde.com，他在那封信上面點了一下。

他坐在那裡，感到一股寒意流竄全身，而且很可能一整年都不會散。

事情發生在他看向電腦螢幕的時候。後頸的汗毛豎起，皮膚像縮水的衣服般繃緊。

要不要玩個遊戲？想像一下：你跟一個女人去吃晚餐，第二天她卻死了。你該怎麼辦？

電話哀怨的鈴聲響起。哈利知道是蘿凱打來的，但他沒接。

17　阿拉伯之淚

看到哈利走進他們共用的辦公室，哈福森大吃一驚。

「你來了？你知道現在才——」

「睡不著。」哈利含糊地說，雙臂交叉著坐進電腦螢幕前面的椅子。「這機器慢得要死。」

哈福森轉過頭說：「速度取決於你連上網路時的資料傳輸速率。你現在用的是標準ＩＳＤＮ線，但想開點吧，我們就快有寬頻了。你在找《今日商業報》嗎？」

「嗯？……對。」

「亞納．亞布？你跟薇格蒂絲．亞布談過了？」

「對。」

「他們跟這起銀行搶案有什麼關係？」

哈利沒有抬頭。他並沒說事情跟搶案有關，但也沒說沒有，所以他同事會有這樣的聯想也很正常。這時螢幕上正好出現亞納．亞布的臉，才讓哈利免於作答。顯然哈利之前看到的那抹開懷笑容一直在那個打得老緊的領帶上。哈福森咂咂嘴，大聲唸了出來：

「**價值三千萬的家族企業。日前『喬伊斯』連鎖飯店買下亞布公司的所有股份，如今亞納．亞布才能存下三千萬克朗。亞布說他想多奉獻時間給家人，這也是他出售名下這間成功公司的最大原因。『我想看著孩子長大，』亞布接受訪問時這麼說。『家庭是我最重要的投資。』**」

哈利按下「列印」。

「你不想看其他文章了嗎？」

「不想，我只要這一篇。」哈利說。

「銀行裡有三千萬，現在他又開始搶銀行？」

「我待會再解釋。」哈利說著從椅子上站起來。「在那以前，你可不可以教我怎麼看電子郵件的寄件者是誰。」

「郵件上有位址啊。」

「可以在電話簿裡找到嗎？」

「不行，但你可以找出發信的是哪個郵件伺服器，位址上面會寫伺服器。伺服器上有用戶位址列表，很簡單的。你收到有意思的信了？」

哈利搖頭。

「給我位址，我馬上就幫你查出來。」哈福森說。

「好。你有沒有聽過一個叫bolde.com的伺服器？」

「沒有，但我會去查。其他部分的位址呢？」

哈利遲疑了。「我忘了。」他說。

哈利向車庫徵用了一台車，慢慢開進格蘭區。刺骨的風吹攪著昨天在人行道上被曬乾的樹葉，行人把手插在口袋裡走著，頭縮在肩膀裡。

哈利在彼斯德拉街上的電車後方停好車，把廣播轉到NRK新聞廣播電台。他們沒提絲汀．葛瑞特的案子，只說上萬名難民兒童無法撐過阿富汗的嚴冬，一位美國士兵被殺了，然後是一段跟他家人的訪談。他們想要報仇。畢斯雷區因為交通堵塞而不開放，但可以繞路走。

「喂？」光是從門口對講機傳來的這麼一個音，就可以聽出艾斯翠．蒙森得了重感冒。

「我是哈利．霍勒。謝謝妳之前的幫忙。我可以再請教幾個問題嗎？妳現在有空嗎？」

她吸了兩次鼻子，才回答：「什麼問題？」

「我希望可以不必站在這裡問。」

又是兩下吸鼻子聲。

「現在方便嗎？」哈利問。

門鎖嗶地一聲打開，哈利推開了門。

艾斯翠・蒙森站在走廊，肩上裹了條披巾，雙臂交叉，看著哈利走上樓梯。

「我在葬禮上看到妳了。」哈利說。

「我想她至少該有一位鄰居出席。」她說，那聲音像是用擴音器說出來的。

「不曉得妳認不認識這個人？」

她勉為其難地拿起那張有摺角的相片。「哪個人？」

「隨便哪一個。」哈利的聲音在樓梯間迴盪。

艾斯翠・蒙森仔細地凝視照片。

「怎麼樣？」

她搖頭。

「妳確定？」

她點頭。

「嗯。妳知不知道，安娜有沒有男朋友？」

「固定的嗎？」

哈利深深吸了口氣。「妳是說，她的男朋友不只一個？」

她聳肩。「這棟樓裡什麼聲音都聽得到。我這麼說吧：有人上樓，樓梯就會嘎吱響。」

「有認真的對象嗎？」

「我不清楚。」

哈利等待著。她並沒有沉默太久：「今年夏天，她信箱旁邊貼了一張名條。不知道這樣算不算認真……」

「哦？」

「我想紙上是她的筆跡，只寫了艾瑞克森四個字。」她薄薄的唇上有一抹笑意。「說不定那人忘了告訴她自己叫什麼名字。總之，紙條一星期以後就不見了。」

哈利低頭看著欄杆，樓梯很陡。「一星期總比什麼都沒有好，不是嗎？」

「對某些人來說，或許是吧。」她說，一手放上門把。「我要回去了，我剛聽到收到電子郵件的聲音。」

「郵件又不會跑掉。」

又一個噴嚏讓她全身一顫。「我要回信。」她說，淚水蒙上她的眼。「是跟一個作家，我們在討論我的翻譯。」

「那我就說快一點。」哈利說，「我只想讓妳也看看這個。」

他把那張紙遞給她。她接過，瞥了一眼，然後懷疑地望著哈利。

「仔細看一下。」哈利說，「需要多久都沒關係。」

「沒必要。」她說著把紙還給他。

哈利花了十分鐘從警察總署走到科博街21A。這棟老舊的磚造建築曾經是製革廠、印刷廠、鐵工廠，或許還有過其他用途，是奧斯陸曾經有這些工業的遺跡。但現在，這棟樓已經被鑑識中心佔據了。儘管有了燈光和現代裝潢，這棟樓仍給人一種工業建築的感覺。哈利在其中一個又大又冷的房間裡找到韋伯。

「媽的！」哈利說，「你真的確定？」

韋伯疲倦地一笑。「瓶子上的指紋很清楚，只要我們檔案裡有，電腦就找得出來。當然，我們也可以人工比對，以求百分之兩百確定，但那樣要花上好幾個星期，而且反正也不會有結果。我很肯定。」

「對不起。」哈利說，「我只是滿心以為逮到他了。我以為像他這樣從來沒被逮捕過的機率小得不得了。」

「他不在我們的資料庫裡，只代表我們必須去別處找。但至少我們現在有了確實的證據，也就是這個指紋和基克凡路上的纖維。如果你能抓到人，我們就有能讓他定罪的證據。赫格森！」

一個年輕人正好經過，立刻停下。

「奧克西瓦的人用**沒密封**的袋子把這頂帽子給我。」韋伯咕噥著，「我們這裡又不是豬舍。你聽懂沒？」

赫格森點頭，用了然於心的神情望了哈利一眼。

「你必須坦然接受事實。」韋伯說著又轉向哈利。「至少你不必忍受伊佛森今天那種情況。」

「伊佛森？」

「你沒聽說今天發生在警獄地道的事嗎？」

哈利搖搖頭，韋伯搓著手咯咯笑了。「既然這樣，我就跟你說個精采故事，幫你度過低潮期好了。」

韋伯的說明跟他寫的警察報告很像：用簡短、潦草的句子說出動作，沒有任何囉唆的描述提及感情、語氣或面部表情。但這些細節哈利都可以自行輕易補上。他可以想像伊佛森和韋伯到A翼的某間會客室，聽到門在他們身後上了鎖。兩個房間都緊鄰著接待櫃檯，專為家人而設。囚犯可以跟最親的人在房間中享受幾分鐘的寧靜。甚至有人布置過房間，想營造出溫馨氣氛：房裡有基本的家具、假花，牆上還有幾幅慘淡的水彩畫。

他們進房時，洛斯可是站著的，腋下夾了本厚書。他們面前的矮桌上放了個棋盤，上面的棋子已經布好。他什麼話也沒說，只用呈滿痛苦的棕色眼眸望著他們。他穿了一件外套式的白色襯衫，下襬幾乎長到了膝蓋。侷促不安的伊佛森唐突地叫這位高瘦的吉普賽人坐下。洛斯可面露微笑地服從了指示。

伊佛森後來帶韋伯同行，沒帶偵辦組的年輕警官，因為他認為這隻老狐狸能幫他「估量洛斯可的斤兩」，這話還是他自己說的。韋伯把一張椅子放在桌旁，拿出筆記本，伊佛森坐在這位惡名昭彰的囚犯對面。

「伊佛森組長，請。」洛斯可說，他攤開手掌，邀請這位警察開始下棋。

「我們是來這裡收集情報，不是來下棋的。」伊佛森說著把五張玻克塔路搶案的照片並排放在桌上。「我們想知道這個人是誰。」

洛斯可一張一張地拿起照片打量著，一面大聲發出「哦」的聲音。

「可以借枝筆嗎？」他看完照片後問。

韋伯和伊佛森交換了一個眼色。

「用我的吧。」韋伯說著把一枝鋼筆遞過去。

「我喜歡用普通的那種。」洛斯可說話時，目光不離伊佛森。

這位長官聳聳肩，從上衣內袋取出一枝原子筆，遞給他。

「首先，我想說明一下染色墨盒的設計原理。」洛斯可邊說邊把伊佛森的白色原子筆轉開，筆身上正好有挪威銀行的商標。「你們也知道，銀行員工會把染色墨盒放進鈔票裡以防被搶。墨盒裝在提款機的出鈔口上，有些墨盒則跟傳輸器連結，只要一被移動，比方說被放進袋子裡，墨盒就會啟動。其他墨盒會在經過如銀行大門口等出口時啟動。墨盒裡可能有個跟接收器連線的微傳輸器，只要傳輸器跟接收器之間達到特定距離，如一百公尺，墨盒就會爆炸。其他墨盒會在啟動後預定的時間才爆炸。墨盒本身可能有各種樣式，但幾乎都很小，才能藏在鈔票間。有些就跟這個一樣小。」洛斯可用大拇指和食指比出兩公分的間隔。「爆炸對搶匪沒有危害，問題在於染色，也就是墨水。」

他舉起原子筆的筆芯。

「我父親是做墨水的，他告訴過我，古時候都用阿拉伯膠來做鞣酸鐵墨水，膠來自相思樹，又稱阿拉伯之淚，因為大約這麼大滴的黃色樹液會從樹上流出來。」

他用大拇指和食指比出圓形，差不多是一顆橡果大小。

「這膠的特質是會變稠，縮小墨水的表面張力，讓鐵鹽維持液狀。你也需要溶劑。很久以前，雨水或白酒都可以用，不然醋也行。我爺爺曾說，如果寫信給敵人，就應該在墨水裡加醋；如果是寫信給朋友，就應該在墨水裡加酒。」

伊佛森清了清喉嚨，但洛斯可仍旁若無人地說著。

「一開始，墨水是看不見的，要灑在紙上才看得見。染色墨盒中有紅色粒子，跟銀行紙鈔接觸時就會起化學作用，使得墨痕永遠擦不掉。那些錢永遠會是搶來的錢。」

「我知道染色墨盒的事。」伊佛森說，「但我更想知道——」

「親愛的長官，有耐心點。這項科技驚人的地方，在於它非常簡單。簡單到我可以自己做染色墨盒，選個地方放，然後讓它在跟接收器達到一定距離時爆炸。製作所需要的所有工具，可以放進一個午餐盒裡。」

韋伯停止做筆記了。

「但是，伊佛森組長，墨盒的原理並不是科技，而是用來指控。」洛斯可臉上一亮，滿臉笑容。「墨水也會沾上搶匪的衣服或皮膚。墨水的固著性，強到一碰到手就永遠洗不掉。彼拉多和猶大，對吧？手上沾滿鮮血。沾了鮮血的錢。仲裁者的痛苦。」

筆芯掉在桌子後方的地上，洛斯可彎身去撿。這時伊佛森打手勢要韋伯把筆記本給他。

「我想請你把照片上的人名字寫下來。」伊佛森說著拍了拍桌上的筆記本。「我說過了，我們不是來下棋的。」

「當然不是來下棋的。」洛斯可說，慢吞吞地把原子筆裝好。「我答應過你，會說出那個搶走錢的人名字，是吧？」

「我們的約定是這樣。」伊佛森說。他傾身向前，看著洛斯可開始寫字。

「我們索蘭森人最懂得約定了。」他說，「我不只會寫出他的名字，還會告訴你他常去嫖的妓、他雇用的一個男人叫什麼名字。他請那男人去打碎一名年輕人的膝蓋，因為那名年輕人最近讓他女兒傷了心。不過那男人拒絕了這份工作。」

「呃……太好了。」伊佛森迅速轉身面對韋伯，臉上是興奮的笑。

「來。」洛斯可把筆記本和筆遞給伊佛森，伊佛森馬上看起那張紙。得意的笑容消失了。「可是……」他結巴起來。「赫格·克萊門森。他是那個分行經理。」他露出恍然大悟的神情。「他也涉案了？」

「沒錯。」洛斯可說，「拿走錢的不就是他嗎？」

「還把錢放進搶匪的旅行袋。」韋伯低沉的嗓音從門口傳來。

伊佛森的表情緩緩從疑問轉為憤怒。「說這麼多廢話幹什麼？你答應過要幫我的。」

洛斯可打量著他右手小指上又長、又尖的指甲。然後他神情肅穆地點點頭，傾身靠向桌子，招手叫伊佛森靠過去。「你說得對。」他低語。「我給你一個暗示。學學人生的重點吧。坐下來好好觀察你的小孩。想找到弄丟的東西並不容易，但並不是絕無可能。」他拍了拍這位長官的背，朝棋盤揮了揮手。「組長，該你下了。」

伊佛森跟韋伯踱步走過連接波特森監獄和警察總署的三百米地下通道，一路上伊佛森都氣得半死。

「我相信了一個發明欺騙的種族！」伊佛森咬牙說，「我相信了一個他媽的吉普賽人！」他的聲音在磚牆間迴盪。韋伯小跑步跟在一旁，只想快點離開這個又冷又溼的隧道。地下道是讓囚犯進出警察總署接受問訊之用，有關在這段路上發生的事有很多謠言。

伊佛森拉緊身上的西裝外套，跨了出去。「韋伯，答應我一件事：你絕對不會把這件事告訴任何人，可以嗎？」他轉向韋伯，揚起一邊的眉毛。「怎麼樣？」

伊佛森的問題得到了令人滿意的「是」。他們已經抵達地道橘色牆面之處，韋伯聽到「砰」一聲，伊佛森發出驚恐的尖叫，雙膝跪在一潭水裡，雙手抓胸。

韋伯跳過去查看隧道前後。沒有人。然後他轉身面對伊佛森，這位組長正瞪著自己染成紅色的手。

「我流血了。」他呻吟，「我快死了。」

韋伯看到伊佛森的雙眼愈睜愈大。

「幹嘛？」伊佛森問。看著韋伯目瞪口呆的模樣，他發顫的聲音充滿恐懼。

「你得去一趟乾洗店。」韋伯說。

伊佛森的目光下移。紅色墨水已沾滿襯衫的前方整片，連萊姆綠外套上也沾到了不少。

「紅墨水。」韋伯說。

伊佛森拔出那枝挪威銀行原子筆的剩餘部分。這場小爆炸把筆的中間都炸彎了。他仍然跪在地上，閉上雙眼，直到呼吸恢復正常。然後他盯著韋伯。

「你知道希特勒最大的罪行是什麼嗎？」他問，一面伸出乾淨的那隻手。韋伯握住他的手，拉起伊佛森。伊佛森瞇眼看著他們來處的隧道。「沒把吉普賽人都殺光。」

「**不准對任何人說起這件事**。」韋伯模仿那個語氣，邊說還邊笑。「後來伊佛森直接走進車庫，開車回家。墨水至少會在他身上留三天。」

哈利不敢置信地搖頭。「那你們拿這個洛斯可怎麼辦？」

韋伯聳肩。「伊佛森說會把他單獨關起來。但我想這樣也沒什麼用就是了。這個人……很不一樣。說到不一樣，你跟貝雅特進行得怎樣了？除了這個指紋，有沒有別的發現？」
哈利搖搖頭。
「那女孩很特別。」韋伯說，「我從她身上可以看到她父親的影子。她將來可能會很出色。」
「可能。你認識她父親？」
韋伯點頭。「她父親是個忠心耿耿的好人。可惜事情最後變成那樣。」
「一個這麼有經驗的警察竟然會失算，真是奇怪。」
「我不覺得那是失算。」韋伯說，把咖啡杯拿到洗碗槽沖洗。
「哦？」
韋伯含糊說了幾句話。
「韋伯，你剛才說什麼？」
「沒事。」他沉聲說，「我只是說，他這麼做一定有他的理由。」

「bolde.com一定是伺服器。」哈福森說，「我的意思是說，它並沒有註冊。比方說，它可能在基輔的地下室，由匿名的客戶互相發送特別的色情圖片。我哪知道？在網路叢林裡，假如有人不想被找到，像我們這種普通人就不可能找得到。你必須找真正的專家，請他們幫忙。」
門上有人敲了敲，敲門聲太輕，哈利沒聽到，但哈福森卻喊：「請進。」
有人小心翼翼地開了門。
「嗨。」哈福森面帶微笑地說，「妳是貝雅特，對吧？」
她點頭，目光立刻飄向哈利。「我一直在找你。你在通訊錄上的手機號碼……」
「他手機掉了。」哈福森說著站了起來。「請坐，我替妳泡一杯哈福森特調濃縮咖啡。」
她遲疑了一下。「謝謝。但是哈利，我有東西要請你去痛苦之屋看看。你現在有空嗎？」

「我有的是時間。」哈利說著靠進椅子裡。「韋伯那邊只有壞消息，指紋比對沒有結果，還有，洛斯可今天把哈福森給耍得團團轉。」

「那算壞消息嗎？」貝雅特脫口而出，她警戒地掩住嘴巴。哈利和哈福森大笑起來。

「貝雅特，再次見到妳真好。」哈福森在哈利和貝雅特離開前這麼說。他沒得到回應，哈利只用探詢的眼光看著他，站在房間中央的哈福森有些不好意思。

哈利注意到，痛苦之屋的ＩＫＥＡ雙人沙發上有條皺巴巴的毯子。「妳昨晚睡在這裡？」

「只是小睡一下。」她說著按下錄影帶播放器的開關。「注意看影片中的屠子和絲汀。」

她指著螢幕，螢幕上是絲汀靠在搶匪身上的停格畫面。哈利覺得後頸的汗毛都豎直了。

「這裡有點玄機吧？」她說。

哈利細看那名搶匪，然後又看著絲汀。他知道正是這個停格畫面讓他把影片看了一遍又一遍，卻一直捉摸不出究竟是哪裡讓他覺得怪。

「什麼玄機？」他問，「有什麼是妳看得出、我卻看不出來的？」

「再試一次。」

「我已經試過了。」

「把畫面印在你的視網膜上，閉上眼睛，用感覺的。」

「說真的……」

「拜託，哈利。」她微笑。「辦案就是要這樣，不是嗎？」

他有些訝異地望著她，然後聳聳肩，照她說的去做。

「哈利，你看到什麼？」

「我的眼皮內側。」

「專心一點。把覺得奇怪的地方告訴我。」

「他們兩個這樣有點怪，好像是……他們站著的方式。」

「很好。他們的站姿有什麼古怪？」

「那模樣……我不知道，就是覺得不大對。」

「怎樣不大對？」

就跟在亞布家的時候一樣，哈利現在也有種下沉的感覺。他看著絲汀坐著傾身向前，好像想聽清楚搶匪的話。他從騎士頭罩的眼洞往外望，看著那個即將殺害的人。他在想什麼？她又在想什麼？在時間凍結的這一刻，她是想知道他是誰嗎？這個躲在騎士頭罩下的人？

「怎樣不大對？」貝雅特又問了一次。

「他們……他們……」

手裡拿著槍，手指放在扳機上，身邊的一切都化為了石頭。她正張開嘴巴，他可以看到她的眼睛。槍管戳著她的牙齒。

「怎樣不大對？」

「他們……他們太近了。」

「了不起，哈利！」

他睜開眼。阿米巴蟲形狀的光點飄過他的視野。

「了不起？」他咕噥著。「什麼意思？」

「你把我們看到的情景形容出來了。哈利，你說得完全正確。他們站得太靠近了。」

「對，我聽到我說的話了，但太靠近是以什麼做比較？」

「以兩個從來不認識的人該站的距離。」

「什麼？」

「你有沒有聽說過愛德華．霍爾（Edward Hall）？」

「不太清楚。」

「他是人類學家，第一個提出人與人之間的距離跟他們的關係有關聯。有很多相關的記載。」

「可以解釋一下嗎？」

「不認識的人之間的社交空間為一到三點五公尺，在情況許可之下，你會保持這樣的距離，但等公車或排隊上廁所的情況就不同了。東京的人會站得比較近，而且不覺得不舒服，但事實上，文化差異相對帶來的影響並不大。」

「他又不能從一公尺外跟她說悄悄話。」

「是不能，但他大可以在所謂的個人空間內說，也就是四十五公分到一公尺之間。那是面對陌生人或所謂認識的人會保持的距離。可是你看，屠子和絲汀打破了這個限制。我量過了，他們之間只有二十公分，那表示他們在親密空間以內。在這種距離中，你跟對方接近得看不清對方的臉，也無法避免對方的氣味和身體熱度。那是保留給伴侶或親密家人的空間。」

「嗯。」哈利說，「我很欽佩妳的知識，但這兩個人正處在極度緊繃的情況下。」

「對，但這就是特別的地方！」貝雅特一面喊，一面抓住椅子的扶手，免得自己跳起來。「如果沒必要，他們就不會跨越愛德華．霍爾所說的界線。而屠子和絲汀就沒有那個必要。」

哈利揉了揉下巴。「好，繼續朝這方向去想。」

「我認為屠子認識絲汀。」貝雅特說，「就這樣。」

「很好，很好。」哈利把臉埋在手掌中，聲音從指縫間蹦出來。「所以絲汀認識專業銀行搶匪，對方還在開槍殺她以前演出一場完美的搶劫。妳知道這個論點釐清後，接下來該怎麼做吧？」

貝雅特點頭。「我馬上去查絲汀這個人。」

「很好。之後我們再去跟那個經常進入她親密空間的人聊一聊。」

18 美好的一天

「這地方好可怕。」貝雅特說。

「這裡以前有過一位大名鼎鼎的病人，名叫亞諾．尤克洛德（Arnold Juklerød）。」哈利說，「他說過，這裡是病態瘋子──也就是俗稱精神病的中心。所以絲汀那邊沒有發現？」

「沒有。紀錄清白，銀行帳戶也不像有財務異常的樣子。沒在服飾店或餐廳大肆採購，也沒有畢雅卡賽馬場的付款紀錄或任何賭博跡象。我找出的唯一大筆花費是今年夏天去聖保羅的旅行。」

「她先生呢？」

「完全一樣，都是清清白白的。」

他們走過古斯達精神病院的通道，來到一個周圍有大型紅磚建築的廣場上。

「讓人聯想起監獄。」貝雅特說。

「海因里希．雪莫（Heinrich Schirmer）。」哈利說，「十九世紀的德國建築師，波特森監獄也是他設計的。」

一個接待櫃檯的看護過來接他們。那人把頭髮染成黑色，一副應該進樂團演出或做設計工作的模樣。事實上，他還真做過。

「崔恩．葛瑞特一直都坐著看窗外。」他們走過通往G2的走廊時，看護這麼說。

「他可以說話了嗎？」哈利問。

「嗯，他是可以說話……」這個看護花了六百克朗把一頭黑髮弄出凌亂的髮型，現在卻撥弄起一撮頭髮，一面從黑色牛角邊框眼鏡後方對哈利眨了眨眼。他這模樣就像個書呆子，但不會太誇張，因為內行人就看得出他不是書呆子，而是很懂得打扮。

「我同事想知道，葛瑞特先生是否可以談他太太了。」貝雅特說。

「到時候你們就知道了。」看護說著把那撮頭髮放回眼鏡前方。「如果他又發起瘋來，就表示他還沒準備好。」

哈利沒有問該怎麼看出一個人有沒有瘋。他們來到走廊盡頭，看護打開一扇門，門上有圓形的窗。

「你們一定要把他關起來？」貝雅特問，看著明亮的接待室四周。

「沒有。」看護說，卻沒多做解釋。他指著一個人的背影，那人穿著白色浴袍坐在椅子上，椅子被拉到了窗邊。「我在值班室，就在你們出來後的左手邊。」

他們走向椅子裡的那個人。他凝視著窗外，全身只有右手有動作，正緩緩地在筆記本上移動著筆，動作有一下、沒一下地，而且機械化，像隻機械手臂。

「崔恩．葛瑞特？」哈利問。

那人轉過身時，他並沒認出來。崔恩把頭髮剃光了，臉頰更瘦削，那天傍晚在網球場上的狂野眼神，現在換成了平靜、空洞又飄渺的瞪視，好像完全沒看到他們。哈利見過這種眼神。被關進監獄、開始贖罪的人在頭幾週的眼神也是那樣。哈利立刻察覺，這男人的情況正是如此，他是在贖罪。

「我們是警察。」哈利說。

崔恩的目光移向他們。

「想請問銀行搶案和你太太的事。」

崔恩半閉上眼，好像要收斂心神才聽得懂哈利在說什麼。

「我們想知道，能不能請問你幾個問題。」貝雅特大聲說。

崔恩緩緩點頭。貝雅特拉過一張椅子，坐了下來。

「你可以說說你太太這個人嗎？」她問。

「說說？」他的聲音嘶啞，像沒好好上油的門。

「對。」貝雅特露出溫柔的笑。「我們想知道絲汀是什麼樣的人、做過些什麼事、喜歡什麼東西，還有你們對未來有過什麼打算之類的。」

「之類的？」崔恩看著貝雅特。然後他放下了筆。「我們原本要生小孩的，那就是我們的打算，試管嬰兒。她想生雙胞胎，總說這樣就是兩大兩小了。兩大兩小。我們都準備開始了，就是現在。」淚水湧上他的眼眶。

「你們結婚好幾年了，對不對？」

「十年了。」崔恩說，「要是他們不打網球，我也不會介意。總不能強迫小孩喜歡爸媽喜歡的事吧？說不定他們會喜歡騎馬，騎馬也滿好的。」

「她是什麼樣的人？」

「十年了。」崔恩重複著，又轉向窗外。「我們是一九八八年認識的，當時我剛開始念奧斯陸管理學校，她念尼森高中三年級，是我這輩子見過最漂亮的女孩。我知道大家都說，漂亮女生你永遠追不到，還可能因此被遺忘，但絲汀真的很美，我一直到現在都覺得她是最漂亮的。我們認識了一個月就同居，三年來的每天每夜都在一起。但我還是不敢相信她竟然答應嫁給我，這樣不是很怪嗎？你是那麼深愛一個人，反而覺得對方也愛你是無法理解的事。事情應該反過來才對，不是嗎？」

一滴淚落在椅子的扶手上。

「她人很好。現在已經沒多少人珍惜這項特質了。她很可靠、值得信賴，一直都很溫柔，而且勇敢。如果她聽到樓下有聲音，我又還在睡，她就會從床上爬起來，下樓去看。我說她應該把我叫醒，不然要是哪天樓下真有小偷怎麼辦？但她只是笑著說：**那我就請他們吃鬆餅，讓鬆餅香味把你弄醒，因為你每次都這樣**。鬆餅香味會讓我醒過來，因為……對了。」

他用鼻孔哼了一聲。窗外的樺樹在大風中向他們招手。「你應該做鬆餅的。」他低聲說。然後像是想笑，但聽起來卻像在哭。

「她的朋友都是怎樣的人？」貝雅特問。

崔恩的笑聲還沒停，貝雅特只好再問一次。

「她喜歡獨處。」他說，「可能是因為她是家中唯一的孩子吧。她跟父母親常常聯絡。我們擁有對方，不需要別人。」

「她會不會有一些你不知道的朋友呢？」貝雅特問。

崔恩看著她。「什麼意思？」

貝雅特驚慌得面頰發紅，她急忙笑了一聲。「我是說，你太太不一定會把她跟朋友之間的交談都告訴你。」

「為什麼不會？妳到底想說什麼？」

貝雅特嚥了口口水，跟哈利交換了一個眼神。他接口了：「調查案子的時候，我們一定會檢查各種可能性，不管那個可能性有多不尋常。其中之一就是有些銀行員工可能跟搶匪共謀。搶劫有時候會有內應幫忙計畫或執行。比方說，搶匪怎麼會知道提款機什麼時候裝好了錢。」哈利打量著崔恩的臉，想看出他對這段話有何反應。但崔恩的眼睛只告訴他，他又在恍神了。「同樣的問題我們已經問過所有其他銀行員工了。」他撒了個謊。

一隻畫眉鳥在戶外的樹上高叫。悲哀，寂寞。崔恩點頭，一開始很慢，然後變快。

「啊哈。」他說，「我瞭解了。你認為是因為這樣，絲汀才會被殺。你以為她認識搶匪，所以等她沒有利用價值了，搶匪就殺了她滅口。對嗎？」

「唔，至少理論上有此可能。」哈利說。

崔恩搖搖頭，又笑了：悲哀、空洞的笑聲。「你果然不認識我的絲汀。她絕對不會做這種事。何必呢？如果她能活久一點，就會是百萬富翁了。」

「哦？」

「她八十五歲的祖父瓦勒·波特克，是市中心三批住宅區的屋主。今年夏天，他檢查出患有肺癌。從那時起，情況會怎麼樣就再清楚不過了。他的每個孫兒孫女會各繼承一批遺產。」

哈利的疑問完全是反射動作：「那誰會得到絲汀的那一批？」

「其他的孫兒孫女。」崔恩回答的聲音裡帶著不屑。「現在你要查他們的不在場證明了吧？」

「你覺得我們該查嗎？」哈利問。

崔恩正想回答，又住了口，眼光與哈利對視。他咬住下唇。

「我道歉。」他說，一手摸過沒刮鬍子的臉。「你們檢查各種可能性，我當然應該高興，只是這一切似乎已經絕望了，沒有意義。就算你們抓到他，我也拿不回他從我身邊奪走的人。就連死刑也幫不了忙。失去生命並不是世界上最糟的事。」哈利已經知道他接下來會說什麼了。「最糟的是失去活著的理由。」

「對。」哈利說著站起身。「這是我的名片。如果你想起什麼，就打電話給我。你也可以找貝雅特·隆恩。」

崔恩又轉頭看窗外了，沒看到哈利遞出名片，所以哈利把名片放在桌上。戶外的天色更暗了，他們看到窗戶上半透明的反射人影，像個幽靈。

「我覺得我之前見過他。」葛瑞特說，「星期五我通常會直接從辦公室去史布伐街上的焦點健身中心打壁球。因為沒人陪我打，所以我進了健身室，去練舉重、騎腳踏車什麼的。那時候的人很多，通常還得排隊。」

「沒錯。」哈利說。

「絲汀被殺時，我就在那裡，離那間銀行有三百公尺。我急著想沖澡、回家做飯吃。星期五我總是自己煮飯。我喜歡等她，喜歡等待的感覺。可不是每個男人都這樣。」

「你說你見過他是什麼意思？」貝雅特問。

「我看到一個人經過我旁邊，進了更衣室。他穿了鬆垮垮的黑衣，像連身工作服那種的。」

「戴騎士頭罩？」

崔恩搖頭。

「或許是鴨舌帽？」哈利問。

「他手裡拿著類似帽子的東西，可能就是騎士頭罩或鴨舌帽吧。」

「你有沒有看到他的長——」哈利開口，卻被貝雅特打斷話頭。

「身高呢？」

「不知道。」崔恩說，「標準高度吧。不過標準是多高？一百八十公分嗎？」

「你之前怎麼沒說？」哈利問。

「因為。」崔恩說，手指按上玻璃。「那只是種感覺。我知道不是他。」

「你怎麼知道不是？」哈利問。

「因為幾天前你們有兩個同事過來，兩個都姓李。」他一個轉身，看著哈利。「他們有親戚關係嗎？」

「不是。他們來幹嘛？」

「他們要查絲汀跟銀行搶匪有沒有串通。他們也把搶案的照片給我看了。」

崔恩拿開了手。窗上的手印旁起了霧。

「結果呢？」

「連身服是黑色的，上面沒有記號。我在焦點健身中心看到的那件，後面有白色的大字。」

「什麼字？」貝雅特問。

「警察。」葛瑞特說著把手印擦掉。「後來我到馬路上，就聽到麥佑斯登區的警笛。我想到的第一件事就是，有這麼多警察在場，小偷怎麼還逃得掉。」

「對，沒錯。你為什麼會這樣想？」

「不知道。或許是因為有人趁我換衣服的時候，把我的壁球拍偷走了。我的第二個念頭是，絲汀的銀行被搶了。人的頭腦在可以胡思亂想的時候就會這樣，對吧。然後我回家，煮千層麵，絲汀最喜歡千層麵。」葛瑞特想擠出笑容，但淚水卻流了下來。

哈利盯著崔恩寫字的紙，免得看到這個大男人在哭。

「我從你六個月來的銀行帳單上，看到有筆大額提款。」貝雅特的聲音粗啞有如金屬碰撞。「在聖保羅花了三萬克朗。這筆錢都花在哪裡？」

哈利驚訝地抬頭看她。她似乎不為所動。

崔恩淚眼迷濛地笑了。「絲汀和我去那裡慶祝結婚十週年。她有些假期要用掉，所以比我提早一週出發。那是我們分開最久的一次。」

「我剛才問你，那三萬塊換成巴西幣後花到哪裡去了。」貝雅特說。

崔恩轉向窗戶。「那是我家的事。」

「崔恩先生，這是謀殺案。」

崔恩嚴厲的眼神瞪著貝雅特好一陣子。「顯然妳從來沒愛過人，對不對？」

陰影罩上貝雅特眉間。

「聖保羅的德國珠寶商據說是世界上最棒的。」崔恩說，「我買了一個鑽石戒指，就是絲汀死的時候手上戴的。」

兩位看護來找崔恩。午餐時間。哈利和貝雅特站在窗旁看著他，也等看護告訴他們怎麼出去。

「對不起，」貝雅特說，「我搞砸了，我……」

「沒關係。」哈利說。

「我們向來會找銀行案件中可疑的財務狀況，但這次我做得太過火……」

「貝雅特，我說了沒關係。絕不要因為問出口的問題道歉，而該為沒有問的問題道歉。」

看護回來，打開門鎖。

「他要住多久？」哈利問。

「他星期三就會被送回家。」那位看護說。

開車回市區的路上，哈利問貝雅特為什麼看護總是「送病人回家」。畢竟他們又不是會提供交通工具的人。而且也是病人自己決定想不想回家、或是想去哪裡的，不是嗎？那為什麼他們就不能說「準備回家」或「可以出院」了呢？

貝雅特對這一點沒有什麼看法，哈利看著灰撲撲的天空，心想自己開始像個壞脾氣的老頭了。從前，他只是壞脾氣而已。

「他換了髮型，」貝雅特說，「還戴上眼鏡了。」

「你說誰？」

「那個看護。」

「噢，我不知道你們認識。」

「我們不認識。我在霍克的海灘上見過他一次，後來又在黃金城電影院和議會街上見過他。我想應該是議會街……一定是五年前的事了。」

哈利打量著她。「我不知道妳喜歡這一型的。」

「不是啦。」她說。

「啊！」哈利說，「我都忘了。妳有腦功能失調。」

她笑了。「奧斯陸是個小地方。」

「是嗎？妳在進入警察總署以前，見過我幾次？」

「一次。五年前。」

「地點呢？」

「電視上。你剛偵破雪梨那件案子。」

「哦，那件事一定讓妳印象深刻。」

「我只記得我很氣，大家都把你當英雄，但其實你根本沒破案。」

「噢。」

「你並沒有把謀殺犯抓上法庭，你一槍讓他斃命。」

哈利閉上眼，想著下一根菸吸進來的第一口有多美好。他拍拍胸口，想知道那包菸是不是還在內袋，然後取出一張摺起的紙給貝雅特看。

「那是什麼？」貝雅特問。

「崔恩寫的紙條。」

「美好的一天。」貝雅特唸著。

「他寫了十三遍。有點像《鬼店》吧？」

「《鬼店》？」

「就是那部恐怖片啊，史丹利．庫柏力克的。」他從眼角瞥了她一眼。「傑克．尼克遜待在飯店，一直重複寫某個句子。」

「我不喜歡恐怖片。」她沉聲說。

哈利面對著她，正準備說點什麼，又覺得還是別說的好。

「你住哪裡？」她問。

「畢斯雷區。」

「跟我順路。」

「哦，妳要去哪？」

「奧普索鄉。」

「哦？奧普索鄉的哪裡？」

「維特蘭斯路。在車站旁邊。你知道瓊斯洛克路嗎？」

「知道，街角有一棟黃色的大木屋。」

「沒錯。我就住在那裡的二樓，我媽住一樓。我在那棟屋子裡長大的。」

「我小時候也住在奧普索鄉。」哈利說，「說不定我們有共同認識的人？」

「說不定。」貝雅特說著看向窗外。

「下次來查查看。」哈利說。

他們兩個都沒再說話了。

傍晚來臨，風變強了。氣象報告預測城市南邊會有暴風雨，北邊有暴風。哈利咳了起來。他取出一件毛衣，毛衣是他媽織給他爸、他爸在她死後幾年，當成聖誕禮物送給哈利的。想來令人莞爾，這麼做還真怪。他把義大利麵和肉丸子加熱，然後打電話給蘿凱，跟她說起自己小時候住過的那棟房子。她說得不多，但他知道她喜歡聽他談自己臥室，談他玩的遊戲和那張小鏡台，還有他看壁紙花紋編出來的故事，彷彿那些花紋是用密碼寫成的童話。他和媽媽說好，鏡台的一個抽屜是他的，媽媽絕不會去碰。

「我拿來放足球卡。」哈利說，「湯姆．隆德（Tom Lund）的簽名，還有索菲的信，她是我暑假在翁達斯涅鎮認識的女生。後來變成放我的第一包香菸。一包保險套。東西一直沒開封，放到過期。後來我跟我妹拿來當氣球吹，保險套乾得一下就破了。」

蘿凱笑了。哈利繼續說，就為了聽她笑。

講完電話後，他不安地踱著步。新聞重複著昨天播過的內容，賈拉拉巴德當地的動亂更嚴重了。

他走進臥室，打開電腦。在電腦咯吱聲和嗡嗡聲中，他發現自己又收到一封信。看到那個地址，他覺得脈搏加快了。他打開郵件。

嗨，哈利

遊戲開始了。驗屍結果顯示她死的時候你可能在場。是因為這樣，你才不說出實情的嗎？這樣大概是聰明的作法吧，雖然看起來像是自殺。不過，還是有幾件事湊不攏，對不對？該你了。

S2MN

砰地一響讓哈利跳了起來，原來是他一掌重重敲上桌面的聲音。他看了看陰暗的房間，既生氣又害怕，但令人喪氣的是他的直覺：寫這封信的人就離他那麼……那麼近。哈利伸出手臂，把發痛的手放上螢幕。冰冷的玻璃冷卻了他的皮膚，但他仍感覺到機器裡的那股像體溫的熱度，正逐漸升高。

19 電線上的鞋

艾莫匆匆跑進格蘭斯萊達街，向鄰近商家裡面的顧客和員工笑了笑、打招呼。他很氣自己：又沒零錢了，不得不在門上掛出「馬上回來」的牌子，跑一趟銀行。

他拉開門，大步走進銀行，嘴裡哼著一貫的「早啊」，一面快步拿了張號碼牌。沒人理他，但他已經習慣了——在這裡上班的只有挪威白人。有個男的好像正在修提款機，而他看到的唯一顧客正站在窗邊看馬路。這裡靜得不尋常。是不是發生了什麼他還沒察覺的事？

「二十。」一個女人的聲音喊。艾莫看了看手上的號碼牌，上面寫五十一，但因為每個櫃檯都關了，他就走向那女人說話的櫃檯。

「哈囉，親愛的卡瑟琳。」他說，一面好奇地看著窗戶裡面。「請給我五元硬幣和一元硬幣各五疊。」

「二十一。」他訝異地看著卡瑟琳‧薛彥，這時才發覺她身邊還有一個男人。第一眼看去，他以為那是黑人，後來才看出那人戴了黑色的騎士頭罩，ＡＧ3的槍管從她身上轉開，對準了艾莫。

「二十二。」卡瑟琳尖著嗓子喊。

「為什麼是這裡？」哈福森問，一面看著下方的奧斯陸峽灣，風吹亂了他的瀏海。他們花了不到五分鐘，把車子開出充滿汽車廢氣的格蘭區，來到艾克柏區，這地方就像一座突出於奧斯陸東南角的綠色瞭望台。他們找了張在樹下的長椅坐定，面對一棟漂亮的磚造建築。哈利仍稱這棟樓為水手學校，儘管人家現在開的是給商業經理上的課程。

「第一，因為這裡風景好。」哈利說，「第二，可以讓外國人學一點奧斯陸歷史。奧斯陸中的『奧斯』

表示山脊，也就是我們所在的山腰，艾克柏山脊。至於『陸』則是下方這塊平原。」他指了指。「第三，我們每天坐在這裡看山脊，你不覺得應該找出山脊背後有什麼嗎？」

哈福森沒有回答。

「我不想在辦公室裡說。」哈利說，「或在艾莫那邊。我有事情要告訴你。」雖然他們人在峽灣上方的高處，哈利仍覺得嚐到了風中的鹹味。「我認識安娜．貝斯森。」

哈福森點頭。

「你怎麼沒有很訝異的樣子？」哈利問。

「我就猜到會是這樣。」

「我還沒說完。」

「哦，是嗎？」

哈利輕點著唇間那根還沒點燃的菸。「在我說下去以前，我先警告你：我待會要說的話絕對不能洩漏出去，所以你可能會因此惹上麻煩，懂嗎？所以，如果你不想介入，我就不必多說，今天就到此為止。你還想聽嗎？」

哈福森打量著哈利的臉。如果這是在思考，他花的時間倒是很短。他點點頭。

「有人開始寄電子郵件給我。」哈利說，「事關安娜的死。」

「是你認識的人嗎？」

「完全不認識。那個寄件位址對我毫無意義。」

「難怪你昨天問我怎麼查電郵地址。」

「電腦的事我完全不熟，可是你不一樣。」哈利想點菸，風卻把火吹熄了。「我需要幫助。我認為安娜是被謀殺的。」

西北風把樹上的葉子都吹到了艾克柏區，哈利說起自己收到的那封怪信，寄件者似乎對他們所知瞭如指掌，說不定還知道更多。他沒提信中說安娜死的那天晚上他也在現場，只說那把槍握在安娜的右手裡，但她的調色板卻證明她是左撇子。他也說了鞋子裡的照片，還有他與艾斯翠．蒙森的交談。

「艾斯翠．蒙森說她從沒看過照片上的薇格蒂絲．亞布和小孩，但我把報紙上薇格蒂絲的丈夫亞納的照片給她看，她卻一眼就認了出來。她不知道他叫什麼名字，但說他經常來找安娜。她下樓拿信的時候見過他。他下午過去，傍晚離開。」

「這就叫做上班到很晚哪。」

「我問艾斯翠這兩人是不是幾天前才認識，她說他週末有時候會開車來接她出去。」

「也許他們喜歡來點不一樣的，開車去郊外玩。」

「也許，但不是開車去郊外。艾斯翠這個人喜歡觀察，一絲不苟，她說他夏天從來沒帶安娜出去過。就是這一點讓我開始思考的。」

「思考什麼？旅館嗎？」

「有可能。但旅館夏天也可以去啊。再想一下，哈福森。想想更近的地點。」

哈福森嘟起下唇，皺起臉，表示他想不出什麼了。哈利笑了笑，噴出一口煙：「那地方還是你找到的。」

哈福森一陣發窘，揚起眉。「農舍！當然囉！」

「是吧？渡假季節過後，家人都回去了，愛打聽的鄰居也關起窗板，那個愛的小窩隱密又豪華，而且距離奧斯陸開車只要一小時。」

「可是那又怎樣？」哈福森說，「知道這點還是沒用啊。」

「不見得。如果我們能證明安娜到過那間農舍，至少能逼亞布有所回應。這事很容易，只要找到指紋或頭髮就好。有個觀察力強的雜貨店老闆，偶爾會去送送貨。」

哈福森揉了揉後頸。「但為什麼不直接一點，乾脆去安娜的公寓找亞布的指紋呢？那裡一定到處都是吧。」

「我想應該已經沒了。艾斯翠說，他一年前忽然沒再去找安娜，一直到上個月的某個星期天，他又開車來接她。蒙森記得很清楚，因為安娜按了她家門鈴，請她幫忙注意門窗，別讓小偷上門。」

「所以你認為他們去了農舍？」

「我認為。」哈利說著把菸蒂丟進一個小水塘，火滋地一聲熄滅。「因為這樣，安娜才會把照片放進鞋子裡。你還記得從警察學校的鑑識課裡學到的東西吧？」

「就那麼幾堂課。你不記得嗎？」

「不記得。隊上有三輛巡邏車配備了內含基本設備的金屬盒，盒裡有採集指紋需要的粉末、刷子和膠片，還有量尺、手電筒和鉗子等東西。我要你去登記一輛，明天用。」

「哈利——」

「還有，事先打電話到雜貨店，把方向問清楚。盡量說得誠摯、直接一點，別讓他起疑心。就說你要建造一座農舍，跟你合作的建築師要你拿亞布的農舍當參考，你只是想去看看。」

「哈利，我們不能——」

「順便帶一把鐵橇。」

「聽我說！」

哈福森的叫聲驚動了兩隻海鷗，海鷗發出難聽的高分貝鳴叫，向峽灣飛去。他扳著手指數：「我們沒有搜索票，沒有可靠的證據，我們什麼都沒有。更重要的是我們——我應該說『我』才對——沒有事實根據。哈利，你還有事情瞞著我，對不對？」

「你為什麼覺得——」

「很簡單。你的動機不夠強烈。認識那女人並不足以讓你忽然違背所有規定、闖進農舍、拿自己的工作來冒險。現在**還加上**我的。哈利，我知道你有時候會胡來，但你並不笨。」

哈利望著水塘裡漂浮的菸蒂。「哈福森，我們認識多久了？」

「就快兩年了。」

「這段時間中，我對你撒過謊嗎？」

「兩年又不算久。」

「我是問你，我撒過謊嗎？」

「一定有。」

「我在任何**重要的事**上撒過謊嗎？」

「據我所知是沒有。」

「好，我現在也沒對你撒謊。你說得對，我並沒有把事情全部告訴你。而且，沒錯，你幫我的確是冒著丟掉工作的風險。我只能說，如果我把其他事也跟你說，你的麻煩只會更多。現在這情形，你除了信任我沒別的法子，不然就是退出。你還是可以拒絕。」

他們望著峽灣。那兩隻海鷗成了遠方的兩個小白點。

「換成是**你**會怎麼做？」哈福森說。

「退出。」

白點變大了。兩隻海鷗又飛了回來。

他們回到警察總署，答錄機上有一通莫勒的留言。

「我們去散散步。」哈利回電時，莫勒這麼說。「隨便去哪都可以。」他們到了戶外，莫勒又補充。

「去艾莫的店。」哈利說，「我要買菸。」

警察總署和往波特森監獄的圓石車道之間有塊草地，莫勒跟在哈利後頭，從草地上一條被踩出來的泥土路走到對面。哈利發覺土地規劃人似乎從不在乎大家總會找兩點之間最近的一條路走，不管那裡有沒有路。泥土路的盡頭有塊被踢倒的標誌，上面寫：**請勿踐踏草皮**。

「你有沒有聽說今天一早發生在格蘭斯萊達街的銀行搶案？」莫勒問。

哈利點頭。「那人選在離警察署只有一百公尺遠的地方作案，真有意思。」

「巧的是，那家銀行的警鈴還沒修好。」

「我認為那不是巧合。」哈利說。

「哦？你認為有內應？」

哈利聳肩。「不然就是有人知道警鈴正在修。」

「只有銀行和修警鈴的人知道。還有我們。」

「老闆，你想談的不是這件銀行搶案吧？」

「不是。」莫勒說著跨過一個水塘。「市長找總警司談過，這幾宗搶案讓他很傷腦筋。」

他們在路上停步，讓路給一個帶著三個小孩的女人。女人用憤怒又疲憊的語氣責罵小孩，避開哈利的目光。現在是波特森監獄的探訪時間。

「伊佛森做事有效率，這點沒人懷疑。」莫勒說，「不過，屠子似乎擁有我們不熟悉的背景。總警司認為，這一次可能不能用平常的辦法。」

「也許吧，但又能怎樣？再多或少一次「二」也不算醜聞。」

「二？」

「客隊總是贏。指未偵破的案子。老闆，這是標準行話。」

「哈利，要考量的不止這樣。媒體成天追著我們跑，簡直是場惡夢。他們現在叫他新『馬丁・佩德森』（Martin Pedersen）了。《世界之路報》的網站上還報導，他們發現我們稱他為『屠子』。」

「還是老樣子。」哈利說，闖紅燈過了馬路，莫勒則小心翼翼地跟在後頭。「媒體決定我們辦案的優先順序。」

「唔，但他的確殺了人。」

「可是未受大眾關注的謀殺案卻被拋在腦後。」

「拜託！」莫勒回嘴。「別又開始這個話題。」

哈利聳聳肩，跨過一個被風吹倒的報紙販賣盒。馬路上有份報紙以瘋狂的速度翻頁。

「所以你想幹什麼？」

「可想而知，總警司一心處理公關那邊的事。單單一宗銀行搶案，早在我們決定不辦之前就被大眾給忘了，沒人注意一個在逃的嫌犯。但現在這情形，卻是大家都盯著我們。有關這種搶案的談論愈多，大眾就愈好奇。馬丁·佩德森這個普通人做出大家夢寐以求的事，他是逍遙法外的現代傑西·詹姆斯（Jesse James）。那種案子創造出讓人認同的迷思和英雄，使得更多人投效搶銀行的行列。全國的銀行搶案次數激增，媒體卻報導著馬丁·佩德森。」

「你怕事情擴散，很合理。但這跟我有什麼關係？」

「我剛才說過，沒人懷疑伊佛森的效率，沒有人。他是不出差錯的傳統警察，從不逾矩。可是那個屠子卻不是傳統的搶匪。總警司不喜歡目前案子的進展。」莫勒朝監獄點點頭。「洛斯可的事傳進他耳朵裡了。」

「嗯。」

「午餐前我就在總警司的辦公室，他提到你的名字。還提了很多次。」

「天哪，我應該感到榮幸嗎？」

「不管怎麼看，你都是用非傳統辦案手法獲得成果的警探。」

哈利的笑容轉成了冷笑。「神風特攻隊比較好聽的解釋……」

「簡單說來就是：哈利，放下你手邊在做的事，告訴我你需不需要更多人手。伊佛森的小組會繼續辦案，但我們仰仗的是你。還有一件事……」莫勒朝哈利跨近一步。「你不受管轄。我們願意接受讓規定有些彈性，條件是只能在警察權力範圍內。」

「嗯，我想我明白了。要是超出範圍呢？」

「我們會盡可能掩護你，但想也知道，事情總有個限度。」

門上的鈴一響，艾莫轉過身，朝面前的一架小型攜帶式收音機點點頭：「虧我還把坎大哈當成滑雪俱樂部呢。二十包駱駝牌？」

哈利點頭。艾莫調低收音機的音量，新聞播報員的聲音跟外面的嗡嗡聲交融成一片：車聲、風吹動雨篷聲、樹葉刮著柏油路的聲音。

「你同事要不要買點什麼？」艾莫朝站在門口的莫勒指了指。

「他想要神風特攻隊的飛行員。」哈利說著打開一包菸。

「真的嗎？」

「但他忘了問價碼。」哈利說，他不必轉頭也能感覺到莫勒譏諷的冷笑。

「現在神風特攻隊的死亡率是多高啊？」雜貨店老闆這麼問，一面把找的錢遞給哈利。

「如果他能活下來，之後就可以做他想做的工作。」哈利說，「他只有這個條件，也是他唯一堅持的事。」

「聽起來滿合理的。」艾莫說，「祝兩位順心。」

回去的路上，莫勒說他會跟總警司談談，能否讓哈利繼續辦愛倫的案子三個月。當然，條件是能抓到屠子。哈利答應了。莫勒在**請勿踐踏草皮**的標誌前遲疑了一會兒。

「老闆，這樣走最快。」

「對。」莫勒說，「可是我的鞋子會弄髒。」

「隨你便。」哈利說著走上泥路。「反正我的已經髒了。」

過了往烏佛亞島的岔道後，車流就沒那麼多了。雨停了，里安地區的道路地面已乾，不久便開展成四線道，像是要讓車輛加速、競爭的起跑排位。哈利轉頭看著哈福森，不知道他什麼時候也會聽到那令人心跳停止的尖叫。但哈福森什麼也沒聽到，因為他乖乖接納了崔維斯樂團的勸告——他們在聽廣播：

「**唱吧，唱吧，唱呀！**」

「哈福森……」

「**為了你帶來的愛……**」

哈利把廣播聲音調小，哈福森不解地望著他。

「雨刷。」哈利說，「現在可以關掉了。」

「噢，對。抱歉。」

他們在沉默中開著車，過了德勒巴克市的出口。

「你剛才是怎麼跟那個雜貨店的人說的？」哈利問。

「你不會想知道的啦。」

「可是他五個禮拜前的星期四曾經把食物送到亞布的農舍？」

「對，他是這麼說的。」

「那時亞布還沒到？」

「他只說他通常都自己開門進去。」

「所以他有鑰匙囉？」

「哈利，我的藉口這麼薄弱，問起事情來很有限好嗎？」

「你的藉口是什麼？」

哈福森嘆氣。「郡議會調查員。」

「郡議會——？」

「——調查員。」

「是幹什麼的？」

「不知道。」

拉可倫村就在出了高速公路的地方，慢慢地開個十三公里、再轉十四個大彎就到了。

「過了加油站，在那棟紅屋旁右轉。」哈福森憑記憶說著，轉進一條石子車道。

「很多浴室地墊嘛。」五分鐘後，哈福森停好車，指著林間一棟巨大的木頭建築時，哈利這麼咕噥。房子看起來像建得過大的山中農舍，因為出了小小誤會最後淪落到了海邊。

「這裡滿荒涼的，對吧？」哈福森說，看著鄰近的農舍。「只有海鷗，一大堆海鷗。說不定附近還有垃圾場。」

「嗯，」哈利看了看錶。「不管怎樣，我們把車子停遠一點好了。」

馬路盡頭是個迴轉區，哈福森熄掉引擎，哈利打開車門，跨了出去。他伸展背部，聽著海鷗的鳴叫和遙遠的海浪拍打海灘岩石的聲響。

「啊，」哈福斯說著深深吸一口氣。「這裡跟奧斯陸的空氣很不一樣耶。」

「那還用說。」哈利說著在口袋裡掏著香菸。「你來拿金屬盒好嗎？」

從小徑往農舍走的路上，哈利注意到籬笆上有隻黃白相間的大海鷗。他們經過時，海鷗的頭緩緩隨著他們轉動。整段路上，哈利都覺得背後被鳥兒閃亮的眼睛盯著。

「這可不容易。」他們細看著大門上那把堅固的鎖，哈福森立刻這麼宣布。他把帽子掛在沉重橡木門上方的一盞熟鐵燈上。

「嗯。你只有想辦法擠進去了。」哈利點燃香菸。「我趁機去查探一下。」

「為什麼你抽的菸忽然變多了？」哈福森邊問邊打開盒子。

哈利站了一會兒，目光飄向森林。「好讓你哪天有機會在踩飛輪的時候打敗我。」

黑漆漆的木材，密封的窗，這座農舍的一切都顯得穩固且牢不可破。哈利忖度著不知道有沒有可能從那座宏偉的石造煙囪爬進去，但又否決了這個點子。他走上那條小徑，最近下的雨把路面弄成一片泥濘，但他不難想像夏天的時候，小孩子會光著小腳，從被太陽烘熱的小徑上，繞過那堆被海浪拍圓了的岩石，往海灘跑去。他停步，閉上眼睛，直到那些聲音又出現。昆蟲的嗡嗡聲、高高的草在風中搖擺的唰唰聲、遙遠的收音機和隨風一陣陣傳來的歌聲，還有海灘上小孩興奮的尖叫。當時十歲的他，小心翼翼地走到店裡買牛奶和麵包。小石子刺進他腳掌，但他咬牙硬撐著，因為那年夏天他下定決心要把腳底練厚一點，才能跟愛斯坦一起光著腳跑回家。往回走的路上，沉重的購物袋似乎讓他在石子路上陷得更深了；那感覺就像是走在燒熱的煤炭上。他把注意力放在前面一點點的東西上：一塊大石或一片樹葉，告訴自己只要到那裡就好，其實沒那麼遠。等他終於在一個半小時後回到家，牛奶已經發臭，媽媽也很生氣。哈利睜開眼。灰雲迅速飄過天空。

他在小徑旁的枯草間發現車輪軌跡，那深陷、粗糙的印痕表示那是有著越野輪胎的重型車輛，如荒原路華或類似車種。從最近幾星期下了那麼多雨看來，這些軌跡不會是太久以前的，頂多才幾天。

他四處看了看，心想秋天裡的夏日渡假區大概是最荒涼的了。走回農舍的路上，哈利對那隻海鷗點點頭。

哈福森彎著身，手拿電子撬鎖器想開前門，嘴裡怨聲載道。

「怎麼樣？」

「不妙。」哈福森直起身，擦掉汗水。「這不是普通的鎖。要不用鐵橇，要不就放棄。」

「不能用鐵橇。」哈利抓了抓下巴。「你有沒有檢查過門墊下面？」

哈福森嘆氣。「沒有，我也不會去檢查。」

「為什麼？」

「因為現在是新千禧年，沒人會把鑰匙放在門墊下面了。住豪華農舍的人更不會。所以我根本懶得查，除非你願意打賭一百塊。怎麼樣？」

哈利點頭。

「好。」哈福森說著蹲下把盒子收好。

「我是說，跟你賭了。」哈利說。

哈福森抬頭。「你開玩笑的吧？」

哈利搖頭。

哈福森抓起人造纖維的門墊邊緣。

「好運快快來。」他低聲唸著，一把拉開門墊。三隻螞蟻、兩隻潮蟲、一隻地蜈蚣忽然動了起來，在灰色水泥地上亂竄，但沒有鑰匙。

「哈利啊，有時候你還真夠天真。」哈福森說著伸手要錢。「他為什麼要留下鑰匙？」

「因為。」哈利說，注意力已經被門旁的那盞熟鐵燈吸引過去，並沒看到哈福森伸出的手。「如果放在太陽下，牛奶就會壞。」哈利走向那盞燈，扭開頂部的螺絲。

「什麼意思？」

「雜貨是在亞布抵達前一天送到的對吧？東西非得放在屋子裡不可。」

「所以呢？也許送貨員有備用鑰匙？」

「我想不會。我認為亞布會確保他跟安娜在這裡的時候，絕對不會有人闖進來。」他扭開燈頂，檢視著玻璃內部。「現在我確定是這樣了。」

哈福森縮回手，喃喃抱怨著。

「注意那味道。」他們走進客廳，哈利這麼說。

「綠色肥皂。」哈福森說，「有人把地板都洗過一遍了。」

厚重的家具、鄉村式的古董和大大的石頭壁爐，加深了復活節假期的氣氛。哈利走到房間另一頭的松木系統壁架旁。架上都是舊書。哈利的眼光掃過破舊書脊上的書名，仍有這些書從來沒被閱讀過的感覺。不會是在這裡。這些書很可能是跟麥佑斯登區的古董書店整批買來的。舊相簿。抽屜。抽屜裡有可喜巴和玻利瓦爾雪茄盒，其中一個抽屜上了鎖。

「還說什麼不留痕跡。」哈福森說。哈利轉身，看到他同事指著橫過地板的兩行濕答答棕色腳印。

他們回玄關脫鞋，從廚房找了一條地板抹布，把地板擦乾淨。之後，他們同意哈福森檢查客廳，哈利檢查臥室和浴室。

在搜索房屋一事上，哈利所知道的全都來自警察學校：星期五午後在炙熱的教室裡，大家只想回家沖個澡再去市區逛街。課堂上沒有講義，只有一位洛可警監。就在這個星期五，洛可警監教了哈利一個讓他終身受用的祕訣：「別想你要找的東西，只想你找到的東西。它為什麼在那裡？應該在那裡嗎？有什麼意義？就像在看書——如果你心裡想的是『東』，找的卻是『西』，你就看不到東西了。」

走進第一間臥室，哈利第一個看到的是一張大雙人床，和床頭櫃上方的亞布夫妻照片。照片不大，卻很引人注目，因為那是房間裡唯一的一張，而且面向著門。

哈利打開衣櫃，別人衣服的氣味撲面而來。衣櫃裡沒有休閒服裝，只有晚禮服、女用上衣和幾套西裝，外加一雙有飾釘的高爾夫球鞋。

哈利一個一個地打開全部三個衣櫃。他當警探的時間，已經長到不再覺得翻弄別人的私人物品有什麼不好意思的了。

他在床邊坐下，打量著那張照片。背景只有海和天，但光線卻讓哈利覺得照片是在南方氣候下拍的。亞納·亞布的皮膚曬成棕色，臉上仍是那種孩子氣的調皮神情，跟哈利在阿克爾港那家餐廳裡看到的一樣。亞布緊緊摟著妻子的腰，緊得薇格蒂絲的上半身好像都靠在他身上。

哈利把床罩和被子捲到一旁。如果安娜睡過這張床，他們就一定能找到頭髮、皮屑、唾液或性分泌物。

很可能全部都會找到。但結果跟他想的一樣。他一手摸過漿洗過的床單，把臉貼在枕頭上，吸氣。才洗過的。幹！

他拉開床頭櫃的抽屜。一包Extra牌口香糖、一包未開封的止痛藥、一個鑰匙圈，上面有一把鑰匙和一塊印著「亞亞」縮寫的銅片、一張嬰兒照片，換尿布桌上的嬰兒像幼蟲那樣蜷起身子，還有一把瑞士刀。

他正準備拿起那把刀，就聽到海鷗令人毛骨悚然的一聲嚎叫。他不禁打了個冷顫，往窗外瞥了一眼。海鷗不見了。他繼續翻找，卻聽到狗兒凶狠的狂吠。

哈福森出現在門口：「有人走小徑過來了。」

他的心臟跳得像裝了加速器。

「我去拿鞋子。」哈利說，「你把盒子和所有工具都拿來這裡。」

「可是——」

「人進來的時候，我們跳窗出去。快！」

屋外的狗吠聲愈來愈大、愈來愈凶。哈利快步走過客廳來到走廊，哈福森跪在書架前方，正把粉末、刷子和膠帶丟進盒子。狗吠聲更近了，哈利都能聽出兩聲吠叫之間發自喉嚨深處的低吼。門外有腳步聲。門沒鎖，但現在想要補救已經遲了，他可能會被逮個正著！他吸了口氣，站在原地不動。也許哈福森可以逃脫。這樣一來，他就不必為哈福森被免職感到良心不安。

「葛瑞格！」一個男人的喊聲從門的另一邊傳來。「回來！」

狗吠聲變遠，他聽到外面那男人走下門墊。

「葛瑞格！不要追鹿！」

哈利往前走上兩步，悄悄地鎖上門，然後他拿起兩雙鞋，在門外傳來鑰匙噹啷聲時，躡手躡腳地走過客廳。他關上身後的臥室門，聽到前門打開了。

哈福森坐在窗下的地上，瞪大眼睛盯著哈利。

「怎麼了？」哈利悄聲說。

「我正準備爬到窗外，那隻瘋狗就來了。」哈福森悄聲說，「是一隻大型的洛威拿。」

哈利盯著窗外，看到下方張合的狗嘴。狗的兩隻前爪抵著屋子外牆，看到哈利時整個身子跳起，像瘋了似的亂吠，口水從嘴角淌下。客廳響起沉重的腳步聲。哈利一屁股坐在哈福森身邊的地上。

「頂多七十公斤。」他低聲說，「沒什麼大不了的。」

「拜託。我見過洛威拿攻擊馴狗師維克多。」

「哦。」

「他們訓練的時候沒把狗管好，扮演壞人的員警後來是在國立醫院把手縫回去的。」

「我以為他們會戴厚重的護具。」

「是戴了啊。」

他們坐著聽屋外的狗吠。客廳的腳步聲停了。

「要不要進去打招呼？」哈福森低聲問。「過不了多久他就要——」

「噓。」

他們聽到更多腳步聲。接近臥房。哈福森緊閉上眼，好像想擋住難堪。再度張開眼睛時，他看到哈利豎起食指放在嘴前。

然後他們聽到臥室窗外傳來聲音：「葛瑞格！快點！我們回家！」

幾聲吠叫過後，忽然又靜了下來。哈利只聽見短暫、迅速的呼吸，卻分不出那是自己的還是哈福森的。

「那些洛威拿犬真是聽話。」哈福森低聲說。

他們等到馬路上響起汽車聲才敢行動。兩人衝進客廳，哈利只瞥見一輛海軍藍的吉普車消失。哈福森倒進沙發，向後靠。

「我的天。」他咕噥著。「剛才我都開始想像我被免職、灰頭土臉的回斯泰恩謝爾市去了呢。他到底來幹什麼？來不到兩分鐘。」他又從沙發上跳起來。「你想他會回來嗎？也許他們只是去買點東西？」

哈利搖頭。「他們回家了。那樣的人不會對自己的狗撒謊。」

「確定？」

「對，當然確定。有一天他會喊：『葛瑞格，過來。我們要去獸醫那邊讓你安樂死。』」哈利打量著房間，然後走到壁架旁，手指摸過面前幾本書的書背，從架子上方看到下方。

哈福森表情嚴肅地點頭，瞪著空處：「然後葛瑞格就會搖著尾巴過來。狗真是奇怪的動物。」

哈利停下手上的動作，露出笑容。「哈福森，你沒後悔？」

「唔，這件事不會比其他的事情還讓我多後悔一些。」

「你說話愈來愈像我了。」

「**就是**你好嗎，我剛才是引用上次我們買濃縮咖啡機時你說過的話。你在找什麼？」

「不知道。」哈利說，一面拉出一本又大又厚的冊子，把它打開。「看哪，一本相簿。有意思。」

「是嗎？我又搞不懂你了。」

哈利指著他背後，一面繼續翻頁。哈福森站起來，看到了，也明白了。溼溼的靴子印從前門一直走到哈利站著的架子前。

哈利把相簿放回去，取出另一本開始翻。

「好。」一會兒之後他說。他把臉湊近相簿。「找到了。」

「什麼東西？」

哈利把相簿放在哈福森面前的桌上，指著黑色頁面上六張照片的其中一張。一個女人和三個小孩正在海灘上對他們微笑。

「跟我在安娜鞋子裡找到的那張照片一樣。」哈利說，「聞聞看。」

「不需要。我從這裡就能聞到膠水味。」

「對。他剛才把照片貼了回去。如果你把照片拉開一點點，就會看出膠水還沒全乾。你聞聞照片。」

「好。」哈福森把鼻子湊上那四張笑臉。「聞起來……有化學味。」

「哪種化學味？」

「剛洗好的照片都有一種味道。」

「又說對了。我們從這點得到什麼結論呢？」

「這個嘛，呃……他喜歡貼照片。」

哈利看了看錶。如果亞布開車直接回家，一小時之內就會到。

「我回車上再解釋。」他說，「我們找到需要的證據了。」

他們開上E6號公路時，雨又開始下了。對向來車的車燈反射在濕濕的柏油路上。

「現在我們知道安娜鞋子裡的照片是哪裡來的。」哈利說，「如果叫我猜，我會說安娜上一次到農舍來的時候，趁機從相簿裡拿了一張照片。」

「但她準備拿照片去幹嘛？」

「誰知道。或許這樣她才知道卡在她和亞布之間的是誰。讓她更瞭解狀況，拿到可以扎針的東西。」

「你把照片給他看的時候，他知道照片是哪裡來的嗎？」

「當然。吉普車的輪胎印就跟之前的一樣，表示他幾天前才來過，很可能就是昨天。」

「來洗地板，擦掉全部指紋？」

「還有檢查已經讓他起疑的事，也就是相簿裡少了一張照片。所以他回家，找到底片，拿去沖洗店。」

「也許是那種一小時就能沖好照片的店。然後他今天回到農舍，把照片貼回舊的那張所在的位置。」

「嗯。」

前面的大卡車後輪帶起一片又髒又油膩的水，潑在他們的擋風玻璃上，雨刷全速動個不停。

「亞布花了大把力氣掩蓋這場出軌。」哈福森說，「但你覺得他殺了安娜．貝斯森嗎？」

哈利凝視著卡車後門上的商標：Amoroma：永屬於你。「為什麼不會？」

「他給我的感覺並不像謀殺犯，而是有教養的正派人士，靠得住且完美無瑕的父親，還有一間白手起家的公司。」

「他不忠實。」

「誰忠實呢？」

「對，誰忠實。」哈利慢慢地重複，忽然感覺不耐煩起來：「我們要一直待在這輛卡車後面，一路被污水噴到奧斯陸嗎？」

哈福森看了看後照鏡，切進左邊車道。「那他的動機是什麼？」

「我們去問問，怎麼樣？」哈利說。

「什麼意思？開去他家問？說我們透過非法途徑找到了證據，然後被踢出隊上嗎？」

「你不必去，我自己來就好。」

「你以為這麼做會有什麼結果？如果我們沒持搜索票就進他農舍，等事情敗露，全國沒有一位法官會審理這個案子的。」

「就是因為這樣。」

「就是因為……抱歉，哈利，我快要受不了這些謎語了。」

「因為我們沒有能拿上法庭的東西，只得用更強烈的手段去找。」

「不能叫他進局裡問訊，給他一把好椅子，倒濃縮咖啡然後按下錄音鍵嗎？」

「不。在已知的事無法證明他說謊以前，沒必要錄下一堆謊言。我們需要的是盟友，一個能代表我們、讓他露餡的人。」

「誰？」

「薇格蒂絲・亞布。」

「啊哈。這要怎麼做……?」

「如果亞納・亞布曾經出軌，薇格蒂絲就很可能想知道更多細節，她也很可能握有我們需要的資訊。而我們知道幾件能讓她挖掘出更多消息的事。」

哈福森調了調鏡子，免得被緊跟在後的卡車車頭燈照得眼花。「哈利，你確定這是個好主意?」

「不確定。你知道什麼是迴文嗎?」

「不知道。」

「從前往後和從後往前都能閱讀的文字。看看鏡子裡的那輛卡車，Amoroma，不管你順著念、倒著念都是同一個字。」

哈福森正想說點什麼，又改變主意，只頹喪地甩甩頭。

「載我去施羅德酒館。」哈利說。

沉悶的空氣中有汗水、香菸和被雨淋濕的衣服味，好幾張桌子都喊著要啤酒。貝雅特坐在奧納坐過的那張桌旁，就像在牛棚的一隻斑馬那麼不起眼。

「妳等了很久嗎?」哈利問。

「沒有。一點也不久。」她說謊。

她面前是一大杯啤酒，碰都沒碰過，氣泡都已經沒了。她順著他的目光，盡責地拿起杯子。

「這裡不是非得喝酒不可。」哈利說，目光跟瑪雅接觸。「只是給人這種感覺而已。」

「其實這酒不難喝。」貝雅特啜了一小口。「我爸說過，他不信任不喝啤酒的人。」

咖啡壺和杯子送到了哈利面前。貝雅特的臉紅到了髮根。

「我以前會喝啤酒。」哈利說，「我得戒掉。」

貝雅特研究起桌布。

「酒是我唯一要戒的。」哈利說，「我抽菸、撒謊又愛記恨。」他舉杯作勢敬酒。「隆恩，妳受過什麼苦？除了是錄影帶魔人，又記得每張見過的臉以外？」

「其實也不多。」她舉杯。「除了薩得斯達抽搐症。」

「很嚴重嗎？」

「滿嚴重的。事實上，它的正式名稱是亨丁頓舞蹈症，會遺傳，常見於薩得斯達村民中。」

「為什麼是那裡？」

「那是……狹窄的山谷，周圍都是高聳的石丘，附近沒別的城鎮。」

「瞭解。」

「我爸媽都是薩得斯達村人，一開始我媽不想嫁給我爸，因為她以為他姑姑就有薩得斯達抽搐症。我姑姑會忽然伸長手臂，所以別人都會跟她保持距離。」

「妳也得了？」

貝雅特微笑。「以前小時候，我爸常拿這件事來取笑媽，因為我跟他拿手指虎來玩，我打他的動作又快又有力，他以為我一定有薩得斯達抽搐症。我只覺得很好笑，真希望……我真的得了抽搐症。但有天我媽說，得亨丁頓舞蹈症可能會死。」她把玩起杯子。

「那年夏天我就明白死亡是什麼了。」

哈利對隔壁桌一位老水手點點頭，水手並沒回禮。他清了清喉嚨：「記恨呢？妳也愛記恨嗎？」

她抬眼看他。「什麼意思？」

哈利聳肩。「你看看周圍。人性中不可能沒有記恨。報仇和懲罰。在學校被霸凌的弱小子就以這個為動力，長大後成為百萬富翁；所以搶匪才覺得是社會虧待了自己。再看看我們，社會熱辣辣的報復偽裝成冰冷、理智的懲罰，這不就是我們的職業嗎。」

「非這樣不可。」她說，避開他的目光。「沒有懲罰，社會無法運作。」

「對，當然，可是社會並不是只有懲罰。宣洩、復仇、淨化。亞里斯多德就寫過，由悲劇喚起的恐懼和同情洗滌人類的靈魂。我們竟然是透過復仇的悲劇來滿足靈魂最深處的願望，這個想法很可怕吧。」

「我看過的哲學書不多。」她舉起杯子，大大喝了一口。

哈利低下頭。「我也沒有。我只是想讓妳佩服。查出那人是誰了嗎？」

「好消息呢？」

「先說幾個壞消息。」她說，「重建面罩後的人臉失敗了，只得到鼻子和頭部輪廓。」

「在格蘭斯萊達街被當成人質的女人說，她可以認出搶匪的聲音。她說那聲音特別尖，幾乎讓她以為是女人的。」

「嗯。還有嗎？」

「有，我跟焦點健身中心的員工談過、也做了一點調查。崔恩．葛瑞特是兩點半到，四點左右離開的。」

「妳怎麼能肯定？」

「因為他抵達時，刷卡付了壁球場的費用。那筆錢的登記時間是兩點三十四分。你還記得那把被偷的壁球拍嗎？他當然也告訴健身房員工了，星期五值班的人記下了崔恩在那裡的時間，他是四點零二分離開的。」

「這就是好消息嗎？」

「不，我現在正要說。你記得崔恩經過健身室時看到的那個穿工作服的人嗎？」

「衣服背後寫有警察字樣的？」

「我一直在看錄影帶。看起來，屠子的連身工作服的前後都貼了魔鬼膠。」

「這表示什麼？」

「如果屠子就是崔恩看到的人，他走出攝影機範圍時，可以把字樣用魔鬼膠貼在工作服上。」

「嗯。」哈利咕嚕咕嚕地喝咖啡。

「或許可以解釋為什麼沒人報案，說在那附近看到身穿全黑工作服的人。搶案發生後，到處都是黑衣刑警。」

「焦點健身中心的人怎麼說？」

「這就是有意思的地方了。值班的那個女人的確記得見過一個穿工作服的男人，她以為他是警察。那人用跑的，所以她認定他訂了一間壁球室之類的。」

「所以他們沒寫下名字？」

「沒有。」

「這不算是多了不……」

「沒錯，但我還沒說到最棒的呢。她記得那人的原因，是她以為他來自什麼特殊單位，因為他身上其他的配件都像個骯髒哈利[2]。他……」她頓了頓，驚恐地望了他一眼。「我不是故意……」

「沒關係。」哈利說，「繼續說。」

貝雅特移動杯子，哈利覺得好像看到她小嘴上有一絲勝利的笑。

「他戴著一個半捲起的騎士頭罩，一副遮住他半張臉的大墨鏡。她說那人帶了一個看起來很重的黑色旅行袋。」

哈利的咖啡流進了氣管。

---

2 *Dirty Harry*，即一九七一年之警匪電影《緊急追捕令》，主角為舊金山警探哈利·卡拉罕（Harry Callahan），由克林·伊斯威特（Clint Eastwood）主演，為哈利警探系列電影中的第一部。

多弗列街上房屋與房屋之間的電線，吊著一雙用鞋帶互綁的鞋。電線上的燈盡了最大努力把石子路照亮，但陰暗的秋天傍晚彷彿把鎮上的光全都吸掉了。哈利並不擔心這一點，就算周圍一片漆黑，他也熟知蘇菲街到施羅德酒館的路。他走過好幾遍了。

貝雅特有張名單，上面的每個人都在穿工作服的男人在場時，跟焦點健身中心預約了壁球室或有氧舞蹈課程，她準備明天起一個個打電話去問。如果她沒找到那個人，還是可能有別人在他更衣時與他共處一室，可以說說他的長相。

哈利走在電線吊著的鞋子下方。他看到鞋子在那兒掛了好幾年，早已跟自己達成協議，絕不去查鞋子到底是怎麼掛上去的。

哈利來到大樓入口時，阿里正在刷樓梯。

「你一定很討厭挪威的秋天。」哈利說著擦了擦腳。「只有又髒又混濁的水。」

「在我的家鄉巴基斯坦，因為污染的關係，能見度只有五十公尺。」阿里微笑。「全年都這樣。」

哈利聽見遙遠卻熟悉的聲音。事情總是這樣：你會聽到電話開始響，但總是來不及去接。他看了看錶。十點。蘿凱說過她會在九點打來。

「那間地下室……」阿里開口，但哈利已經全速衝上樓了，還在每四階樓梯的梯級上，留下馬汀大夫鞋的靴子印。

他剛打開房門，電話聲就停了。

他踢掉靴子，雙手掩著臉，走到電話旁，拿起話筒。飯店的號碼寫在鏡子上的黃色便利貼上，他拿起紙條，從鏡中看到S2MN寄來的第一封電子郵件。他把信印了出來，釘在牆上。這是老習慣。犯罪特警隊的人總用照片、信件和其他線索來裝飾牆壁，那些都可能幫助他們看出關聯或激發潛意識。哈利看不出鏡中影像的文字，但他不必看也知道內容：

要不要玩個遊戲？想像一下：你跟一個女人去吃晚餐，第二天她卻死了。你該怎麼辦？

他改變心意，走進客廳，扭開電視，一屁股坐進高背沙發椅。然後他又猛地跳起身，到走廊撥電話。

蘿凱聽起來很擔憂。

「在施羅德酒館。」哈利說，「我剛剛才到家。」

「我打了十次了。」

「有重要的事嗎？」

「哈利，我覺得害怕。」

「嗯，非常害怕嗎？」

哈利站在客廳門口，用肩膀和耳朵夾住話筒，一面用遙控器把電視音量調小。

「沒那麼嚴重。」她說，「只是有一點。」

「有一點怕沒有大礙，只會讓妳更堅強。」

「但要是我開始怕得要命呢？」

「妳知道我立刻就能趕過去。只要妳開口。」

「哈利，我已經說你不能來了。」

「因此現在我允許妳有改變主意的權利。」

哈利看著電視上那個戴著纏頭巾、身穿迷彩制服的男人。他的臉怪異地熟悉，跟某個人很像。

「我的世界正在崩塌。」她說，「我只想知道有人陪我。」

「有人陪妳。」

「可是你聽起來好遠。」

S2MN

哈利轉離電視，靠著門框。「對不起，但我在這裡，而且我想妳。就算我聽起來好遠也一樣。」

她開始哭。「對不起，哈利。你一定覺得我很愛哭訴。我當然知道你會陪我。」她輕聲說。「我知道我可以依賴你。」

哈利深深吸了口氣。頭痛來得緩慢而篤定，就像一個鐵箍緩緩在他前額縮緊。他們講完電話以後，他幾乎感覺不到太陽穴的脈搏跳動了。

他關掉電視，放了電台司令樂團的唱片，但他無法忍受湯姆．約克的嗓音。於是他走進浴室，洗了把臉，又進了廚房，瞪著冰箱裡面，卻不知道自己要找什麼。最後，他實在沒辦法拖下去了。他走進臥室，開機，冰冷的藍光照著房間，伸手就能跟全世界取得聯繫。這也提醒了他，他有一封信。哈利覺得自己喉頭一陣乾渴，像一群想獲得自由的獵犬把鐵鍊扯得哐噹作響。他點下郵件的圖示。

我真該檢查她的鞋子的。那張照片一定是放在床頭櫃上，她趁我裝子彈的時候拿的。不管了，這樣會讓遊戲更刺激……一點點吧。

P.S.她害怕了。我只是想讓你知道。

S2MN

哈利把手伸進口袋深處，取出一個鑰匙圈。上面那塊銅牌寫著「亞亞」兩個縮寫字。

第三部

20 降落

那些人凝視著槍管的時候，心裡都在想什麼呢？有時候我真好奇他們到底有沒有在想。就拿今天我抓到的那女人來說吧。「別殺我。」她說。她真以為這樣哀求會讓情況有任何改變嗎？她的名牌上寫著「挪威銀行」和「卡瑟琳．薛彥」，但我問她為什麼取這種名字的時候，她卻用一張蠢牛臉對著我，又說了一遍「別殺我」。我差點失控，對她哞地一叫，朝她頭部正中開槍。

前面的車流動也不動。椅子貼背的地方全是汗，又冷又溼。收音機播著NRK二十四小時新聞台，消息還沒傳出去。我看了看錶。通常我能在半小時內安全抵達小木屋的。前面那輛車有觸媒轉化器，我關掉風扇。午後尖峰時間開始了，但這速度比平常還要慢。前面是不是出了車禍？還是警察設下了路障？不可能。裝錢的袋子放在後座的一件夾克下面，旁邊是那把裝上子彈的AG3步槍。前面那輛車發動了，放下離合器，前進了兩公尺，然後又動彈不得了。我在想，見到他們的時候，我該覺得無聊、緊張還是惱怒比較好。兩個警察沿著車隊中間的白線走著，其中一個是穿著制服的女警，另一個高個子的男人穿了件灰色外套。他們警戒地看著左右兩邊的車，其中一個停步，跟一位顯然沒繫安全帶的駕駛說了幾句話，笑了笑。也許只是普通臨檢。他們愈來愈近了。

帶著鼻音的NRK二十四小時新聞台，用英語說地面溫度超過四十度，請大家注意不要中暑。我立刻開始流汗，雖然明知外面灰暗又寒冷。他們站在我的車子前面。是那個警察，哈利．霍勒。女的那個長得像絲汀。他們走過我旁邊時，女的那個看了我一眼。我欣慰地呼出一口氣，正準備大笑的時候，車窗外有人敲了敲。我緩緩轉過頭，速度很慢很慢。她微笑著，我發現車窗已經搖下來了。真怪。她說了一句話，但聲音被前面發動的引擎聲淹沒了。

「什麼？」我問，又睜開眼睛。

「請您豎直椅背好嗎？」

「椅背？」我一頭霧水地問。

「先生，我們馬上要降落了。」她又微笑，然後消失了。

我揉了揉眼睛，回想起一切。搶劫、脫逃，備妥在小木屋裡的公事包和裡面的機票。王子傳來的簡訊說沒什麼好擔心的。但我在加德莫恩機場辦理登機手續，亮出護照的時候還是覺得有點緊張。起飛。一切已照計畫進行。

我看著窗外。我肯定還沒完全脫離夢境，有一陣子我好像飛在星星上方，然後才發覺那是城裡的燈光。我開始想著事先租好的車。我該在這座熱烘烘、臭兮兮的大城裡找間旅館過夜，明天再往南開嗎？不，明天我也會一樣累，因為有時差。最好盡快到那邊。我要去的地方比傳說中更好，甚至還有幾個挪威人可以讓我跟他們聊聊天。起床就看到陽光、海洋和更美好的生活。就是這個計畫，至少，是我的計畫。

我拿著飲料，那是趁空服員要收我的餐桌前搶救下來的。那我為什麼不信任這個計畫呢？引擎的嗡嗡聲增強又減弱。感覺得出現在是在下降。我閉上眼，直覺地吸了口氣，接下來會怎樣我很清楚。她。她身上那件洋裝就跟我倆初次相見時一樣。天啊，我已經好想她了。但就算她還活著，我的思念永不滿足，這個事實也改變不了什麼。她的一切都不可能，貞操和熱情。看似能吸收所有光線的髮，卻像黃金一樣閃亮。淚水滾落她的頰，她仍不屈服地笑。我進入她時，她充滿恨意的眼。我在違背承諾之後，帶著漏洞百出的藉口去找她時，她錯誤的愛情宣示和發自內心的喜悅。這情況重複了好幾次，我躺在床上的她身邊時，枕頭上卻有別人睡過的痕跡。都是好久以前的事了。幾百萬年前。我緊閉上眼，不想看到以後。我對她發射的子彈。她那宛如黑色玫瑰般緩緩擴張的瞳孔；鮮血在一聲疲憊的嘆息聲中流淌、披散、降落；她脖子斷了，頭往後仰。現在，我愛的女人死了。就這麼簡單。但一切還是沒道理。這正是美麗之處。那麼簡單、美麗，到你簡直不能與之並存的地步。艙壓減低，緊繃情勢升高，從內部開始。一股看不見的力量壓著我的耳鼓膜和軟腦。我聽到一個聲音說，事情以後就是這樣。沒有人會找到我，沒有人能逼我說出祕密，但這計畫終會曝光。從內部開始。

21 大富翁

哈利被收音機的鬧鈴和新聞播報聲吵醒。不只轟炸更密集，聽起來還像二重奏。他想找起床的理由。

收音機裡的聲音說，從一九七五年起，挪威男女的平均體重各增加了十三和九公斤。哈利閉上眼，想起奧納說過的一件事。逃避現實不該被冠上負面名聲。睡意襲來。那股溫暖、甜蜜的感覺，就像他小時候躺在床上，臥房門開著，聆聽他爸在屋裡走動，逐個把燈關上時一樣。每關掉一盞燈，他房門外的黑暗就更深一層。

「最近幾週在奧斯陸發生幾起暴力搶案後，銀行員工召集武裝警衛，把守市區內最易遭搶的幾家銀行。昨天在格蘭斯萊達街挪威銀行分行的搶案，是近來一系列武裝搶劫中最新的一起，警方認為被稱為屠子的人有嫌疑。這名屠子就是開槍射殺……」

哈利把雙腳放在冰冷的油氈地上。浴室鏡中的那張臉彷彿是畢卡索的晚期作品。

貝雅特正在講電話。看到哈利站在辦公室門口，她搖了搖頭。哈利點點頭，正準備離開，她卻招手要他回來。

「總之還是謝謝你幫忙。」她說完放下話筒。

「打擾妳了嗎？」哈利問，把一杯咖啡放在她面前。

「沒有，我搖頭是說焦點健身中心那邊沒有結果。他是名單上最後一個。在我們所知、於問題時間點在焦點健身中心的男人當中，只有一個依稀記得見過穿工作服的人。他連有沒有在更衣室見到他都不敢肯定。」

「嗯。」哈利坐下，看了看四周。她的辦公室就跟他意料中一樣整潔。除了窗台上那個他說不出名字的熟悉盆景，她這裡就跟他辦公室一樣沒有任何擺飾。他看到她書桌上裝框照片的背面，覺得猜得出裡面是誰。

「妳只跟男人談？」他問。

「我想他要換衣服應該會進男更衣室吧？」

「然後像個沒事人一樣走上街頭，沒錯。昨天在格蘭斯萊達街的搶案有什麼新消息嗎？」

「要看你所謂的『新』是什麼意思。我會說那還比較像模仿。同樣的服裝和AG3，一樣透過人質說話，從提款機取走現金，全都在一分五十秒以內完成，沒有線索。簡單說來……」

「屠子。」哈利說。

「這是什麼？」貝雅特舉起杯子，望著裡面。

「卡布基諾。哈福森對妳的問候。」

「加牛奶的咖啡？」她皺起鼻子。

「讓我猜猜：妳爸說過，絕對不要信任不喝黑咖啡的人？」

看到貝雅特訝異的表情，他立刻後悔了。「對不起。」他含糊地說，「我不是故意……剛才那樣說真蠢。」

「所以我們該怎麼辦？」貝雅特慌忙發問，一面把玩著咖啡杯的把手。「現在又回歸原點了。」

哈利倒在座位上，凝視著靴子的靴頭。「去監獄。」

「什麼？」

「直接去監獄。」他站起身。「不要把行動權讓人，不要領兩千克朗。」

「你在說什麼？」

「大富翁遊戲。我們只剩下這個了，去監獄碰碰運氣。妳有沒有波特森監獄的電話？」

「這樣是浪費時間。」貝雅特說。

她小跑步地跟在哈利身邊，話聲在地下道的牆上迴盪。

「也許。」他說，「跟百分之九十的辦案過程一樣。」

「我看過從以前到現在所有的報告和訪談紀錄。他從來不開口，只說過一大篇不著邊際的哲理廢話。」

到了通道盡頭，哈利按下灰色鐵門旁的對講機按鈕。

「妳有沒有聽過一句格言，要尋找遺失在光裡的東西什麼的？我覺得那是故意在描述人類的愚蠢。對我來說，這實在很合理。」

「請把身分證放在攝影機前面。」擴音器的聲音說。

「要是你準備單獨跟他談，那我來做什麼？」貝雅特問，緊跟在哈利後頭。

「愛倫跟我訊問嫌犯的時候都會用這法子：我們其中一個負責談，另一個只坐著聽。如果訪談不順利，我們就休息。如果剛才發問的是我，現在我就出去，讓愛倫開始問些瑣碎的小事，如戒菸啦、現在電視上都播些爛節目啦，或是她跟男友分手後，才發現房租有多高之類的。等他們聊了一陣子，我就會探頭進去說出了一點事，訪談要由她繼續。」

「有用嗎？」

「每次都有。」

他們上樓來到監獄大廳前的屏障。獄方人員在厚厚一層防彈玻璃後方對他們點點頭，按下一個鈕。「值班守衛馬上就出來。」帶鼻音的聲音這麼說。

那個守衛身材矮胖，肌肉突出，走起路來像侏儒一樣搖搖擺擺。他帶他們進入囚室區：一條三層樓高的迴廊，長方形的走廊上圍繞著一列列淡藍色的囚室房門，網狀的電線堆在地板上。這裡看不到任何人，只有不知哪裡傳來的關門聲打破寂靜。

哈利以前來過好幾次，但他老是無法理解，為什麼社會大眾認為應該把這些人關進門內，而不顧他們的個人意志。他不是很清楚為什麼自己會覺得這個想法很不人道，但應該跟看到因犯罪而公開坐牢受懲的具體表現有關吧。秤與劍。

守衛的一大串鑰匙叮噹作響，他打開一扇門，門上寫著**訪客**兩個黑字。「到了。你們要離開的時候就敲個門。」

他們走了進去，門在身後砰地關上，在接下來的寂靜中，哈利的注意力被日光燈斷斷續續的嗡嗡聲和牆上的塑膠花吸引，燈和花在褪色的水彩畫上投下慘淡的影子。一個男人直挺挺地坐在椅子上，椅子放在桌子後方那面黃牆的中央；日光燈每閃一下，他那兩道明顯的眉毛和落在他挺直鼻梁上的陰影，就形成一個清楚的T字。不過，主要還是他這副表情讓哈利想起葬禮那天混合著痛苦和撲克臉的矛盾組合，那張臉讓哈利想起另一個人。

哈利打手勢要貝雅特坐在門邊，他自己抓了把椅子到桌前，坐在洛斯可對面。「謝謝你願意抽空見我們。」

「我這裡多得是時間。」洛斯可的聲音令人訝異地清朗、溫柔。他的口音像東歐人，把r的捲舌音發得很重。

「我瞭解。我是哈利．霍勒，我同事是——」

「貝雅特．隆恩。貝雅特，妳跟妳父親很像。」

哈利聽到貝雅特倒抽一口氣，半轉過身去看她。她並沒有臉紅，反之，蒼白的皮膚顯得更白了，雙唇扭曲僵硬，好像被人甩了一巴掌。

哈利垂下眼看著桌子，咳了一聲，這才頭一次注意到他和洛斯可之間原本幾近詭異的對稱，被一件小事破壞了：西洋棋盤上的國王和皇后。

「霍勒，我在哪裡見過你？」

「我多半會出現在有死人的地方。」哈利說。

「啊哈，葬禮。你是伊佛森手下的警犬。」

「不是。」

「哦，所以你不喜歡被稱為他的手下？你們兩個之間的關係這麼糟嗎？」

「不是。」哈利想了想。「我們只是不喜歡對方。據我瞭解，你也不喜歡他。」

洛斯可微笑了，日光燈閃了閃又亮起。「希望他不會太介意。那套西裝看起來很貴的樣子。」

「我想受最多苦的是他的西裝。」

「他要我告訴他一件事，所以我就說了一件事。」

「說告密者永無翻身之日嗎？」

「不賴哦，警監。但時間久了，墨痕還是會褪掉。你下西洋棋嗎？」

洛斯可沒說錯哈利的職稱，哈利不想做出任何表示。他可能是猜的。

「你後來是怎麼把傳輸器藏起來的？」哈利問，「我聽說他們把整片區域都翻遍了。」

「誰說我藏了？你要黑棋還是白棋？」

「他們說你還是挪威多起大型銀行搶案的幕後主使，還說這裡是你的基地，搶來的錢中屬於你的那一份會匯入一個外國戶頭。你堅持要住進波特森的A翼，是不是就因為這裡可以見到刑期短的人，他們出去後就能執行你在這裡想出的計畫？你怎麼跟外面的人聯絡？你也有手機嗎？還是電腦？」

洛斯可嘆氣。「警監，一開始你的表現還很不錯，現在卻開始讓我打呵欠了。到底要不要下棋？」

「下棋很無聊。」哈利說，「除非有賭注。」

「沒問題。你想賭什麼？」

「這個。」哈利取出一個鑰匙圈，上面有一把鑰匙和一塊銅製的名牌。

「這是什麼？」洛斯可問。

「沒人知道。有時候你得冒冒險，我拿來賭的東西可能有價值。」

「為什麼？」

哈利靠過去。「因為你信任我。」

洛斯可大笑。「給我一個信任你的理由。**史皮歐尼**。」

「貝雅特。」哈利對貝雅特說，目光不離洛斯可。「可否讓我跟他獨處一下子？」

他聽到身後傳來敲門聲和鑰匙互撞的哐噹聲。門開了，一聲清脆的喀噠響過後，門鎖再度扣上。

「仔細看。」哈利把鑰匙放在桌上。

洛斯可的目光不離哈利，問：「亞亞？」

哈利從棋盤上拿起白棋國王，那是手工雕成的精緻棋子。「那是一個有點狀況的男人的姓名縮寫。他很有錢，有太太和小孩，有房子和農舍，還有狗和情人。花園裡到處開滿了玫瑰。」哈利把棋子倒轉過來。「但隨著時間過去，這個有錢人變了。發生一些事之後，他發覺家庭是人生中最重要的事，於是他賣掉公司，甩掉情人，對自己和家人承諾，從現在起只為他們而活。問題是那個情人開始威脅他，要讓他們的關係曝光，可能還勒索過他。她不是因為貪心，而是因為她窮，也因為她即將完成一件藝術品，滿心以為這東西是畢生傑作，因此需要錢做廣告。她把對方愈逼愈緊，有天晚上男人決定去看看她。那不是隨便一個晚上，而是個特別的夜晚，因為她告訴男人當天她會有舊情人來訪。她為什麼要告訴他這一點？也許是想讓他嫉妒？或是想表現出她還有其他男人要？但他並不嫉妒，他很興奮，因為這是難得的好機會。」哈利看著洛斯可。他交叉雙臂，也正看著哈利。「他在門外等。一直等、一直等，看到她公寓裡的燈熄滅。午夜以前，訪客離開了。要是情況真的演變成那樣，那名行事衝動的舊情人將沒有不在場證明，別人都會認定他整個晚上都跟安娜在一起。就算沒有別人，安娜那個滿懷戒心的鄰居也會聽到當天晚上男人打的電話。但打電話的並不是**這個**男人，他是用鑰匙自己開門進去的，悄悄爬上樓，打開她公寓的門鎖。」

哈利拿起黑棋的國王，跟白棋國王比較。如果不仔細看，就會誤以為這兩個棋子一模一樣。

「槍枝沒有登記。可能是安娜的，也可能是男人的。我不知道在公寓裡究竟發生了什麼事，世界上大概永遠沒人會知道，因為她已經死了。就警方的觀點來看，這件案子已經結束了：自殺。」

「**我？警方的觀點？**」洛斯可摸著山羊鬍子。「怎麼不說**我們**和**我們的觀點**？難道你是說，你現在是獨立作業？」

「什麼意思？」

「你很清楚我是什麼意思。叫你同事出去，好讓我以為這件事只有你我兩人知道，這把戲我可以理解，但是……」他合起雙掌。「不過那樣也有可能。還有別人知道你知道的事嗎？」

哈利搖搖頭。

「所以你的目的是什麼？錢嗎？」

「不是。」

「警監，換做是你，我可不會回答得這麼快。我還沒機會說這些情報對我有沒有價值。只要你能證明你說的話不假，我們談的可能是一大筆錢。至於有罪的一方應受的懲罰嘛——這麼說吧：懲罰可以透過私人途徑解決，不受官方影響。」

「那不是問題。」哈利說，希望沒人注意到他前額的汗珠。「問題是**你的**情報對**我**有多少價值。」

「你有什麼建議？**史皮歐尼**。」

「我建議，」哈利說著用一手拿起兩枚國王。「我們來交換。你告訴我屠子是誰，我就去找害死安娜的那個男人。」

洛斯可咯咯笑著。「夠了，你可以走了。**史皮歐尼**。」

「洛斯可，你考慮一下。」

「沒那個必要。我信任追求金錢的人，不信任鬥士。」

他們打量著對方。日光燈啪滋作響。哈利點頭，把棋子放回去，站起身，走到門口敲了敲。「你一定挺喜歡她的。」他背對著洛斯可說，「她在索根福里街上的公寓是用你的名字登記的，我也很清楚安娜有多窮。」

「哦？」

「既然那是你的公寓，我已經請住戶委員會把鑰匙寄給你了。今天就會有送貨員過來。我建議你把鑰匙跟我給你的那把比對一下。」

「為什麼？」

「安娜的公寓有三把鑰匙。安娜有一把，電工有第二把，我在剛才提的那男人農舍裡找到這一把，就在床頭櫃的抽屜裡。這是第三也是最後一把鑰匙，如果安娜是被謀殺的，這也是唯一可能用到的鑰匙。」

他們聽到門外傳來腳步聲。

「不知道這樣能不能增加我的可信度。」哈利說，「但我只是想洗清自己的嫌疑而已。」

22 美國

口渴的人在哪裡都能喝。就拿特雷塞街的麻力客餐廳來說吧：這是一家漢堡酒吧店，即便跟到處是缺點的施羅德酒館相比，這裡都稱不上是一間像樣的有照酒吧。這裡的確提供漢堡，據說還是競爭下的產物；心地善良的人可能會說，裡面稍帶印度風的裝潢配上挪威皇室照片的確有種過氣的魅力。然而這裡終究是速食快餐店，願意花錢喝好酒的人，絕對不會想喝這裡的啤酒。

反正哈利向來不是那種人。

他已經好久沒來麻力客餐廳了，但打量了整間店一眼後，他可以肯定這裡完全沒變。愛斯坦跟他的男性（以及一位女性）酒友坐在吸菸區的桌旁，背景聲音是過時的流行曲、歐洲體育台和肥油在鍋裡煎的滋滋聲。這群人正興高采烈地談著樂透、近來發生的三起謀殺案，順便說說那位還沒到的朋友有些什麼道德缺陷。

「哎呀，哈囉，哈利！」愛斯坦粗啞的聲音蓋過這堆噪音污染。他把油膩膩的長髮往後撥，在褲腰上擦了擦手，朝哈利伸出手來。

「各位，我剛才說的就是這個警察，就是他對澳洲的那個人開槍的。一槍正中腦袋瓜，對不對？」

「幹得好。」另一個人說。哈利看不到他的臉，因為他彎著身，長髮像簾子一樣披在啤酒前。「消滅惡人。」

哈利指著一張空桌，愛斯坦點點頭，捻熄手裡的菸，把一包派特羅香菸放進牛仔襯衫口袋，很專心地端起一杯剛倒滿的生啤酒走到桌旁，就怕灑出來。

「好久不見。」愛斯坦說著捲起一管菸。「對了，跟其他人一樣，後來都沒再見面。大家全都搬了家，又是結婚、又是生小孩的。」愛斯坦大笑，那是沉重、苦澀的笑。「大家都定下來了，每個人都一樣。誰會想得到呢？」

「嗯。」

「有沒有回奧普索鄉過？你爸還住在他那棟房子裡，對吧？」

「對，我不常過去。我們偶爾會通電話。」

「你妹呢？她好一點沒？」

哈利微笑。「唐氏症病人不會變好，愛斯坦。不過她過得還不錯，在松格區有了自己的公寓，還有了伴。」

「老天，那已經比我好多了。」

「開車開得怎樣了？」

「還好，我剛換了家計程車公司。上一家公司覺得我很臭，那些笨蛋。」

「還是不想回到電腦業嗎？」

「你瘋啦！」愛斯坦發出低沉的笑聲，舌尖舔過捲菸紙。「年薪一百萬和安靜的辦公室，我當然願意，但是哈利，我已經錯失機會了。電腦界像我這種搖滾男的時代已經結束了。」

「我之前跟挪威銀行資料安全部的人談過，他說一般仍公認你為解碼先驅。」

「哈利，先驅就代表已經過時了。沒人有空理一個跟最新發展脫節十年的落伍駭客。這你懂吧？而且還要應付一堆麻煩事。」

「噢，到底發生了什麼事？」

「發生了什麼事？」愛斯坦翻了個白眼。「你知道我的個性，一日嬉皮，終生嬉皮。我需要麵包，所以破解了一個不該破解的密碼。」他點燃捲好的菸，看了看桌上卻沒找到菸灰缸。「你呢？再也不碰酒瓶了吧？」

「嘗試中。」哈利伸手從隔壁桌拿來一個菸灰缸。「我有對象了。」

他把蘿凱、歐雷克和莫斯科的官司告訴愛斯坦，還談起了生活。沒花多久時間。

愛斯坦說起他們那夥同在奧普索鄉長大的朋友，說起席格跟一個在愛斯坦看來是高攀了的女人搬去了賀列督華鎮，說克里斯提安在明納遜村北部騎摩托車時出了車禍，現在得坐輪椅。「醫生給了他一個機會。」

「什麼機會？」哈利問。

「再嘿咻的機會。」愛斯坦說完，把酒杯喝乾。

托爾還是老師，但他已經跟西潔分手了。

「他的機會就不怎麼樣了。」愛斯坦說，「胖了三十公斤。所以她才要分手。真的喔！托基爾有次在鎮上遇到她，她就說她受不了他一天到晚哭哭啼啼。」他放下酒杯。「但我猜這些都不是你找我的理由吧？」

「沒錯，我需要幫忙。我在辦一個案子。」

「抓壞人嗎？你就想到我？老天爺！」愛斯坦的大笑轉成一陣猛咳。

「我自己被牽扯進這個案子裡。」哈利說，「要把整件事說清楚有點困難，但我想追查寄電子郵件給我的人。我想他是用國外某處的匿名用戶端當伺服器的。」

愛斯坦沉思地點頭。「所以你有麻煩了？」

「有可能。你為什麼會這樣想？」

「我是酒鬼計程車司機，不瞭解資訊科技業的近況；認識我的人都會跟你說，只要跟工作有關的事，找我都靠不住。簡單說來，你來找我的唯一原因，就是我們是老朋友，你要的是忠誠，要我守口如瓶，對不對？」他拿起剛斟滿的啤酒，大大喝了一口。「哈利，我或許喜歡怪味啤酒，但我可不笨。」他大口吸著菸。「所以……什麼時候開始？」

夜晚降臨了史蘭冬區。門打開，一男一女出現在台階上。他們在笑談聲中離開了屋主的家，走上車道。碎石子被擦亮的黑鞋踩得嘎吱響，他們低聲聊著剛才的餐點、男女主人和其他客人。正因如此，他們走出通往畢攸卡特路的小路時，沒注意到停在路上稍遠處的一輛計程車。哈利捻熄了香菸，調高車上收音機的音量，聽著艾維斯．可斯提洛在《警探監看中》節目裡高談闊論。那是P4頻道，他早已發現，自己喜歡的音樂在有了些年代之後，會轉到比較冷門的廣播頻道。當然，他對這可能代表的涵義再清楚不過了——他也變老了。昨天他們在克里夫．李察（Cliff Richard）之後，播放了尼克．凱夫（Nick Cave）。

一個假惺惺的磁性嗓音介紹著〈在天堂的一天〉，哈利關掉廣播。他搖下車窗，聽著從亞布屋裡傳來有節奏的沉悶低音，這是唯一干擾這片寂靜的聲音。一場成人派對。商務往來對象、鄰居和大學老朋友。不全是唱唱跳跳也不太喧鬧，而是琴湯尼、阿巴合唱團和滾石樂團。這群人還不到四十歲、受過高等教育。換句話說，回保姆那邊的時間不能太晚。哈利看著手錶，想起他跟愛斯坦一起打開電腦時，裡面的那封新郵件：

S2MN

好無聊哦。你是害怕還是人蠢？

他把電腦交給愛斯坦，向他借了計程車。他開著這輛七〇年代的賓士老爺車駛進住宅區，遇上路面的減速突起時，車身抖得像個老彈簧床墊，但這輛車仍是愛車人的夢想。看到穿著正式服裝的客人離開亞布家，他就決定要等了，沒必要把事情鬧大。而且，反正他要花點時間好好想清楚，免得幹出蠢事。哈利也想冷靜、理性一點，但這句「好無聊哦」卻橫加阻攔。

「現在你把事情想個清楚，」哈利低聲對著後照鏡中的自己說，「就可以做點蠢事了。」

薇格蒂絲打開了門。她演出了只有女魔術師才能精通、男人絕對無法探知就裡的把戲：她變漂亮了。哈利唯一認得出來的改變就是她穿了一件土耳其藍的晚宴服，跟她大大的藍眼睛相呼應。這雙藍眼睛忽然間因為訝異而睜大了。

「亞布太太，很抱歉這麼晚了還來打擾你們。我想跟妳丈夫談談。」

「我們正在開派對，不能等到明天嗎？」她露出懇求的微笑，哈利看得出她有多想把門重重關上。

「真對不起。」他說，「但之前妳丈夫說他不認識安娜．貝斯森，那並不是實話。我想妳也沒說實話。」哈利用正式的口吻這麼說，不知道是因為那件晚宴服，還是因為這場對質。薇格蒂絲的嘴形成一個無聲的O字形。

「我有一位證人曾看到他們在一起。」哈利說，「我也知道那張照片是哪裡來的。」

她眨了兩次眼。

「為什麼……？」她結巴起來。「為什麼……？」

「亞布太太，因為他們是情人。」

「不，我是說——你為什麼要**告訴**我？你哪來的權利這麼做？」

哈利開口準備回答，說他以為她有權利知道，而且反正事情終會敗露的等等，但他卻沒開口，只站定了望著她。她很清楚他為什麼要告訴她，而他自己也是直到這一刻才知道。他吞了口口水。

「親愛的，有權利怎麼做？」

哈利看到亞納．亞布走下樓梯。他的前額閃著汗珠，領結鬆鬆地垂在襯衫前面。哈利聽見樓上客廳傳來大衛．鮑伊硬要堅持「這裡不是美國」的樂聲。

「噓，亞納，你會把孩子吵醒的。」薇格蒂絲說，懇求的目光一直沒離開哈利。

「就算有人丟下核彈，他們都不會醒來。」她丈夫含糊地說。

「我想這位霍勒先生已經丟出核彈了。」她輕聲說，「看起來，他是想弄出最嚴重的傷害。」

哈利凝視著她的眼。

「哦？」亞納面露微笑，伸臂攬住妻子的肩頭。「我可以加入嗎？」那個笑容充滿興味，同時又很開朗，幾乎給人無辜的感覺，像未經准許就開父親車子出門的男孩所流露的肆無忌憚喜悅。

「很抱歉，」哈利說，「遊戲結束了。我們已經找到需要的證據，現在資訊科技專家正在追蹤你用來寄發電子郵件的地址。」

「他在說什麼呀？」亞納大笑。「證據？電子郵件？」

哈利打量他。「安娜鞋子裡的那張照片。照片是你跟她在幾星期前去拉可倫村的農舍時，她從一本相簿裡拿的。」

「幾星期？」薇格蒂絲邊問邊看著她丈夫。

「我把照片給他看的時候，他就知道了。」哈利說，「他昨天去了拉可倫村，把加洗出來的照片放了回去。」

亞布皺起眉，但仍然笑著。「警官，你喝酒了嗎？」

「你不該告訴她她死期到了。」哈利繼續說，很清楚自己就快失控。「不然至少你事後也該好好看看她吧。她把照片偷偷塞進了鞋子裡。就是這件事出賣了你的，亞布。」

哈利聽到亞布太太深深吸了口氣。

「隨便哪裡的一隻鞋……」亞布說，一手仍撫摸著妻子的頸。「你知道挪威商人為什麼沒辦法在國外做生意嗎？他們忘了鞋子。身上的Prada西裝要價一萬五克朗，他們穿的鞋卻是在挪威買的。外國人覺得那樣很可疑。」亞布指了指下面。「你看，手工縫製的義大利鞋。一千八百克朗。要是你買的是自信，這個價格很實惠。」

「我想知道的是，你為什麼急著讓我知道你等在外面。」哈利說，「因為嫉妒嗎？」

亞布搖頭大笑，他的笑聲讓妻子掙脫他的懷抱。

「你以為我是她的新歡？」哈利追問。「因為你以為，要是案子裡扯上我的名字，我會不敢行動，所以你可以跟我玩玩、折磨我、讓我發瘋。是這樣嗎？」

「亞納，快點！克里斯提安要發言了！」一個手拿酒杯和雪茄的男人搖搖晃晃地站在樓梯頂端。

「你們先開始吧。」亞布說，「先讓我把這位紳士送走。」

那個人皺起眉。「有麻煩嗎？」

「完全沒有。」薇格蒂絲急忙說，「湯瑪士，你回去他們那邊吧。」

男人聳聳肩，走開了。

「另一件讓我驚訝的事是，儘管我已經拿照片跟你對質過，你竟然還自大地繼續寄信給我。」哈利說。

「警官，抱歉我得一再重複我的話。」亞布口齒不清地說，「但你一直在說的這個……電子郵件到底是什麼？」

「好。很多人認為，只要不用真實姓名登記伺服器，就可以寄出匿名信。他們都錯了。我的駭客朋友剛才把全部情況都跟我說了，說得詳細清楚。你還是會在網路上留下電子軌跡，別人可以透過這個軌跡追查出寄發信件的來源。以目前的情況來說，我們絕對會查出來，問題只在於該從哪裡去找而已。」哈利從內袋中取出一包菸。

「我寧可你沒有……」薇格蒂絲開口，但沒把話說完。

「亞布先生，請告訴我。」哈利說著點燃香菸。「上星期二晚上十一點到凌晨一點之間，你人在哪裡？」

亞納和薇格蒂絲互看了一眼。

「你要在這裡或在警局回答都可以。」哈利說。

「他在家。」薇格蒂絲說。

「我剛才說過了。」哈利從鼻孔噴出一縷煙。他知道這樣唬人很牽強，但要是不裝得像一回事，就一定會失敗，而且現在也沒辦法收回了。「我們可以在這裡或去警局。要不要我告訴你的客人派對結束了？」

薇格蒂絲咬緊下唇。「但我不是已經說他在……」她開口。她已經不美了。

「薇格蒂絲，沒關係。」亞布說著拍了拍她的肩。「去照顧客人好了，我送霍勒先生出去。」

雖然高處的風肯定很大，但哈利幾乎連一絲風都沒感覺到。一片片的雲飄過天空，偶爾遮住了月亮。他們慢慢走著。

「為什麼是這裡？」亞布問。

「是你要求的。」

亞布點頭。「或許是吧。但為什麼要這樣讓她知道？」

哈利聳肩。「不然你要她怎麼知道？」

音樂停了，一陣怪異的爆笑聲從屋裡傳來。克里斯提安開始了。

「可以借一根菸嗎？」亞布問，「反正我放棄戒菸了。」

哈利把菸盒遞給他。

「謝謝。」亞布把香菸叼在唇間，湊近去用哈利的火。「你想得到什麼？錢嗎？」

「為什麼大家都這麼問？」哈利咕噥著。

「你單獨行動，沒有逮捕令，還想用抓我去警局的理由唬我。如果你去過拉可倫村的農舍，你惹上的麻煩至少跟我一樣大。」

哈利搖搖頭。

「不要錢？」亞布拉開身子。天上有幾顆閃爍的星星。「那這是私事囉？你們曾經是情侶嗎？」

「我以為你都已經都知道了。」哈利說。

「安娜看待愛情的態度很認真。她熱愛愛情。不，該說**崇拜**，對。她**崇拜**愛情。愛與恨是她生命中唯一有份量的東西。你知道中子星是什麼嗎？」

哈利搖頭。亞布舉起菸。「那是密度和重力都很大的天體，要是我在這種星球上掉了一根菸，就會產生跟核彈一樣的效果。安娜也是這樣，她對愛與恨的重力非常強，中間無法容納任何東西存在。任何一件小事都會造成核子爆炸。你懂嗎？我花了一陣子才明白，她就像木星，藏在永恆的硫化物雲層之後，也藏在幽默與性感之中。」

「那是金星。」

「你說什麼？」

「沒事。」

月亮從兩片雲中探出頭來，那隻銅鹿雕像從花園影子裡踏出來，像隻虛幻的猛獸。

「安娜和我約好在半夜會面。」亞布說，「她說她有幾件我的東西要還我，我在十二點到十二點十五分之間，把車停在索根福里街上，我們約好我會從車上打電話給她，而不去按電鈴，因為她說她鄰居很愛問東問西。總之，她並沒有接電話，所以我就開車回家了。」

「所以你太太說謊？」

「當然。你拿照片來的那天，我們就同意她會替我做不在場證明。」

「那你現在為什麼把不在場證明戳破？」

亞布笑了。「這很重要嗎？現在只有你我兩人，月亮是沉默的目擊者。我事後可以全盤否認。老實說，反正我也不覺得你有任何能讓我定罪的證據。」

「既然都說這麼多了，你何不把其他事情也交代一下？」

「你是指我殺了她的事嗎？」他又笑，笑聲比剛才還大。「調查這種事，不是你的工作嗎？」

他們走到了門口。

「你只想看我會有什麼反應，對不對？」亞布在大理石上捻熄香菸。「你想報復，所以才把事情告訴我太太。你生氣了。一個對攻擊他的東西展開反擊的憤怒男孩。你現在高興了嗎？」

「等我查到電子郵件地址，就逮到你了。」哈利說。他已經不生氣了，只覺得疲倦。

「你不會查到的。」亞布說，「抱歉了，老兄，我們可以繼續玩遊戲，但你贏不了的。」

哈利往亞布揮出一拳，指節打上去的聲音又悶又短。亞布踉蹌退後，摸著額頭。

漆黑的夜裡，哈利看到自己呼出的灰色氣息。「你要去縫幾針。」他說。

亞布看著沾滿鮮血的手，放聲大笑。「天哪！哈利，你真是輸不起的人。我們互相用名字稱呼沒關係吧？我想你這一拳讓我們更親近了，你不覺得嗎？」

哈利沒回答，亞布笑得更大聲了。

「哈利，她看上你哪一點？安娜不喜歡輸家，至少她不會跟那種人上床。」

笑聲愈來愈高亢，哈利走回計程車，他把車鑰匙愈握愈緊，鑰匙參差不齊的邊緣切進他的皮膚。

23 馬頭星雲

哈利被電話鈴響吵醒，瞇著眼看向時鐘。七點半。是愛斯坦。他三小時以前才離開哈利的公寓，然後就找到了埃及的伺服器，現在他又有了進展。

「我寄了封信給一個老朋友。他住在馬來西亞，有時當駭客作為消遣。ＩＳＰ在西奈半島的艾托，那裡有幾家網路服務公司，可以說是中心據點。你還在睡？」

「算吧。你要怎麼找到我們的人？」

「恐怕只有一個辦法。親自跑一趟，奉上大疊美鈔。」

「多少？」

「要能讓人告訴你該去找誰，還要讓你找的人告訴你**真正**該找的人是誰，然後要讓你真正該找的人……」

「懂了。這樣是多少？」

「一千應該夠用上一陣子。」

「是嗎？」

「我猜的啦，我哪會知道？」

「好吧。你願意跑一趟嗎？」

「當然。」

「我出不起高價。你搭最便宜的飛機去，住最爛的旅館。」

「成交。」

現在是十二點，警察總署的員工餐廳擠滿了人。哈利咬緊牙關，走了進去。他不是因為有什麼原則才討厭這些同事，而是直覺就不喜歡。此外，過了這些年，情況只有更糟。

「完全正常的偏執症狀。」奧納有次是這麼說的。「我也有同樣的感覺。我老覺得所有心理學家都在找我，但實際上大概只有不到一半的人而已。」

哈利掃視房間一圈，發現自備午餐的貝雅特和另一個在她身邊的人的背影。哈利從餐桌之間走過，盡量不去注意別人投來的目光。有人含糊說了聲「嗨。」但哈利覺得那一定蓄意挖苦，所以沒有回答。

「打擾了嗎？」

貝雅特抬頭看哈利，一副被逮個正著的樣子。

「完全沒有。」一個熟悉的聲音說著站起來。「反正我也該走了。」

哈利後頸的毛髮豎了起來，不是因為原則，而是因為直覺。

「那就今晚再見囉。」湯姆．沃勒微笑，對貝雅特漲紅了的臉露出一口白牙。他拿起自己的托盤，對哈利點點頭，然後離開。貝雅特低頭望著那塊山羊乳酪，趁哈利坐下時，想盡辦法做出沒事的表情。

「怎麼樣？」

「什麼怎麼樣？」她故作開心地問，假裝沒聽懂。

「妳在我的答錄機上留言說有了新發現。」哈利說，「我想應該是急事。」

「我想通了。」貝雅特從杯子裡喝了一口牛奶。「程式畫出屠子的相貌圖，我一直在回憶這些圖讓我想起誰。」

「妳是說妳給我看過的那些列印文件嗎？那根本不像臉嘛，只是亂七八糟的線條。」

「是沒錯啦。」

哈利聳肩。「反正有**梭狀回**的是妳。說吧。」

「昨天晚上我忽然想起那是誰了。」她又喝了一口牛奶，用餐巾紙把沾到牛奶的嘴角擦乾。

「結果呢？」

「崔恩・葛瑞特。」

哈利凝視著她。「妳是開玩笑的吧？」

「不，」她說，「我只說兩者有點像。畢竟，在謀殺案發生時，葛瑞特距離玻克塔路不遠。但我剛也說過了，我已經想通了。」

「怎麼說？」

「我問過古斯達精神病院，如果是同一個人去搶劫基克凡路上的挪威銀行，那人就不會是崔恩。那時候他跟至少三名看護一起坐在電視間裡。我請鑑識組的幾個人去崔恩家裡採集指紋，讓韋伯拿來跟那個可樂瓶比對，那肯定不是他的指紋。」

「所以妳終於錯了一次？」

貝雅特搖頭。「我們要找的人，跟崔恩的外在特徵有幾個相同處。」

「貝雅特，抱歉我這麼說，可是崔恩並沒有任何外在特徵。他是長得像會計師的會計師，而且我都忘了他長什麼樣。」

「對。」她說著開始把另一塊三明治上的蠟紙剝掉。「但我沒忘。這才是重點。」

「嗯。我可能有幾個好消息。」

「哦，是嗎？」

「我要去波特森。洛斯可想跟我談談。」

「哇！祝你好運。」

「謝謝。」哈利站起來，遲疑了一下，做個深呼吸。「我知道這不關我的事，不過我想提醒妳一下。」

「請說。」

哈利看了看四周，確定沒人會聽見。「如果我是妳，跟湯姆相處會小心一點。」

「謝謝。」貝雅特在三明治上大大咬了一口。「你說的對，這的確不關你的事。」

「我一直住在挪威，」哈利說，「在奧普索鄉長大，父母都是老師，我爸已經退休。我媽死後，他就像個夢遊者那樣活著，偶爾才會來現實世界拜訪。我的小妹很想他，我想我也是吧。我想念他們兩個。他們以為我也會當老師，我也這麼以為，但結果卻唸了警察學校，還唸了一點法律。要是你問我為什麼會成為警察，我會給你十個合理的答案，但沒有一個是我自己相信的。我現在都不去想了。這是工作，人家付我薪水，而有時候我想我做了點好事。做好事可以讓人高興很久。我三十歲……還是二十歲以前是酒鬼，我想這取決於你怎麼看待事情吧，有人說都是基因造成的，有可能。我在成長過程中發現我那住翁達斯涅鎮的爺爺，五十年來每天都喝得醉醺醺的。我們每年夏天都去找他，一直到我十五歲都沒發現這回事。可惜我並沒有遺傳到他的天份，我做出一些事情，後來還是被發現了。簡單來說，我現在還能在警局工作，真是個奇蹟。」

哈利抬頭看著那個「禁止吸菸」的標誌，然後點燃香菸。

「安娜和我當了六個星期的戀人。她並不愛我，我也不愛她。我提出分手，對她的解脫其實比我還大，但她卻不這麼想。」

房間裡的另一個男人點了點頭。

「我這輩子愛過三個女人。」哈利繼續說，「第一個是童年時代的戀人，我準備娶她的時候，我倆的情況開始走下坡。我不再去找她，很久之後她自殺了，但這件事跟我一點關係也沒有。第二個女人死於非命，我在地球另一端追捕一個男人，這人卻殺害了她。同樣的情況也發生在我一個女同事愛倫身上。我實在不懂，但我身邊的女人都死了。或許這也是基因吧。」

「那第三個女人呢？」

第三個女人。第三把鑰匙。哈利摸著「亞亞」的縮寫和那把鑰匙的邊緣，鑰匙是他進來時，洛斯可隔桌交給他的。哈利當時問這把鑰匙跟他拿到的是否相同，洛斯可點了點頭。

然後他請哈利談談自己。

洛斯可的手肘撐在桌上，雙手交握，彷彿在祈禱。之前壞掉的日光燈管換了，照在他臉上的燈光像泛著藍光的白粉。

「第三個女人現在在莫斯科。」哈利說，「我想她是倖存者。」

「她是你太太？」

「我不會這麼說。」

「但你們在一起？」

「對。」

「你準備跟她共度餘生？」

「唔，我們沒計畫。現在說這些還太早。」

洛斯可朝他憂鬱地一笑。「你是說，**你**沒計畫吧。但女人會計畫，她們向來如此。」

「像你一樣？」

洛斯可搖搖頭。「我只知道怎麼計畫銀行搶劫。每個男人在擄獲芳心一事上都是新手，我們或許認為這是一場征戰，像將軍那樣攻佔堡壘，但等我們發現自己被愚弄時，已經太遲了，有些人甚至從頭到尾都不知道。你有沒有聽過孫子？」

哈利點頭。「中國將軍和戰略家。他寫了《孫子兵法》。」

「是**大家認為**他寫了《孫子兵法》。我個人認為作者是女人。從表面上看，《孫子兵法》是本教人在戰場上用計獲勝的書，但其核心卻在探討如何成為衝突中的贏家。或者，說得更清楚些，是教你如何能以最低代價，取得想要的東西。戰場上的贏家不見得是勝利者，很多人贏得了王位，卻喪失了眾多士兵，表面上是擊敗了敵人，實際上卻只能依循敵人的條件去統治。在權力上，女人不像男人那麼虛榮。她們不需要讓權力被看見，只想透過權力取得想要的東西。安全感、食物、快樂、復仇、和平。她們是理性、追求權力的計劃者，不會只想到一場戰爭，或是慶祝勝利。因為她們天生具有看出受害者弱點的能力，憑直覺知道應該何時、如何發動攻擊，以及何時停止。你學不會這種事。**史皮歐尼**。」

「你是因為這樣才進監獄的嗎？」

洛斯可閉上眼，無聲地笑了。「我可以輕易告訴你答案，但你不會相信我的話。孫子說戰爭的第一原則是欺矇。相信我，每個吉普賽人都說謊。」

「嗯。相信你？像希臘詭論那樣？」

「唷，想不到一個警察竟然知道刑法以外的事。如果每個吉普賽人都說謊，而我是吉普賽人，那麼每個吉普賽人都說謊就不是真的。所以真相是，要是我說的是實話，那麼每個吉普賽人就都說謊，所以我也在說謊。這是永遠打不破的迴圈論。我的生活就像這樣，而那是唯一的真實。」他輕笑了一聲，幾乎像是女人的笑聲。

「現在你看見我的開局第一步了，該你了。」

洛斯可看著哈利，他點點頭。

「我叫洛斯可·巴克斯哈。這是阿爾巴尼亞文，但我爸拒絕接受我們是阿爾巴尼亞人的事實。他說阿爾巴尼亞是歐洲的屁眼，所以他告訴我和兄弟姊妹們，我們是在羅馬尼亞出生、在保加利亞受洗，在匈牙利行割禮的。」

洛斯可說，他們家大概是麥卡利，也就是阿爾巴尼亞最大的吉普賽人團體。他們從霍察（Enver Hoxha）對吉普賽人的迫害中逃出來，翻山越嶺來到蒙特內哥羅，慢慢往東移動。

「不管到哪裡，我們都被人追趕。他們說我們是小偷。我們當然偷東西，但他們甚至懶得找證據。證據就是我們是吉普賽人。我告訴你這些，是因為要辨認吉普賽人，你必須知道他從出生起，額頭上就有個低下階層標記。歐洲的每個政體都迫害我們，不管是法西斯主義者、共產黨主義者或民主主義者都一樣；只是法西斯主義者的迫害比較有效而已。吉普賽人不會特別張揚大屠殺，因為這跟我們習以為常的迫害並沒有多大差別。你好像不相信？」

哈利聳肩。洛斯可交叉雙臂。

「一五八九年，丹麥判吉普賽首領死刑。」他說，「五十年後，瑞典人認為所有吉普賽男人都應該被吊死。摩拉維亞人把吉普賽女人的左耳割掉，波希米亞人割右耳。美茵茲的大主教宣示所有吉普賽人都應該不經定罪即處死，因為他們的生活方式不合法。一七二五年，普魯士通過一條法律，所有十八歲以上的吉普賽人都要不經審判即處死，但後來這條法律被廢除了，年齡限制下修成十四歲。我父親的四個兄弟都在囚禁中死亡，只有一個死於戰爭。要我繼續說嗎？」

哈利搖頭。

「但就連這種情形都是封閉循環。」洛斯可說，「讓我們遭到迫害和讓我們生存下來的原因是一樣的。我們不一樣，也想要不一樣。我們被屏除在外，外地人也進不了我們的社群。吉普賽人是神祕、有威脅性的陌生人，你對他們一無所知，卻有各式各樣的謠傳。世世代代的人都相信，吉普賽人是食人族。我小時候——在布加勒斯特外圍的巴爾塔尼村時，人家說我們是該隱的後裔，註定要落入永恆的地獄。我們的外地人鄰居給我們錢讓我們逃走。」

洛斯可的目光在無窗的牆上飄移。

「我父親是鐵匠，但在羅馬尼亞卻找不到工作，我們必須搬到鎮外的垃圾場，卡爾德拉什吉普賽人住的地方。我父親在阿爾巴尼亞曾經是當地的吉普賽人首領和仲裁人，但在卡爾德拉什吉普賽人當中，他只是個找不到工作的鐵匠。」

洛斯可深深嘆了口氣。

「他牽了一隻又小又乖的棕熊回家那天，我永遠忘不了他眼裡的神情。他用僅剩的錢跟一群馴熊師買的。『這一隻會跳舞。』我父親當時說。共產主義者付錢來看跳舞的熊，這樣他們就覺得好過一些。我哥史帝方想餵熊，但熊不肯吃東西，我媽問是不是熊生病了。他回答說他們一路從布加勒斯特徒步回來，只是需要休息。那隻熊四天後就死了。」

洛斯可閉上眼，又露出那個憂傷的笑。「那年秋天，史帝方和我逃家了。家裡少了兩張嘴巴要餵。我們往北走。」

「你們當時幾歲？」

「我八歲，他十二歲。我們計畫先到西德，那時西德接受世界各地的難民，還提供他們食物。我想那是他們彌補的方式吧。史帝方認為我們愈年輕，能進去的機會就愈大。但我們在波蘭邊界卻被擋了下來。我們抵達華沙，在華沙東站附近圍起來的區域裡，睡在橋下過夜，一人蓋一條毯子。我們知道可以找到偷渡掮客。經過幾天的打聽，我們找到一個會說吉普賽語的人，他自稱為邊界導遊，答應帶我們進入西德。我們沒有錢可以給他，但他說可以用其他辦法；他知道有些男人對好看的年輕吉普賽男孩會出高價。我不懂他在說什麼，但史帝方顯然明白。他把那位導遊拉到一旁，兩人低聲討論著，導遊還一面指著我。史帝方不斷搖頭，最後導遊攤開兩臂，勉強接受。史帝方叫我在那裡等他坐車回來，我照做了。但好幾個小時過去，夜晚來臨，我躺下、睡著了。睡在橋下的頭兩個晚上，我都被貨車尖銳的煞車聲吵醒，但我年輕的耳朵很快就知道不需要對那些聲音保持警覺。於是我繼續睡，一直到半夜聽到輕輕的腳步聲才醒。是史帝方。他爬進毯子裡，緊貼潮濕的牆，我聽到他在哭，但我緊閉著眼，動也不動。不久我又聽到火車聲。」

洛斯可抬起頭。「**史皮歐尼**，你喜歡火車嗎？」

哈利點頭。

「導遊第二天又來了。他要更多錢。史帝方又搭車走了。四天後，我在黎明時醒來，看到史帝方。他一定整夜都沒睡，像平常那樣躺著，眼睛半張，我看到他呼出的氣息飄在冰冷的清晨空氣裡。他頭上有血，嘴唇也腫了。我拿起毯子，走到車站廁所外那個等著向西旅行的卡爾德拉什吉普賽人家的住處。我跟他們家裡最年長的男孩談過，他說被我們當成偷渡掮客的男人其實是當地的皮條客，常來車站走動；還曾向他父親提議以三十茲拉第[3]買下家裡最年幼的兩個男孩。我把我的毯子給他看，毯子很厚，狀況良好，是從盧布林的一條曬衣繩上偷來的。他很喜歡。十二月很快就到了。我問他能不能看看他的刀，刀放在他的襯衫裡面。」

「你怎麼知道他有刀？」

「每個吉普賽人都有刀。拿來吃東西用。就連同一家的人都不會共用餐具，因為怕受到**感染**[4]。但他這個買賣很划算，因為他的刀又小又鈍。幸運的是，我拿到車站的鐵匠工作室那裡去磨利了。」

洛斯可右手小指上又長又尖的指甲滑過自己的鼻梁。

「那天晚上，史帝方上車之後，我問那個皮條客能不能也替我找個客人。他笑著要我稍等。他回來時，我站在橋下的陰影裡，看進出車站的火車。『小子，過來呀，』他喊。『我找到一個好客人，一個有錢的玩家。快來，我們時間不多了！』我回答：『我們要等克拉科夫的火車。』他過來找我，抓住我手臂。『你現在就給我過來，聽懂沒？』我還不到他胸口高。『車來了，』我說著指了指。他放開我，抬頭看。我們凝視上方，好幾節黑色金屬車廂在我們蒼白的面孔前駛過。然後我等待的那一刻來臨了：煞車時那鋼鐵互相碰撞的尖銳聲音，蓋過了一切。」

哈利瞇起眼，好像這樣比較能夠看出洛斯可有沒有說謊。

「最後一列車緩緩經過時，我看到車窗內有個女人的臉在凝視我。她看起來像個鬼魂。像我媽。我揚起沾滿鮮血的刀給她看。你知道怎樣嗎？**史皮歐尼**，那是我這輩子唯一一次感到徹底的快樂。」洛斯可閉上眼，像在重新體會那一刻。「以牙還牙，以眼還眼。這是阿爾巴尼亞對血債血還的說法。這是上帝賜給人

3 波蘭貨幣。

4 吉普賽文marime，意為習慣或儀式受到玷污的狀態，且會造成被放逐的下場。

類最棒也最危險的毒藥。」

「後來怎麼了？」

洛斯可又張開眼睛。「你知道**巴喀斯特**（Baxt）是什麼嗎，**史皮歐尼**？」

「不知道。」

「命運。地獄和業。掌控我們生命的東西。我拿起那個皮條客的錢包，裡面有三千茲拉第。史帝方回來後，我們抬著屍體越過鐵軌，丟進往東行的一節車廂。然後我們向北走，兩週後溜進了一艘從格但斯克到哥德堡的船。從那裡到了奧斯陸和德揚的一處田野，那裡有四輛拖車，吉普賽人佔據了其中三輛，第四輛就是我們的家，我們在那裡住了五年。那年的平安夜，我們在車上慶祝我的九歲生日，我們僅剩的那條毯子下只有幾塊餅乾和一杯牛奶。聖誕節當天我們闖進了第一家雜貨店，那時我們就知道走對了地方。」洛斯可面露笑容。「就像從嬰兒手中搶走糖果。」

他們沉默地坐了一會兒。

「你還是一副不太相信我的樣子。」洛斯可打破沉寂。

「有關係嗎？」哈利問。

洛斯可微笑。「你怎麼知道安娜沒愛過你？」他問。

哈利聳肩。

他們銬在一起走進地下通道。

「別以為我一定知道搶匪是誰，」洛斯可說，「也可能是局外人。」

「我知道。」哈利說。

「那就好。」

「所以，如果安娜是史帝方的女兒，他又住在挪威，那他怎麼沒來參加葬禮？」

「因為他死了。幾年前他們在修屋頂的時候，他從屋頂上滾了下來。」

「那安娜的母親呢？」

「史帝方死後，她搬到南方，跟妹妹和弟弟去了羅馬尼亞。我沒有她的地址，我想她可能也沒有吧。」

「你告訴伊佛森說，安娜的家人沒去參加葬禮，是因為她讓家族蒙羞。」

「有嗎？」哈利看出洛斯可棕色眼眸裡的調皮神色。「要是我說我是在說謊，你會相信嗎？」

「會。」

「但我沒有說謊。家族已經跟安娜斷絕關係，對她父親而言，她等於不存在。他拒絕提到她的名字，以便預防**感染**。你懂嗎？」

「不是很懂。」

他們進了警局，站著等電梯。洛斯可含糊地自言自語了幾句，然後又大聲說：「你為什麼信任我？」

「不然我還有什麼選擇？」

「你總是有選擇的。」

「更重要的是：你為什麼信任我？你從我這裡拿到的鑰匙，可能跟安娜公寓那邊寄給你的那把類似，但我可能不是在凶手家裡找到的。」

洛斯可搖頭。「你誤會了。我誰也不信任，只信任自己的直覺。我的直覺說，你不是笨蛋。每個人都有生活目標，一個可以被奪走的東西。你也一樣。就這麼簡單而已。」

電梯門打開，他們跨了進去。

哈利在昏黃的燈光中打量著洛斯可。他坐著看銀行搶案的錄影帶，背脊挺直，雙掌交握，臉上沒有任何表情。就連那扭曲的開槍聲響遍痛苦之屋時，他都不動聲色。

「你要再看一次嗎？」看到屠子消失在工業街的最後影像後，哈利問。

「沒必要。」洛斯可說。

「哦？」哈利想掩飾興奮之情。

「還有其他的嗎？」

哈利有預感，壞消息就快來了。

「我還有銀行斜對面一家7-11的錄影帶，搶劫前他在那裡把風。」

「放出來看看。」

哈利放了兩遍。「怎麼樣？」他又問，他們面前的螢幕轉成一片暴風雪。

「我知道他應該參與過其他搶案，我們也該看看那些錄影帶。」洛斯可說著看了看錶。「但那只是浪費時間。」

「你不是說你多得是時間。」

「那當然是說謊。」他說著站起來，伸出手。「我最缺乏的就是時間。你最好把手銬銬回去。」

哈利咒罵自己。他替洛斯可銬上手銬，兩人側身從桌子和牆壁間走向門口。哈利握住門把。

「多數的銀行搶犯思考都很簡單，」洛斯可說，「所以他們才會去搶銀行。」

哈利停步。

「世界上最知名的銀行搶匪是美國的威利・薩頓（Willie Sutton）。」洛斯可說，「他被逮捕然後上了法庭，法官問他為什麼要搶銀行。薩頓的回答是：**『因為那裡有錢啊！』**這句話成為日常美語歷久不衰的一句，我想這是在告訴我們，語言可以多麼直接，又簡單得多麼精彩。對我來說，那只表示一個被捕的笨蛋。優秀的銀行搶匪既不出名，也不會說什麼名留青史的話，因為他們既不直接也不簡單。你要找的就是這一種。」

哈利等待著。

「葛瑞特。」洛斯可說。

「葛瑞特？」貝雅特瞪著哈利，眼睛都快掉出來了。「葛瑞特？」她脖子上的青筋浮起。「葛瑞特有不在場證明啊！崔恩．葛瑞特是神經脆弱的會計師，不是銀行搶犯！崔恩．葛瑞特是……是……」

「無辜的，」哈利說，「我知道。」他已經關上了身後的辦公室門，身體深深陷進書桌前的椅子裡。「但我們說的並不是崔恩．葛瑞特。」

貝雅特閉上嘴巴，發出叭答一聲。

「你有沒有聽過列夫．葛瑞特這個人？」哈利問，「洛斯可說他看了前三十秒就知道了，但他想把影片看完才好確定，因為已經很多年沒人見到列夫．葛瑞特了。根據洛斯可最後聽說的消息，列夫住在國外某個地方。」

「列夫．葛瑞特。」貝雅特說，目光飄到了遙遠的地方。「他真是個謎。我記得聽我爸說起過。我看過一些懷疑他有涉案的搶劫資料，那時他才十六歲。他是個傳奇，因為警察一直抓不到他；後來他完全銷聲匿跡了，我們還是連他的指紋都沒有。」她看著哈利。「我怎麼會這麼笨？同樣的體型、類似的面貌。崔恩．葛瑞特的哥哥，對吧？」

哈利點頭。

貝雅特皺起眉。「但那就表示列夫．葛瑞特殺了自己的弟妹。」

「但也讓幾個事實湊攏了，不是嗎？」

她緩緩點頭。「兩人的臉相距二十公分，他們互相認識。」

「而且如果列夫．葛瑞特知道自己被認出來了……」

「當然了。」貝雅特說，「她是目擊者，可能會出賣他，他不能冒這個險。」

哈利站起來。「我去叫哈福森把咖啡煮濃一點給我們喝。現在我們來看看錄影帶。」

「我猜，列夫・葛瑞特不知道絲汀在那裡上班。」哈利說，眼睛盯著螢幕。「有趣的地方是，他大概認出她了，但仍選擇用她當人質。他一定知道只要靠得夠近，她就能認出他，再說聽聲音也聽得出來。」

貝雅特不解地搖頭，凝視著銀行大廳的畫面，這一刻裡的一切都很靜。奧古斯特・薛爾茲踩著搖搖晃晃的步伐，正繼續前進。「那他為什麼要這樣呢？」

「他是專業搶匪。不能留下任何線索。絲汀從**這一刻**起就註定要遭殃。」哈利讓畫面停格，搶匪從門口進來，打量四周。「列夫看到她的時候，就知道自己可能會被認出，也知道她一定得死。所以乾脆拿她當人質。」

「冷血。」

「簡直冷到零下四十度。我唯一不太懂的是，為什麼他為了怕被認出寧可殺人，但其實本身早就是其他搶案的通緝犯了。」

韋伯拿了一托盤的咖啡進來。

「可是列夫並沒因任何搶案被通緝。」他說，一路端著托盤直到放在茶几上。這個房間看起來像是有人曾在五〇年代布置過一次，之後就一直沒變了：厚絨布椅子、鋼琴和窗台上積了灰塵的植物，都散發出一股令人毛骨悚然的沉寂感。就連牆角那座古董鐘的鐘擺都無聲地搖晃著。壁爐上那副裱框畫上的白髮女郎，也不出聲地笑著。這股沉寂似乎在韋伯八年前喪妻之後就進駐屋內，把他周圍的一切都噤了聲，連要讓鋼琴彈出音符都很困難。這間公寓是在德揚區一群老公寓的一樓，但戶外的車聲卻只強調了這股靜。韋伯小心翼翼地坐進一張高背沙發，彷彿那是博物館的陳列品。

「我們從未找到列夫參與任何搶案的確鑿證據。沒有目擊者的陳述，沒人洩漏過他的消息，沒有指紋或其他鑑識線索。報告上只確認了他是嫌犯。」

「嗯。所以，假如絲汀不舉發他，他就是清白的囉？」

「對。要不要餅乾？」

貝雅特搖搖頭。

今天韋伯休假，但哈利在電話中堅持他們必須立刻跟他談。他知道韋伯不太願意在家裡見客，那也沒辦法。

「我們請鑑識組的值勤人員把可樂瓶上的指紋跟列夫之前涉嫌犯下搶案時的指紋比對過。」貝雅特說，「但沒有結果。」

「我不是說了嗎。」韋伯說，一面檢查咖啡壺的蓋子有沒有蓋好。「犯罪現場從來沒找到列夫的指紋。」

貝雅特翻閱著筆記。「你同不同意洛斯可的話，認為列夫．葛瑞特就是我們要找的人？」

「有什麼好不同意的？」韋伯開始倒咖啡。

「因為他是搶案嫌犯時，從來沒用過暴力。也因為她是他弟妹。因為你可能會被認出來而謀殺，這不是很薄弱的殺人動機嗎？」

韋伯停止倒咖啡，看著她。他疑惑地瞥了哈利一眼，哈利只聳聳肩。

「不。」他說，又繼續倒咖啡。貝雅特臉紅了。

「韋伯有傳統調查學校的背景。」哈利幾乎是用道歉的語氣說。「他認為，謀殺本身就已經排除理智的動機，只有程度不同的曖昧動機，有時候這種動機是看似合理的。」

「就是這樣。」韋伯說著放下咖啡壺。

「我是不懂。」哈利說，「列夫為什麼要去國外，反正警方也沒有確鑿的證據啊。」

韋伯作勢把椅子扶手上的灰塵拍掉。「我不是**百分之百**肯定。」

「不是**百分之百**？」

韋伯把那細而脆弱的瓷製咖啡杯把手，穿過他那又大又胖的大拇指和沾滿尼古丁的食指。「那時有很多謠傳，但我們一個也不相信。據說，他不是為了躲避警察。有人聽說，上一次搶銀行並未照計畫進行，列夫是在倉惶之下離開同夥的。」

「什麼叫倉惶之下？」貝雅特問。

「沒人知道。有人認為列夫是接應的逃亡駕駛，在警方抵達時開車走了，把其他人丟在銀行裡；也有人說那次搶劫很成功，但列夫卻把所有的錢帶到了國外。」韋伯啜了一口咖啡，謹慎地把杯子放下。「我們在談的這件案子，有意思的地方可能不是他為什麼如此，而是誰要這麼做。誰是另外這個人？」

哈利探詢著韋伯的目光。「你是說，是……？」

這位經驗老道的鑑識專家點點頭，貝雅特和哈利互看了一眼。

「幹！」哈利說。

貝雅特一面注意左邊的車輛，一面等右邊德揚街上的車流出現空隙。雨水打在車頂上。哈利閉上眼，知道只要夠專心，就能讓唰唰而過的車聲變成打上船頭的海浪，他則站在微風裡，凝望著下方的白色泡沫，牽著他爺爺的手。但他沒那個時間。

「所以洛斯可跟列夫有樑子還沒了結。」哈利說著睜開眼。「就選了他來當搶匪。影片裡的真的是列夫，還是洛斯可只想報復？或者洛斯可又在耍我們？」

「不然就是像韋伯講的，只是謠傳。」貝雅特說。右邊的車子持續駛過，她的手指不耐煩地在方向盤上打鼓似的敲著。

「妳可能是對的。」哈利說，「如果洛斯可想要復仇，不會需要警方幫忙。假設這些只是謠傳，那如果列夫沒涉案，又為什麼要選他？」

「一時興起？」

哈利搖頭。「洛斯可是戰略家。他不會毫無理由就說出錯誤人選。我不確定屠子是獨自幹下這件案子的。」

「什麼意思？」

「也許有別人幫忙計畫。進口槍械的網絡、逃亡車、掩護用的公寓，或是偷偷在事後把衣服和武器弄走的清潔工。還有洗錢的人。」

「洛斯可？」

「如果洛斯可想混淆視聽，讓我們不去找真正有罪的人，最好的辦法就是叫我們去找一個沒人知道去向、已經死亡下葬，或是換個新身分住到國外的人，一個我們搜查時絕不會把他排除的嫌犯。他可以讓我們費盡力氣找人，就是不找他的手下。」

「所以你認為他在說謊。」

「每個吉普賽人都說謊。」

「哦？」

「這話是洛斯可自己說的。」

「那他倒是挺有幽默感的。再說，要是他已經向別人撒過謊了，又為何不該對你撒謊？」

哈利沒有回答。

「終於有空隙了。」貝雅特說著輕踩油門。

「等等！」哈利說，「右轉，去芬馬克街。」

「噢。」她驚慌地說，轉上德揚公園前方的一條路。「我們要去哪裡？」

「我們去崔恩家裡拜訪一下。」

網球場的網子被拿掉了，崔恩家沒有窗戶透出燈光。

「他不在家。」貝雅特按了兩次門鈴之後說。

鄰居的窗戶是開著的。

「崔恩在家啦。」細細的聲音發自一個女人滿布皺紋的臉，哈利覺得跟上次相比，這張臉的顏色又更深了一層。「他只是不開門而已。妳一直按鈴不要放掉，他就會出來了。」

貝雅特按著鈕，他們聽到震耳的門鈴聲響遍全屋。鄰居的窗戶關了起來，沒多久他們就看到一張蒼白的臉和無神雙眼下的兩個黑眼袋。崔恩穿著黃色的睡袍，一副睡了一個星期、現在才起床，而且還嫌沒睡夠的模樣。他一言不發地舉起一隻手，招手要他們進來。陽光照上他左手小指的鑽戒，光芒閃了一下。

「列夫很不一樣。」崔恩說，「他十五歲時就想殺人了。」

他對著空中微笑，好像在回想一段甜蜜的記憶。

「我們似乎有著截然不同的基因。他沒有的，我有；反之亦然。我們在霧村路上的這棟房子裡長大，列夫是這一區的傳奇人物，但我只是列夫的小弟。我記得的第一件事就是在學校裡，列夫下課時間跑上了學校的屋頂。那一棟有四樓，沒有一個老師敢上去帶他下來。我們站在下面歡呼，他伸展雙臂揮舞。現在我都還能看見他的身影映襯著藍色的天空。那時的我並不害怕，我並沒有想到我哥可能會掉下來。我想大家當時都這麼覺得。列夫是唯一一個不向崔佛路公寓的高斯頓兄弟屈服的小孩，即使他們至少大他兩歲，還在少年感化院待過。列夫十四歲時就把我爸的車開到利勒史托市，回來時帶了一袋從車站雜貨店偷來的零食。我爸什麼都不知道，列夫把甜食給了我。」

崔恩似乎想笑。他們都坐在餐桌旁，崔恩泡了可可。他站著凝視裝可可粉的錫罐好一陣子，才把可可粉倒出來。有人用毛氈筆在錫罐上寫了可可粉三個字，那是工整、女人的筆跡。

「最糟的是，列夫搞不好會有一番成就。」崔恩說，「他的問題是太容易覺得膩。大家都說他是史蓋特運動俱樂部多年來最有天份的足球員，但他被選上國家代表隊時，他甚至懶得出席。十五歲時，他借了一把吉他，兩個月後就在學校裡表演自己寫的歌。之後有個叫瓦克塔的人問他要不要加入吉洛德鎮的樂團，但他拒絕了，因為人家不夠優秀。列夫是可以做任何事的那一型。只要乖乖做功課、不要老是蹺課，他可以輕鬆完成學業。」崔恩露出扭曲的笑容。「他給我偷來的東西，要我模仿他的筆跡，替他寫作文。至少他在語文上的分數是保住了。」崔恩笑了，但馬上又恢復嚴肅表情。「然後他玩膩了吉他，開始跟亞沃住宅區的一幫大男孩混。列夫似乎從不覺得放棄擁有的東西有什麼危險，反正轉個彎總會有其他的、更好的、更刺激的東西。」

「這麼問一個做弟弟的可能很蠢，不過你會說你很清楚他的為人嗎？」哈利問。

崔恩想了想。「不，這不是蠢問題。是的，我們一起長大，列夫外向、風趣，不管男生女生，所有人都想認識他。但實際上列夫卻是獨行俠。他有一次對我說，他從來沒有過真正的好朋友，只有崇拜者和女朋友。我對列夫有很多地方不清楚，比如在高斯頓兄弟來找碴的時候：他們有三個人，年紀都比列夫大，我和另外幾個當地男生一看到他們過來就溜了，但列夫站在原地不動。五年來，他們一直痛扁他，後來有一天，年紀最長的那個男生單獨過來了，他叫羅傑。我們像往常一樣開溜，但我從屋子轉角偷看，看到羅傑躺在地上，列夫在他身上。列夫的膝蓋頂住羅傑的手臂，手裡拿了根棍子。我走近去看，他們兩人只發出粗重的呼吸聲，其他什麼聲音都沒有。就在那時，我看到列夫把那根棍子插進羅傑的眼窩。」

貝雅特在椅子上換了個坐姿。

「列夫非常專注，好像在做一件需要絕大精準度和謹慎的事情。他好像想把眼球挖出來。羅傑在淌血，血從眼睛流出，滑下耳朵，從耳垂滴到柏油路上。周圍靜得可以聽見鮮血滴在地上的聲音。答、答、答。」

「你當時做了什麼？」貝雅特問。

「我吐了。我向來沒辦法見到血，我會頭昏、想吐。」崔恩搖搖頭。「列夫放走羅傑，跟我回家。羅傑的眼睛復元了，但高斯頓兄弟再也沒到我們的地盤來過。只是，我永遠忘不了列夫拿著棍子的景象。只有那種時候，我才會想這個哥哥有時候可能會成為另一個人，我不認識的人，只在偶然間毫無預期地來拜訪。不幸的是，從那次以後，拜訪次數愈來愈頻繁了。」

「你說他想要殺一個人。」

「某個星期天早上，列夫拿了螺絲起子和鉛筆，在鈴環街上的一條天橋上騎單車。你知道那種天橋吧？有點可怕，因為你要走在金屬網格上，還會看到下面七公尺的柏油路。我剛說過，那天是星期天早上，附近沒什麼人。他鬆開其中一個網格的螺絲，留下一邊的兩顆螺絲，又把鉛筆放在網格下的凹處。然後他開始等。先是有個女的走過來，根據他的形容，那女的看起來『就像剛被人上過』。打扮得很漂亮，頭髮凌亂，穿了一隻壞掉的短跟鞋，邊咒罵邊一拐一拐地走來。」崔恩沉聲笑了。「以十五歲的人來講，列夫真有一套。」他把杯子舉到唇邊，驚訝地望著廚房的窗外。一輛垃圾車停在旋轉乾燥機後方的垃圾桶前。

「今天是星期一嗎？」

「不是。」哈利說。他的那一杯碰都沒碰過。「那女的怎樣了？」

「金屬網格有兩排，她選了左邊的走。運氣不好，列夫說。他說他寧可要那女的也不要是那個男的。後來那男的來了，他走的是右邊。因為凹處放了一隻鉛筆，所以鬆掉的那一格比其他網格高了一些，列夫認為那男的看出不對，因為他走得愈近，速度就愈慢。就在他要跨出最後一步的時候，整個人好像凝結在空中了。」

崔恩緩緩搖頭，注視著垃圾車在嘎吱聲中吞掉鄰居所有的垃圾。

「他把腳放下時，網格像暗板門那樣開了，就是用在絞刑台上的那種門。那男的跌上柏油路，雙腿都斷了。如果那不是星期天早晨，他馬上會被車子輾過。列夫說這是運氣不好。」

「他也對警察這樣說嗎？」哈利問。

「警察，對了。」崔恩說，凝視著自己的杯子。「兩天後警察來了，是我開的門。他們問外面那台腳踏車是不是我們家人的，我說是。原來有人看到列夫騎腳踏車離開天橋，還形容出腳踏車和穿紅夾克的男孩模樣。所以我把列夫穿的那件鋪棉紅夾克拿給他們看。」

「你？」哈利說，「你出賣了親哥哥？」

崔恩嘆氣。「我說那是我的腳踏車，也是我的夾克。列夫和我長得很像。」

「你為什麼要這樣？」

「我當時才十四歲，還太小，他們不能拿我怎樣。列夫就得被關進羅傑・高斯頓也待過的感化院了。」

「但你爸媽怎麼說呢？」

「他們能說什麼？認識我們的人都知道是列夫幹的。他是會偷糖果、丟石頭的狂人，我則乖巧善良，會做功課還會帶老太婆過馬路。後來這件事再也沒人提過。」

貝雅特清了清喉嚨。「你替他承擔罪名，是誰的主意？」

「我的。我愛列夫比愛世界上任何東西還多。但案子既然已經落幕，現在我就可以說了。而且，事實上……」崔恩又露出心不在焉的笑。「有時候我真希望膽敢那麼做的是我。」

哈利和貝雅特沉默地摸起各自的杯子。哈利心想不知誰會先開口。如果現在他身邊的是愛倫，他們憑直覺就知道了。

「你哥……？」他倆同時開口。崔恩對他們眨了眨眼，哈利朝貝雅特點點頭。

「你哥現在住哪裡？」她問。

「列夫……在哪裡嗎？」崔恩困惑地看著他們。

「對，」她說，「我們知道他離開了一陣子。」

崔恩轉向哈利。「你並沒有說事情跟列夫有關。」那是責備的語氣。

「我們說我們想談兩件事。」哈利說，「現在一件事談完了，就開始談第二件。」

崔恩從椅子上起身，抓過杯子，走到洗碗槽，倒掉可可。「可是列夫……畢竟他是我……他到底跟……有什麼關係？」

「也許沒有關係。」哈利說，「但如果有，他會需要你幫他洗清嫌疑。」

「他根本就不住在國內。」崔恩呻吟著轉身面對他們。

貝雅特和哈利互看了一眼。

「那他住哪裡？」哈利問。

崔恩遲疑了，但他的回答卻慢了十分之一秒才出現：「我不知道。」

哈利看著窗外的黃色垃圾車。「你不太會說謊。」

崔恩只用僵硬的目光瞪視他。

「嗯。」哈利說，「或許我們不能期待你幫我們找你哥。但換個角度想，被殺害的是你太太，而我們有位目擊證人指稱你哥就是兇手。」說到最後兩個字的時候，他的視線回到崔恩身上，看到他的喉結在蒼白的皮膚下跳了一下。在接下來的沉默中，他們只聽到隔壁公寓傳來的廣播聲。

哈利咳了一聲。「所以如果你可以告訴我們什麼事，我們會非常感激的。」

崔恩搖頭。

他們坐了一陣，然後哈利起身。「好吧。如果想起什麼，你知道該上哪裡找我們。」

站在門外階梯上的崔恩，已經沒有他們剛到時的那副倦容了。哈利紅著眼睛，抬頭看著從雲朵間探出頭來的低垂太陽。

「我明白這對你並不容易，但也許你該脫下那件紅夾克了。」

崔恩沒有回答，他們開車離開停車場時，還看到他站在台階上，把玩著小指上的鑽戒；也瞥到鄰居窗戶後方，有張滿布皺紋、曬成棕色的臉。

傍晚，雲層散去了。從施羅德酒館準備回家的哈利停在多弗列街街口，抬頭上望。星星在沒有月亮的夜裡閃爍，其中一個閃光是往北飛向加德莫恩機場的飛機。獵戶星座的馬頭星雲。馬頭星雲。獵戶星座。是誰告訴他這個的？是安娜嗎，他納悶著。

回到公寓後，他打開電視看NRK新聞。美國消防隊員的英雄事蹟。他關掉電視。馬路上有個男人的聲音大喊著女人的名字，聽起來就是個醉鬼。哈利翻著口袋，找到那張抄下蘿凱新電話號碼的紙條，也發現自己還帶著那把有「亞亞」刻字縮寫的鑰匙。他把鑰匙放進電話桌的抽屜深處，才開始撥號。沒人接。電話鈴響了，他無法肯定會不會是她，結果卻在一堆雜訊中聽到愛斯坦的聲音。

「媽的，這裡的人怎麼都亂開車！」

「你不必用吼的，愛斯坦。」

「他們媽的都想讓我撞死在馬路上！我從夏姆希克搭計程車過來，還想說一路都很順，切過沙漠、路上車子不多、馬路很直。天哪，我完全錯了。告訴你，我現在還活著真是奇蹟。又熱得半死！你有沒有聽過這裡的蚱蜢叫？還是沙漠的蟋蟀？他們會發出全世界最高的蚱蜢噪音，直接穿透大腦皮質，可怕得很。這裡的水實在讚，超讚的！清澈見底，帶一點綠色，溫度跟人體一樣，所以你根本沒感覺。昨天我從海裡出來，都沒辦法肯定我是不是……」

「愛斯坦，別再說什麼海水溫度了，你查到伺服器了沒？」

「一言難盡。」

「什麼意思？」

哈利沒聽到回答。顯然他們被電話那頭的一陣討論聲給打斷了。哈利只聽到幾個字，如「老闆」和「錢」。

「哈利？抱歉，這邊這個人有點疑神疑鬼的，我也是。真是有夠熱！但我想我找到的伺服器沒錯，他們還是有可能想耍我，但明天我會去看東西，親自跟他們的老闆見面。只要在鍵盤上花三分鐘，我就能知道那個伺服器對不對，剩下的就是錢的問題了。希望啦。明天再打給你。你該看看這些貝都因人的刀……」

愛斯坦的笑聲聽起來很空洞。

哈利在關燈前所做的最後一件事就是查百科全書。馬頭星雲是團暗星雲，清楚的人不多，獵戶星座也一樣，除了那是大家公認最美麗的一個星座之一。獵戶星座是希臘神話人物，泰坦和優秀的獵人。他被黎明女神誘惑，然後被憤怒的森林之神殺死。哈利入睡時，覺得有人在想他。

第二天早上他睜開眼，覺得思緒飄得好遠，只剩破碎的片段、半遺忘的幾段畫面。彷彿有人在他腦袋裡東翻西找，把原本整齊收納在抽屜和櫥櫃裡的東西全都丟在地上。他一定是做了夢。走廊的電話響了又響，哈利強迫自己下了床。又是愛斯坦打來的：他在艾托的辦公室裡。

「我們有麻煩了。」他說。

24 聖保羅

洛斯可的嘴與唇形成一個溫柔的笑。其實難以判定那究竟是不是溫柔的笑容，但哈利猜不是。

「所以你請埃及的朋友去查一個電話號碼。」洛斯可說。哈利捉摸不透他的語氣是挖苦，還是就事論事。

「在艾托。」哈利說，手掌搓著椅子的扶手。他覺得非常不舒服，不是因為他又坐進這間消毒過的訪客室裡，而是因為任務在身。他已經考量過所有選擇了：借貸、向莫勒招認、賣掉在車庫裡修過好幾次的那輛福特車。但這是唯一實際的機會，唯一合邏輯的辦法。瘋狂極了。

「那支電話號碼不是簡單的號碼。」哈利說，「能讓我們查出寄郵件給我的人。那封郵件證明他知道安娜的死，還知道一些他不可能會知道的細節，除非她死的時候他在場。」

「你朋友說那個ＩＳＰ的主人要六萬埃及鎊？那是多少克朗？」

「大概十二萬。」

「你認為我應該給你這筆錢？」

「我沒認為怎麼樣，我只是告訴你現在狀況是這樣。他們要錢，但我沒有。」

洛斯可的一根手指摸過上唇。「哈利，這怎麼會變成我的問題？我們有過協議，我遵守了我那部分。」

「我會遵守我那部分，但沒有錢可能需要花上更久的時間。」

洛斯可搖搖頭，張開雙臂，低聲說了幾句哈利猜是吉普賽語的話。電話裡的愛斯坦口氣很急，說他們毫無疑問找到了伺服器，但他以為會是棚屋裡的什麼生鏽古董機型，發出咻咻聲但勉強還可運作，而那個纏頭巾的馬商只要三批駱駝和一包美國菸就能搞定。沒想到他進了一間有空調的辦公室，書桌後方坐了個身穿西裝的年輕埃及男人，從銀框眼鏡後方望著他，說「沒得講價」，必須用無法追查的鈔票付款，而且期限只有三天。

「我猜，你在值勤時從我這種人身上拿到錢，萬一事情被人發現會有什麼後果，你已經考量過了？」

「我沒值勤。」哈利說。

洛斯可用手掌摸著自己的耳朵。「孫子說如果你不控制事件，事件就會控制你。你對事件完全沒有控制力，這表示你已經出了紕漏。我不喜歡出紕漏的人，所以我有個提議。這樣對我們兩方都簡單：你給我這人的名字，我來把事情擺平。」

「不行！」哈利一掌重重敲上桌面。「我不想讓他被你手下修理。我要他平平安安的。」

「你真讓我驚訝。如果我的理解沒錯，你已經陷進難搞的局面了，為什麼不把正義交給刀劍、用最不痛苦的方式處理呢？」

「不要仇殺。這是我們的約定。」

洛斯可微笑。「哈利，你有骨氣，我喜歡。我尊重約定。但現在你卻開始把事情搞砸。我怎能肯定這個人沒錯？」

「你有機會檢查我從農舍拿到的那把鑰匙是不是跟安娜的一樣。」

「但現在你又來找我幫忙，所以你必須多給我一點東西。」

哈利嚥了口口水。「我找到安娜時，她鞋子裡有張照片。」

「繼續說。」

「我的設想是，她在凶手殺她以前，設法把照片放進鞋子裡。那是凶手家人的照片。」

「就這樣？」

「對。」

洛斯可搖頭，看了看哈利，然後又搖頭。

「真不知道這裡最笨的是誰。是被朋友蒙蔽的你，還是你那個以為從我這裡偷了錢還可以躲起來的朋友。」他大大嘆了口氣。「還是肯給你錢的我。」

哈利以為會感到高興或至少覺得欣慰。但他只感到胃裡那個結更緊了。「那你要知道什麼？」

「只要你朋友和他要去提款的那家埃及銀行名字。」

「一小時內就告訴你。」哈利站了起來。

洛斯可揉著手腕，好像才剛解下手銬。「希望你不要以為你瞭解我。」他頭也沒抬地沉聲說。

哈利停步。「什麼意思？」

「我是吉普賽人。我的世界可能是截然相反的。你知道吉普賽的神是什麼嗎？」

「不知道。」

「魔鬼。很怪吧？你在出賣靈魂的時候，能知道是賣給了誰總是好的。」

哈福森覺得哈利看起來很累。

「請定義『很累』。」哈利說著靠進他辦公椅裡。「等等，不必了。」

等哈福森問哈利進行得是否順利，哈利又請他定義「順利」時，哈福森嘆口氣，離開辦公室去找艾莫碰運氣了。

哈利撥了蘿凱給他的號碼，但那個俄國聲音又說話了，他猜是在說他搞錯對象了。於是他打給莫勒，想讓他老闆知道他並沒有搞錯對象。莫勒聽起來不太信。

「我要聽好消息，哈利。不要聽你怎麼殺時間。」

貝雅特進來說她又看了十次那捲錄影帶，已經不再懷疑屠子和絲汀互相認識。「我想他對她說的最後一句話，就是她會死。你可以從她的眼神看出來。同時有反抗和害怕，就像在戰爭片裡會看到反抗鬥士排成一排，等著被槍斃時那樣。」

停頓。

「哈囉？」她一手在哈利眼前揮著。「你好像很累。」

他打給奧納。

「我是哈利。人在知道自己快被槍決的時候，會有什麼反應？」

奧納咯咯笑著。「他們會變得專心，」他說，「專心看時間。」

「害怕呢？驚慌呢？」

「看情形。你在說哪一種槍決？」

「公開行刑，在銀行裡。」

「瞭解。我兩分鐘後打給你。」

哈利邊等邊打量著自己的錶。花了一百二十秒鐘。

「死亡的過程跟出生的過程類似，都是非常親密的。」奧納說，「處在那種情況的人會直覺地想躲起來，並不只是因為他們感到身體上的脆弱。公開行刑時，在別人面前死亡卻是雙重懲罰，因為對受害者的隱私來說，那是最殘酷的冒犯方式。一般認為，跟在囚室單獨處死相比，公開行刑對民眾更有防止犯罪的效果，其中一個理由就是如此。不過，也有些調整作法，如讓行刑者戴面具。跟很多人的認知不同的是，這麼做並不是為了隱藏行刑者的身分——大家都知道那是當地的屠夫或做繩子的人。面具是基於對受刑者的考量，好讓他不覺得在自己死的時候，身邊有個陌生人。」

「嗯。這個銀行搶匪也戴了面具。」

「心理學研究中就有一個領域是面具的使用。比方說，現代概念中認為戴面具剝奪了我們的自由，這點完全被推翻了。面具可以某種程度地隱藏人的身分，也就是允許了自由。不然維多利亞時代的面具舞會這麼受歡迎是為什麼？或是把面具用在性遊戲上也是。不過，銀行搶匪戴面具的理由當然就乏味多了。」

「也許吧。」

「也許？」

「我不知道。」哈利嘆氣。

「你好像……」

「累了。再見。」

哈利在地球上的位置緩緩離開太陽，下午的天色也暗得愈來愈早了。阿里雜貨店外的檸檬像是黃色的小星星，哈利走上蘇菲街，一陣無聲的細雨灑了下來。下午的時間都用來安排匯款到艾托了，其實並不複雜：他問了愛斯坦的護照號碼和他旅館附近的銀行地址，打電話把這些資料告訴獄友報紙《回歸魅影》，洛斯可正在替那份報紙寫一篇有關孫子的文章。然後就只剩下等待了。

哈利來到前門，正準備找鑰匙，卻聽到身後人行道上傳來一陣腳步聲。他沒有轉身。

直到他聽到一聲低吼。

事實上，他並不驚訝。如果你把一口壓力鍋加熱，就知道這種事遲早會發生。

那隻狗的臉就跟夜晚一樣黑，跟露出的白牙呈鮮明對比。前門那盞燈放出的昏黃光亮，照上狗嘴一顆大牙上掛著的口水，口水閃著光。

「坐下！」一個熟悉的聲音傳來，發自這條安靜、狹窄的馬路對面，一間車庫入口的陰影中。洛威拿犬不甘願地把那大又壯碩的後半身安在潮濕的柏油路上，但那對閃亮的棕色眼睛卻一直沒離開哈利，那雙眼絕不會讓人想起「可愛的狗狗眼」。

棒球帽的陰影落在逐漸走近的男人臉上。

「晚安，哈利。怕狗嗎？」

哈利看著面前的血盆大口。一段無關緊要的小事浮現腦海。羅馬人曾利用一批洛威拿犬的祖先征服歐洲。「不怕，有什麼事？」

「跟你說個建議。一個讓你……那句話是怎麼說的？」

「隨便啦，亞布。直接把你的建議說出來吧。」

「休戰協定。」亞納．亞布抬了抬棒球帽的帽沿。他想做出那個大男孩般的笑容，卻沒有之前那麼成功。「你少管我的事，我就少管你的事。」

「有意思。亞布，要是我不答應，你準備怎麼辦？」

亞布朝那隻洛威拿犬點點頭，狗已經不是坐著的，而是擺出準備撲擊的姿勢。「我有我的辦法，而且我也不是沒有靠山。」

「嗯。」哈利拍了拍夾克口袋想找香菸，但狗的吼聲變得更凶，他停止動作。「亞布，你看起來很累。這種奔波的日子很累人吧？」

亞布搖搖頭。「奔波的不是我，哈利。是你。」

「哦？在公共場合頂撞警務人員，我會說這是疲勞的徵兆。你為什麼不想玩下去了？」

「玩？你是這樣看的嗎？拿人命下棋？」

哈利看到亞布眼中的憤怒，還有一點別的。他咬緊牙齒，太陽穴上和前額的青筋浮起。他慌了。

「你知道你幹了什麼事嗎？」他幾乎是壓低聲音說，不想再擺出笑臉了。「她離開我了，帶著孩子走了。因為一場外遇！安娜對我已經沒有意義了。」

亞布靠近哈利站著。「安娜和我是在我朋友的畫廊裡認識的，那時我朋友帶我參觀，她正好有個展，我買了她的兩幅畫，自己也不知道為什麼。我說這些畫是要放辦公室的，但當然我從沒掛起來過。第二天我去拿畫的時候，安娜和我開始聊天，忽然間我就約她去吃午餐，然後是晚餐。兩星期後我們一起去柏林度週末。情況一發不可收拾，我深陷其中，甚至沒有想脫身的念頭。一直到薇格蒂絲發現、威脅要離開我。」

他的聲音開始發抖。

「我向薇格蒂絲保證這只是一時糊塗，男人到了我這年紀，遇到年輕女人偶爾會有這種愚蠢癡狂的行為。她讓我想起過往的美好，年輕、健壯又獨立。但你已經不是這樣了，尤其是獨立。等你有了小孩，就會知道……」

他的聲音愈說愈低，呼吸變得粗重，雙手插進外套口袋裡，又繼續說。

「安娜是個熱情的戀人，已經到了偏執的邊緣。好像她絕對不會放手。我真的得用力脫離她的掌握。我想走出大門的時候，她弄壞了我的一件夾克。我想你應該知道我的意思。有一次她把你離開的情形告訴我，她整個人差點崩潰。」

哈利驚訝地說不出話來。

「但我大概是同情她。」亞布繼續說，「否則就不會又答應見她了。我十分清楚地說我跟她之間已經結束，但她說她只是想把我的幾件東西還我。我無從知道你會來，把情況搞得一團糟，好像我們……又舊情復燃了似的。」他低下頭。「薇格蒂絲不相信我。她說她再也沒辦法相信我了，不可能有第二次。」

他抬起頭，哈利從他眼底看到絕望。「霍勒，你拿走了我僅有的東西。我只剩下他們，我不知道還能不能讓他們回到我身邊。」他的面孔因痛苦而扭曲。

哈利想到壓力鍋。隨時會爆。

「我唯一的機會就是，假如你……假如你不……」

看到亞布在夾克口袋裡的手有了動作，哈利直覺地做出反應。他一腳踢上亞布的膝彎，讓他跪在人行道上；那隻洛威拿犬開始攻擊，哈利一拳打上狗臉；他聽到有東西扯裂的聲音，感覺牙齒刺破皮膚，陷進肉裡。他希望狗牙就這麼咬著別動，但這隻聰明的混蛋狗卻鬆口了。哈利朝那塊赤裸的黑色肌肉踢出一腳，但沒踢中。他聽到狗爪刮著柏油路面，狗撲了上來，張開大口要咬他。有人說過，出生不到三個星期的洛威拿犬就知道殺人最有效的辦法就是扯破人的喉嚨，現在這隻重達七十公斤的肌肉機器衝過了他的雙臂，哈利順著剛才踢出那一腳的勢道轉身。狗嘴咬上的不是他的喉嚨，而是他的脖子。但他的麻煩還沒結束。

他伸手向後，用一手抓住狗的上顎，另一手抓住狗的下顎，全力想把狗嘴扳開。狗嘴不但沒張開，反而又往他的脖子陷入一些。狗嘴的肌腱就像鋼鐵，哈利全速後退，身子重重撞上牆。他聽到狗肋骨斷裂的聲音，但狗嘴卻沒鬆開。他感到一陣驚慌。他聽過下頜閉合的事，鬣狗的嘴巴緊咬雄獅的喉嚨，直到身體被幾隻母獅子扯成一條條了都沒鬆開。他感覺到熱熱的血在恤衫內沿著背脊流下，發覺自己已經跪下來了。他已經感覺麻痺了嗎？大家都到哪裡去了？蘇菲街是條僻靜的路，但哈利心想，自己從沒見過路上像現在這麼空曠。他忽然想到這一切的發生都那麼靜，沒有喊叫、沒有吠叫，只有肉碰到肉和肉被扯裂的聲音。他想開口喊，卻發不出聲音。他的視野邊緣開始變黑，他知道有條動脈受到了擠壓，現在會有隧道視野是因為大腦接收不到足夠血液的緣故。一個又黑、又扁、又堅固的東西過來，在他眼前爆開。他嚐到了碎石子。從很遠的地方，他聽到亞布喊著：「放開！」

脖子上的壓力鬆開了。哈利在地球上的位置緩緩離開太陽；周圍變得一片漆黑時，他聽到有人問：「你還活著嗎？聽得見我說話嗎？」

然後他耳邊有金屬的喀噠響。槍的零件。扣扳機。

「幹……」他聽到一聲發自喉嚨深處的呻吟，一堆嘔吐物嘩啦一聲灑上柏油路。更多金屬喀噠響。保險栓打開了……再過幾秒一切就會結束，原來感覺是這樣。沒有絕望，沒有恐懼，甚至沒有後悔。只有欣慰。沒多少未了之事。亞布不趕時間，故意讓哈利明白他果然有未了之事，一件他還沒做的事。他讓肺腔充滿空氣，動脈網吸飽了氧，輸送到腦部。

「好，來……」那聲音又開始了，但哈利一拳打上那人的喉頭，聲音就停了。

哈利站了起來。他快沒力氣了，只想保持意識，等待最後痛擊。一秒鐘過去了，兩秒鐘，三秒鐘。嘔吐味在他鼻子裡燃燒，頭頂上的街燈變得清晰。馬路上空蕩蕩的沒有人，只有一個男人躺在他旁邊。那人穿著藍色鋪棉夾克，裡面露出一件睡衣模樣的上衣，正乾噎著喘氣。燈光照上金屬，那不是槍，而是打火機。現在哈利才看清那人不是亞納．亞布，而是崔恩．葛瑞特。

哈利拿著一杯燙人的熱茶，隔著廚房餐桌坐在崔恩對面。崔恩仍費力地咻咻喘氣，突著一雙驚慌的大眼。哈利則是頭暈又噁心，脖子上像燒傷似的一陣陣抽痛。

「喝吧。」哈利說，「加了很多檸檬，會麻痺肌肉、讓肌肉放鬆，你就可以呼吸得輕鬆些。」

崔恩照做了。讓哈利大感驚訝的是，這杯茶真的有效。幾口下肚、又咳了幾陣之後，崔恩蒼白的面頰上恢復了一絲血色。

「嗯凹高。」他喘著氣說。

「什麼？」哈利坐進另一把椅子裡。

「你看起來很糟糕。」

哈利笑了笑，摸著綁在脖子上的毛巾。現在已經浸滿了血。「因為這個你才吐的嗎？」

「我沒辦法看到血。」崔恩說，「我會……」他翻了個白眼。

「唔，搞不好會更糟。你救了我一命。」

崔恩搖頭。「我看到的時候還離你很遠，我只大叫了一聲，不知道是不是這樣，那人才叫狗鬆口的。抱歉我沒記下牌照號碼，不過他們離開時開的是一輛吉普車。」

哈利揮手表示那不重要。「我知道他是誰。」

「哦？」

「他還在接受調查。但你最好告訴我，你在這裡做什麼。」

崔恩不安地摸著杯子。「你那個傷真的應該去看急診。」

「我會考慮的。我們上次談完後，你是不是想過了？」

崔恩緩緩點頭。

「你有什麼結論？」

「我不能再幫他了。」哈利難以判斷崔恩是不是因為喉嚨痛，才低聲說出最後這句話。

「那你哥在哪裡？」

「我要你告訴他，是我告訴你的。他會懂。」

「好。」

「嗯。」

「那是巴西的一個城。」

哈利皺了皺鼻子。「噢。我們去那裡要怎麼找他？」

「他只說他在那裡有棟房子，不肯給我地址。我只有電話。」

「為什麼？他又沒被通緝。」

「我不確定這是不是真的。」崔恩又喝了一口茶。「但反正他說我沒有地址會比較好。」

「那個城很大嗎？」

「列夫說，大約有一百萬人口。」

「好。沒有別的資料了？其他認識他、可能有他地址的人？」

崔恩遲疑了一下，然後搖搖頭。

「說吧。」哈利說。

「列夫上次跟我在奧斯陸見面時，我們去喝咖啡。他說咖啡比以前更難喝了，還說他開始上當地的**阿華**（ahwa）喝**意諾咖啡**（cafezinho）。」

「**阿華**？那不是阿拉伯咖啡館嗎？」

「沒錯。**意諾咖啡**是一種很濃的巴西濃縮咖啡。列夫說他每天都去那裡，喝咖啡、吸水菸，跟敘利亞人老闆玩骨牌，那老闆已經變成他朋友了。我還記得那老闆叫穆罕默德．阿里，跟那個拳擊手同名。」

「還有其他五千萬個阿拉伯人。你哥有沒有說是哪一家咖啡館？」

「可能有，但我不記得了。巴西小城裡不會有多少家阿華吧？」

「或許不會。」哈利想。這肯定是條具體線索。他正想把一手放上前額，但一舉手脖子就痛。

「最後一個問題。你為什麼決定告訴我這些？」

崔恩的茶杯轉了幾圈。「我知道他來過奧斯陸。」

圍在哈利脖子上的毛巾像條沉重的繩子。「你怎麼知道的？」

崔恩抓著下巴好一會兒，然後才回答。「我們超過兩年沒聯絡了，然後他忽然打電話來，說他在市區。我們在一家咖啡館見面，聊了好久。所以才會談到咖啡。」

「那是什麼時候的事？」

「銀行搶案發生前三天。」

「你們聊了什麼？」

「什麼都聊，但也沒聊什麼。要是你認識對方像我們這麼久，大事通常都膨脹難以出口，你只會談些小事，如……老爸的玫瑰之類的。」

「哪種大事？」

「一些最好沒做過的事。還有一些最好沒說過的話。」

「所以你們只談了玫瑰？」

「絲汀和我留在老家的時候，我照顧玫瑰。那是列夫和我小時候住過的房子，我也想要孩子們在這屋裡長大。」他咬著下唇。目光定在棕色與白色相間的油布上，那是哈利在母親死後唯一留下的東西。

「他沒說搶劫的事？」

崔恩搖頭。

「你知道那時候就在計畫搶劫，也知道要搶的是你太太的銀行？」

崔恩深深嘆了口氣。「果真如此的話，我可能會知道，說不定也會阻止了。要知道，列夫很喜歡把他搶銀行的事情告訴我，每次都說得津津有味。他把拿到的拷貝錄影帶放在霧村路住處的閣樓裡，每隔一陣子就堅持要跟我一起看。看他這個做大哥的有多聰明。我娶了絲汀、開始上班後，明確告訴過他不想再聽他那些計畫了，不然會讓我左右為難。」

「哦，所以他不知道絲汀在銀行工作？」

「我告訴過他絲汀在北歐銀行上班，但我沒說哪個分行。我想是沒有。」

「但他們互相認識？」

「嗯，他們是在家庭聚會上見過幾次。列夫向來不喜歡參加那種聚會。」

「他們相處得如何？」

「唔，只要列夫想，他可以變得很迷人。」崔恩諷刺地笑了。「我說過，我們有同一組基因。我很高興他願意費工夫展現好的一面給她看；而且因為我告訴過絲汀，他對不喜歡的人會有怎樣的表現，絲汀覺得自己受到了特別待遇。她第一次來我家的時候，他帶她逛了附近一圈，把他和我小時候玩過的地方都指給她看。」

「但沒看那條天橋吧？」

「不，沒有。」崔恩沉思地舉起手來看。「但你不該以為他是為了自己。只要能說自己幹過的壞事，列夫都會很高興；他沒說是因為知道我不希望絲汀知道我有一個這樣的哥哥。」

「嗯。你確定沒有把你哥美化過頭嗎？」

崔恩搖頭。「列夫有黑暗面和光明面，就跟我們一樣。他對喜歡的人會兩肋插刀。」

「但不是在監獄裡？」

崔恩張開嘴，但沒有說出回答。他一隻眼睛下的皮膚顫動著。哈利嘆口氣，困難地站起身。「我要搭計程車去急診室。」

「我有車。」崔恩說。

引擎低鳴著。哈利凝視著滑過漆黑夜空的街燈、儀表板和崔恩握著方向盤的小指上那只閃亮的鑽戒。

「這個戒指的事你說了謊。」哈利低聲說，「這顆鑽石很小，不必花上三萬。我猜大概要五千，你是在奧斯陸這邊的一家珠寶店買給絲汀的。我說得對嗎？」

崔恩點頭。

「你在聖保羅跟列夫見過面了，對不？那筆錢是給他的。」

崔恩又點頭。

「夠讓他生活一陣子。」哈利說，「如果他決定回奧斯陸，另外找份工作，這筆錢也夠讓他買張機票回來。」

崔恩沒有回答。

「列夫還在奧斯陸。」哈利低聲說，「我要他的手機號碼。」

「你知道嗎？」崔恩在亞歷山大柯蘭斯廣場小心地右轉。「昨天晚上我夢到絲汀到臥房來跟我說話。她穿了天使的衣服，不是真的天使，只是嘉年華會上會穿的那種道具服裝。她說她不屬於上面那邊。等我醒來，就想起列夫。我想起他坐在學校屋頂邊上，我們要去上下一堂課的時候，他雙腳還在空中盪呀盪地。他只是一個小點，但我記得我當時在想什麼。他屬於上面那裡。」

25 小費

伊佛森辦公室裡坐了三個人：伊佛森坐在一張小書桌後方，貝雅特和哈利分別坐在稍低的兩張椅子裡。低的椅子有個廣為人知的妙處，大家可能會以為這個讓你矮人一截的技巧已經沒人用了，但伊佛森可是清楚得很。他的經驗是基本技巧絕不會褪流行。

哈利把椅子向後傾，好往窗外看：外面是旅館廣場，圓形的雲飄過玻璃大樓和市區，一滴雨也沒下。哈利在醫院打了破傷風針後還吃了顆止痛藥，但他並沒有睡。他對同事的說法是，有隻凶猛的野狗野性未失，值得嘉獎，而他靠得太近，沒辦法把狗趕走。他的脖子腫了起來，緊纏著的繃帶摩擦著皮膚。哈利清楚知道，要是他轉頭去看現在正在講話的伊佛森，脖子會有多痛，但他也知道就算脖子不痛，他也不會轉頭。

「所以你要去巴西的機票，去那裡找人？」伊佛森說，一面拂過桌面，假裝要壓抑笑容。「在屠子仍然如火如荼地在奧斯陸搶銀行的時候嗎？」

「我們不知道他在奧斯陸的哪裡。」貝雅特說，「或者他到底是不是在奧斯陸。但我們希望可以追查他弟弟所說、在塞古洛港的房子。如果我們找到了，就會有他的指紋；如果這些指紋跟那個可樂瓶上的一樣，我們就有了定罪的證據。那麼這趟旅行就值得了。」

「哦？什麼指紋只有你們有，別人都沒有？」

貝雅特極力想捕捉哈利的目光，卻徒勞無功。她嚥了口口水。「由於我們應保持兩組人獨立作業的原則，我們決定保密。除非日後情況有變。」

「親愛的貝雅特啊，」伊佛森開口，還眨了眨右眼。「你說『我們』，但我只聽到哈利．霍勒。我很感激霍勒這麼努力地遵守我的策略，但我們不該讓原則妨礙兩組人可以共同達成的結果。所以我再問一遍：什麼指紋？」

貝雅特不知所措地望了哈利一眼。

「霍勒？」伊佛森說。

「我們就是這樣辦事的。」哈利說，「除非日後情況有變。」

「隨你便。」哈佛森說，「但就別想去巴西。你們必須跟巴西警方聯絡，請他們協助你找到指紋。」

貝雅特清了清喉嚨。「我問過了。我們必須先請巴伊亞州的警長寄出書面申請，讓巴西地方檢察官熟悉案情，最後他們會發下搜索令。我問的那個人說，如果在巴西行政機關裡沒有熟人，根據他的經驗，這件事要花兩個月到兩年。」

「我們已經在明天傍晚的班機上訂到了座位。」哈利邊說邊研究自己的指甲。「你決定怎麼樣？」

伊佛森笑了。「你說呢？你來找我，要我拿錢讓你買機票到地球的另外半邊，卻懶得把這趟旅行的理由告訴我。你計畫在沒有搜索令的情形下搜一間屋子，所以就算你找到鑑識證據，法庭大概也只能拒絕，因為你是以非法方式取得的。」

「老磚塊把戲。」哈利輕聲說。

「你說什麼？」

「不知名人士把一塊磚搬進窗戶，警察剛好經過，不需要搜索票就可以進屋。他們認為客廳有大麻的氣味。主觀的想法，卻有可以即刻搜索的正當理由。因為要保住那地方的鑑識證據，如指紋。這非常合法。」

「簡單來說——你的話我們想過了。」貝雅特匆忙開口。「如果我們找到房子，就會透過合法手段採集指紋。」

「哦，是嗎？」

「希望不必用到磚。」

伊佛森搖頭。「不夠好。我的答案是大聲、響亮的『不行』。」他看了看手錶，表示會議已經結束，又擺出一個蜥蜴般的假笑：「除非日後情況有變。」

「你就不能給他個台階嗎？」貝雅特說，他們走出伊佛森的辦公室，上了走廊。

「什麼台階？」哈利說著小心轉頭。「他一開始就決定了。」

「你甚至沒給他機會讓我們買機票。」

「我給他不被否決的機會。」

「什麼意思？」他們在電梯前停步。

「我告訴過妳。我們在這件案子上有一點自由。」

貝雅特轉過身，盯著他看。「我想我懂了。」她緩緩地說，「所以現在會怎麼樣？」

「他會被否決。別忘了帶防曬油。」電梯門打開了。

那天稍晚，莫勒告訴哈利，伊佛森接受總警司的決定，讓哈利和貝雅特去巴西，在旅費和住宿費上狠狠刮搶案組一筆。

「你高興了嗎？」貝雅特在哈利回家前這麼對他說。

不過，在哈利走過廣場飯店，天空忽然晴朗起來時，很奇怪地，他完全不覺得滿足。只有難堪、疼痛和缺乏睡眠造成的疲倦。

「**小費**？」哈利朝話筒大喊。「他媽的什麼**小費**？」

「賄賂啦。」愛斯坦說，「在這個國家，不行賄的話，沒人肯動一動手指頭。」

「幹！」哈利一腳踢上鏡子前方的桌子。電話從桌上滑下來，把話筒從他手裡拉掉。

「喂？哈利，你還在嗎？」地板上的電話裡傳來雜音。哈利真不想拿起話筒。走開，或是把金屬製品合唱團的唱片開到最大音量。老樂團的其中之一。

「哈利，不要被打敗！」那聲音尖聲叫著。

哈利直著脖子，彎下腰撿起話筒。「抱歉，愛斯坦。你剛才說他們要多少？」

「兩萬埃及幣。也就是四萬挪威克朗。他們說，收到以後就會把那人盛在銀盤上給我。」

「愛斯坦，他們在耍我們。」

「那還用說。但我們要不要那傢伙？」

「我馬上就匯錢過去。你一定要拿到收據，好嗎？」

哈利躺在床上，瞪著天花板，一面等三倍量的止痛藥藥效發作。在滾進一片黑暗之前，他最後看到的是一個男孩高高坐在上方，雙腳盪啊盪地，從上面望著他。

第四部

26 迪亞爵達市

傅列德．鮑格斯坦宿醉了。他三十一歲，離了婚，在國家灣B鑽油平台當油井工人。工作很辛苦，上班時禁止喝酒，但薪資卻很高，房間裡有電視、美食，最棒的是，只要上三週的班，就能休四週的假。有些人回家陪妻子、瞪牆壁，有些人開計程車、蓋房子，免得閒到發瘋，還有些人會跟傅列德一樣：飛到熱帶國家，把自己灌得不省人事。偶爾，他會寫張明信片給女兒卡茉兒，或「小娃兒」——他還是這樣叫她，雖然她都十歲了。還是十一歲？總之，她是他在歐陸唯一的親人，這樣就夠了。他上次跟父親說話時，父親抱怨傅列德的母親又因為在力蜜超市偷餅乾而被捕。「我替她祈禱。」父親當時這麼說，還問傅列德手邊有沒有挪威文的聖經。「爸，聖經就跟早餐一樣缺不得。」傅列德這麼回答。這點倒是真的，因為傅列德在迪亞爵達市時，向來不在午餐前吃東西，除非**凱比尼雅調酒**也算食物。但這就是定義問題了，因為他在每杯調酒裡至少都加了四湯匙的糖。傅列德．鮑格斯坦喝**凱比尼雅調酒**，是因為這種酒其實很劣。在歐洲，這種酒冠著名不符實的好名聲，因為裡面用的是蘭姆酒或伏特加，而不是用巴西甘蔗酒——一種從甘蔗中蒸餾出來、又純又苦的巴西高濃度酒精飲料——也因此使得喝**凱比尼雅調酒**成為傅列德號稱懺悔的行為。傅列德兩個祖父都是酒徒，有了這樣的遺傳因子，他認為要犯錯最好選個安全的法子，去喝劣到絕對不會讓人上癮的酒。

今天十二點，他拖著步子來到穆罕默德的店，買了杯濃縮咖啡加白蘭地，又在蒸人的熱氣中，從又低又矮的兩排相對來說算白的房子之間，沿著那條有洞的石子窄路慢慢晃回家。他跟羅傑合租的房子就是那些不怎麼白的房子之一，灰漿開始剝落，屋內灰色的水泥牆被來自大西洋的潮濕海風完全滲透，只要伸出舌頭就能嚐到牆壁的刺激氣味。不過，傅列德自我解嘲地想，有誰會想這麼做呢。這間房子算不錯了，有三間臥室，兩張床墊，一個冰箱和一個爐台，再加上房間裡的一張沙發，和架在兩塊多孔磚上的一片桌面。因為牆上有個勉強算是方形的洞被他們當成了窗戶，這裡就順理成章地成了客廳。沒錯，他們是該經常打掃——廚房裡有大批黃色的火蟻出沒，這種火蟻咬人非常痛——但自從冰箱被搬到客廳，傅列德反正也不常進廚房。現在他躺在沙發上，計畫待會兒要做什麼，這時羅傑進來了。

「你剛才到哪裡去了？」傅列德問。

「去港口的化學藥品店啦。」羅傑邊說邊笑，笑容在他那又寬又有疤的臉上漾開。「你他媽的絕對不相信他們可以直接賣你什麼。那種東西在挪威就算有醫師處方都拿不到。」他倒出塑膠袋裡的東西，大聲唸出標籤。

「三毫克的苯重氮基鹽，兩毫克的羅眠樂錠。媽的，這根本就是迷姦藥嘛！」

傅列德沒有回答。

「不舒服嗎？」羅傑還是興高采烈地。「你一點東西都沒吃？」

「沒。只在穆罕默德那裡喝了杯咖啡。對了，那裡有個神祕男子，在問穆罕默德有關列夫的事。」

羅傑的頭從那堆成藥中猛地抬起。「問列夫的事？他長什麼樣子？」

「高個子，金髮，藍眼睛。聽起來像個挪威人。」

「幹！傅列德，不要這樣嚇我好嗎。」羅傑又繼續看標籤。

「什麼意思？」

「我這麼說吧。如果他個子高、膚色深、身材瘦，那就是離開迪亞爵達市或整個西半球的時候了。他看起來像不像警察？」

「警察是什麼樣子？」

「就是……算了，你這個鑽油工。」

「他看起來像個酒鬼。我知道酒鬼什麼樣。」

「好。那也許是列夫的朋友。我們要不要幫他一把？」

傅列德搖頭。「列夫說他住在這裡是完全……孤什麼的……反正是個表示祕密的字眼。穆罕默德假裝從來沒聽過列夫這個人，假如列夫想被找到，那人就會找到他。」

「我開玩笑的啦。說到這個，列夫人在哪裡？我好幾個星期沒他消息了。」

「上次我聽說他去了挪威。」傅列德說，慢慢抬起頭來。

「也許他搶了銀行，然後被捕了。」羅傑說，想著想著就笑了。不是因為他想要列夫被捕，而是搶銀行的念頭總是讓他想笑。他自己就幹過三次，每次都讓他亢奮上好一陣子。的確，前兩次他們被捕了，但第三次卻幹得分毫不差。每每說到那次的壯舉，他都會略過不提自己正好碰到監視攝影機正在維修的幸運巧合。但無論如何，那些報酬讓他能在迪亞爵達市享受悠閒的生活，偶爾還可以抽抽鴉片。

這座美麗的小村莊座落在塞古洛港南邊，一直到最近，都住著波哥大以南該洲最大的一批通緝犯。從七〇年代以來，迪亞爵達市就是那些在歐洲夏季期間，靠賭博、販賣自製首飾和人體彩繪的嬉皮和旅客集結地，這些人代表著迪亞爵達市的額外收入，而且多半不會打擾任何人。於是，坐擁該地所有工商業的兩個巴西家族，跟當地警方達成共識，結果就是警方對有人在海灘或咖啡館抽大麻，馬路或其他地方的酒吧數量日益增加等事，全都睜一隻眼、閉一隻眼。

不過，有一個問題：如果是觀光客抽大麻或違反其他鮮為人知的法律，就跟其他地方一樣，必須付罰金。對於領國家微薄薪水的警察而言，這筆錢是他們的重要收入來源。為了讓有利可圖的觀光業與警察和平共存，這兩大家族必須提供警方另一項有保障的利潤。事情開始於一位美國社會學家和他的阿根廷男友。這位負責生產、販賣大麻的男友被迫給警長一筆佣金作為保護費，並請其確保他的市場獨佔權；換句話說，潛在的競爭者會立刻被捕，送進聯邦警局公事公辦。金錢源源不絕地流進當地幾位警官的口袋，一切順順利利，直到墨西哥人提出更高額的佣金。然後有個星期日早上，那個美國人和阿根廷人被送進聯邦警局，公事公辦地來到郵局前方的市集廣場。總之，這種買賣保護的有效市場調節制度持續繁榮，沒多久迪亞爵達市就擠進了大批來自世界各地的通緝犯，他們在這塊還算安全的地方落腳，僅需支付遠比芭達雅或其他地方還低的價格。不過，到了八〇年代，這塊美麗且迄今為止幾乎未遭人為破壞的自然珍寶，有著長長的沙灘、紅色的夕陽和品質優良的大麻，被一群觀光禿鷹——背包客——發現了。他們成批湧入迪亞爵達市，個個抱著消費的決心，使得市裡那兩大家族不得不重新評估迪亞爵達市作為庇護不法份子大本營的經濟可行性。溫馨、陰暗的酒吧逐漸轉型成跳水設備出租行，當地人以傳統方式跳黏巴達舞的咖啡館開始規劃「狂野月宴」之夜，警察不得不對這些小白屋展開愈來愈頻繁的突襲，把那些瘋狂抗議的吸大麻者趕上廣場。但相較起來，不法之徒在迪亞爵達市仍比待在世界上很多其他地方還要安全，儘管妄想症已滲入每個人的心裡，羅傑卻還不受影響。

正因如此，像穆罕默德．阿里這樣的人才能在迪亞爵達市的食物鏈裡找到生存空間。他的存在有個最充分的理由：來自塞古洛港的巴士都以廣場為終點站，而他就佔據在廣場的戰略觀察點上。迪亞爵達市只有這麼一個被陽光烘熱、鋪滿圓石的廣場，而穆罕默德可以從他那家阿華店的開放式櫃檯後方，把廣場上的一切盡收眼底。只要有巴士抵達，他就停止端咖啡，把巴西菸草——這種劣質菸草可替代他家鄉生產的麻索[5]——裝進水煙，以便查看到站的人，看看有沒有便衣警察或賞金獵人。如果他那雙鷹眼發現任何屬於第一類的人，他會立刻發出警報。所謂警報是種訂閱制的安排，付月費的人會接到電話，不然就是派個頭小、手腳快的小保羅到這些人門口釘一張紙條。穆罕默德注意入站巴士也有私人理由，自從當年跟羅瑟麗塔一起離開她丈夫和里約，他就時時刻刻都擔心著對方發現自己的後果。如果你人在里約或聖保羅的貧民區，簡單的謀殺只要幾百美金就能了事；就連經驗豐富的專業級殺手，一趟尋人兼滅口行動，外加旅費也用不著兩、三千美金，而且過去十年來，這裡一直是買方市場。更何況，殺情侶檔還有高折扣。

5 Maasil，阿拉伯的加味煙草，味道溫和。

有時候，被穆罕默德認定是賞金獵人的，還會直接走進他的阿華店。故意要露個臉的他們會點一杯咖啡，在恰當的時間點喝光，然後不可避免地問出那個問題：你知不知道我朋友某某某住哪裡？或你認不認識這張照片上的男人？我欠他一筆錢。這種情形下，如果穆罕默德說出標準答案（「先生，我在兩天前看到他帶著一口大箱子，搭巴士去塞古洛港了」），並成功讓那位賞金獵人搭下一班巴士離開，還會收到額外的費用。

當這個高大的金髮男子，穿著皺巴巴的麻料西裝，脖子上纏著繃帶，把一個袋子和一個Playstation攜帶包放上櫃檯，擦掉額上的汗水然後用英語點了杯咖啡時，穆罕默德可以嗅出在固定費用外還會多幾塊雷亞爾[6]的氣味。不過，讓他心生警覺的不是那個男人，而是跟他一起來的女人。她還不如直接把警察兩個字寫在額頭上算了。

哈利打量著這間店。除了他自己、貝雅特和櫃檯後方的那個阿拉伯人，店裡只有三個人。兩個背包客和一個潦倒的觀光客，一看就是正想從嚴重的宿醉中恢復精神的樣子。哈利的脖子快把他整死了。他看了看錶，自從他們離開奧斯陸，已過了十二小時。歐雷克打電話來說他破了俄羅斯方塊的紀錄，哈利則成功在飛往巴西的勒希非之前，在希斯洛機場的電腦遊戲店買到了拿姆科G-Con45光槍。他們搭螺旋槳飛機來到塞古洛港。他在機場外跟一個計程車司機談了一個大概很誇張的價碼，讓車子載他們去搭往迪亞爵達市的渡輪，然後由巴士顛顛簸簸地載他們走完最後的幾公里。

二十四小時以前，他還坐在訪客室裡，對洛斯可解釋他還需要給埃及人四萬克朗。洛斯可對他說，穆罕默德．阿里的阿華店並不在塞古洛港，而在附近的一個市鎮。

「迪亞爵達市。」洛斯可說，臉上有個燦爛的笑容。「我認識幾個住那邊的人。」

6 Real，巴西貨幣單位。

那個阿拉伯人看著貝雅特，貝雅特搖搖頭，然後把杯子放在哈利面前。咖啡又濃又苦。

「穆罕默德。」哈利說，看到櫃檯後的這個人身子一僵。「你是穆罕默德沒錯吧？」

阿拉伯人嚥了口口水。「你是誰？」

「一個朋友。」哈利把右手伸進夾克裡，看到那張黝黑的臉上出現驚慌。「列夫的弟弟想找他。」哈利取出貝雅特在崔恩家找到的一張照片，放在櫃檯上。

穆罕默德閉上眼一秒鐘，嘴唇似乎喃喃說著聽不見的感激禱詞。

照片上是兩個男孩。高的那個穿了件紅色鋪棉夾克，大笑著，一手慈愛地攬著另一個男孩，被攬住的男孩害羞地對著鏡頭笑。

「我不知道列夫有沒有提過他弟。」哈利說，「他弟叫崔恩。」

穆罕默德拿起照片，細細打量。

「嗯，」他說著抓了抓鬍子。「這兩個人我都從來沒見過。我也從沒聽過有誰叫做列夫。這附近的人我全認識。」

他把照片還給哈利，哈利把照片放回夾克內袋，喝光咖啡。「穆罕默德，我們得找個地方過夜，然後會再回來。在這段時間裡，去喝幾杯吧。」

穆罕默德搖搖頭，抽出哈利放在咖啡杯下的二十美金紙鈔還給他。「我不收大鈔。」他說。

哈利聳聳肩。「反正我們還會回來的。」

由於現在是淡季，他們在這間名叫維多利亞的小旅館，一人拿到一間大房。儘管旅館只有兩層樓、二十幾個房間，哈利拿到的房間鑰匙卻是六十九號。一張紅色心型的床旁有個床頭櫃，拉開抽屜，看到旅館附送的兩個保險套之後，他猜自己住進了蜜月套房。整扇浴室門都是鏡子，可以從床上看見自己；房間裡除了床，唯一的家具是一座大得不搭調的深衣櫥，衣櫥裡掛了兩件有點舊、長度到大腿的浴袍，背後還有束方符號。

接待員看到列夫．葛瑞特的照片後，微笑著搖頭。同樣的情形也發生在隔壁餐廳，以及在靜得詭異的大街上，多走幾步就會看到的一家網路咖啡店。大街遵循傳統模式，從教堂延伸到墓園，卻有個新穎的名字：百老匯大街。在一家販賣水和聖誕樹吊飾、門上還寫著**超級市場**的迷你雜貨店裡，他們終於在收銀機後方找到一個女人。不管他們問什麼，她都用空洞的眼神望著他們，一律回答「是」，最後他們只得放棄走人。回去的路上，他們看到一個孤單的年輕警察，背靠著一輛吉普車，交叉雙臂，腰間低低掛著隆起的手槍皮套，觀察他們的動向時還打了個呵欠。

回到穆罕默德的阿華店，櫃檯後方那個瘦瘦的男孩說，老闆突然決定休幾天假，散步去了。貝雅特問老闆什麼時候會回來，男孩無言以對，只搖搖頭，指著太陽，說：「特蘭科索。」

旅館的女接待員說，沿著綿延十三公里的白沙灘可以走到特蘭科索，那是迪亞爵達市最大的地標。撇開廣場的天主教堂不算，那裡也是唯一的地標。

「嗯。女士，為什麼到處都沒什麼人？」哈利問。

她笑著指著大海。

於是他們往那兒去。在熱氣蒸騰中，極目所見，兩邊全是炙人的熱沙，做日光浴的人橫七豎八地躺著，海灘小販在鬆散的沙地上勉力前進，被幾袋冷卻包和水果的重量壓彎了腰；酒保在簡陋搭成的酒吧裡微笑，稻草屋頂下的擴音器放著震耳欲聾的森巴音樂，衝浪的人穿著黃色的國家隊服，嘴唇用氧化鋅塗成白色。還有兩個提著鞋子的人正往南走，一個穿著短褲和曝露的上衣，還戴了頂草帽，都是她到了旅館之後換上的；另一個仍然穿著那套皺巴巴的麻料西裝，沒戴帽子。

「她剛才是說十三公里？」哈利說，把吊在鼻端的幾滴汗珠吹掉。

「在我們回去以前，天就會黑了。」貝雅特說著指了指。「你看，大家都要回去了。」

沿著海灘黑壓壓的一片，看似無止盡的人潮都準備回家，他們背後是午後的陽光。

「就跟我們希望的一樣。」哈利說著把墨鏡頂上鼻梁。「全迪亞爵達市的人排成一列，我們只要睜大眼睛看。假如沒看到穆罕默德，搞不好會走運撞見列夫本人。」

貝雅特笑了。「跟你賭一百塊我們遇不到。」

一張張臉在大熱天裡閃過。黑的、白的、年輕的、老的、漂亮的、醜的、嗑了藥的、有節制的、笑著的、板著臉的。酒吧和衝浪板出租攤都走了，他們只看到沙和大海在左邊，濃密的熱帶叢林在右邊。幾群人東一處、西一處地坐著，大麻菸的特有氣味陣陣飄來。

「我又想了想親密空間和我們的內線理論。」哈利說，「妳覺得列夫和絲汀之間的關係，會不會不只是大哥和弟媳而已？」

「你是說，她也參與計畫，然後他想避免留下線索所以殺了她嗎？」貝雅特斜眼看著太陽。「唔，也不無可能啊。」

即使已經過了四點，熱度仍然沒消散多少。他們脫了鞋，跨過幾塊岩石，哈利在岩石另一邊發現一截被海水沖洗乾淨的乾枯粗枝。他把樹枝插進沙裡，從夾克裡取出皮夾和護照，才把夾克掛上這個克難衣架。

現在可以看到遠方的特蘭科索了，貝雅特說，剛才經過他們身邊的一個男人她在錄影帶裡看到過。一開始，哈利以為她是指哪個小有名氣的演員，後來她說那人叫作羅傑·培森，除了犯下幾次毒品罪之外，還因為搶劫舊城區和費特維車站的郵局坐過牢，也是搶劫伍立弗郵局的嫌犯。

傅列德在特蘭科索的海灘餐廳裡，喝掉了三杯**凱比尼雅調酒**，但他仍覺得走十三公里的路只為了——用羅傑的話來說——「讓皮膚在跟著發霉以前透透氣」，是一件蠢事。

「你就是因為吃了那些新藥，才沒辦法好好坐著。」傅列德對他朋友抱怨，對方舉起膝蓋踮著腳，蹦蹦跳跳地走在前方。

「那又怎樣？總要燃燒一點卡路里才回北海吃自助餐呀。告訴我穆罕默德在電話裡說那兩個警察怎麼了。」

羅傑嘆口氣，不情不願地搜索著短期記憶。「他說有個矮個子的女人，蒼白得像是透明的；還有一個高大的德國人，有個酒糟鼻。」

「德國人？」

「是穆罕默德猜的啦。也可能是俄國人，或印加印地安人，或……」

「很好笑。他確定人家是警察嗎？」

「什麼意思？」羅傑停步，傅列德差點撞上他。

「我只是說這件事我不喜歡。」羅傑說，「據我所知，列夫不在挪威以外的地方搶銀行。挪威警察也不會來巴西追捕討厭的銀行搶匪。可能是俄國人。幹。我們知道是誰派來的，他們要找的不是列夫。」

傅列德呻吟了一聲。「拜託不要又是那套吉普賽人的蠢話。」

「你以為我是沒事找事嗎？他可是撒旦化身，就算只騙走他一克朗，他也會毫不猶豫地除掉對方。我從沒想過他會發現，我只從其中一袋裡拿了幾千塊當零花，不是嗎？但這是原則問題。如果你是幫派首領，就得遵守規定，除非——」

「羅傑！如果我想聽這些黑手黨的廢話，我可以去租錄影帶。」

羅傑沒有回答。

「哈囉？羅傑？」

「閉嘴！」羅傑低聲說，「不要轉頭，繼續走。」

「什麼？」

「要是你沒喝醉，就會看到我們剛才經過一個透明人和一個酒鬼。」

「是嗎？」傅列德偏過頭。「羅傑……」

「怎樣？」

「我想你說得對。」他們一起轉身。

羅傑繼續走，沒有回頭。「幹！」

「現在怎麼辦？」

傅列德沒聽到回答，回頭看的時候發現羅傑已經不見了。他訝異地望著沙，和沙子上羅傑留下的一排深腳印，腳印一個急轉向左，他在前方看到羅傑匆忙的步伐。然後傅列德自己也開始往那濃密、蔥鬱的叢林跑。

哈利立刻放棄。

「沒用的。」他在貝雅特身後大喊，貝雅特晃了一下，也停了步。

他們距離海灘才幾公尺，然而卻像進了另一個世界。樹葉頂蓋下一片漆黑，樹幹之間懸著一股濃濁如水汽般的熱氣。就算有兩個人逃跑的聲音，也被鳥兒的尖叫和海浪的隆隆聲給蓋過了。

「後面那個看起來應該跑不快。」貝雅特說。

「他們比我們熟悉地形。」哈利說，「我們也沒有武器，但他們可能有。」

「如果列夫之前沒接到警告，現在就會了。那我們該怎麼辦？」

哈利揉著脖子上浸濕了的繃帶。蚊子已經成功溜進去咬了幾口。「我們改用B計畫。」

「哦？B計畫是什麼？」

哈利看著貝雅特，納悶為什麼她額頭上看不見一滴汗珠，自己卻像個腐臭的水溝，全身大汗淋漓。

「我們去釣魚。」

夕陽雖短，卻另有一番華麗景象，呈現出光譜上各種深淺濃淡不一的紅。穆罕默德認為還加上了另外幾種，他指著太陽，太陽像是熱煎鍋上的一團奶油，融進了水平線。

但櫃檯前方的德國人卻對夕陽沒有興趣。他只說他會出一千塊，給任何能幫他找到列夫．葛瑞特或羅傑．培森的人。可否請穆罕默德把話傳出去？感興趣的線人請到維多利亞旅館的六十九號房。那個德國人說完之後，就跟那個蒼白的女人離開了阿華店。

傍晚時分，出來飛舞的昆蟲把燕子搞得發狂。太陽已在海面上融成一團軟軟的紅，十分鐘後天就黑了。一小時後，羅傑連聲咒罵著出現，曬黑的皮膚上有張蒼白的臉。

「吉普賽流氓。」他低聲對穆罕默德說，還說他在福列多的酒吧已經聽聞大筆酬金的事，馬上就離開了。路上他去那家超級市場探了探，佩特拉說那個德國人和金髮女人來過兩次。上一次買了一根釣竿，他們並沒有問任何問題。

「他們要釣竿幹嘛？」他問，穆罕默德替他倒咖啡時，他一面對四周投以詛咒的眼神。「難不成要釣魚？」

「好啦。」穆罕默德指了指咖啡杯。「對焦慮症很有效的。」

「焦慮症？」羅傑大叫，「這是常識啊，他媽的一千美金！只要十分之一，這裡的人就會高高興興地把家裡的老媽賣掉。」

「那你準備怎麼辦？」

「做我必須做的。先下手為強。」

「真的嗎？怎麼做？」

羅傑嚐了口咖啡，一面從腰間皮帶裡取出一把有紅棕色短槍把的黑色手槍。「跟來自聖保羅的金牛PT92C打招呼吧。」

「不了，謝謝。」穆罕默德噓聲說，「快把東西拿開。你瘋了。以為憑你一個人就能解決那個德國佬？」

羅傑聳聳肩，把手槍放回腰間皮帶。

「傅列德在家發抖，他說他再也不要清醒了。」

「羅傑，這個人是專業的。」

羅傑身子一僵。「那我呢？我可是搶過幾家銀行。穆罕默德，你知道最重要的一件事是什麼嗎？出其不意。這樣就對了。」羅傑喝完他那杯咖啡。「我懷疑這人他媽的能有多專業，竟然到處跟路人甲乙丙丁說自己住哪間房。」

穆罕默德翻了個白眼，比了個十字。

「阿拉可以看到你，穆罕默德。」羅傑冷冷說完，站起身。

一進入接待區，羅傑就看到那個金髮女人。她跟一群男人坐在一起，正在看櫃檯上方電視裡的足球賽。對了，今晚是「弗拉富明賽」，里約的當地傳統體育比賽，弗拉門戈隊對富明尼斯隊。難怪福列多的酒吧這麼多人。

他迅速走過他們，希望沒被看見。跑上鋪了地毯的樓梯，沿著走廊繼續走。他對那房間清楚的很，只要佩特拉的丈夫要出城出差，羅傑就會訂六十九號房。

羅傑把耳朵貼在門上，但什麼也沒聽到。他透過鑰匙孔看，但裡面一片漆黑。那個德國人不是出去了，就是在睡覺。羅傑嚥了口口水，一顆心怦怦跳，但剛才吞下的半顆興奮劑讓他頭腦保持冷靜。他檢查已裝上子彈的手槍，保險栓打開了，然後輕輕按下門把。門是開的！羅傑溜進房間，靜悄悄地關上身後的門。他站在黑暗中，屏住呼吸，什麼也看不見，也聽不見人聲。沒有動靜，沒有呼吸，只有天花板吊扇在低聲旋轉。幸好，羅傑對這房間瞭若指掌。他把槍對準心型床該在的位置，等待眼睛適應黑暗。一束細細的月光把蒼白的光澤投上床，被子翻到了一邊。床上沒人。他迅速思考著。德國人會不會是出去了，卻忘記鎖門？如果是這樣，羅傑只要安心等他回來當門口的靶子就好。一切似乎順利得過了頭，就像一間忘了啟動時間鎖的銀行。不會有這種事的。天花板吊扇。

那時他忽然靈光乍現。

浴室忽然傳出沖水聲，把羅傑嚇了一跳。原來那人一直坐在馬桶上！羅傑用兩手抓住槍，伸長手臂對準浴室門所在的位置。五秒鐘過去，八秒鐘過去。羅傑已經沉不住氣了，這男人他媽的在等什麼？他已經沖了水。十二秒鐘過去。或許他聽到聲音了，也許他想逃走。羅傑記得浴室的一面牆上有扇小窗。可惡！這是他的機會，絕不能讓這人逃脫。羅傑輕手輕腳地走過那座衣櫥，衣櫥裡那件浴袍穿在佩特拉身上真好看。他站在浴室門前，一手放上門把，做個深呼吸，正準備往下按，卻感覺到一股涼風。不是吊扇或打開的窗吹來的風，而是另外一種。

「不准動。」他背後傳來一個聲音。他抬起頭，看了看浴室門上的鏡子，隨後乖乖照做了。他嚇得連牙關都在發抖。衣櫥的門打了開來，裡頭兩件白色浴袍之間，隱約有個壯碩的體型。但讓他心頭生懼的並不是這個。你並不會因為自己對武器稍有瞭解，就比較不怕對方手上的武器比自己的槍還大。正好相反。你清楚知道大口徑的子彈能夠更有效地破壞人體。羅傑的金牛PT92C跟他現在就著月光看到的黑色大怪物相比，簡直是小鬼頭的玩具。一個尖銳的聲音傳來，羅傑抬眼看，好像有條釣魚線閃了一下，線從浴室門上方的縫連到衣櫥。

「Guten Abend（晚安）。」羅傑低聲說。

六年後，羅傑正好來到芭達雅的一間酒吧，竟然發現留了一把絡腮鬍的傅列德。一開始他驚得呆了，愣在當地，直到傅列德拉來一把椅子。

傅列德點了酒，說起自己已經不在北海工作了。他領了傷殘津貼。羅傑遲疑地坐下，大略說起過去六年來他都在清萊做快遞生意。幾杯酒過後，傅列德清了清喉嚨，問起羅傑忽然在迪亞爵達市銷聲匿跡的那天傍晚究竟發生了什麼事。

羅傑望著酒杯，做了個深呼吸，說他當時別無選擇。那個原來不是德國佬的人耍了他，正準備當場就把他送上黃泉路。不過，他在最後一刻跟對方達成了交易：羅傑可以有三十分鐘的時間離開迪亞爵達市，只要他說出列夫．葛瑞特住在哪裡。

「你剛才說那人拿的是哪種槍？」傅列德問。

「當時太暗了，看不見。反正不是常見的型，不過我可以保證，那槍可以把我的頭轟到福列多的酒吧。」羅傑迅速往門口的方向瞥了一眼。

「我在這裡有間公寓。」傅列德說，「你有地方住嗎？」

羅傑看著傅列德，一副根本沒想過這件事的模樣。他揉了揉太陽穴，好一陣子之後才回答。

「老實說，沒有哩。」

27 葛利格

列夫的房子在一條巷子的盡頭。就跟附近大多數的房子一樣，結構很簡單，唯一的不同是這裡的窗戶上有玻璃。一盞孤零零的街燈投下黃色錐形的光，照在爭相征討生活空間的動物身上，動物的種類多得驚人，而貪婪的蝙蝠則在黑暗裡進進出出。

「看起來不像有人在家。」貝雅特輕聲說。

「說不定他是在省電。」哈利說。

他們站在一扇低矮、生鏽的鐵門前。

「那我們要怎麼做？」貝雅特問，「上前去敲門嗎？」

「不。妳打開手機，在這裡等。等妳看到我在那扇窗戶下的時候，就撥這個號碼。」他遞給她一張從筆記本撕下的一頁紙。

「為什麼？」

「如果我聽到屋裡有手機響，我們就可以假設列夫在家。」

「好。那你準備怎麼逮捕他？用這個嗎？」她指著哈利右手拿著的一個大型黑色物體。

「有何不可？」哈利說，「對羅傑・培森就很有效。」

「他當時在黑暗的房間，還是透過哈哈鏡看到的耶，哈利。」

「呣，既然我們不准攜帶武器來巴西，那只好就地取材。」

「比如把釣魚線綁在馬桶和玩具上嗎？」

「貝雅特，這不是普通的玩具。這可是拿姆科G-Con45光槍。」他拍了拍那把尺寸超級真實的塑膠槍。

「至少可以把那個Playstation的貼紙撕掉吧。」貝雅特搖著頭。

哈利脫了鞋，彎腰跑過本該作為草坪、現在卻乾燥龜裂的地面。到了以後，他背靠著牆坐在窗下，對貝雅特打了個手勢。他看不見她，但知道她可以看到靠著白牆的自己。他仰望天空，宇宙攤在眼前。幾秒鐘後，微弱但清晰的手機鈴聲在屋裡響起。〈山王的宮殿〉，葛利格的「皮爾金組曲」。這人挺有幽默感的。

哈利盯著一顆星星，想屏除腦海中的所有思緒，只想接下來該怎麼做。卻辦不到。有一次奧納問過，在知道光是銀河系裡的太陽就比普通海灘上的沙還要多之後，我們為什麼還要好奇太空裡有沒有生命？我們應該自問，對方有沒有可能愛好和平，然後衡量是否應該冒險跟對方取得聯繫。哈利抓著槍托。他現在也問自己同樣的問題。

葛利格的手機音樂停了。哈利等了一會，然後吸口氣，踮腳走到門口。他豎起耳朵，但只聽到蟋蟀叫。他握住門把，心想門應該上了鎖。

果然是鎖著的。

他咒罵了一聲。他之前就想好，如果門上鎖，失了讓對方出其不意的先機，他們就要等到第二天，買些鐵工具再回來。在這種地方買兩把不錯的手槍，應該不成問題。但他也有預感，列夫很快就會聽說今天的事，所以他們的時間並不多。

一股熱辣辣的痛突然襲擊哈利的右腳，讓他痛得跳了起來。他立刻把腳移開，往下看。在微弱的星光下，他隱約看見白色石灰牆上有條黑線。那條線從門口開始，沿著剛才他右腳所在的樓梯繼續往下，然後就看不見了。他從口袋裡翻出一把迷你棍棒型手電筒，打亮了燈。螞蟻。黃色、半透明的大螞蟻排成兩行，一條沿著台階往下，一條進了門底。這些顯然是另一種類的螞蟻，跟家鄉的黑蟻不同。他看不出螞蟻在搬什麼東西，但哈利夠清楚螞蟻的習性——不管是不是黃螞蟻——門裡面一定有東西。

哈利關掉手電筒，想了一下，然後離開原地，下了階梯朝門口走。走到半路時，他轉過身，開始往前衝。那扇簡樸、腐朽的木門被九十五公斤的哈利以不到三十公里的時速一撞，整個脫離了門框。跟破裂的門一起撞上石頭地板時，他的一條手肘被壓在身體下，疼痛從手臂傳上脖子。黑暗裡的他躺在地上，等著清脆的扳機聲喀噠響起。發覺沒有扳機聲以後，他站起身，扭亮手電筒。細細的光束照著牆上的一行螞蟻。哈利感覺到繃帶下的熱度，知道自己又流血了。他跟著骯髒地毯上螞蟻發亮的身軀走進隔壁房間，螞蟻隊伍一個急轉彎向左，繼續沿著牆往上。手電筒的光照到牆上的一張印度愛經海報。螞蟻大隊在海報邊緣分成兩行，繼續往天花板前進。哈利的身子往後仰，脖子痛得不像話。現在螞蟻到了他的正上方，他不得不轉個身。手電筒的光一陣閃動，才又找到螞蟻。螞蟻真覺得這是最短的路嗎？這個念頭剛閃過，列夫．葛瑞特的臉就映入哈利眼簾。列夫的身體在哈利上方，哈利的手電筒掉了，慌忙後退。他的頭腦可能已經告訴他太遲了，但他的手卻在驚嚇和愚蠢中，摸索著握緊那把拿姆科G-Con45光槍。

28 火蟻

貝雅特幾分鐘後就受不了那股臭味，只得衝出去。哈利慢慢走出來，坐在台階上抽菸時，她還直不起身子。

「你難道聞不到嗎？」貝雅特呻吟著，唾液從她的口鼻淌下。

「嗅覺障礙。」哈利若有所思地看著香菸的光。「嗅覺部分失靈。有些東西我再也聞不到了，奧納說是因為我聞過太多屍體的關係。情感創傷什麼的。」

貝雅特又乾嘔起來。

「對不起。」她呻吟著，「都是那些螞蟻啦。真是的，那些噁心的東西幹嘛非得用人的鼻孔當雙線道高速公路啊？」

「唔，如果妳堅持要知道，我可以告訴妳人體哪裡能找到最豐富的蛋白質來源。」

「不要，謝謝！」

「抱歉。」哈利把香菸彈到乾地上。「貝雅特，妳在裡面表現得很好。那跟看錄影帶不一樣。」他站起來，又走了進去。

列夫・葛瑞特吊在一條短繩上，繩子綁住天花板上的燈勾。他在離地足足有半公尺的半空吊著，下面是把翻倒的椅子，正因如此，蒼蠅才享受了屍體的獨佔權，然後才是黃蟻，持續沿著繩子上下搬運。

貝雅特在沙發旁邊的地上找到了手機，說她可以查出他最後跟誰通過電話。哈利走進廚房，扭亮電燈。一隻泛著藍色金屬光澤的蟑螂站在一張A4紙上，朝哈利晃著觸鬚，然後迅速退到爐台邊。哈利拿起那張紙。是手寫筆跡。他看過各種各樣的自殺遺書，很少能寫得文情並茂。最富盛名的遺言通常都是困惑的呢喃、驚慌的求救呼喊或乏味地說明誰會繼承烤麵包機和割草機。在哈利看過的遺書中，比較有意義的一份，是馬里達倫谷的一名農夫用粉筆寫在穀倉牆上的：**有人在這裡上吊了。麻煩報警。抱歉啦**。從這點來看，列夫．葛瑞特的遺書就算不是獨一無二，至少也很不尋常了。

親愛的崔恩：

我總覺得好奇，天橋突然在他腳下消失是什麼感覺。在懸崖打開，他知道一件完全沒有意義的事即將發生的時候。他就快要不明不白地死了。或許他還有想做的事，或許那天早上有人還坐著等他，或許他以為那天會是一個新的開始。這樣說來，他想得也沒錯……

我從來沒告訴你，我去醫院探望過他。我帶了一大把花，跟他說我從自家窗戶目睹了這一切。我打電話叫救護車，向警察形容一個騎腳踏車的男孩。他躺在床上，看起來又瘦又小、皮膚泛灰，對我說謝謝。然後我問了每個體育播報員都會問的蠢問題：「你當時有什麼感覺？」

他沒有回答，只是躺著，身上插滿管子和點滴。他望著我，然後又對我說謝謝，接著護士說我得走了。

所以我一直不知道那是什麼感覺。直到有一天，懸崖也在我腳下打開了。事情並沒有在我搶完銀行、跑上工業街的時候發生，也不是在我事後數鈔票的時候，更不是在我看新聞的時候。就跟發生在那個老人身上那樣，有天早上我開心地走著，渾然不覺任何危險，太陽照耀著，我安穩地回到迪亞爵達市，可以放鬆，開始思考。我已經從我最愛的人身上奪走他最愛的東西，我有兩百萬克朗可以揮霍生活，但沒有生活目標。就是這天早上。

崔恩，我不期待你會瞭解。我搶了一間銀行，發現她認出了我，我陷入不可更改規則的遊戲當中，而這一切都跟你的世界沾不上邊。我不期待你瞭解我準備要做的事，但或許你可以明白，這件事也是會讓人厭倦的，我是說生活。

列夫

P. S. 我一直沒發現，那老人感謝我的時候並沒有笑。但是崔恩，我今天想過了。或許他到頭來並沒有什麼事情或什麼人在等他，或許懸崖打開時，他只覺得欣慰，心想這樣他就不必自己動手了。

哈利走進來時，貝雅特站在列夫屍體旁的椅子上，她想辦法弄彎列夫的手指，往一個發亮的金屬小盒裡按。

「真倒楣。」她說，「墨盤在旅館裡一直放在太陽下，都乾掉了。」

「如果沒辦法拿到清楚的指紋，我們就得用消防隊員的辦法。」

「什麼辦法？」

「被困在火裡的人，會無意識地用上雙手。即使是燒焦的屍體，屍體指尖的皮膚可能還是完整的，可以用指紋來識別死者身分。有時候為求務實，消防隊員會切下一根手指，拿給鑑識組。」

「這叫褻瀆屍體。」

哈利聳肩。「如果妳看他的另一隻手，會發現他已經少了一根指頭。」

「我看到了。」她說，「看來是被切掉的。那是什麼意思？」

哈利走近，扭亮手電筒。「那表示手指是在他上吊之後才被切掉的。可能是有人來過這裡，看到他已經替他們了結了一樁事。」

「誰？」

「這個嘛，在有些國家，吉普賽人會把小偷的手指切掉當作懲罰。」哈利說，「如果小偷從吉普賽人身上偷了東西的話。」

「我應該採集到清楚指紋了。」貝雅特說著擦掉額上的汗。「要不要把他放下來？」

「不，」哈利說，「我們查過四周以後，就收拾乾淨走人。我在大街上看到電話亭，我會從那裡打匿名電話給警察，報告有人死亡。我們回奧斯陸以後，妳可以打電話給巴西警局，請他們寄檢驗報告過來。我一點也不懷疑他是死於窒息，但我要知道死亡時間。」

「那扇門怎麼辦？」

「也不能怎麼辦。」

「你的脖子呢？繃帶都染紅了。」

「不管了。我的手臂更痛。我衝破門的時候壓在上面。」

「傷得有多重？」

哈利輕輕舉起手臂，痛得皺起臉。「只要不動就還好。」

「你沒有薩得斯達抽搐症，已經很走運了。」

屋裡的三人中，兩個人笑了，但他們的笑聲很快就消失。

回旅館途中，貝雅特問哈利他覺得這一切是否合理。

「從技術層面來看，很合理。除此之外，我從不覺得自殺是合理的。」

他彈掉香菸，菸蒂在彷彿可觸及的夜裡畫了明亮的弧。「但那只是我的看法。」

29 三一六號房

窗戶碰地一聲打開。

「崔恩去旅行了。」她高聲說。從他們上次來訪之後，那頭染白的頭髮顯然又上了一層化學藥劑，因為從失去生命力的髮間可以看見她的頭皮。「你們去了南方嗎？」

哈利揚起被曬黑的臉，望著她。

「算吧。妳知道他在哪裡嗎？」

「他在把行李裝上車。」她說，指著對街的房子。「我想他要去旅行吧，那個可憐人。」

「嗯。」

貝雅特想走，但哈利卻沒動。「妳在這裡住很久了吧？」他問。

「噢，對。三十二年了。」

「妳大概還記得列夫和崔恩小時候的情形吧？」

「當然。霧村路上，誰不認識他們。」她笑著靠上窗框。「尤其是列夫，真是個迷人的孩子。大家都知道他會是少女殺手。」

「的確是殺手。也許妳聽過有個男的從天橋掉下去的事？」

她沉下臉，用悲劇的低音說：「哦，當然。真可怕。我聽說那個人再也沒辦法正常走路了，可憐的傢伙。膝蓋僵硬了。你能想像這種可怕的惡作劇是一個小孩想出來的嗎？」

「唔。這孩子性子一定非常野。」

「性子野？」她遮住眼睛。「我可不會這麼說。他是有禮貌、有教養的小孩，所以才會這麼嚇人。」

「這附近的人都知道是他幹的嗎？」

「每個人都知道。我從這扇窗看到他的。穿紅夾克騎腳踏車走的。他回來的時候，我就該知道事情不對勁了，那孩子臉上一點血色也沒有。」一陣冷風吹來，她顫抖了一下。然後她指著馬路對面。

崔恩正朝他們走來，手臂垂在身側，他的腳步愈來愈慢，最後幾乎停了下來。

「是列夫的事，對吧。」終於來到他們身邊時，他這麼說。

「是的。」哈利說。

「他死了嗎？」

哈利從眼角看到窗裡那張臉倒抽了一口氣。「對，死了。」

「很好。」崔恩說。然後他彎下腰，用手摀住了臉。

哈利從半開的門縫往裡張望，只見畢悠納·莫勒站著凝視窗外，一臉擔憂。他輕輕敲門。

莫勒轉身，開朗起來。「噢，哈囉。」

「老闆，這是報告。」哈利把一個綠色的卷宗夾丟在他桌上。

莫勒坐進椅子裡，好不容易把他那雙特長的腿塞進書桌下方，然後戴上眼鏡。

「啊哈。」他含糊地說，一面打開標著**文件清單**字樣的卷宗。裡面只有一張A4的紙。

「如果你這麼說，那我想一定沒錯。」莫勒邊說邊瀏覽過稀疏的幾行字。

哈利的視線越過莫勒的肩膀看向窗外，外面什麼都沒有，只有厚重潮濕的霧氣，像塊用過的尿布，掛在市區上空。莫勒放下那張紙。

「所以你們飛過去，有人說出那人住哪，然後就找到屠子吊在一根繩索上？」

「簡單來說，是這樣沒錯。」

莫勒聳聳肩。「只要我們有滴水不漏的證據，證明這人就是我們要找的凶手，我沒有異議。」

「韋伯今天早上查過指紋了。」

「結果呢？」

哈利坐進椅子裡。「指紋跟我們在搶匪準備行動前手裡拿的那瓶可樂上找到的一樣。」

「確定瓶子是同一個……？」

「老闆，安啦。我們有瓶子，還有錄影帶為證。你剛才不是看到報告裡寫，我們有手寫的自殺遺書，列夫·葛瑞特承認犯案了嗎？我們今天早上去霧村路通知崔恩·葛瑞特，問能不能跟他借閣樓上列夫的幾本學校作文簿，貝雅特把作文簿拿給克里波刑事調查部的筆跡鑑定員，那人說自殺遺書毫無疑問是同一個人寫的。」

「對啦對啦，我只是想在公開破案結果前，百分之百確定這件事。哈利，你要知道，這會上頭版新聞。」

「老闆，你應該想辦法開心一點。」哈利站了起來。「我們剛偵破了一件久違的大案子。這裡應該張燈結綵才對。」

「你說的沒錯。」莫勒嘆氣。他沉默了一會，然後才問：「那你怎麼沒有高興的樣子？」

「除非解決另一件案子，我才會高興……」哈利走向門口。「哈福森和我今天要整理桌子，明天就開始偵辦愛倫·蓋登的案子。」

莫勒清了清喉嚨，哈利在門口停步。「老闆，什麼事？」

「我在想，你是怎麼發現列夫·葛瑞特就是屠子的。」

「唔，正式的版本是貝雅特從錄影帶上認出了他。你想聽非正式的版本嗎？」

莫勒揉著僵硬的膝蓋。擔憂的表情又回來了。「還是不要好了。」

「嘿。」哈利站在痛苦之屋的門口。

「嘿。」貝雅特說，椅子上的她動來動去，看著螢幕上捲動過的照片。

「看來我應該感謝妳，我們合作得很棒。」

「我也要謝謝你。」

哈利站著把玩他的一串鑰匙。「總之，」他說，「我想伊佛森不會生氣太久。畢竟，他也沾到了一點光，因為把我們兩個編成一組是他的主意。」

貝雅特微微一笑。「雖然時間很短。」

「別忘了我說過那個人的事。」

「不會。」她的眼光閃了一下。

哈利湊上前。「他是個混蛋。要是不告訴妳，我就太沒良心了。」

「哈利，很高興認識你。」

哈利關上了身後的門。

哈利打開自己公寓的門鎖，把包包和那只Playstation攜帶包放在走廊地板中央，然後爬上床。過了無夢的三個鐘頭，他被電話鈴聲吵醒。他轉身看到鬧鐘顯示晚上七點零三分；他一甩雙腿下了床，拖著步子進了走廊，拿起電話就說：「嗨，愛斯坦。」線路那頭的人根本來不及說自己是誰。

「哈囉，奧斯陸的哈利，我在開羅機場。」愛斯坦說，「我們說好要打電話的，不是嗎？」

「你根本就是準時的化身。」哈利打了個哈欠。「而且你喝醉了。」

「才沒有醉。」愛斯坦含糊不清地說，語氣憤慨。「只喝了兩瓶時代啤酒，還是三瓶？人在沙漠就要多喝水呀。哈利，我頭腦可是清醒得很。」

「很好。希望你有更多好消息了。」

「就跟醫生會說的一樣，有好消息也有壞消息。我先說好消息吧……」

「好。」

接下來是一段長長的沉默，這中間哈利只聽到像是沉重呼吸的雜音。

「愛斯坦？」

「唔？」

「我還在，跟聖誕節裡的小孩一樣興奮難耐耶。」

「什麼啊？」

「不是要說好消息？」

「噢，對。呃，是這樣的，我有那個客戶的號碼了。沒問題。那是一個挪威手機號碼。」

「手機？可能嗎？」

「你可以寄無線電子郵件到世界各地，只要把電腦連上手機，讓手機連上伺服器就好。哈利，這已經不是新聞了。」

「噢，那這個客戶有名字嗎？」

「呃……當然。但艾托的人沒有，他們只是向挪威電信業者收費，這支號碼的業者是挪威通訊公司，然後由他們寄帳單給客戶。所以我打電話到挪威找人，就問到了名字。」

「是誰？」哈利現在完全醒了。

「現在我們要說到沒那麼好的消息了。」

「哦？」

「哈利，你最近查過你的電話帳單嗎？」

幾秒鐘之後，他才恍然大悟。「**我的**手機號碼。那混蛋用的是**我的**手機號碼？」

「我猜，你已經沒有手機了吧？」

「對，那天晚上就掉在……安娜家了。幹！」

「你就從沒來想過應該去停話嗎？」

「想過？」哈利呻吟，「愛斯坦，自從發生了這件鳥事，我就沒想過什麼合理的事。對不起，我實在嚇到了。事情那麼簡單又明顯，難怪我在安娜家裡沒找到手機，也難怪他會大笑。」

「抱歉毀了你的一天。」

「等一等。」哈利說，忽然精神一振。「如果我們能證明他有我的手機，就可以證明他在我離開以後，去過安娜的家！」

「呀吼！」話筒另一端傳來高喊，然後是比較謹慎的聲音：「反正你高興就好囉。喂？哈利？」

「我還在。我在想。」

「想是好事，你繼續想，我跟時代啤酒有約，唔，應該說跟好幾瓶啤酒有約。如果我今晚要搭上回奧斯陸的飛機……」

「愛斯坦，一路順風。」

哈利拿著話筒站著，衡量該不該把話筒往鏡子丟。第二天早上起床時，他希望跟愛斯坦的那段對話只是做夢。事實上他真的做了夢，夢的版本有六、七種。

洛斯可低頭坐著，以手支頤，聽哈利說話，不動也不插嘴。哈利說他們找到列夫．葛瑞特，說他自己的手機就是安娜的謀殺案一直找不到證據的原因。哈利說完後，洛斯可兩手交握，緩緩抬頭：「那麼你的案子已經解決了，但我的還沒有。」

「洛斯可，我沒分成你的案子或我的案子，我的職責是——」

「可是我有分，**史皮歐尼**。」洛斯可插嘴，「我管的是軍事組織。」

「嗯，你這麼說是什麼意思？」

洛斯可閉上眼睛。「**史皮歐尼**，我有沒有跟你說過，吳王請孫子教宮女兵法的故事？」

「沒有。」

洛斯可微笑。「孫子很有智慧。一開始，他像教學生似的，向那群宮女細細解釋行軍的指令。鼓聲響起，宮女都沒動，只咯咯亂笑。『軍令不明，是主將之過。』孫子說完，又解釋了一遍。但他再次下達行軍命令時，又發生同樣的情況。『軍令申明之後，依然嘩亂，是隊長之過，』他說完，叫來兩名手下，把兩名領頭的宮女抓出來，在其他嚇壞了的宮女面前排成一列斬首。吳王聽說他最喜愛的兩名宮女被斬首了，嚇出病來，在床上躺了幾天。等他病好，立刻命孫子帶兵管軍隊。」洛斯可又睜開眼。「**史皮歐尼**，這個故事告訴我們什麼？」

哈利沒有回答。

「它告訴我們，在軍事組織裡，邏輯必須貫徹且絕對一致。如果你的要求鬆懈了，宮廷裡就只有一群咯咯亂笑的宮女。你向我要到了四萬克朗，是因為我相信安娜鞋子裡那張照片的事。因為安娜是吉普賽人。我們吉普賽人旅行的時候，會在岔路上留一片樹葉。綁在樹枝上的一條紅絲巾、一塊碎骨頭，都有不同的含義。照片代表有人死了，或是有人會死。你不可能會知道這種事，所以我信了你的話。」洛斯可把雙手放在桌上，掌心向上。「但奪走我姪女性命的人還逍遙在外，我現在看著你，只看到咯咯亂笑的宮女，**史皮歐尼**。絕對一致。把他的名字告訴我，**史皮歐尼**。」

哈利吸了口氣。姓加名，總共四個字。如果他說出亞布的名字，亞布會遭受怎樣的刑罰？出於嫉妒而預謀殺人。九年徒刑，六年後可假釋？哈利又會有什麼後果？調查不可避免地會揭露身為警察的他隱瞞了真相，只求避免身陷嫌疑。自打嘴巴。姓加名，總共四個字。哈利的問題就解決了。需要面對最終下場的人會是亞布。

哈利的答案只有一個字。

洛斯可點頭，用悲傷的眼神望著哈利。「我就怕你會這麼說。那麼，**史皮歐尼**，你讓我別無選擇了。記得你問我為什麼信任你的時候，我是怎麼回答的嗎？」

哈利點頭。

「每個人都有生活下去的目標。**史皮歐尼**，這句話沒錯吧？這個目標也可以被奪走的。你說，三一六號房有沒有讓你想起什麼事？」

哈利沒有回答。

「那就讓我告訴你。三一六是莫斯科國際旅館一個房間的號碼。歐加負責看守那層樓。她很快就會退休，希望能在黑海邊上有個舒服的長假。到那層樓有三道階梯和一個電梯，清潔人員也可以搭電梯。房間裡有兩張床。」

哈利倒抽一口氣。

洛斯可的前額抵在交握的雙手上。「小的那個睡在靠窗的床上。」

哈利站起來，走到門口，重重敲了起來。他聽到回聲在外面的走廊迴盪。他繼續用力搥門，直到聽見鑰匙插進鎖孔。

30 振動模式

「抱歉，但我已經盡快趕來了。」愛斯坦說著，把他停在艾莫水果菸草店外的計程車駛離路邊。

「歡迎回來。」哈利說，心想右邊開來的公車是否看出愛斯坦完全沒有要停的跡象。

「我們要去史蘭冬區沒錯吧？」愛斯坦毫不理會公車憤怒的喇叭聲。

「畢攸卡特路。你知道這裡應該讓公車先行吧？」

「我決定不讓。」

哈利轉頭看著他朋友。他只看出兩道窄縫中充血的雙眼。

「很累嗎？」

「時差。」

「埃及跟這裡的時差只有一小時耶，愛斯坦。」

「至少一小時。」

由於座椅上的避震器和彈簧都壞了，他們駛過彎道，往亞布家裡開去時，哈利感覺到路上的每顆石頭和凹凸的路面，但現在他對這些都不感興趣。他借了愛斯坦的手機，打電話到國際飯店的三一六號房。歐雷克接了電話。歐雷克問他在哪裡時，哈利聽出他聲音裡的喜悅。

「我在車上。你媽呢？」

「出去了。」

「我以為她要到明天才會開庭。」

「每個律師都要在庫茲涅斯基橋路開會。」他用大人般的語氣說。「她一個小時以內就會回來。」

「歐雷克，你聽好，能不能轉告你媽這件事：叫她換一家旅館，而且馬上就換。」

「為什麼？」

「因為……是我說的。就這樣告訴她，好不好？我晚點再打電話過去。」

「好吧。」

「好孩子。我要掛了。」

「你……」

「怎麼？」

「沒事。」

「好。別忘了把我剛才說的話跟你媽說。」

愛斯坦一個煞車，停在路邊。

「在這裡等。」哈利說著跳出車外。「如果我二十分鐘以內沒有回來，就打電話到調度室，用我給你的那個號碼，跟他們說——」

「犯罪特警隊的霍勒警監要一輛有武裝警察的巡邏車馬上過來。我記住了啦，哈利。」

「很好。如果你聽到槍聲，就立刻打電話。」

「好。再說一次，這是什麼電影？」

哈利抬頭看著那棟房子。聽不見狗吠聲。一輛深藍色的BMW從他們旁邊緩緩駛過，停在更遠一點的馬路上。除此之外，一切都很靜。

「大部分電影都這樣。」哈利輕聲說。

愛斯坦笑了。「酷啊！」他的眼底出現一絲擔憂。「是酷沒錯吧？不光是個**瘋狂的**冒險？」

薇格蒂絲．亞布打開門。她穿了一件剛燙好的白色上衣和一件短裙，但迷離的雙眼透露出她似乎才剛起床。

「我打電話去你先生的公司了。」哈利說，「他們說他今天在家。」

「有可能。」她說，「警監，他已經不住在這裡了。是你扯出這樁……這樁……」她揮著手，彷彿想找正確的用詞，但一抹厭惡的笑容過後，她不得不承認沒有別的詞可以說：「……妓女事件的。」

「亞布太太，我可以進屋裡嗎？」

她聳聳肩，又打了個顫表示厭惡。「叫我薇格蒂絲，或隨便怎麼稱呼都行，就是別那樣叫我。」

「薇格蒂絲，」哈利躬身問道。「我可以進去嗎？」

拔過的細眉一挑。她遲疑著，然後攤攤手。「有何不可？」

哈利覺得好像聞到一絲琴酒的氣味，但那可能是她的香水。屋裡沒有任何不尋常——乾淨、清香又整齊。餐具櫃上的花瓶裡插著鮮花。哈利注意到，沙發套比他上次坐的時候，又更白了一點。小聲的古典音樂發自他看不到的揚聲器。

「馬勒？」哈利問。

「精選輯。」薇格蒂絲說，「亞納只買合輯。他總說，不是最好的東西就不值錢。」

「那他沒把那些精選輯帶走就是好事了。說到這個，他人在哪裡？」

「首先，你在這裡看到的一切，都不是他的。我不知道、也不想知道他人在哪。警監，你有香菸嗎？」

哈利把一盒菸遞給她，看著她想辦法用那個柚木與銀質的桌上型打火機點火。他橫過桌面，伸出他的可拋棄式打火機。

「謝謝。我會猜他出國了，去某個熱帶地方吧。但在我看來，恐怕還不夠熱。」

「嗯。妳剛才說，這裡的東西都不是他的，是什麼意思？」

「就是那個意思。這棟房子、家具還有車子，全是我的。」她用力噴出一口煙。「去問我的律師。」

「我以為你先生有錢可以——」

「別這樣叫他！」薇格蒂絲似乎想把香菸裡的菸草全部吸光。「對，亞納有錢。他有足夠的錢買這棟房子、家具、車子、西裝、那間農舍和珠寶，他買這些東西給我只有一個原因，就是在他那票所謂的朋友面前炫耀。亞納唯一在乎的就是別人對他的看法，懂吧？他的家人、我的家人、同事、鄰居和同窗朋友。」憤怒使她的聲音有種粗啞的金屬音質，彷彿她剛才是透過麥克風說話的。「每個人都是亞納・亞布精彩生活的觀眾，情況順利時，他們應該鼓掌。如果亞納用爭取掌聲的力氣去經營公司，或許亞布公司現在就不會走下坡了。」

「《今日商業報》上說，亞布公司是成功的企業。」

「亞布公司是家族企業，不是登記在股票交易所上的公司，因此不必公開帳目細節。亞納出售資產，做出有利潤的樣子。」她把抽了一半的菸在菸灰缸裡捻熄。「幾年前，公司出現嚴重周轉危機，由於亞納本人要負責債務，他就把房子和所有物產都放到我跟孩子名下。」

「對，但買家付了一筆可觀的金額。報上說有三千萬。」

薇格蒂絲苦澀地嘆了口氣。「所以這個成功企業家金盆洗手，要多花點時間陪家人的故事，你就照單全收了？我承認，亞納的公關的確做得很好。這麼說吧：亞納不是失去公司，就是破產。他當然選了前者。」

「那三千萬呢？」

「只要亞納想，就能施展魅力，別人也會相信。這就是他為什麼擅長談判，尤其是處在壓力狀況下。也因為這樣，銀行和供應商都盡可能讓公司維持營運。亞納跟供應商談判的結果，把合約中本該是無條件屈從的兩個條款改了。他得以保留仍在他名下的農舍，還讓買家提出三千萬的購買金額。對他們來說，這筆錢不算什麼，因為他們可以從亞布公司的債務抵銷。亞納把破產弄得像買賣競爭，那不是什麼壞事吧。」

她仰頭大笑。哈利看到她下巴下方，拉皮留下的一道小疤痕。

「安娜・貝斯森呢？」他問。

「那個騷貨嗎？」她翹起纖細的雙腿，用一根手指撥開臉上的頭髮，神情冷漠地凝視空處。「她只是個玩具。他犯下的大錯是急著想把這個純正的吉普賽戀人現給那些朋友看。我們可以說，不是每個被亞納當成朋友的人，都覺得該對他忠心。簡單說來就是，話傳到我耳朵裡了。」

「然後呢？」

「我給了他另一個選擇。為了孩子。我是理智的女人。」她從沉重的眼皮下看著哈利。「但他沒有接受。」

「或許他發現對方不只是玩具？」

她沒回答，但薄薄的唇變得更薄了。

「他有沒有類似書房的地方？」哈利問。

薇格蒂絲點頭。

她帶頭走上樓梯。「他以前會把自己關進去，大半夜都坐在裡面。」她打開一扇門，門內是個閣樓房間，可以看到鄰居的屋頂。

「是在工作嗎？」

「上網。他簡直入了迷。說他是在看車子，但天知道他在做什麼。」

哈利走到桌前，拉開一個抽屜。「清空了？」

「他把這裡所有的東西都帶走了。裝滿了一個塑膠袋。」

「電腦也是嗎？」

「是筆電。」

「拿來連接到手機的筆電嗎？」

她揚了揚眉。「我不清楚。」

「我只是好奇。」

「還想看什麼嗎？」

哈利轉身。薇格蒂絲靠著門框，一條手臂高舉過頭，另一手插在腰際。似曾相識的感覺簡直讓人頭昏。

「我還有最後一個問題，薇格蒂絲。」

「噢，警監，你趕時間嗎？」

「外面的計程車還在跳錶等我。我的問題很簡單：你認為他有可能殺了她嗎？」

她好整以暇地打量著哈利，鞋跟輕敲門檻。哈利等待著。

「我告訴他我知道那個騷貨的事以後，你知道他跟我說的第一句話是什麼嗎？**薇格蒂絲，答應我妳絕不會說出去**。我不應該說出去！對亞納來說，我們在別人眼中是幸福的，遠比我們是否真正幸福還要重要。警監，我的答案是，我根本不知道他能做出什麼事。我不瞭解這個人。」

哈利從內袋拿出一張名片。「如果他跟妳聯絡，或是妳知道他的行蹤，希望妳能立刻打電話給我。」

薇格蒂絲看著他的名片，淡粉紅色的唇邊有一朵小小的笑容在跳。「只有那時才能打嗎，警監？」

哈利沒有回答。

在屋外的階梯上，他轉身看她。「那妳後來說出去了嗎？」

「說我先生不忠？你說呢？」

「我會說妳是個務實的女人。」

她露出笑容。

「十八分鐘。」愛斯坦說，「媽的，我的心跳都開始加快了。」

「我在裡面的時候，你有沒有撥我那支舊手機的號碼？」

「當然有，鈴聲響了好久。」

「我什麼都沒聽到。電話已經不在那裡了。」

「可惜，但你有聽到振動聲嗎？」

「什麼？」

愛斯坦做出癲癇症發作的模樣。「就像這樣。振動模式，靜音手機。」

「我的只要一克朗，只有響鈴。愛斯坦，他把手機帶走了。馬路上那輛藍色ＢＭＷ到哪去了？」

「什麼？」

哈利嘆氣。「我們走吧。」

31 手電筒

「你是說，有個瘋子要追殺我們，因為你找不到殺了他家人的凶手？」蘿凱的尖叫聲從電話那頭傳來。

哈利閉上眼睛。哈福森到艾莫店裡去了，辦公室裡只有他一個人。「簡單來說就是這樣。我跟他達成了協議，他遵守了他那部分。」

「所以我們才會被人追殺？所以我才得帶兒子離開這家旅館，在兒子過幾天就會知道能不能留在媽媽身邊的時候？這實在……實在……」她的聲音提高成氣憤、斷斷續續的高音。他讓她繼續說，不打斷話頭。「為什麼，哈利？」

「世界上最古老的原因。」他說，「血債血還。復仇。」

「那跟我們有什麼關係？」

「我說過了，沒有關係。你和歐雷克不是結果，只是手段。這人把向殺人者報仇，視為自己的責任。」

「責任？」她的尖叫穿透哈利的耳膜。「你們男人就喜歡報復這種搶地盤的事。這不是什麼責任，而是原始的衝動！」

他等到覺得她應該說完了的時候才開口。「這件事我真的很抱歉，但我現在也沒有別的辦法。」

她沒回答。

「蘿凱？」

「嗯。」

「妳在哪裡？」

「如果你說得沒錯，他們很容易就能找到我們，那我不確定我該在電話裡冒險告訴你。」

「好。妳在安全的地方嗎？」

「我想是。」

「很好。」

一個俄國人聲出現又淡出，像是來自短波無線電台。

「哈利，為什麼你不能安慰我，說我們沒有危險？告訴我這都是你在想像，他們只是在唬人……」她的聲音愈說愈低。「……什麼都好……」

哈利花時間整理思緒，然後用低沉、清楚的聲音說：「蘿凱，妳需要害怕。要夠害怕，才會做出正確的事。」

「那是什麼事？」

哈利做了個深呼吸。「我會把事情擺平的，我答應妳。我會擺平的。」

蘿凱的電話一掛掉，哈利就打給薇格蒂絲。她在鈴響一聲之後接了電話。

「我是霍勒。亞布太太，妳是坐在電話旁邊等嗎？」

「你以為呢？」從含糊不清的說話聲中，哈利聽出她在他離開後，至少又喝了兩杯酒。

「我不知道，但我想請妳報案，說妳先生失蹤。」

「為什麼？我又不想他。」她悲哀地笑了一聲。

「這個嘛，我需要找理由發動搜索機制。妳可以選擇：不是報案說他失蹤，就是我宣布他受到警方調查。因為有謀殺嫌疑。」

接著是一段長長的沉默。「警官，我不懂。」

「亞布太太，沒什麼好不懂的。我該不該說妳報案他失蹤了？」

「等等！」她喊。哈利聽到電話那頭有酒杯碎裂的聲音。「你到底在說什麼？亞納已經受到警方調查了。」

「是我在調查，沒錯，但我還沒知會任何人。」

「哦？那在你離開之後，又過來的那三個警察是怎麼回事？」

哈利感到背脊一陣發涼。「三個警察？」

「你們警察局裡的人都不互相溝通的嗎？他們不肯走，我簡直快嚇壞了。」

哈利已經從辦公椅上站了起來。「亞布太太，他們是開一輛藍色ＢＭＷ車子過去的嗎？」

「哈利，還記得我說過別叫我亞布太太嗎？」

「妳怎麼跟他們說？」

「沒說什麼。我想我說的都是已經告訴過你的話。他們取走了幾張照片和……對了，他們不是很有禮貌，不過……」

「妳怎麼打發他們離開的？」

「離開？」

「他們沒找到要找的東西是不會走的。相信我，亞布太太。」

「哈利，我真的不想再提醒你——」

「快想！事情很重要。」

「天哪！我什麼也沒說啊。我……對了，我放了一段亞納兩天前在答錄機上的留言。然後他們就走了。」

「妳說妳沒跟他談過話。」

「是沒有。他只說他把葛瑞格帶走了。那是真的，我聽到錄音裡有葛瑞格的吠叫聲。」

「他從哪裡打來的？」

「我怎麼知道？」

「不管怎樣，那三個人知道。這件事攸關……」哈利努力想有沒有別的方式可以說，最後放棄了：「……生死。」

在馬路和交通方面，哈利有很多事不知道。他不知道計算結果顯示，維特布魯村建造的兩條隧道和高速公路延長路段，會減少奧斯陸南向E6公路在尖峰時段的壅塞。他不知道最後傾向投入十億克朗興建費的關鍵論點，並非來自在默斯市和德勒巴克市之間通勤的選民，而是交通安全。道路機構用一條公式計算社會利益，評估基礎是每條人命值兩千零四十萬克朗，該數字包含救護車、車流改道和未來會減少的稅收。行駛在南向的E6公路上，前後都是動彈不得的車輛，在愛斯坦那輛賓士車裡的哈利，甚至不知道他把亞納·亞布的性命放在多少價值上。他更不知道救下這條命自己會得到什麼好處。他只知道他已經放手一搏了，不能連賭注也失去。不管在什麼情況下都一樣。所以多想無益。

薇格蒂絲在電話裡放給他聽的那段留言只有五秒，裡面只有一條有價值的訊息。這就夠了。線索不在亞納·亞布掛掉電話前所說的那段話裡：**我把葛瑞格帶走了，只是跟妳說一聲**。也不是背景裡葛瑞格瘋狂的吠叫。而是令人心寒的高叫。海鷗。

通往拉可倫村的岔道標誌出現時，天已經黑了。

農舍外有輛吉普車，但哈利繼續往迴轉道走。沒有藍色BMW。他把車停在緊鄰農舍的下方。不必想辦法偷溜進去了，他過來的路上，搖下車窗時已經聽到狗叫聲。

哈利知道應該把槍帶來的。倒不是因為有理由假設亞布會帶槍，因為他不可能知道有人想要他的命——說得更確切一些，是要他死。但他們已經不是這齣戲的唯二演員了。

哈利下了車。他看不見也聽不到海鷗叫，也許牠們只有白天會叫吧，他心想。

葛瑞格被拴在屋前階梯的欄杆上。一口森森白牙在月光下閃閃發亮，一股涼意傳到哈利仍然作痛的脖子，但他強迫自己跨出緩慢的大步子，接近這隻吠叫中的狗。

「還記得我嗎？」哈利靠得很近，近得幾乎摸得著那狗的氣息時，輕聲這麼問。緊繃的鍊子在葛瑞格身後微微顫動。哈利彎下身，驚訝地發現狗吠聲慢慢減弱。嘶啞的聲音表示狗兒已經這樣叫了好一陣子。葛瑞格伸出兩隻前腳，低下頭，完全停止吠叫。哈利握住門把，門上了鎖。他能聽到裡面的聲音嗎？客廳裡有燈光。

「亞納．亞布！」

沒有回答。哈利等了一會兒，又喊了一次。

燈裡沒有鑰匙，於是他找了一顆就手的大石頭，爬過走廊欄杆，砸破走廊門上的一小塊玻璃，伸手進去把門打開。

房裡不像有過打鬥，倒像有人急著離開。一本攤開的書放在桌上，哈利拿了起來。莎士比亞的《馬克白》，裡面有一行字用藍筆圈了起來：**我無話可說；我的聲音在劍裡**。他打量著房間，卻沒看到那隻筆。只有最小的那間臥房，裡面的床有被用過的痕跡。床頭櫃上有本男性雜誌。

一架小收音機調到接近P４新聞台的頻率，低低的播報聲從廚房傳來。哈利把收音機關掉。流理台上有塊退了冰的牛排，青花菜還包在塑膠袋裡。葛瑞格扒著門，哈利把門打開。一對棕色的可愛狗眼仰望著他，說得更確切一點，是望著那塊牛排。牛排還沒啪一聲跌落台階，就被扯成了碎片。

哈利一面看狗兒狼吞虎嚥，一面思考該怎麼做。**如果**還有事可做的話。亞布不看莎士比亞的書，這點可以肯定。

最後一塊肉消失之後，恢復精力的葛瑞格又對著馬路吠叫起來。哈利走到欄杆旁，解開鍊子，葛瑞格就開跑了，他只能勉強在溼地上跟過去而不跌倒。狗兒拉著他走下小徑，越過馬路，走下一段陡坡。哈利只看到黑色的浪，撞擊著被半月的月光照得白白亮亮的平滑岩石。他們從濕漉漉的長草間穿過，草葉勾著哈利的腿，好像不想放他走，但葛瑞格卻不停步，直到哈利腳下那雙馬汀大夫鞋踩到了圓石和沙。葛瑞格圓滾滾的尾巴根直豎著，他們站在海灘上。現在是漲潮，海浪幾乎要拍打到直挺的長草，沖出許多泡泡，彷彿海水退去時，沙裡的泡沫還留有二氧化碳。葛瑞格又開始吠叫。

「他划船出海了嗎？」哈利問，一半是問葛瑞格，一半也問自己。「他一個人，還是有人陪他？」他沒有得到回答。不過，這裡很空曠，小徑也到了盡頭。哈利豎起衣領，這隻大洛威拿犬卻不肯屈服。哈利只好亮起手電筒，照著海洋。他只看到一排排白浪，像放在一面黑鏡子上的幾行古柯鹼。水面下可以清楚看見一個緩坡，哈利又拉了拉狗鍊，但狗兒發出淒厲的嚎叫，開始用爪子扒沙。

哈利嘆口氣，關掉手電筒，走回農舍。他在廚房煮了杯咖啡，聽著遙遠的狗吠。他洗好杯子，又走回海邊，在岩石間找了個避風的凹處坐下。他點燃一根菸，想要思考。然後他把外套拉緊，閉上眼睛。

有天晚上他們躺在她床上，安娜那時說了一句話。那一定是他們六週的戀情快接近尾聲的時候，而他一定比平常清醒得多，因為他還記得。她當時說，她的床是一艘船，她和哈利是兩個遭逢船難的孤單倖存者，在海上漂流，一心只想看到陸地。接下來發生的就是這樣嗎？他們看到了陸地？他不記得有這樣的事。他覺得彷彿自己跳船下海了。也許是他的記憶在搞怪。

他閉上眼，想喚起有她的畫面。不是他們當船難生還者的時候，而是他上次見到她的時候。顯然，他們還一起吃了飯。她替他斟滿酒杯——是酒嗎？他喝了嗎？顯然有。她又替他斟滿。他有點把持不住，一口把杯子喝乾，她笑他，親他，跳舞給他看。在他耳邊輕聲說些甜言蜜語。他們倒上床，出了海。對她來說，一切真的這麼容易？對他也是？

不，不可能。

但哈利沒辦法肯定。他不能自信滿滿地說，他沒有躺在索根福里街的床上，唇邊還帶著狂喜的笑。他跟舊情人重圓了，而蘿凱卻在莫斯科瞪著旅館的天花板，因為害怕失去孩子而無法入睡。

哈利縮起身子。寒冷刺骨的風透體而入，彷彿他是個鬼魂。有些他一直不願去想的思緒現在都回來了：

如果他無法知道自己有沒有能力欺騙這輩子最珍惜的女人，又怎麼知道自己還做過些什麼事？奧納說過，喝酒和吸毒只會強化或削弱人潛藏的本質，但誰又清楚知道那些人體內有些什麼呢？人類不是機器，腦部的化學作用隨時在變。不管在正當情況還是錯誤用藥的影響之下，誰能清楚記得所有我們能夠做到的事？

哈利打了個顫，咒罵了一聲。他現在知道了。知道為什麼他得找到亞納．亞布，在別人將他滅口之前向他告解。不是因為他的血裡流著職業精神，也不是因為法律已成為個人素養，而是因為他非知道不可。亞納．亞布是唯一能夠告訴他的人。

哈利又閉上眼睛。在堅持、有催眠韻律的海浪聲中，仍能聽見風吹上花崗岩的低嘯。

他睜開眼時，周圍已經不黑了。風把雲吹散，黯淡的星光在上方閃爍。月亮換了位置。哈利看了看錶。他在這裡坐了快一小時。葛瑞格仍在對海狂吠。他撐起僵硬的身軀站起，蹣跚地走向狗兒。月亮的引力變了，海平面降低，哈利走下寬廣的沙灘。

「葛瑞格，來吧。我們在這裡找不到東西的。」

他想抓住項圈，狗卻想咬他一口，哈利本能地往後跳了一步。他凝視著海面，月光在一個黑色的平面上閃爍，現在他看出之前海水漲潮時沒看出來的東西了：那東西像兩根繫泊桿突出海面。哈利走到水邊，打開手電筒。

「老天爺。」他輕呼。

葛瑞格跳進水裡，他也跟了過去，涉水走了十公尺，水都還不到膝蓋。他盯著一雙鞋：手工縫製，義大利牌子。哈利拿手電筒照著水下，一雙裸露在外的腿白得發青，反射著光，像兩塊倒豎著的慘白墓碑。

哈利的叫聲被風刮走，又立刻被拍打的海浪聲淹沒。但他的手電筒掉進水裡，被海水吞沒之後，仍在水底的沙地亮了將近二十四小時。次年夏天，有個小男孩拿著手電筒跑向他父親，手電筒黑色的外殼已被鹽水侵蝕，父子倆都沒把手電筒跟發現屍體的可怕經過聯想在一起。這件事在一年前上了各大報紙，但在夏日的陽光下，那卻像是好幾輩子以前的事。

第五部

32 大衛・赫索霍夫

晨光像一根白柱破天而下，在峽灣上投射出湯姆・沃勒所說的「基督之光」。他家裡的牆上也掛了幾幅類似的照片。他大步跨過圍繞犯罪現場的塑膠封鎖線。自認為瞭解他的人可能會說，依他的個性應該會從封鎖線上面跳過去，而不是彎腰從下面走過。他們說對了後者，卻沒說對前者。湯姆・沃勒懷疑真有人瞭解他，他也有意維持這種情況。

他把數位相機舉到警配墨鏡泛著金屬藍光的鏡片前。這種墨鏡他家裡還有好幾副，是感恩的客人給他的回禮。說起來，這部相機也是。視窗拍下了地上那個洞和洞裡的那具屍體。屍體穿著黑色長褲，那件襯衫本來是白色的，現在卻被沙土弄成了棕色。

「又拍照片存進私人相片集嗎？」韋伯問。

「這是新手法。」湯姆頭也沒抬地說，「我喜歡有創意的凶手。你查出這人的身分了嗎？」

「亞納・亞布。四十二歲，已婚，有三個小孩。似乎有不少錢，後面那間農舍就是他的。」

「當時有人看到或聽到什麼嗎？」

「他們正在挨家挨戶地調查，但你也看得出來這裡有多荒涼。」

「也許是旅館那邊過來的人？」湯姆指著海灘盡頭的一棟黃色木造大樓。

「我懷疑。」韋伯說，「不會有人在這個時節去住旅館。」

「是誰發現屍體的？」

「有人從默斯市的電話亭打匿名電話報案，電話是打給默斯市警局的。」

「是凶手本人嗎？」

「我想不是。那人說他遛狗的時候，看到兩隻腳突起來。」

「他們有沒有留下交談錄音？」

韋伯搖頭。「他沒打緊急求救電話。」

「你覺得這是怎麼回事？」湯姆朝那具屍體指了指。

「法醫還沒送報告過來，但我看他像是被活埋的。沒有體外受虐的跡象，但口鼻裡的血和眼睛上的爆裂血管，都說明了腦部有大量積血。此外，我們發現他的喉嚨深處有沙，表示他被埋進去的時候還在呼吸。」

「瞭解。還有呢？」

「那隻狗當時綁在死者農舍外的欄杆上。這隻醜洛威拿是很棒的狗，健康狀況良好。農舍的門沒鎖，裡面也沒有打鬥痕跡。」

「換句話說，有人開門進去，拿槍威脅他，把狗綁了起來，替他掘了個洞然後恭請他自己跳進去。」

「如果兇手不只一個的話。」

「大洛威拿犬，一公尺半深的洞。韋伯，我想這點無庸置疑。」

韋伯沒有反應。他跟湯姆合作從來沒出過問題。這人是萬中選一的天生警探，辦案經歷輝煌。但那並不代表韋伯必須喜歡他，不過，說**不喜歡**好像也不對。那是另一種感覺，類似要你分辨兩幅很相似的畫那樣，你說不上來哪裡有異狀，但就是覺得不對勁。**不對勁**，就是這個詞。

湯姆在屍體旁蹲下。他知道韋伯不喜歡他，但沒關係。韋伯是鑑識組的老警察了，不會再升官，也就是說不會對湯姆的官途或生活造成任何影響。簡單來說，湯姆不需要被韋伯喜歡。

「是誰指認他的？」

「幾個當地人。」韋伯回答，「雜貨店老闆認出了他。我們聯絡上他在奧斯陸的太太，把她帶來這裡，她確認這人就是亞納・亞布。」

「她人現在在哪？」

「在農舍。」

「有人訊問過她了嗎？」

韋伯聳肩。

「我喜歡第一個到現場。」湯姆說著身體前傾，拍了一張臉部特寫照。

「默斯市警局接下這起案子，我們只是被請來協助的。」

「我們有經驗。」湯姆說，「有沒有人向那群鄉巴佬委婉解釋過？」

「事實上，我們有人以前也調查過謀殺案。」他們身後有個聲音說。湯姆抬眼，看到一個面帶微笑的男人，他穿著警察的黑皮夾克，配著有金邊的一星徽章。

「我不介意啦。」那位警監大笑，「我是保羅・瑟倫森，你一定是沃勒警監了。」

湯姆簡短對他點了個頭，卻沒理會瑟倫森伸出的手。他不喜歡跟不認識的人有身體接觸，或者該說，就算對認識的人他也不想。但對女人就不同了，反正只要主控權在他手裡就行。而他總是能掌控一切。

「瑟倫森，你們還沒調查過這樣的案子。」湯姆說著撥開死者的眼皮，露出充血的眼球。「這不是酒吧遇刺或酒醉意外。所以你們才請求我們協助，對吧？」

「這的確不像本地會有的案子，沒錯。」瑟倫森說。

「我建議你和手下在這裡留守，讓我去跟死者的太太談。」

瑟倫森大笑，彷彿湯姆剛才說了個大笑話似的，但看到湯姆的警配墨鏡後方挑起的眉，又立刻噤聲。湯姆・沃勒站了起來，開始往警察封鎖線走。他慢慢數到三，然後頭也不回地大喊：「把那輛警車開走。瑟倫森，我看到你把車停在迴轉道上。多虧了你，鑑識組待會會查凶手車輛的輪胎痕。」

他不必轉身也知道瑟倫森開朗臉上的笑容已經消失，這個犯罪現場也改由奧斯陸警察接手。

「亞布太太？」湯姆走進客廳，喊了一聲。他已經決定要把案子速戰速決了，他跟一個相貌姣好的年輕女孩還有午餐約會，他可不想取消。

正在翻一本相簿的薇格蒂絲．亞布抬起頭。「是。」

湯姆喜歡眼前的景象。精心呵護過的身軀、有自信的坐姿、刻意擺出電視主持人的隨興態度，和三顆沒扣上的上衣釦子。他也喜歡聽到的聲音。那輕柔的嗓音輕易吐出那個特別的字，他就喜歡身邊的女人這樣說。他也喜歡那張嘴，他已經希望能聽到那個字從這張嘴裡說出來。

「我是湯姆．沃勒警監。」他說著在她對面坐下。「我明白這件事一定讓妳非常震驚。當然我知道這麼說是老套，也懷疑此時此刻這句話對妳會有意義，但我還是想表達同情。我也曾經失去過親人。」

他等待著。等她感激地抬眼，好讓他正視她的目光。那眼光是朦朧的，一開始湯姆以為她目中含淚，聽到她回答之後才明白她已經醉了：「警官，你有沒有菸？」

「叫我湯姆就好。我不抽菸，對不起。」

「湯姆，我要在這裡待多久？」

「我可以安排讓妳盡快離開。我只要問幾個問題，好嗎？」

「好。」

「很好。妳知不知道有誰可能會想要妳先生的命？」

薇格蒂絲以手支頤，凝視著窗外。「湯姆，另一位警官在哪裡？」

「對不起，你說什麼？」

「他不是也該來嗎？」

「亞布太太，妳是說哪位警官？」

「哈利。他負責這件案子，不是嗎？」

湯姆任職警察期間，之所以升遷得比別人都快，主要是因為他設法不讓包括辯護律師在內的任何人，刺探他如何取得被告有罪的證據。第二個原因是他有敏感的天線。當然了，有時候天線在應該敏感的時候並沒有反應；但卻從沒在不該敏感的時候有反應。現在天線有反應了。

「亞布太太，你是指哈利・霍勒嗎？」

「可以停這裡。」

湯姆還是喜歡那個聲音。他在路邊停車，身子向前靠，仰望著山丘頂上那棟粉紅色的房子。早晨的陽光在庭院中一個動物模樣的物體上閃爍。

「你人真好。」薇格蒂絲說，「不只說服瑟倫森讓我先走，還載我回家。」

湯姆給她一個溫暖的笑容。他知道那個笑是溫暖的。很多人都說他長得像《海灘遊俠》裡的明星大衛・赫索霍夫，有同樣的下巴、身材和笑容。他看過《海灘遊俠》，明白別人那樣說是什麼意思。

「我才應該感謝**妳**。」他說。

這話沒錯。從拉可倫村開來的一路上，他得知了幾件趣事。如哈利曾經想找出她丈夫殺害安娜・貝斯森的證據，而如果他沒記錯，安娜・貝斯森是前陣子在索根福里街自殺的女人。那個案子已經結了，還是他親自判定是自殺並寫了報告的。那麼那個白痴霍勒想幹什麼？是輸了不服氣所以想扳回一城嗎？霍勒是不是想證明，安娜・貝斯森是犯罪行為下的受害者，好讓他——湯姆・沃勒受制？挖舊帳的確很像那個瘋子酒鬼的作風，但湯姆覺得不太合理的是，霍勒怎麼會花這麼多力氣，去查一件最多只顯示出湯姆在這案子上稍顯驟下結論的事。他根本不相信哈利的動機只是想澄清這件案子。只有電影裡的警察才會把下班時間拿來做這種事。

既然哈利的嫌犯已死，這起案子自然只有幾個其他的解答。湯姆不確定是哪個，但直覺告訴他，只要牽涉到哈利，他就有興趣去查。因此，當薇格蒂絲問湯姆想不想進去坐坐、喝杯咖啡，最讓他心動的並不是對這位新寡女人的煽情念頭。這可能是個好機會，擺脫那一直以來——多久了？一年多了？——對他緊追不捨的人。

一年多，是的，沒錯。自從愛倫・蓋登警官——多虧史費勒・歐森幹的蠢事——發現湯姆・沃勒是奧斯陸軍火走私組織的幕後主使人以來，已經過了一年多。他吩咐歐森把她幹掉、免得她把事情抖出來的時候，他太清楚霍勒絕不會放棄追查凶手。所以他故意讓人在犯罪現場找到歐森的棒球帽，好在逮捕這位謀殺嫌犯時，以「自衛」理由對歐森開槍。沒有什麼可以牽連到他身上，但湯姆有種詭異的不安感，總覺得霍勒就快查出來了。他可能會危及自己。

「大家都不在，房子變得好空哦。」薇格蒂絲說著打開門鎖。

「妳……呃……一個人住有多久了？」湯姆問，一面跟著她走上台階，進入客廳。他還是很喜歡眼前的景象。

「孩子都在諾德比市，我爸媽那邊。我們的打算是讓他們待在那兒，直到情況恢復正常。」她嘆口氣，坐進一張寬大的扶手椅裡。「我得喝杯酒，然後最好打個電話給他們。」

湯姆站著觀察她。她剛才那番話破壞了一切，他之前感覺到的小小刺激感已經消失了。她忽然顯得更老，或許是酒精的效用過了。酒精撫平、軟化了她嘴角的皺紋，現在那張嘴僵成扭曲、粉紅色的裂縫。

「湯姆，請坐。我來泡兩杯咖啡。」

他一屁股坐進沙發，薇格蒂絲消失在廚房。他張開雙腿，注意到沙發布料上有個淡淡的污痕。他想起自己沙發上的污痕，那是經血。

想到這件事，他就笑了。

貝雅特・隆恩。

甜蜜、天真的貝雅特・隆恩，坐在茶几對面，把他的話一字不漏地聽了進去，彷彿那些話是方糖，被她加進了拿鐵咖啡裡。小女孩的飲料。**我認為，人有做自己的勇氣非常重要。兩人關係中最重要的就是誠實，妳不覺得嗎？**面對年輕女孩，很難知道該怎麼把那套看似深奧的老調說得對上她們的胃口，但他的話顯然正投貝雅特所好。在他替她調了杯適合年輕女孩喝的酒之後，她就溫順地跟他回家了。

他不得不笑。即使到了第二天，貝雅特．隆恩還以為她不記得昨晚的事是因為太累，還有那杯酒比她以前習慣的還要烈的緣故。放對藥量是重點。

最棒的是，他早上走進客廳，看到她拿著溼布猛搓沙發上的那塊地方。前一天晚上，他們才把前戲上演了一遍，她就昏了過去，之後好戲才登場。

「對不起。」她都快哭出來了。「我剛剛才看到，真的很不好意思。我以為我下禮拜才會來的。」

「沒關係。」他當時這麼回答，還拍了拍她面頰。「只要妳想辦法把那髒東西弄掉就好。」然後他不得不衝進廚房，打開水龍頭，把冰箱的門弄得乒乓響，才蓋過自己的笑聲。貝雅特刷洗著的那塊血漬，是琳達留下的。還是卡倫？

薇格蒂絲在廚房喊。「湯姆，你的咖啡要加牛奶嗎？」她的聲音聽起來有點生硬，裡面有奧斯陸西部的腔調。總之，他已經知道他需要的事了。

「我剛才想到，我在市區還有個會要開。」他說。他轉身，看到她端著兩杯咖啡站在廚房門口，訝異地睜大了眼。好像他剛甩了她一巴掌。他琢磨著這個念頭。

「妳需要時間靜一靜。」他說著站起來。「我瞭解。我剛才說過，我最近也失去了一個親密的好友。」

「我很遺憾。」薇格蒂絲說，依舊困惑。「我甚至沒問是誰。」

「她叫愛倫，是我同事。我很喜歡她。」湯姆偏過頭打量薇格蒂絲，她以不確定的微笑作答。

「你在想什麼？」她問。

「也許我哪天會過來看看妳。」他對她做出特別溫暖的笑容，最棒的大衛．赫索霍夫微笑，心想要是人人都能看透別人的思想，這世界不知會有多混亂。

33 嗅覺障礙

午後的尖峰時間開始了，格蘭斯萊達街裡開著車的薪水奴隸緩緩駛過警察總署。一隻籬雀坐在枝頭，看著最後一片樹葉飄落、被風吹起，又翻飛著經過五樓會議室的窗戶。

「我不擅長演講。」畢悠納．莫勒開口。曾經聽過莫勒之前幾次演講的人都點頭表示同意。一瓶要價七十九克朗的歐普拉氣泡酒、十四個還未拆封的塑膠酒杯，還有每個曾參辦屠子一案的人，都在等莫勒把話說完。

「首先，歡迎來自奧斯陸市議會的市長和警察局長光臨，也感謝大家讓案子圓滿終結。各位都知道，我們承受了不少壓力，尤其這犯人還連搶了幾家銀行……」

「我可不知道誰會只搶一家！」伊佛森大喊，帶起一波笑聲。他選擇站在房間後方靠門口的位置，以便看清與會的員警。

「我想你可以這麼說。」莫勒微笑，「我想說的是，呃……各位都知道……我們很高興案子已經結束了。在開始喝香檳以前，我想特別向一個人致謝，他應該得到最大的讚賞……」

哈利感到大家都在看他。他最討厭這種場合了，老闆上台講話，上台對老闆講話，感謝眾位小丑，一場毫無意義的演出。

「領導本案的盧納．伊佛森。盧納，恭喜你。」

一陣掌聲。

「盧納，你要不要說幾句話？」

「好的。」伊佛森說。集合的員警都伸長了頸子。他清了清喉嚨。「可惜，我不像畢悠納一樣，有說自已不擅長上台講話的權利。因為我很擅長。」更多笑聲。「我擔任過其他成功結案的案件講者，從那些經驗來看，我知道要感謝所有人是一件很累的事。大家都知道，警察工作需要團隊合作。貝雅特和哈利有幸得分，但全組人都下了基本功。」

哈利不可置信地看著群眾點頭同意。

「所以，謝謝大家。」伊佛森的目光掃過全體警員，顯然有意讓每個人都覺得受到注意和感謝。然後他以更興高采烈的語氣大喊：「大夥兒這就來開香檳吧！」

有人遞了個酒瓶過來，他用力搖晃一陣，開始轉鬆木塞。

「我實在懶得看下去。」哈利低聲對貝雅特說，「我走了。」

她責備地望了他一眼。

「小心！」木塞啵地彈出，飛向天花板。「大家拿杯子啊！」

「抱歉，」哈利說，「明天見。」

他走進辦公室，拿起自己的夾克，搭電梯下樓，身子靠在電梯間的牆上。昨晚在亞布的農舍，他只睡了幾個小時。早上六點，他開車到默斯市的火車站，找到電話亭和默斯市警局的電話，報案說海邊有一具屍體。他知道他們會請奧斯陸警方協助。八點，他抵達奧斯陸，在伍立弗路的咖啡小舖裡喝了一杯柯塔多調味咖啡，等到確定這案子已經轉到別人手裡，可以安心進辦公室。

電梯門滑開，哈利從雙開彈簧門中出來，進入冷冽的奧斯陸秋日空氣。據說，這裡的空氣污染比曼谷還要嚴重。他告誡自己不必趕時間，強迫腳步放慢。今天他什麼都不想去想，只要睡覺，也希望不會做夢。希望到了明天，所有的門都會在身後關起。

除了一扇門。這扇門永遠不關，他也**不想**讓它關。不過，他要等到明天才去想這件事。然後他要跟哈福森在奧克西瓦河邊散步，停在當初發現她的那棵樹下，第一百次重建當時的情景。不是因為他們已經忘記，而是想讓感覺回來，讓鼻子再次嗅到氣味。他已經開始渴望了。

他走上草坪中央的小路，這是捷徑。他並沒看左邊的灰色監獄大樓，裡面的洛斯可想必已經把西洋棋都收好了。他們絕對不會在拉可倫村發現任何事，或者任何讓人聯想到這個吉普賽人或他手下嘍囉的事，即使負責偵辦的人是哈利。他們只得盡可能去調查。屠子已經死了。亞納．亞布死了。**正義就像水**，愛倫有一次這麼說，**終會找到出路**。他們知道這不是真的，但至少他們有時能在這個謊言裡得到慰藉。

哈利聽到警笛聲。警笛已經響了一陣子了。有著旋轉藍燈的白色車輛從他身旁駛過，消失在格蘭斯萊達街。他設法不去想這些警車為什麼會出來。或許跟他沒有關係。就算有，也只能等。等到明天。

湯姆．沃勒發現自己到得太早。這個淡黃色住宅區的居民，白天並不會閒坐在家。他已經按下最下面一排的按鈕，正準備轉身走開，卻聽到一個滯悶、金屬般的聲音：「哪位？」

湯姆猛地轉身。「嗨，請問是……？」他看了看按鈕旁邊的名牌。「艾斯翠．蒙森嗎？」

二十秒後，他來到樓梯頂端，一張寫滿驚恐的雀斑臉從保險鏈條後方凝望著他。

「蒙森小姐，我可以進去嗎？」他問，做出大衛．赫索霍夫特有的露齒笑容。

「最好不要。」她的尖嗓音說。她大概沒看過《海灘遊俠》。

他把證件拿給她看。

「我是來請教，安娜．貝斯森的死有沒有我們應該知道的事？警方已經不能肯定那是自殺了。我知道有個同事私下來調查過，我想知道妳有沒有跟他談過。」

湯姆聽說，動物能嗅出恐懼，尤其是獵食性動物。他不覺得驚訝，讓他驚訝的是，竟然不是**每個人**都能嗅出恐懼。恐懼跟牛尿一樣，有股轉瞬即逝的苦味。

「蒙森小姐，妳在怕什麼？」

她的瞳孔擴張得更大了。湯姆的天線現在嗡嗡直響。

「有妳的幫助，對我們非常重要。」湯姆說，「警察與民眾之間，最重要的一層關係就是坦承，這妳應該同意吧？」

她的眼光開始閃爍，他決定冒險：「我相信我同事可能涉嫌本案。」

下巴掉下，她露出絕望的表情。賓果。

他們坐在廚房裡。咖啡色的牆面上布滿小孩的塗鴉，湯姆猜她大概是一群小孩的姑姑。他邊聽她說話，邊做筆記。

「我聽到走廊有東西掉下來的聲音。我走出去，看到一個男人四肢著地，趴在我門外。看樣子他一定跌倒了，於是我問他需不需要幫忙，但我並沒有聽到清楚的回答。我上樓按安娜的門鈴，但裡面也沒人應。那男人口袋裡的東西掉了滿地，我在他皮夾裡找到他的名字和住址，然後我扶他到馬路上，招來一輛計程車，把地址給了司機。我就只知道這樣。」

「妳確定那是後來又來找妳的那個人？也就是哈利．霍勒？」

她嚥了口口水，然後點頭。

「艾斯翠，沒關係的。妳怎麼知道他去過安娜家裡？」

「我聽到他進門了。」

「妳**聽到**他進門，又**聽到**他走進安娜的家？」

「我的書房就在走廊旁邊，走廊上發生什麼事都可以聽得很清楚。這一區很靜，平常都沒人。」

「妳在安娜公寓附近有沒有聽到其他動靜？」

她遲疑著。「那個警察走了以後，我好像聽到有人躡腳走上安娜家的聲音，但那聲音像是女人的。你也知道，高跟鞋的聲音不一樣。但我想應該是三樓的古德森太太。」

「哦？」

「她在老市長酒吧喝過幾杯以後，通常都會偷溜回來。」

「妳有沒有聽到槍聲？」

艾斯翠搖頭。「兩棟公寓之間的牆壁有隔音。」

「妳還記得計程車的牌照號嗎？」

「不記得。」

「妳聽見走廊上有東西掉落聲時是幾點？」

「十一點十五分。」

「艾斯翠，妳非常確定嗎？」

她點頭。做了個深呼吸。

她再度開口，語氣裡突如其來的堅定讓湯姆很訝異：「他殺了她。」

他感覺心跳變快了，就快了那麼一點。「艾斯翠，妳為什麼這樣說？」

「聽說安娜那天晚上自殺的時候，我就覺得不對勁了。有人會醉得像團爛泥、躺在樓梯上嗎？而且她也沒來應門。我想過要報警，可是他卻到這裡來……」她看著湯姆，彷彿就快溺水而死，而他是救生艇。「他第一個問我的問題就是我認不認得他。我當然知道他這樣問是什麼意思。」

「他是什麼意思？」

她的聲音高了半度。「凶手問唯一的目擊者認不認得他？你說呢？他是來警告我，要是我說出去的話會有什麼後果。我照他要的做了，說我從來沒見過他。」

「但妳剛才說，他後來又回來找妳，問亞納・亞布的事？」

「對，他要我把罪名加在別人頭上。請你瞭解我當時有多害怕。我假裝什麼都不懂，順著他的意思……」他聽出她語帶哭音。

「但現在妳卻願意把事情告訴我們？妳也願意上法庭作證？」

「是的，如果你……如果我能確定自己很安全。」

另一個房間傳來收到電子郵件的叮咚聲。湯姆看了看錶，四點三十分。他的行動要快，可能的話最好在今晚。

四點三十五分，哈利打開自家的門，頓時想起他忘了要跟哈福森去健身房踩飛輪的約。他踢掉鞋子，走到客廳，在閃動著的答錄機上按下播放鍵。是蘿凱。

「法庭星期三會做裁決。我已經訂了星期四的機票。十一點會到加德莫恩機場。歐雷克問你能不能來接我們。」

我們。她說得好像判決馬上就生效了似的。如果輸了官司，他就不會接到**我們**，只會是一個喪失了一切的人。

她沒留下號碼，好讓他回電說一切已經結束，她再也不需要擔驚受怕。他嘆口氣，倒進那張綠色扶手椅裡，閉上眼睛，看到她出現。蘿凱。冰冷的白床單燒得他皮膚發痛，敞開的窗前那幾乎不動的窗簾，透進一束月光，照上她裸露的手臂。他的指尖輕輕滑過她的眼、手、窄窄的肩、又長又細的頸子，和跟他交纏著的雙腿。他感到她那均勻、溫暖的氣息吹上自己脖子，聽著這副熟睡身軀發出的呼吸在他輕柔撫過她頸背時，幾乎難以覺察地改變了節奏。她臀際也幾乎難以察覺地開始朝他移動，彷彿她剛才只是在休眠，在等待。

五點，在奧斯特瑞斯鎮家裡的盧納．伊佛森拿起電話，準備告訴來電者他家人剛要坐下吃飯；在他家，吃飯是一件大事，可否請他晚點再撥？

「伊佛森，很抱歉打擾了你。我是湯姆．沃勒。」

「嗨，湯姆。」伊佛森嘴裡含著嚼了一半的馬鈴薯。「聽我說……」

「我要你下令逮捕哈利．霍勒。還要一張搜他家裡的搜索令，外加五個人負責搜。我有理由相信，霍勒很不幸地涉及了一起謀殺案。」

馬鈴薯嗆進了氣管。

「事情緊急，」沃勒說，「證據可能有被毀的風險。」

「畢悠納·莫勒。」咳個不停的伊佛森好不容易說出這幾個字。

「好，我知道嚴格來說這是莫勒的職責，」湯姆說，「但我想你一定也同意，他會有成見。他和哈利已經共事十年了。」

「說得也是。但我們今天在忙別的事，所以我的手下都抽不了身。」

「盧納……」伊佛森的太太說。他不太想刺激她。今天的香檳慶祝會過後，他晚了二十分鐘到家，然後葛森街挪威銀行分行的警報就響了。

「湯姆，我再回你電話。我會打給警方律師，看看有什麼辦法。」他清了清喉嚨，又用大得能讓太太聽見的聲音說：「等我們吃過飯以後。」

哈利醒來時，聽見有人重重敲門。他的腦子自動下了結論，這人已經敲了好一陣子的門，而且肯定知道哈利在家。他看了看錶，五點五十五分。剛才他一直夢到蘿凱。他伸了個懶腰，從椅子上起來。

更多敲門聲，更重了。

「來了啦，來了啦！」哈利一面喊一面走向門口。透過門上凹凸不平的玻璃，他看出一個人影。一定是哪個鄰居，哈利想，才會沒用對講機。

他的手剛碰到門把，就停止了動作。一股寒意竄上後頸，眼前看到黑點，脈搏加快。遭透了。他開了門。

是阿里，正眉頭深鎖。

「你答應過今天以前要把地下室的儲藏間收拾好的。」他說。

哈利一手拍上前額。

「媽的！對不起，阿里。我真是個沒用的糊塗鬼。」

「沒錯，哈利。如果你今晚有空，我可以幫忙。」

哈利訝異地打量他。「幫我？我的東西十秒內就能拿光。老實說，我還真想不起來下面到底放了些什麼。但沒關係。」

「哈利，那些是貴重物品。」阿里搖搖頭。「把那種東西放在地下室，你真是瘋了。」

「那我就不知道了。我現在要去施羅德酒館吃點東西，吃完我就回來。」

哈利關上門，倒回椅子裡，按下遙控器。手語新聞。哈利以前調查過一個案子，需要找幾位聾人問訊，他也因此學了幾句手語。他比對著記者的手語和出現的字幕。中東前線很安靜。一位美國人因為替塔利班打仗而受到軍法審判。哈利放棄了。施羅德酒館的招牌菜，一杯咖啡，一根菸，他沉思著。還是去地下室，然後直接上床。他拿起遙控器，正準備關電視，卻看到打手語的人伸直五指，豎起大拇指對著他。他記得這個手勢。有人被槍殺了。哈利立刻想到亞納．亞布，但他是窒息死的。他的目光沿著字幕看去，椅子裡的身體僵住了。他開始瘋狂地按遙控器。很糟——可能還是非常糟的消息。電視即時訊息上說的並不比字幕多多少：

銀行行員在搶劫時遭槍擊。今天下午在奧斯陸葛森街的挪威銀行分行，搶匪對一名行員開槍。該名行員有生命危險。

哈利走進臥室，打開電腦。銀行搶案是首頁上的頭條，他輕點兩下滑鼠：

該銀行今日準備結束營業前，一個戴頭罩的搶匪持槍進入，命令女性分行經理取出提款機裡的所有現鈔。由於事情並未在限定時間內完成，搶匪對現年三十四歲的行員開槍。據稱這位女性傷者有性命危險。盧納・伊佛森組長表示，警方目前尚無線索，對本案似乎遵循所謂「屠子」犯下的幾起搶案模式一事不予置評。警方也表示，屠子已於本週被人發現死在巴西的迪亞爵達市。

可能是巧合，當然有可能，但並不是。哈利一手摸過臉，他從一開始就在擔心這件事。列夫・葛瑞特只搶了一家銀行，接下來的搶案都是別人幹的。有人幹得從容至極，到了一絲不苟地比照屠子的原始搶劫手法並引以為傲的地步。

哈利想要撇開這個思緒。他現在不想擔心銀行搶案或銀行員工被殺的事，也不想去想如果竟然有兩位屠子會怎麼樣。還有他可能又得在伊佛森底下偵辦，再度擱置愛倫的案子。

停。今天不要再想了。明天再說。

但他的雙腿仍把他帶到走廊，他的手指也自發性地撥打了韋伯的電話。「我是哈利，有什麼新消息嗎？」

「當然。」令人訝異的是，韋伯聽起來很高興。「好孩子最後總會走運。」

「這倒是新鮮事。」哈利說，「說說看。」

「我們還在銀行裡的時候，貝雅特從痛苦之屋打電話給我。她開始看搶案錄影帶，發現了一件有趣的事。那個人說話時，站得離櫃檯的塑膠玻璃很近。她建議我們去查口水。當時搶案才發生了半小時，所以還有機會找到東西。」

「結果呢？」哈利不耐地問。

「玻璃上沒有口水。」

哈利呻吟。

「但有呼氣濃縮的微滴。」

「真的？」

「對，真的。」

「最近一定有人做了禱告。恭喜啦，韋伯。」

「我想我們三天內就能得出染色體調查結果，然後就可以開始進行比對。我猜不必過完這個禮拜，就會知道他的身分了。」

「希望你是對的。」

「當然啦。」

「好吧，謝謝你救回了我的胃口。」

哈利掛了電話，穿上夾克，準備離開，卻想起電腦還沒關，於是又走回臥室。他正想關機，就看到了。

他的心一沉，血管裡的血幾乎要凝固。他有一封郵件。當然他還是可以不理會，還是關掉電腦。應該這樣的，反正沒有急事。可能是其他人寄來的，**不可能**的寄件人只有一個。哈利很想現在就去施羅德酒館，在多弗列街上，想著那雙掛在半空中的舊鞋究竟怎麼回事，或享受蘿凱在夢裡的畫面，諸如此類的。不過現在已經太遲了；他的手指再度取得控制權，體內的機器嘎嘎啟動。然後郵件出現了，是一封長信。

嗨，哈利：

幹嘛拉長了臉？也許你以為再也不會有我的信了。唉，哈利，生命是充滿驚喜的呀。你看到這封信時，亞納．亞布也已經發現了這件事。你我兩個讓他無法承受生命，可不是嗎？如果我沒弄錯，我猜他太太已經帶著孩子離開了他。很殘忍吧？奪走一個男人的家人，尤其你知道這是他私生活中最重要的事。但他也只能怪自己，不忠的人受到再嚴厲的懲罰都不為過。對不對，哈利？總之，我的小小復仇在此結束。

但既然你以無辜者的身分陷進了這件事裡，或許我欠你一個解釋。這個解釋其實很簡單。我愛過安娜，真的，我愛她這個人，和她給我的一切。

不幸的是，她並不愛我給她的東西。「海」開頭的，深沉睡眠。你知道她有毒癮嗎？我說過，生命充滿驚喜。在她某一次——咱們就打開天窗說亮話了——失敗的畫作展覽之後，我介紹毒品給她。然後他們一見鍾情，一「針」即合。多年來，安娜是我的客戶，也是我的祕密情人，這兩個角色可以說無法分割。

困惑了嗎，哈利？因為你剝光她衣服的時候並沒看到針孔？是的，「一針即合」只是個形容，其實安娜根本沒法打針。我們把海洛因放在古巴巧克力的錫箔紙上，用吸的。這樣比注射還貴，但只要安娜跟我在一起，就只要付批發價。我們倆——那個詞是怎麼說來著的？——如膠似漆。想到往日時光，我還會眼眶泛淚呢。她把女人能為男人做的事都做了：她跟我幹、替我煮飯、幫我「裝草」、逗我開心，安慰我，甚至苦苦哀求我。基本上，她唯一沒做的就是愛我。哈利，這怎麼會有這麼難呢？畢竟，她愛過你，而你卻對她棄若敝屣呀。

她甚至還愛了亞納．亞布。我還以為她只把他當搖錢樹，以便用市價買毒品，暫時離開我一陣。

但五月的一天傍晚，我打電話給她。我犯了芝麻大的罪，剛坐完三個月的牢，因此安娜跟我有一陣子沒見面。我說我們應該慶祝一下，我剛收到來自清萊工廠、全世界最純的一批貨。我立刻就從她聲音裡聽出情況不對。她說結束了，我問她是指「海」還是指我，她說兩個都是。她說，事情是這樣的，她開始畫一件會讓她名留青史的藝術作品，需要保持頭腦清醒。你也知道，安娜這個人一旦決定要做什麼事，就固執得像頭牛似的。所以我猜你沒在她血液裡找到毒品，對吧？

然後她跟我說有一個男人，亞納．亞布。他們開始約會，還計畫同居。首先，他必須先跟他太太離婚。聽過這故事吧，哈利？我也聽過。

奇怪的是，世界開始崩塌時，你會變得全神貫注。在我放下電話前，我知道要做什麼事。復仇。很原始嗎？一點也不會。復仇是會思考的人類的反射行為，是行動與一致性的複雜結合，目前為止沒有他種動物成功演化出來。就演化論來說，施加報復的行為顯然極為有效，只有復仇心最強的人才得以存活。復仇，不然死路一條。聽起來很像西部電影的片名吧？但別忘了，正是報復的邏輯創造出憲政國家的。以牙還牙、有罪者在地獄被焚燒，或至少一顆頭吊在絞刑台邊上，這些都是神聖的擔保。哈利，報仇其實是文明的基礎。

所以那天傍晚我定下心來，想出了一個計畫。

計畫很簡單。

我向崔奧芬訂了一把安娜公寓的鑰匙，細節我就不告訴你了。等你離開她家，我就開門進去。安娜已經上床了，她、貝瑞塔M92手槍和我進行了一場漫長又有開導性的對話。我請她找出亞納．亞布給她的一樣東西——卡片、信件、名片什麼都好。我的計畫是把東西放在她身上，幫你把謀殺案跟他連在一起，但她只有他家人在農舍拍的一張照片，是她從他相簿裡拿下來的。我猜這樣可能太難懂了，你可能會需要多一點幫忙，於是我想了個辦法。貝瑞塔先生說服她告訴我怎麼進入亞布的農舍，鑰匙就在門外的燈裡。

對她開槍以後——細節我就不多說了，因為結果實在令人掃興（沒有露出恐懼或後悔的樣子）——我把照片放在她鞋子裡，然後立刻動身前往拉可倫村。我把安娜的備用鑰匙放進農舍，那把鑰匙你現在肯定也已經發現了。我想過把鑰匙貼在馬桶水箱裡，我最喜歡那裡，《教父》裡的麥可就把槍藏在那邊。但你大概不會想到去那裡找，這樣就失去意義了，所以我放進床頭櫃抽屜裡。很簡單吧？

就這樣，舞台布置完畢，可以讓你和其他木偶登場了。只希望你不會因為我放在半路上的幾個小線索而生氣：你們警察的智力程度實在教人擔憂啊。哈利，很高興能跟你合作。

34 鱷鳥

一輛警車停在哈利家公寓大樓門口，另一輛擋在多弗列街往蘇菲街的路口。湯姆．沃勒已下令不要開警笛和警燈。

他用對講機確認所有人都已就位，也接到一連串夾帶雜訊的確認回報。伊佛森那邊的消息是，四十分鐘以前已接獲警方律師發下那張藍紙——也就是逮捕搜索令。湯姆明確地表示他不要支援小組，而要親自率隊，且要其他人手待命。伊佛森並無異議。

湯姆搓著手，一半是因為從畢斯雷球場那條路上吹來的寒風，但大部分是因為興奮。逮捕是這工作最棒的部分，這點他從小就發現了：秋天的傍晚，他和尤亞肯在爸媽的果園，等住戶委員會的爛人來搶蘋果。他們果真來了，一夥人通常有八到十個。不過人數多少不重要，因為他和尤亞肯打開手電筒，用自製的擴音器大喊時，現場總是亂成一團。他們依照野狼獵捕麋鹿的法子，選定獵物裡最小、最弱的下手。但讓湯姆著迷的是逮捕——圍住獵物的部分，而尤亞肯喜歡的則是懲罰。他在這方面的創意已先進到有時候湯姆都必須加以阻止。倒不是因為湯姆對小偷起了同情心，而是因為尤亞肯不像他能保持頭腦清醒，衡量後果。湯姆經常覺得，他和尤亞肯會在一起並非湊巧。尤亞肯現在是奧斯陸法庭裡的法官副手，前途無量。

湯姆申請加入警力時，吸引他的就是**逮捕**這件事。湯姆的父親想要他學醫，或步他後塵念神學。湯姆在學成績優異，為什麼要當警察？他父親當時說，擁有良好教育對自尊心很重要，還說起他那在五金行賣螺絲的大哥憎恨天下的人，因為他覺得自己沒有人家好。

湯姆帶著啼笑皆非的笑容聆聽這些告誡，清楚知道父親最討厭這樣。父親擔心的並不是湯姆的自尊，而是鄰居和親戚的看法，認為他唯一的兒子「只不過」當了個警察。他父親從來不懂，即使你比人家好，也可以憎恨人家。**就因為**你比較好。

他看了看錶。六點十三分。他按下一樓的門鈴。

「哪位？」一個女人的聲音說。

「我是警察。」湯姆說，「可以請妳替我們開門嗎？」

「我怎麼知道你是警察？」

巴基斯坦人，湯姆心想，一面請她從窗戶看一下警車。門鎖滋地一聲開了。

「請待在屋子裡。」他朝對講機說。

湯姆要一個人守住房子後方的消防逃生口。上網研究過這棟公寓的平面圖之後，他已經記住了哈利公寓的位置，也知道無須擔心後梯的問題。

他們戴上了頭罩。關鍵字是速度、效率和決心。最後一項其實代表著下手要狠，而且有必要的話，不惜下殺手。但很少有那種必要。整體說來，就連棘手的罪犯在無預警狀況下看到戴著頭罩、攜帶武器的男人闖入，都會嚇得無法動彈。簡單來說，銀行搶匪用的就是這一招。

湯姆定了定心神，對其中一人點點頭。那人用兩個指節在門上輕輕敲了敲。這個動作只是為了事後寫報告時，可以說他們事先敲過門。湯姆用機關槍槍柄敲碎玻璃框，伸手進去，俐落地把門打開。他喊了一聲，所有人衝進了公寓。他不確定自己喊的是狀聲詞，還是哪句話的第一個字，他只知道他和尤亞肯扭亮手電筒時，口中喊的也是這個。這種時候最棒了。

「馬鈴薯餃，」瑪雅說著端起哈利的盤子，用責備的眼神看了他一眼。「你碰都沒碰。」

「對不起，」哈利說，「我沒胃口。請替我轉告廚師，說不是他沒煮好。這次不是。」

瑪雅大笑著往廚房走去。

「瑪雅……」

她緩緩轉身。哈利的聲音裡有點什麼，那語氣是不祥的預兆。

「給我一杯啤酒，好嗎？」

她繼續往廚房走。不關我的事，她心想。我只是替客人服務，跟我一點關係也沒有。

「瑪雅，怎麼回事？」她把盤子裡的東西倒進垃圾桶時，廚師這麼問。

「又不是我的生活。」她說，「是他的。那個傻瓜。」

貝雅特辦公室的電話發出尖銳的聲響，她拿起話筒，聽到人聲、笑聲和碰杯的哐噹聲，然後是那個聲音。

「打擾妳了嗎？」

一時之間，她不敢肯定。他的聲音好陌生，但除了他不會是別人。「哈利？」

「妳在忙嗎？」

「我……我在查網路找線索。哈利——」

「所以妳把葛森街銀行搶案的錄影帶放上網路？」

「對，可是你——」

「貝雅特，我有幾件事要告訴妳。亞納·亞布——」

「好，但你先聽我說。」

「貝雅特，妳好像有點緊張。」

「當然！」她的叫聲從電話裡傳來，然後又變得鎮靜：「哈利，他們去抓你了。他們離開以後，我一直打電話要警告你，但你家沒人。」

「妳在說什麼？」

「湯姆·沃勒。他拿到你的拘捕令。」

「什麼？我要被逮捕了？」

現在貝雅特知道哈利的聲音哪裡不對了。他喝了酒。她深吸了一口氣。「告訴我你在哪裡，哈利。我過來接你，然後我們可以說你是自首的。我還不知道這是怎麼回事，但我會幫你，哈利。我保證。哈利？別做傻事，好嗎？喂？」

她坐著聽那些人聲、笑聲和碰杯的哐噹聲，然後是腳步聲，接著一個女人沙啞的聲音說話了：「我是施羅德酒館的瑪雅。」

「他去哪……？」

「他走了。」

35 求救訊號

薇格蒂絲·亞布被外頭葛瑞格的叫聲吵醒。雨打鼓似的在屋頂上敲，她看了看錶。七點半，她一定是不小心睡著了。面前的酒杯是空的，家裡是空的，一切都是空的。這並不是她計畫裡的模樣。

她起床，走到露台門口，看著葛瑞格。狗兒面對鐵門，耳朵和尾巴都豎得筆直。她該做什麼呢？把牠送走？讓牠安樂死？就連孩子們對這隻過度好動又緊張兮兮的動物都沒什麼感情。計畫，對了。她看了一眼玻璃茶几上半空的琴酒酒瓶。現在該想個新計畫了。

葛瑞格的吠叫聲撕裂了空氣。汪，汪！亞納曾經說，他覺得這個擾人的叫聲讓他很安心；給你一種有人警戒中的模糊感覺。他說狗可以聞出敵人，因為心存不善的人散發出的氣味跟朋友不一樣。她決定明天打電話給獸醫。她厭倦了花錢養這隻每次她走進房間都會叫的狗。

她一吋吋地打開露台門，聆聽著。在狗吠和雨聲當中，她聽出碎石子被輾過的聲音。她才撥了撥頭髮，擦去左眼的眼影抹痕，就聽到門鈴響起韓德爾《彌賽亞》樂曲的三個音，這是她親家送的喬遷禮物。她大概知道來者可能是誰。她猜對了。幾乎猜對了。

「警官，是你？」她說，由衷地感到驚訝。「什麼好風把你吹來？」

台階上的男人全身溼透，水滴還掛在他眉毛上。他的一臂靠著門框，看著她，沒有回答。薇格蒂絲把門完全打開，半閉上眼：「怎麼不進來？」

她帶頭先走，聽到他的鞋子發出叭嘰聲跟在身後。她知道他喜歡眼前這副景象。他在一張扶手椅上坐下，外套都沒脫。她注意到椅子的布料吸了水，顏色變深了。

「警官，要來杯琴酒嗎？」

「有沒有金賓威士忌？」

「沒有。」

「那琴酒好了。」

她取出水晶杯——那是親家送的結婚禮物——替他和自己都倒了一杯。「請節哀。」那位警察說，用閃亮、發紅的眼睛望著她。她看出這不是他今天的第一杯酒。

「謝謝。」她說，「乾杯。」

她放下酒杯，看到他那杯只喝了一半。他坐著把玩酒杯，突然說：「是我殺了他。」

薇格蒂絲直覺地把手放在頸邊的項鍊上。這是他們新婚時亞納送她的禮物。

「我並不想讓結果發展成這樣。」他說，「但我愚蠢又粗心，讓凶手找上他。」

薇格蒂絲把酒杯放在嘴前，這樣他就看不到她就快大笑出聲了。

「現在妳知道了。」他說。

「哈利，現在我知道了。」她輕聲說。她好像看到他眼裡的一絲訝異。

「妳跟湯姆．沃勒談過了。」這話聽起來不像疑問，反而像陳述事實。

「你是指那個自認為是上帝贈禮的……嗯，對，我跟那個警探談過了。當然，我把我知道的一切都告訴了他。哈利，我這樣不應該嗎？」

他聳肩。

「哈利，我害你陷入僵局了嗎？」沙發上的她把雙腿收攏在身下，從酒杯後方用擔憂的神情看著他。

他沒回答。

「要不要再來一杯？」

他點頭。「至少，我有個好消息要告訴妳。」他的目光謹慎地跟著她的手，看她把酒杯斟滿。「我今天傍晚接到一封電子郵件，寄件人坦承他殺害了安娜．貝斯森。當初就是這人耍了我，害我以為凶手是亞布。」

「太好了。」她說，不小心把琴酒灑到了桌上。「哎呀，一定是酒太烈了。」

「妳沒有驚訝的樣子。」

「已經沒什麼事會讓我驚訝了。老實說，我也不認為亞納有殺人的膽子。」

哈利揉著後頸。「無論如何，現在我有了安娜．貝斯森是遭到謀殺的證據。我晚上出門前，把這份供書寄給一個同事，那表示對我來說，已經把所有的牌都攤在桌上了。安娜是我的前女友，我的問題是她被殺的那天晚上，我跟她在一起。我本該拒絕她的邀約，但我愚蠢又粗心，以為能夠靠自己偵破案子，同時確保自己不會被扯進去。我實在……」

「愚蠢又粗心。你剛才說過了。」她深思地打量他，看他撫摸著身邊的沙發靠墊。「當然，這說明了很多事。但我還是不懂，為什麼陪伴一個你想……陪伴的女人會是犯罪。哈利，這部分是怎麼回事？」

「唔，」他大口吞下那些發亮的液體。「我第二天早上醒來，什麼都不記得。」

「我懂了。」她從沙發上起身，走向他，站在他面前。「你知道那男的是誰嗎？」

他仰起頭靠著沙發背，抬眼看她。「誰說是『男的』了？」他的咬字有些模糊。

她伸出纖細的手。他詢問地望著她。

「脫外套。」她說，「然後去浴室洗個熱水澡。我來煮咖啡，替你找幾件乾衣服。我想他不會介意的，他在很多方面都是個理智的男人。」

「我……」

「來吧，快點。」

被熱水包圍讓他渾身舒泰得打顫。熱撫繼續從大腿爬上他腰際，讓他全身起雞皮疙瘩。他呻吟了一聲，然後全身都浸在滾燙的水裡，身子往後靠。

他聽見外面的雨聲，也注意聽薇格蒂絲的行動，但她放起了唱片。警察合唱團。精選輯，以便一網打盡。他閉上眼。

史汀發出求救訊號。[7]說到這個，他想貝雅特現在一定看過那封信了。她會傳出訊息，獵狐行動就會被取消。酒精讓他的眼皮沉重，但每次他閉上眼，就看到兩條腿和手工縫製的義大利皮鞋從熱氣蒸騰的浴缸水裡冒出來。他伸手到頭後面摸索剛才放在浴缸邊上的酒杯。他從施羅德酒館打電話給貝雅特時，只喝了兩大杯啤酒，那絕對還不足以讓他醉到不省人事。但媽的那個酒杯到底到哪兒去了？不知道湯姆．沃勒是否還是不顧一切要抓他，哈利知道他就想逮捕自己。但在所有細節安穩地各就各位之前，哈利絕不會自首。從現在起，他不能信任任何人。他會想出辦法，只要先休息一下，再喝一杯。今晚就借用這裡的沙發過夜，等頭腦清醒。明天再說。

他的手碰到沉重的水晶杯，杯子在沉悶的哐噹聲中掉在磁磚地上。

哈利咒罵了一聲，站起來。他差點跌倒，但即時扶住了牆。他把厚厚的長毛浴巾圍在腰間，往客廳走去。琴酒酒瓶還在茶几上，他從酒櫃裡取出酒杯，把酒斟滿到杯緣。他聽見咖啡機的聲音，走廊裡有薇格蒂絲的說話聲。他回到浴室，小心地把酒杯放在薇格蒂絲替他放好的那堆衣服旁。淡藍色和黑色的整套畢昂．伯格服飾。他用浴巾擦過鏡子，在沒被霧氣蒙住的那塊地方看著自己的雙眼。

「你這白痴。」他低聲說。

他坐在地上。一道紅色的水順著磁磚間的縫無聲地往排水孔流去。他循著那道紅水的痕跡往回看到自己右腳，鮮血正從腳趾間淌出來。他從碎玻璃中央站起來。他根本沒注意到，什麼都沒注意到。他又看了看鏡子，笑了。

---

7 此指史汀的歌曲〈Message In A Bottle〉中的歌詞「I'll send an S.O.S. to the world」。

薇格蒂絲放下話筒。她不得不胡謅一氣，雖然她最討厭這樣。事情脫離計畫會讓她覺得像是生了病。她從小就知道，事情不會自動發生，計畫是一切。她還記得自己唸三年級的時候，全家人從希恩市搬到史蘭冬區，她站在新同學面前做自我介紹，全班都坐著盯著她瞧，她的衣服和那只奇怪的塑膠袋讓幾個女孩吃吃笑著、指著。上最後一堂課時，她寫了一張名單，上面列出班上可能當她最好朋友的女生、可能冷眼看她的女生、哪些男生會愛上自己、哪些老師會選自己當最喜歡的學生。她回家時就把名單釘在床頭，一直到聖誕節都沒取下來。那時名單上的每個名字旁邊都多了一個勾。

但現在不同。現在她得靠別人才能讓生活重回軌道。

她看了看錶。九點四十分。湯姆．沃勒說他們十二分鐘內就會到這裡，還保證會在進入史蘭冬區以前關掉警笛，免得她擔心吵到鄰居。她根本沒提到這點。

她坐在走廊等，希望霍勒已經在浴室裡睡著了。她又看了看錶，聽著音樂。幸好這些惱人的警察合唱團歌曲已經結束了，現在是史汀的個人專輯，用他那美妙、舒緩的嗓音唱著歌。關於雨……像星星的淚。歌曲好美，她都想哭了。

然後她聽到葛瑞格沙啞的吠叫聲。總算來了。

她打開門，依照約定跑上台階。她看到一個人影跑過庭院往露台，另一個人影繞到房子後面。兩個身穿黑色制服、戴著頭罩的男子，拿著小巧的手槍，在她面前停步。

「還在浴室？」其中一個戴黑色頭罩的人低聲說。「上樓後左轉？」

「對，湯姆。」她輕聲說，「謝謝你這麼快就……」

但他們已經進了屋。

她閉上眼，聆聽著。腳步聲跑上樓梯，露台上葛瑞格凶狠地嚎叫，史汀輕柔的唱著「我們多麼脆弱」，浴室門喀啦一聲被踢開。

她轉身進屋。上樓，走向喊叫聲的方向。她得喝杯酒。她看到湯姆站在樓梯頂，已摘下了頭罩，但他的面容扭曲，幾乎讓她認不出來。他指著地毯上的什麼，她低頭看。一道血跡。她的目光順著血跡通過客廳，來到敞開的露台門口。她聽不見那個穿黑衣的白痴對自己大喊了什麼。她現在唯一能想到的就是**計畫，這不在計畫裡。**

36 叢林流浪

哈利跑著。葛瑞格斷斷續續的刺耳吠叫，就像背景裡憤怒的節拍器，除此之外，他身邊的一切都是安靜的。他赤腳踩上濕漉漉的草，雙臂在身前伸長，又衝過一個圍籬，幾乎沒感覺到尖刺扯破了手掌和那套畢昂·伯格的衣服。他找不到自己的衣服和鞋子，猜想她一定拿到樓下，放在她坐著等待的地方了。他在找鞋子穿的時候，聽到葛瑞格的哀號，只得硬著頭皮穿著褲子和襯衫跑出去。雨水打進他的眼睛，眼前的房屋、蘋果樹和樹叢都模糊了。黑暗中又出現一座庭院，他冒險跳過低矮的籬笆，卻失了平衡。他正帶著含有酒精的血液不住狂奔。修剪整齊的草坪打上他的臉。他趴在地上，聆聽著。

他好像聽到幾隻狗的叫聲。維克多也在？這麼快？湯姆一定早叫他們等著了。哈利站了起來，打量周遭。他一路跑到了山丘頂的目的地，故意遠離有燈的馬路，那裡很快會有警車開始巡邏，他也很容易被發現。他在畢攸卡特路附近，可以看到亞布的房子，前門外停著四輛車，其中兩輛閃著旋轉的藍燈。他往下看著山丘的另一邊。那裡是叫霍爾門還是格瑞斯巴納運動場？總之是那類的名字。一輛平民的車停在十字路口旁的人行道上，車燈沒關。哈利已經很快了，但湯姆卻更快。只有警察會那樣停車。

他用力揉著臉，想擺脫他最近一直想要的醉意。藍色的光閃過車站路上的樹，他逃不掉，湯姆太厲害了，但他不太明白。這不可能是一場個人行動，一定有人授權使用這麼多的資源來逮捕一個人。發生了什麼事？貝雅特沒收到他寄去的信嗎？

他聽著。毫無疑問，狗的聲音更吵雜了。他打量著四周。看著漆黑山丘間疏落、點著燈的獨棟房子。他想著那些窗戶後方舒適、溫暖的房間。挪威人喜歡光。他們有電力。只會在去南方渡假兩星期時才會關燈。他的目光掃過一棟棟房子。

湯姆．沃勒凝視著把風景裝飾得像聖誕夜的那些獨棟房屋。又大又黑的花園。蘋果竊賊。他坐在維克多特別改裝過的小貨車裡，腳翹在儀表板上。他們有最精良的通訊器材，所以他把行動控制站移到了這裡，剛才還用無線電跟慢慢縮小搜查範圍的各組人員通了話。他看了看錶。狗兒都出去了，跟主人走進黑暗，在庭院裡移動，已經過了快十分鐘。

無線電響了：「車站路呼叫維克多一號。這裡有輛車要去瑞福哈芬十七號，車主是史提．安頓森，他說他下班要回家。我們要不要……」

「檢查身分、地址，然後放他通過。」湯姆說，「其他的人也照辦，行嗎？多用點頭腦。」

湯姆從上衣口袋取出一張CD，放進音響裡。幾個假音，王子唱著〈雷聲〉。身邊駕駛座上的男子揚起一邊眉毛，但湯姆假裝沒看到，把音量調大。主段、副歌，主段、副歌。下一首歌：〈流行爹地〉。湯姆又看了一次手錶。媽的，這些狗怎麼花這麼久時間。他敲著儀表板，駕駛座上的男人又瞄了他一眼。

「有新鮮的血跡可以追蹤。」湯姆說，「有這麼難嗎？」

「那些是狗，又不是機器人。」那個男人說，「放輕鬆啦，很快就會找到他的。」

永遠以王子之名為人所知的歌手，一首〈鑽石與珍珠〉唱到一半，又有報告進來了：「維克多三號呼叫維克多一號，我們應該找到他了。我們在一棟白屋外，地址是……呃，艾立克正在找那條路的路名，但牆上寫著十六號就對了。」

湯姆關掉音樂。「好。查出地址，等我們過去。我聽到的響聲是什麼？」

「是屋裡的聲音。」

無線電又響：「車站路呼叫維克多一號。抱歉打斷通訊，但這裡有輛保全車。他們說要去赫洛拉本十六號，他們公司的控制室收到這裡發出的竊盜警報。我該不該——」

「維克多一號呼叫所有組員！」湯姆大喊，「進去，赫洛拉本十六號。」

畢悠納．莫勒的心情很差。他最喜歡的電視節目才看到一半！他找到那棟白屋，門牌十六號，把車停在外面，走過大門，來到打開的房門口，一位警員牽著一隻德國牧羊犬站在一旁。

「湯姆在嗎？」這位隊長問。警員朝門口指了指。莫勒發現走廊窗戶的玻璃被打碎了。湯姆站在裡面走廊上，跟另一位警察憤怒地爭論。

「媽的這裡到底怎麼啦？」莫勒直接切入正題。

湯姆轉身。「嗨！莫勒，你怎麼來了？」

「貝雅特．隆恩打電話給我的。這件蠢事是誰授權的？」

「我們的警方律師。」

「我不是指逮捕，我問是誰批准進行第三次世界大戰，只因為我們的一個同事可能——可能！——有幾件事情必須交代。」

湯姆把重心放回腳跟，瞪著莫勒。「是伊佛森組長。我們在哈利家裡找到幾樣東西，他已經不只是我們想約談的對象，而是涉嫌謀殺。莫勒，你還有什麼事情不清楚？」

莫勒訝異地揚起眉，認定湯姆一定是興奮過頭了。這是他第一次聽他用這種挑釁的語氣對上級長官說話。「有。哈利在哪？」

湯姆指著拼花地板上的紅色腳印。「他之前還在。你也看出他是闖進來的。要解釋的事情愈來愈多了，可不是嗎？」

「我是問他現在人在哪裡。」

湯姆和另一位警員互看對方一眼。「哈利顯然沒那麼急著解釋。我們抵達的時候，要捉的鳥兒已經飛了。」

「哦？我怎麼以為你已經把整片地區都圍住了。」

車。」

「是沒錯。」湯姆說。

「那他是怎麼逃掉的？」

「用這個。」湯姆指著桌上的一具電話。話筒上的斑點看起來像是血。

「他用電話逃走了？」把他的壞心情和整件事的嚴重程度都算進去，莫勒簡直有股想笑的不理智衝動。

莫勒看著大衛·赫索霍夫下巴的強健肌肉開始繃緊。「我們有理由相信，」湯姆說，「他叫了一部計程車。」

愛斯坦緩緩開進小巷，把計程車開進奧斯陸監獄前鋪滿圓石子的半圓形區域，倒車開進兩輛汽車中間，車子後方是空蕩的公園和格蘭斯萊達街。他熄了引擎，但擋風玻璃的雨刷卻仍左右搖擺。他等待著。附近沒有人，廣場和公園裡都沒有。他抬眼看了看警察總署，然後拉拉方向盤下方的桿子。喀噠一聲輕響，後車廂蓋彈了開來。

「出來吧！」他看著後照鏡喊。

車子晃動著，後車廂蓋完全打開，又重重闔上。然後後車門打開，一個男人跳上車。愛斯坦從後照鏡裡打量著這個渾身溼透、發抖的乘客。

「你的氣色真不錯，哈利。」

「謝了。」

「這身行頭滿酷的。」

「不合我的尺寸，但這是畢昂·伯格牌的。鞋子借我。」

「什麼？」

「我只在走廊裡找到拖鞋。不能穿這樣進監獄找人。還要借你的夾克。」

愛斯坦翻了個白眼，好不容易才把那件短皮衣脫下。

「你通過路障時沒遇到什麼問題嗎？」哈利問。

「只有進去的時候。他們要查我有沒有收包裹的人的名字和地址。」

「我在門上找到名字的。」

「我出來的時候，他們只看了看車子，就揮手放我走了。三十秒鐘後，收音機裡才爆發騷動，呼叫各組人員什麼的，哈哈。」

「我在後面好像聽到一點聲音。但你知道收聽警用頻道是不合法的吧？」

「收聽沒有不合法，利用才是。我幾乎從來沒用過。」

哈利綁好鞋帶，把拖鞋丟到前座給愛斯坦。「老天爺會獎勵你的。如果他們記下了計程車的車牌，然後又登門找人，你就把事情經過告訴他們。說你接到有人打手機叫車，乘客堅持要躺在後車廂。」

「那還用說。這也是真話。」

「我好久沒聽到這樣的真話了。」

哈利深吸一口氣，按下門鈴。第一階段的風險還不大，但很難查出他現在受到通緝的消息散布得有多快。畢竟這座監獄一天到晚有警察出入。

「哪位？」對講機裡傳來一個聲音。

「我是哈利．霍勒警監。」哈利咬字太過清晰了，他看著入口上方的攝影機，希望自己臉上是個鎮定的表情。「我要找洛斯可．巴克斯哈。」

「你不在訪客名單上。」

「是嗎？」哈利說，「我請貝雅特．隆恩打電話過來幫我預約的。昨天晚上九點的事。你問洛斯可就知道。」

「警監，如果不是一般會客時間，就只有名單上的人能進去。你必須明天上班時間再打來約了。」

哈利把重心移到另一腳。「你叫什麼名字？」

「貝格賽特。恐怕我沒辦法——」

「貝格賽特，你聽我說。這場會面關係到一個警方重要案件的消息，沒辦法等到明天。我想你聽到今晚警察總署周邊的警笛聲了吧？」

「對，可是——」

「除非你明天想回答媒體問你是怎麼把行程弄錯的，不然我建議我們跳出一成不變的思考框架，按下常識思考按鈕。也就是你前面那個鈕，貝格賽特。」

哈利瞪著沒有生命的攝影機鏡頭。過了好長一段時間，鎖滋地一聲開了。

哈利進來的時候，洛斯可坐在囚室裡的椅子上。

「謝謝你確認了我們的會面。」哈利說著打量起這間八平方公尺大的牢房。一張床、一張書桌、兩個衣櫃、幾本書。沒有收音機、雜誌，也沒有私人物品，牆上也光禿禿的。

「我喜歡這樣。」洛斯可回答了哈利心中的疑問。「更容易專心。」

「那聽聽這個，看會不會讓你專心吧。」哈利說著在床邊坐下。「結果殺害安娜的並不是亞納．亞布。你殺錯人了。洛斯可，你手上沾了無辜者的血。」

哈利好像看到這位吉普賽人冰冷卻柔和、有如殉道者的面具在微微抽動，但他不確定。洛斯可低下頭，雙手放在太陽穴旁。

「我收到凶手寄來的電子郵件，」哈利說，「原來他從一開始就在耍我。」他一手順著棉被上的十字紋路上下移動，一面說出那封信的內容大要。之後又簡略說了這一天的經過。

洛斯可動也不動地坐著，聽哈利把話說完，然後他抬起頭。「這表示你的手上也沾了無辜者的血，**史皮歐尼**。」

哈利點頭。

「現在你來告訴我，我是玷污你雙手的人。所以我欠你一份情。」

哈利沒有回答。

「我同意。」洛斯可說，「告訴我我要怎麼還。」

哈利停止摸棉被。「三件事。首先，在我把事情查個水落石出以前，我需要有個地方藏身。」

洛斯可點頭。

「第二，我需要安娜家的鑰匙，讓我查幾件事。」

「我已經還你了。」

「不是寫著『亞亞』的那把，那把在我家抽屜，但我現在不能回去。第三……」

哈利頓了頓，洛斯可好奇地打量著他。

「如果我聽到蘿凱說，就算只是有人斜眼看他們，我都會去自首，把所有事情都抖出來，指認你是害死亞納．亞布的人。」

洛斯可給他一個縱容、友善的笑。好像他替哈利對他倆都再清楚不過的事感到遺憾——沒人能夠成功找出洛斯可和謀殺案之間的任何關聯。「**史皮歐尼**，你不需要擔心蘿凱和歐雷克。我的線人接到的命令是，只要我們解決亞布，他就會叫回手下。你應該擔心的是審判的結果。我的線人說，狀況看起來不太妙。據我所知，父親的家族有不少靠山？」

哈利聳肩。

洛斯可拉開書桌抽屜，取出一把閃亮的崔奧芬系統鑰匙遞給哈利。「到格蘭區的地鐵站，走下第一段樓梯，你會看到一個女人坐在廁所旁的窗戶後面。你要付五克朗才能進去，跟她說哈利到了，然後進男廁，把自己鎖在其中一個廁所裡。等你聽到有人吹口哨，曲子是〈叢林流浪〉，就表示你的移動工具準備好了。祝你好運了，**史皮歐尼**。」

大雨嘩啦啦地下著，在柏油路上濺起一片水霧。要是誰肯花點時間，就會看到蘇菲街狹窄單向路段盡頭的街燈裡，有一道道小彩虹。不過畢悠納．莫勒沒那個時間。他下了車，把外套披在頭上，越過馬路衝到門口。伊佛森、韋伯和一個看樣子是巴基斯坦籍的男人站在那裡等他。

莫勒跟他們一一握手，那個深膚色的男人自我介紹說他叫阿里．尼亞基，是哈利的鄰居。

「湯姆一把史蘭冬區那邊的事處理完就過來。」莫勒說，「你們找到了什麼？」

「恐怕是挺有意思的東西。」伊佛森說，「現在最重要的事，是想出該怎麼跟媒體說明，我們自己警員中有人——」

「喂喂，等一下，」莫勒低吼，「沒那麼快。先來段任務報告如何？」

伊佛森冷冷地笑。「跟我來。」

這位搶案組組長帶著其餘三人通過一道矮門，走下通往地下室的歪斜樓梯。莫勒盡量縮起他那又長又瘦的身軀，免得碰到天花板或牆壁。他討厭地下室。

伊佛森的聲音在兩面磚牆間成了空洞的回音。「你也知道，貝雅特．隆恩接到霍勒轉寄的幾封郵件。他宣稱這些信是自承殺害安娜．貝斯森的人寄的。我一小時以前去了總署，看過那些信。我直說好了：信裡大部分的內容都是毫無條理、教人摸不著頭腦的廢話，但信中的確有些資訊，對安娜．貝斯森死亡當晚沒有詳細瞭解的人是寫不出來的。這些資訊雖然表明霍勒當天晚上也在安娜家，但顯然也給了他不在場證明。」

「顯然？」莫勒低頭從另一個門框下走過。室內的天花板更低，他彎著身子走，盡量不去想頭上的四層樓建築是幾個世紀以前用抹灰籬笆牆固定的。「伊佛森，你這話是什麼意思？你不是說那些信裡有招供嗎？」

「首先，我們搜查了霍勒家裡，」伊佛森說，「我們打開他的電腦，開啟收件匣，找到所有他收到的郵件，就跟他寄給貝雅特的一樣。換句話說，這是種明顯的不在場證據。」

「我聽到了。」莫勒一副不耐煩的樣子說。「能不能快點切入正題？」

「當然啦，關鍵在於把這些信件寄到哈利電腦的是誰。」

莫勒聽到聲音。

「就在轉角。」自稱是霍勒鄰居的男人說。

他們在一間儲藏室前停步，兩個男人蹲在網格後方，一個用手電筒照著一台筆電的背面，一面讀出數字，另一個則把數字抄下來。莫勒看到牆上插座上掛了兩條電線，一條連到筆電，一條連到一支有刮痕的諾基亞手機，手機又連接到電腦。

莫勒盡可能挺直身子。「這些證明了什麼？」

伊佛森一手放在哈利鄰居的肩上。「阿里說他在安娜．貝斯森被殺之後幾天來過地下室，那時是他第一次看到哈利的儲藏間裡有這台連接著手機的筆電。我們已經查過了手機。」

「結果呢？」

「手機是霍勒的。現在我們要查是誰買下這台筆電。不過我們已經查過寄件匣了。」

莫勒閉上眼。他已經開始背痛了。

「果不期然。」伊佛森搖著頭，一副有先見之明的模樣。「裡面的信全是哈利想讓我們相信是神祕凶手寄給他的。」

「嗯。」莫勒說，「聽起來不妙。」

「韋伯在公寓裡找到真正的證據。」

莫勒看著韋伯要找解答，韋伯一臉陰鬱的神情，舉起一只透明小塑膠袋。

「一把鑰匙？」莫勒說，「上面還寫著『亞亞』的縮寫？」

「在電話桌的抽屜裡找到的。」韋伯說，「跟安娜．貝斯森家的鑰匙符合。」

莫勒面無表情地瞪著韋伯。電燈泡刺目的光把他們的臉照得慘白，就像旁邊的白色粉刷牆壁。莫勒有種置身在墓穴裡的感覺。「我要出去了。」他低聲說。

37 日耳曼史皮歐尼

哈利睜開眼，仰頭看著微笑女孩的臉，感到大錘重重敲了第一下。

他又閉上眼睛，但那女孩的笑聲和頭痛都沒有消失。

他嘗試回憶昨天晚上的情景。

洛斯可、地鐵站的廁所、穿著亞曼尼西裝的矮胖男人吹口哨、戴著一堆金戒指的手朝自己伸來、黑色的頭髮和小指上又長又尖的指甲。「嗨，哈利，我是你朋友賽門。」跟破舊的西裝成強烈對比的，是一輛閃亮的全新賓士車，車上的司機就像賽門的哥哥，有一樣愉悅的棕色眼睛，手上一樣戴滿了金戒指，也一樣長滿了手毛。

車子前座的兩個男人你一言我一語地說個不休，用混合著挪威語和瑞典語、外加一種馬戲團團員、賣刀子的、傳教士和舞團歌手的特殊腔調。但他們並沒真正說了什麼。「老哥，你好嗎？」「天氣真夠爛的。」「老哥，這套衣服不錯喔。要不要跟我換？」開懷的大笑和香菸打火機的閃動。哈利抽菸嗎？俄國菸哦。抽一根吧，味道可能有點嗆，但「有它的好味道」。更多笑聲。沒人提到洛斯可的名字，或他們要去哪裡。

原來目的地並不遠。

過了孟克美術館以後，他們駛離馬路，車子顛簸地開過坑坑窪窪的路，駛上荒涼、滿是泥濘的足球場，停在足球場前方的停車場上。停車場的盡頭有三輛露營拖車，兩輛大而新，第三輛又小又舊，而且沒有輪胎，車身架在多孔磚上。

一輛大拖車的門打開，哈利看到一個女人身影，幾個小孩從她身後探頭出來。哈利數了數，一共五個。

他說他不餓，只坐在角落看他們吃。食物由拖車裡兩個女人中年輕的那個端出來，很快就被一掃而空，也沒有飯前祈禱。那群小孩看著哈利，一邊咯咯笑一邊互相推擠。哈利對他們眨眨眼，笑了笑，覺得自己僵硬、麻痺的身軀慢慢有了感覺。這是好事，因為他將近兩百公分的身軀，每一吋都在痛。之後，賽門給了他兩條毛毯，在他肩上友好地拍了拍，朝那輛小拖車點了點頭。「雖然不是希爾頓飯店，但你在這裡很安全，老哥。」

哈利體內的每一絲暖意，在進入那有如蛋形冰箱的拖車之後都消失無蹤了。他踢掉愛斯坦那雙比他的尺寸至少小了兩號的鞋，揉著雙腳，想辦法在短短的床上找地方放他的一雙長腿。他記得的最後一件事，是想脫掉身上溼了的褲子。

「嘻－嘻－嘻。」

哈利又睜開眼。那張棕色的小臉不見了，笑聲來自外頭，透過開著的門，一束陽光大剌剌地射入車內，照上他身後的牆和釘在牆上的幾張照片。哈利用手肘撐起身子看。其中一張是兩個小男孩勾肩搭背地在他現在躺著的這輛拖車前方。兩個男孩看起來很滿足。不，不只是滿足，他們很開心。大概因為這樣，哈利差點認不出年輕的洛斯可。

哈利的雙腿跨出床外，決定不理會頭痛了。為了確保肚子沒問題，他多坐了幾秒鐘。他經歷過比昨天更糟、糟上數倍的事。前一天晚上吃飯時，他差點就要開口問他們有沒有更烈的東西可以喝，但最後還是忍住了。在克制了這麼久之後，或許他的身體現在比較可以接納烈酒了？

這個疑問在他跨出車外時得到了解答。

那群小孩訝異地看著哈利靠著拖桿，對著棕色的草地嘔吐。他咳了一聲，又呸了幾下，用手背擦過嘴角。他轉身看到賽門站著，一臉燦爛的笑容，好像倒出胃裡的東西是展開一天最自然的事。「吃壞東西啦，朋友？」

哈利嚥了口口水，點頭。

賽門借給哈利一套皺巴巴的西裝、乾淨的寬領襯衫，和一副大墨鏡。他們爬進賓士車，開上芬馬克街，在卡爾柏納廣場的紅綠燈口，賽門搖下車窗，對站在雜貨店外抽雪茄的一個男人大喊。哈利隱約覺得看過這個人。根據經驗判斷，他知道這感覺通常代表這個人有前科。那人大笑，喊了一句話回來，但哈利沒聽清楚。

「是熟人嗎？」他問。

「線人。」賽門說。

「線人。」哈利跟著說了一遍，看著一輛警車在十字路口對面等綠燈。

賽門轉向西，往伍立弗醫院。

「告訴我，」哈利說，「洛斯可在莫斯科的線人是哪種，竟然能在一座有兩千萬人口的城市裡，一下子就找到人？」哈利彈了一下手指。「是俄國黑手黨嗎？」

賽門大笑。「也許哦。如果你想不出還有誰更會找人。」

「KGB特工？」

「朋友，要是我沒記錯，他們已經不存在了。」賽門笑得更大聲了。

「密勤局的俄國專家告訴我，前KGB特工還在暗中操縱。」

賽門聳肩。「朋友，這是幫忙和回禮。都是這樣的。」

哈利的目光掃視馬路。一輛小巴迅速駛過。他請泰絲——叫醒他的那個棕色眼睛女孩——到德揚區替他買一份《每日新聞報》和《世界之路報》，但兩份報紙都沒有警員遭到通緝的消息。那並不表示他就可以到處露臉，除非他錯得離譜，否則每輛警車裡都會有他的照片。

哈利迅速走到門口，把洛斯可的鑰匙插進鎖孔，轉了轉。他盡量不在走廊弄出聲音。艾斯翠．蒙森家門外有份報紙。一進入安娜的公寓，他立刻輕輕關上門，吸了口氣。

別去想你要找的東西。

公寓裡的空氣很悶。他走進最裡面的房間。自從他上次來過之後，這裡的一切都沒動過。灰塵在透窗灑入的陽光裡飛舞，陽光照亮了那三幅畫。他站著看畫。那幾個扭曲的頭顱有種怪異的熟悉感。他走到畫前，指尖摸過突起的油彩。如果畫在對他說話，那麼他也不瞭解他們在說什麼。

他走進廚房。

這裡有垃圾和油脂變質的氣味。他打開窗戶，查看廚房水槽裡的盤子和餐具。這些東西沖了水，但沒洗過。他用叉子戳了戳變硬的食物殘塊，弄下醬汁裡的一小粒紅色東西，放進嘴裡。節朋椒。

大平底鍋後面有兩個大酒杯，一個有細細的紅色沉澱物，另一個似乎還沒用過。哈利把鼻子湊進杯口，但只聞到杯子的氣味。兩個酒杯旁還有兩個普通的水杯。他找來一條擦碗巾，方便舉杯對光看而不留下指紋。一個杯子很乾淨，另一個有黏黏的一層。他用指甲刮了一下，吸吮著手指。糖。有咖啡的味道。可口可樂？哈利閉上眼。酒跟可樂？不對。一個人喝水和酒，另一個人喝可樂，沒用酒杯。他拿擦碗巾把酒杯包起來，放進夾克口袋。接著他一陣衝動，走進浴室，把馬桶水槽的蓋子轉開，摸了摸裡面。沒有東西。

回到馬路上，他看到雲層從西邊掩來，空氣裡有一絲寒意。哈利咬住下唇，下定決心，開始往威博街走去。

哈利立刻認出這家鎖店櫃檯後方的年輕男子。

「早安，我是警察。」哈利說，希望對方不會要求看他的證件，因為證件留在史蘭冬區薇格蒂絲．亞布家的夾克裡了。

男孩放下報紙。「我知道。」

一時之間，哈利感到一陣驚慌。

「我記得你來過這裡拿鑰匙。」男孩開朗地笑了，「我記得住我每一位顧客。」

哈利清了清喉嚨。「呃，我並不是真正的客戶。」

「哦？」

「對，那把鑰匙不是我的。但我並不是因為——」

「一定是啊。」男孩插嘴，「那是系統鑰匙，不是嗎？」

哈利點頭。他從眼角看到一輛警察巡邏車緩緩駛過。「我就是想問系統鑰匙的事。像這種系統鑰匙，如崔奧芬鑰匙，不知道外人能不能拿到備份？」

「不能。」男孩以科幻漫畫雜誌讀者那種信誓旦旦的語氣說。「只有崔奧芬能做出有用的備份鑰匙。所以唯一的辦法是假造住戶委員會的書面授權書。但就算那樣也會被查出來，因為你來領鑰匙的時候，我們會請你拿出證件，跟該公寓戶主的名單比對。」

「可是我就拿到了一把這種系統鑰匙。而且還是別人的。」

男孩皺眉。「不，我記得很清楚，你拿出證件，我還檢查了名字。你說你拿的是誰的鑰匙？」

哈利從櫃檯後方玻璃的倒影中，看到剛才那輛警車從相反方向過來。

「算了。要拿到備份鑰匙，還有沒有其他辦法？」

「沒有。打這些鑰匙的崔奧芬公司，只接受像我們這種授權經銷商下的訂單。而且我剛才說過，我們會檢查證件，注意共用物業和住戶委員會訂購的鑰匙。這個流程應該滿有保障的。」

「聽起來的確如此。」哈利不耐地用手揉了揉臉。「我前陣子打過電話來，你們說有個住在索根福里街的女人收到她家的三把鑰匙。一把我們在她家裡找到，第二把她給了一位電工，要對方修理東西；第三把我們在另一個地方找到了。但現在情況是，我不相信她訂了第三把鑰匙。能請你幫我查查嗎？」

男孩聳肩。「當然可以，但你為什麼不自己問她？」

「有人對她頭上開了一槍。」

「哎呀！」男孩說，眼皮連眨都沒眨。

哈利動也不動地站著，彷彿感覺到了什麼事。一股輕微的打顫，會不會是門口吹來的風？足以讓你後頸的汗毛豎起。一陣遲疑的清喉嚨聲，但他沒聽到有人進來。他沒轉身，他想看那人是誰，但所站的角度卻看不到。

「警察。」一個宏亮的尖嗓子在他身後說。哈利嚥了一大口口水。

「什麼事？」男孩說，視線越過哈利肩頭。

「他們在外面。」那聲音說，「說住十四號的那個老女人被闖空門了，她需要立刻換新鎖，所以警察在問我們能不能馬上派人過去。」

「唔，那你跟他們去吧，艾夫。你也看得出來，我正在忙。」

哈利留神聽著腳步聲愈來愈遠。「安娜・貝斯森。」他聽到自己低聲說，「你能不能查一下，她是不是親自領取所有鑰匙的？」

「不必查，她**一定**是親自領的。」

哈利傾身靠向櫃檯。「但還是請你查一下好嗎？」

男孩用力嘆口氣，消失在後面的房間，不久拿著一本檔案夾回來，一面翻閱著。「你自己看，」他說，「這裡、這裡，還有這裡。」

哈利認得這些送貨單，就跟他之前幫安娜來領鑰匙時也簽收過的那幾張一樣。但這三張都是安娜簽的名，他正想問他簽的那張在哪裡，目光卻先看到了日期。

「這上面說，最後一把鑰匙是在八月領走的，」他說，「但那是在我過來以前好久的事，而且……」

「怎樣？」

哈利凝視著空氣。「謝謝你。」他說，「我找到我要找的東西了。」

到了外頭，風增強了。哈利在瓦爾基莉廣場找了個電話亭打電話。

「貝雅特？」

兩隻海鷗朝水手學校塔上的風裡飛去，在塔上盤旋著。海鷗下方是已轉成一片可怕墨綠色的奧斯陸峽灣和艾克柏區，長椅上的兩個人成了兩個小點。

哈利已經說完安娜．貝斯森的事。說他們見面的時間、他對最後那個晚上的記憶，還說到洛斯可。貝雅特也對哈利說完他們成功追查到那台筆電的事。電腦是三個月前從羅馬競技場電影院旁的專家商店買的，保證書上的名字是安娜．貝斯森。連到電腦的手機則是哈利聲稱掉了的那支。

「真討厭海鷗叫。」哈利說。

「你就只有這句話可說嗎？」

「在這種時候——對。」

貝雅特從長椅上站起來。「我不該來的，哈利。你不應該打電話給我。」

「可是妳來了。」哈利放棄在風中點菸。「這表示妳相信我。對不對？」

貝雅特的反應是生氣地甩開手臂。

「我知道的不比妳多。」哈利說，「我甚至不敢說我沒開槍射安娜。」

海鷗振翅飛起，在一陣強風中表演出優雅的迴旋。

「再把你知道的事情跟我說一遍。」貝雅特說。

「我知道這個人不知怎麼拿到安娜家的鑰匙，然後在謀殺案發生當晚開門進去。他離開時，拿走了安娜的筆電和我的手機。」

「你的手機為什麼會在安娜家？」

「一定是那天晚上從我夾克口袋裡掉出來的。我說過，那時我醉醺醺的。」

「後來呢？」

「他原本的計畫很簡單：殺了人以後，開車到拉可倫村，把剛才用過的那把鑰匙放在亞納．亞布的農舍，加上寫有『亞亞』縮寫的鑰匙圈，免得有人起疑。但是他後來發現了我的手機，就突然想到可以把計畫稍微改變一下，讓事情看起來像是我先殺了安娜，再嫁禍給亞布。然後他用我的手機連上埃及的伺服器，開始用讓人追查不出寄件者的方式，寄郵件給我。」

「那要是追查得到，結果就會是……」

「我。不過，我會一直被蒙在鼓裡，等收到挪威電信的帳單之後才會發現不對勁。搞不好就算到那時候我也不會察覺，因為我不會仔細看帳單。」

「手機掉了以後也不會去停話。」

「嗯。」哈利從長椅上跳起來，開始前後踱步。「更難理解的是，他怎麼進到我家地下室的儲藏間的。你們沒找到破門而入的跡象，我家那棟樓的人都不會讓陌生人進來。換句話說，他一定有一把鑰匙。事實上，他需要的只是一把鑰匙，因為我們用一把系統鑰匙就能開大門、閣樓、地下室和公寓，可是要拿到鑰匙並不簡單。安娜家的那把鑰匙也是系統鑰匙……」

哈利停步，看著南方。一艘載有兩架大起重機的綠色貨船正駛進峽灣。

「你在想什麼？」貝雅特問。

「我在想要不要請妳替我查幾個名字。」

「最好不要，哈利。我剛才說了，我根本不該過來的。」

「我也在想妳的瘀青是怎麼來的。」

她立刻把手放在脖子上。「健身。柔道。除此之外你還在想什麼事？」

「對了，我在想妳能不能把這個拿給韋伯。」哈利從夾克口袋取出用布裹住的酒杯。「請他檢查上面的指紋，跟我的指紋比對。」

「他有你的指紋嗎？」

「鑑識組有每一位在犯罪現場警員的指紋。妳請他分析杯子裡的東西。」

「哈利……」她用告誡的語氣開口。

「拜託啦？」

貝雅特嘆口氣，接下那包東西。

「拉斯曼登鎖行。」哈利說。

「這是什麼意思？」

「如果妳改變心意，想查名字了，可以去查拉斯曼登的員工名單。這是一家小鎖店。」

她做出放棄爭辯的表情。

哈利聳肩。「妳如果能把酒杯給韋伯，我就很高興了。」

「等韋伯有了結果，我要怎麼跟你聯絡？」

「妳真的想知道？」哈利微笑。

「我想知道得愈少愈好。你跟我聯絡好了。」

哈利拉緊身上的夾克。「要不要走了？」

貝雅特點頭，但沒動。哈利揚起眉。

「他所寫的，」她說，「有關『只有復仇心最強者才得以存活』那段。哈利，你覺得是真的嗎？」

哈利在拖車的短床上伸展雙腿。芬馬克街上的車聲讓哈利想起在奧普索鄉的童年，他都躺在床上聽車聲。從前暑假時，他們在爺爺家，翁達斯涅鎮上一片寂靜，當時他唯一渴望的就是回到有車聲的地方，那種規律、催眠的嗡嗡聲，只會被摩托車、吵雜的排氣聲和遙遠的警笛聲打斷。

有人敲門。是賽門。「泰絲明天也想請你講睡前故事給她聽。」他說著走了進來。哈利已經對她講過袋鼠學跳的經過，還得到每個小孩的晚安擁抱作為回禮。

兩個男人靜靜地抽菸。哈利指著牆上的照片。「那是洛斯可和他哥，對吧？叫史帝方，是安娜的父親？」

賽門點頭。

「史帝方現在在哪裡？」

賽門聳肩，對這話題不是很感興趣。哈利知道這是禁忌。

「他們在照片上看起來像是好朋友。」哈利說。

「他們就像連體雙胞胎，是好夥伴。洛斯可還替史帝方坐過兩次牢。」賽門笑了。「朋友，你好像嚇到了。這是傳統啦，你懂嗎？能替兄弟或父親受懲罰是一種榮譽。」

「警察可不會這樣想。」

「他們分不出哪個是洛斯可、哪個是史帝方。吉普賽人兄弟，要挪威警察分辨並不容易。」他冷笑一聲，遞給哈利一根菸。「尤其他們當時還戴了面罩。」

哈利長長吸了口菸，朝黑暗噴出。「他們之間出了什麼事？」

「你說呢？」賽門睜開眼，比出誇張的手勢。「當然是女人。」

「安娜？」

賽門沒有回答，但哈利知道答案已經不遠了。「史帝方跟安娜斷絕關係，是因為安娜遇上**外地人**嗎？」

賽門捻熄了菸，站起身。「不是安娜，但安娜有個母親。晚安了，**史皮歐尼**。」

「嗯，再問最後一個問題？」

賽門停步。

「**史皮歐尼**是什麼意思？」

賽門呵呵笑了。「那是**日耳曼史皮歐尼**的簡稱，意思是德國間諜。但朋友你放心，這個詞沒有冒犯的意思。有些地方還拿來當男孩的名字。」

然後他關上門，走了。

風勢減弱了，現在只剩下芬馬克街上的嗡嗡車聲。然而哈利還是睡不著。

貝雅特躺在床上，聽著戶外的車聲。小時候，她經常聽他講話聽到睡著。他說的故事不在書本裡，都是他臨時編的。那些故事從來不重複，儘管有些有類似的開場，或有同樣的人物：兩個壞小偷，一個聰明的爹地和他勇敢的女兒。故事也總是以小偷被關進牢裡作結。

貝雅特怎樣也想不起看過她父親讀書。長大之後她才發覺，父親得了一種叫閱讀障礙的病。要是沒這樣，他早就當律師了，母親當時這麼說。

「我們也希望妳當律師。」

但那些故事講的並不是律師。當貝雅特告訴母親，自己被警察學校錄取的時候，母親哭了。

貝雅特驚醒。有人按了門鈴。她咕噥一聲，雙腿跨下了床。

「是我。」對講機裡的聲音說。

「我說過不想再見到你了。」貝雅特說，穿著薄薄睡衣的她打著顫。「走開。」

「我道完歉就走。是我失心瘋了，我平常不會那樣的。我……失控了。拜託，貝雅特，只要五分鐘。」

她遲疑了。脖子還有僵硬感，還被哈利注意到瘀青了。

「我帶了禮物來。」那個聲音說。

她嘆氣。不管發生了什麼事，她遲早會跟他見面，在這裡把話說清楚總比上班時要好。她按下鈕，拉緊身上的睡衣，站在門口等，一面聽著他上樓的腳步聲。

「嗨。」看到她時，他微笑著說。一個燦爛、露齒的大衛·赫索霍夫笑容。

38

梭狀回

湯姆．沃勒把禮物遞過去，極為小心地不要碰到她，因為她的肢體語言仍像隻受驚的羚羊，散發出獵食者聞得出的恐懼氣味。他繞過她走進客廳，自行在沙發上坐下。她跟了過來，卻仍站著。他看了看四周，發覺自己每隔一陣子就會到年輕女人的公寓，而這些公寓裡的陳設幾乎都差不多。有個人風格卻毫無創意，溫馨卻乏味。

「妳不打開嗎？」他問。她照做了。

「一張ＣＤ。」她困惑地說。

「可不是普通的ＣＤ。」他說，「是《紫雨》。放出來聽聽，妳就會明白了。」

他打量著她，看她打開一台多功能收音機，這東西對像她這樣的人來說，就是所謂的音響了。這位隆恩小姐的容貌稱不上漂亮，不過人卻挺可愛的。她的身材沒什麼看頭，曲線不夠玲瓏有致，卻纖瘦結實。她喜歡他對她所做的事，展現出熱烈積極的態度——至少在他頭幾次輕柔以對的時候。是的，事實上，他們這樣不只一次了，說起來挺驚訝的，因為她根本不是他會喜歡的那一型。

然後有天晚上，他給了她全套。而她——也跟他遇過的多數女人一樣，跟他的波長不完全相同。這點只讓整件事更有吸引力，只是通常這也代表這是他最後一次見這些女人。他並不覺得怎麼樣。貝雅特應該高興，因為情況可能會更糟。幾個晚上之前，她忽然毫沒來由地說起她第一次是在哪裡見到他。

「在基努拉卡區。」她當時說，「那時是傍晚，你坐在一輛紅色的車子裡。馬路上都是人，你的車窗搖了下來。那時是去年冬天。」

他大感訝異。尤其他唯一想得起來的傍晚，就是去年冬天在基努拉卡區，把愛倫．蓋登送往陰間的那個星期六。

「我記得人的面孔。」看到他的反應，她露出勝利的笑容。「**梭狀回**。就是人腦中識別面孔形狀的那部分。我的梭狀回不正常。我應該去慶典上表演的。」

「原來如此。」他說，「妳還記得什麼？」

「你在跟一個人講話。」

他當時用手肘撐起身子，靠向她，拇指撫摸著她的喉嚨，感覺著她脈搏的跳動，快得像隻驚慌的小野兔。還是他感覺到的其實是自己的脈搏？

「我猜妳也可以記得另外那個人的臉囉？」他當時問，腦中飛快地轉著念頭。還有別人知道她今晚在這裡嗎？她是否遵照他的要求，沒讓他倆的關係曝光？他的洗碗槽下面有沒有大垃圾袋？

她帶著困惑的笑容轉頭看他。「什麼意思？」

「如果妳看到照片，會記得另外那個人的長相嗎？」

她意味深長地凝視著他，謹慎地親吻他。

「說呀？」他當時說，一面把另一隻手從被子裡抽出來。

「嗯，不記得。他當時背對著我。」

「但妳記得那人身上穿的衣服囉？我是說，如果有人要妳指認他的話呢？」

她搖搖頭。「**梭狀回**只記得人臉。我頭腦的其他部分都正常。」

「可是妳記得我開的車子顏色？」

她大笑，身子朝他貼緊。「那一定代表我喜歡看到的東西，不是嗎？」

他悄悄把手從她頸邊移開。

又過了兩個晚上，他就讓她享受全套了。她並不喜歡被迫看到、聽到或感受到的一切。擴音器裡傳來〈當鴿子啼哭〉的開場歌詞。

她調低音量。

「你想做什麼？」她問，坐在扶手椅裡。

「我說過了，來道歉的。」

「現在你已經道過歉了。這件事就算結束了吧？」她作勢打了個呵欠。「湯姆，我正準備上床。」

他感覺怒氣在上升。不是會扭曲、遮擋視線的紅霧，而是帶來清晰與精力的發亮白熱。「好，我們來談正事吧。哈利．霍勒在哪裡？」

貝雅特大笑。王子唱出假音的尖喊。

湯姆閉上眼，感到怒氣像冰河漸融成水般在血管裡奔流，讓自己愈來愈強壯。「哈利失蹤的那天晚上打過電話給妳。他也轉寄郵件給妳。妳是他的聯絡人，也是目前他唯一信任的人。他在哪裡？」

「湯姆，我很累了。」她站起身。「如果你還有更多我回答不出的問題，我建議我們明天再處理。」

湯姆沒動。「我今天跟波特森監獄的警衛談過了，滿有意思的。哈利昨天晚上在那裡，趁我們和半數便衣刑警部門到處在找他的時候，明目張膽地現身。你知道哈利跟洛斯可結盟嗎？」

「我完全不知道你在說什麼，也不知道這件事跟案子有什麼關係。」

「我也不知道，但貝雅特，我建議妳坐下來，聽我說個哈利和他朋友的小故事，妳就會改變心意了。」

「湯姆，我的回答是不要。出去。」

「就算妳父親在故事裡也不要？」

他看出她嘴角抽了一下，心知自己說到了重點。

「我的幾個情報來源是——該怎麼說呢？——是普通警察接觸不到的，也就是說，我知道妳父親在瑞恩區被射殺時的情景，也知道是誰開的槍。」

她目瞪口呆。

湯姆大笑。「妳沒想到會聽到這些，對吧？」

「你說謊。」

「擊中你父親的是一把烏茲槍，他胸口中了六顆子彈。根據報告，他孤身一人，沒帶武器就走進銀行談判了，這表示他沒有談判籌碼，因此他只能希望這麼做能讓搶匪緊張、激動。他大錯特錯，完全不明事理。尤其你父親是傳奇的專業人物。事實上，他還有個同事。這位前途看好的年輕警官很有抱負，是明日之星，但他以前從未經歷真實的銀行搶劫，更沒見過真正會開槍的銀行搶匪。

「他熱切地想追隨這位資深警官，那天下班後，他原本要載你父親回家。因此你父親是搭車抵達瑞恩區沒錯，但報告上卻沒提那輛車並不是他的。因為妳接到消息時，他的車還在家裡的車庫，跟妳和媽咪在一起。對不對？」

他看出她頸邊的血管充血，變得愈來愈粗、顏色也愈深。

「去你的，湯姆。」

「快過來聽爹地的小故事。」他說，還拍了拍身邊的軟墊。「因為我要用很輕很柔的聲音說，也誠心誠意地認為，妳應該聽這個故事。」

她遲疑地跨出一步，但不再往前。

「好。」湯姆說，「在這一天——貝雅特，那是幾月的事呀？」

「六月。」她輕聲說。

「六月，對了。他們透過無線電聽到消息，銀行就在附近，於是那位年輕警官和資深警監開車過去，帶武器佔住了外面的位置。他們照著規矩來，等待支援，或等搶匪走出銀行，沒想過要進銀行。直到其中一個搶匪出現在門口，槍口對準一位女行員。他叫著你父親的名字，因為看到他們在外面，認出了隆恩警監。他喊著說他不會傷害那個女人，但他需要有個人質。如果隆恩來代替那女人，他們也可以接受。但他必須先丟下槍，單獨走進銀行，一人換一人才行。你父親怎麼辦呢？他想著。他必須想得很快。那女人受到相當大的驚嚇，人會因為驚嚇過度而死。他想起他的妻子、妳的母親。六月，星期五，馬上就要週末了。還有太陽……貝雅特，當天有陽光吧？」

她點頭。

「他想著銀行裡會有多熱。那種壓迫和驚慌。然後他下了決心。他決定怎麼樣呢？貝雅特，他的決定是什麼？」

「他進去了。」這句低語充滿了感情。

「他進去了。」湯姆放低聲音，「隆恩警監走了進去，年輕警員在外面等，等待支援，等那女人出來，等人告訴他該怎麼做，或告訴他這只是做夢或演習，他可以回家去，因為今天是星期五、又出了太陽。可是他卻聽到……」湯姆用舌頭抵著上顎，做出噠噠噠地槍聲。「你父親倒向前門，把門撞開，他半個身子在內、半個身子在外地躺成大字形，胸口中了六槍。」

貝雅特攤進了椅子裡。

「那位年輕警員看到警監躺在那裡，知道這不是演習，也不是夢境。對方真的有自動武器，也真的會冷血地對警察開槍。他過去和此後都沒有這麼害怕過。他讀過這類的事，他的心理學成績很好，但腦中似乎有什麼碎裂了。他被驚慌淹沒，而這還是他考試時作答得極為流暢的東西。他上了車，開走了。他一直開、一直開，直到開回家，他的新婚妻子見到他很生氣，因為他錯過了晚餐時間。他像個學生站著接受斥責，還答應以後不會再遲到，他們開始吃飯。飯後，他們一起看電視。記者說有位警察在銀行搶案中被槍殺，你父親死了。」

貝雅特把臉埋進手裡。往事全都回來了，那一整天的情景。她好奇、訝異地看著毫無意義的藍天，看著藍天裡的那顆圓圓的太陽。她當時也以為只是做夢。

「搶匪是誰呢？誰知道你父親的名字、知道整個銀行的狀況、知道站在外面的兩名警察中，隆恩警監才是會帶來威脅的那個？誰那麼冷血、那麼工於心計，知道能讓你父親處於兩難的困境，還知道他會做出怎樣的決定？好讓他對他開槍，把那個受驚的年輕警員玩弄於股掌之間？貝雅特，那人是誰？」

淚水從她指縫間流下。「洛斯……」她吸著鼻子。

「我沒聽到，貝雅特。」

「洛斯可。」

「洛斯可，沒錯。只有他。他的同夥氣死了。他們是搶匪，不是殺手，那人說。他笨得威脅說要去自首，指認洛斯可。幸好，他在洛斯可逮到他以前，離開了挪威。」

貝雅特還在啜泣。湯姆等待著。

「你知道這件事裡最好笑的是哪一點嗎？你竟然讓自己被父親的謀殺案拖下水。跟你父親一模一樣。」

貝雅特抬起頭。「什麼……這是什麼意思？」

湯姆聳肩。「妳要洛斯可指認凶手。他要追一個威脅會在謀殺審判中指認他的人。所以他怎麼做呢？他當然會說是那個人。」

「列夫．葛瑞特？」她擦乾眼淚。

「有何不可？這樣妳才能幫他找到人。我看到報告，你們發現葛瑞特上吊，說他是自殺的。我可不會這麼篤定。要是有人在你們之前找到他，我也不會訝異。」

貝雅特清了清喉嚨。「你忘了幾個細節。第一，我們找到一份遺書。列夫寫過的東西不多，但我請他弟弟把列夫以前的學校作文簿從霧村路上的閣樓裡找了出來。我拿去給克里波刑事調查部的筆跡專家金．休伊看過，確認那是列夫的筆跡。第二，洛斯可已經在坐牢了，還是自己去自首的。這點跟意圖謀害他人以避免受懲並不符合吧。」

湯姆搖搖頭。「妳是個聰明的女孩，但跟妳父親一樣，欠缺對心理學的瞭解。妳不明白犯罪者的心理。洛斯可並沒有在監獄裡，那只是他在波特森的暫時根據地，一個謀殺罪名就會推翻這一切。在那之前，他等於受到妳、還有他朋友哈利．霍勒的保護。」

他傾身向前，一手放上她手臂。「如果這個事實讓妳痛苦，我很抱歉。但貝雅特，現在妳知道了。妳父親並沒有失敗，而哈利卻跟害死他的人合作。現在妳怎麼說？要不要我們一起找哈利？」

貝雅特揉了揉眼睛，擠出最後一滴淚水。然後她又睜開眼。湯姆取出手帕，她接了過去。

「湯姆，」她說，「我必須跟你解釋一下。」

「不需要。」湯姆揉著她的手。「我明白。妳覺得像是出賣了朋友。想想如果是妳父親會怎麼做吧。這就叫敬業，不是嗎？」

貝雅特打量著他。然後她緩緩點頭，吸了口氣。這時電話鈴響了。

「妳不接嗎？」鈴響了三聲後，湯姆說。

「是我媽，」貝雅特說，「我三十秒後會回她電話。」

「三十秒？」

「我要用這三十秒告訴你，就算我知道哈利的下落，也絕對不會告訴你。」她把手帕還給他。「請你用這三十秒穿上鞋子出去。」

湯姆感覺到怒火像熱鍋爐竄上頸背。他特地享受了一陣這種感覺，然後扯過她手臂，把她拉到自己身下。她倒抽一口氣，抗拒著，但他知道她可以感覺到他的勃起，而且她很快就會張開那緊咬著的唇。

鈴響六聲過後，哈利掛了電話，離開電話亭，好讓後面排隊的女孩進去。他轉身背對著科博街和風勢，點燃香菸，朝停車場和那幾輛拖車噴出煙。說來好笑，他所在的位置，距離鑑識中心、附近的警察總署，和另一個方向的拖車都只要十幾步就能到；而他卻穿著吉普賽人的西裝，還遭到通緝。這可不是會讓人笑掉大牙嗎。

哈利的牙齒格格打顫。一輛警車迅速駛過車潮洶湧但沒有行人的大街，他半轉過身。哈利這幾天都沒睡，沒辦法眼看著時間滴答溜走，自己卻無所事事。他用鞋跟踩扁香菸，正準備離開，卻發現電話亭又沒人了。他看了看錶。快午夜了，她還不在家真奇怪。或許她睡著了，所以來不及接到電話？他又撥了她的號碼。她立刻接起電話：「我是貝雅特。」

「我是哈利。我吵醒妳了嗎？」

「我……對。」

「抱歉。要不要我明天再打？」

「不用，現在可以說話。」

「妳一個人嗎？」

沉默。「為什麼問這個？」

「妳聽起來好……算了，不說這個。妳有什麼發現？」

「韋伯查了酒杯上的指紋，大多數都是你的。杯中殘餘物的分析幾天後就會出來。」

他聽到她大口吸氣，好像想緩過氣來。

「太好了。」

「至於你儲藏室的那台筆電，我們發現裡面有個特殊程式在跑，能讓人設定寄發郵件的日期、時間。最後一次更改郵件的日期，是安娜．貝斯森死亡那天。

哈利已經感覺不到刺骨的寒風了。

「所以你收到的那些信，都是早就寫好、等著按照預定時間寄出的。」貝雅特說。「這也解釋了為什麼你的巴基斯坦鄰居很久以前就看到你儲藏室裡的筆電。」

「你是說，電腦這段時間一直都是自動運作？」

「只要連上電源，電腦和手機就可以自行運作。」

「媽的！」哈利一掌拍上前額。「但那就表示，排下筆電寄件日期的人，預料到之後會發生的一切。這他媽的整件事都是傀儡戲，我們是傀儡。」

「看來如此。哈利？」

「我在，只是想消化一下。唔，還是先忘掉好了，一下子要吸收這麼多太難了。我給妳的那家公司名字的事呢？」

「公司，對了。你憑什麼認為我會去查？」

「沒什麼，是妳剛才說妳查到那些事，我才想問的。」

「我什麼都沒說。」

「沒錯，但妳的語氣好像信心滿滿的樣子。」

「是嗎？」

「妳查到一些端倪了，對不對？」

「我查到一些端倪。」

「快說啊！」

「我打給那家鎖店的會計師，請對方把鎖店員工的身分證號碼給我。總共是四名全職和兩名兼職員工。我把號碼輸入罪犯和社會安全資料庫。其中五人的紀錄都是清白的，但另一個……」

「怎樣？」

「我得拉動捲軸才看得完。多數是毒品前科，曾經因為兜售海洛因和嗎啡遭到起訴，但只認了持有少量大麻的罪名。還因為闖空門和兩起重大搶劫案坐過牢。」

「有使用暴力？」

「他在一起搶案中持有槍械。他並沒有開槍，但槍裡裝了子彈。」

「太好了！他就是我們要找的人。妳真是天使。他叫什麼名字？」

「艾夫・古納隆。三十歲，單身。住在索爾奧森街九號，似乎是一個人住。」

「再說一遍姓名和地址。」

貝雅特重複了一次。

「嗯。有這種前科，古納隆還能在鎖店找到工作，真了不起。」
「資料上的店主姓名是比爾格．古納隆。」
「哦，瞭解。妳那邊真的沒事嗎？」
沉默。
「貝雅特？」
「哈利，沒事。你準備怎麼做？」
「我想去他家看看，也許能找到一些有意思的東西。如果找到了，我就從他家打電話給妳，好讓妳派輛車來，按照規矩扣押證物。」
「你什麼時候要去？」
「幹嘛？」
又是沉默。
「確保你打電話來的時候，我會在家等。」
哈利掛了電話，站著凝視像個黃色圓頂籠罩住整個城市的多雲夜空。他聽到電話那頭的音樂了，不很清楚，但已經夠了。是王子的《紫雨》。
他在投幣孔裡丟進一個銅板，撥打查號台。
「我要查艾夫．古納隆的電話。」
計程車像一尾靜靜的黑魚滑過黑夜，穿過紅綠燈、行過街燈和指示市中心的標誌。
「我們不能一直這樣見面。」愛斯坦說。透過後照鏡，他看著哈利穿上他剛從家裡帶來的黑色套頭衫。
「有沒有帶鐵撬？」哈利問。
「在後車廂。要是那傢伙在家怎麼辦？」

「在家的人通常會接電話。」

「但要是你在他家時，他突然回家了呢？」

「那就照我說的做：輕輕按兩下喇叭。」

「好啦，好啦，但我又不知道那人長什麼樣。」

「我不是說了，三十歲左右。看到那樣的人走進九號，你就按喇叭。」

愛斯坦在「禁止停車」的招牌旁停車，地點是一條骯髒且交通壅塞的彎曲馬路盡頭。附近大眾圖書館裡那本塵封已久的書《城市元老第四集》，在第兩百六十五頁中寫到，這條路是「極度乏味、毫無景點的路，徒負索爾奧森街之名」。但今晚卻非常適合哈利。那些噪音、路過的車輛和黑夜，都會掩飾他和那輛等待的計程車。

哈利把鐵撬藏在皮夾克的袖子裡，迅速走到馬路對面。他欣慰地看到九號門牌外至少有二十個門鈴。要是他編的藉口唬不了人，這點就能多給他好幾次機會。艾夫．古納隆的名字是右邊第二個，他抬頭看著大樓的右半邊，四樓的窗戶沒有光亮。哈利按下一樓的門鈴，一個女人滿是睡意的聲音應答了。

「嗨，我想找艾夫，」哈利說，「可是他們的音樂放得太大聲，根本聽不見我按鈴。妳肯幫我開門嗎？」

「現在都過午夜了。」

「真對不起。我會叫艾夫把音樂關小聲一點的。」

哈利等待著。滋滋聲響了。

他一次跨三級階梯，來到四樓站著聆聽，但只聽見自己怦怦的心跳聲。這裡有兩扇門可以選，一扇門上貼了張灰色卡紙，紙上用氈筆寫著**安德森**，另一扇門上則什麼都沒有。

這是計畫裡最重要的一步。單一的一道鎖大概可以在不驚動整棟樓的情況下打開，但如果艾夫用的是拉斯曼登鎖行的多道鎖，哈利就有麻煩了。他從上到下打量著那扇門，沒有防鑽安全鎖、沒有雙鎖芯的防盜雙圓筒鎖，只有舊式的耶魯圓筒鎖。太簡單了。

哈利一拉袖子，接住掉下來的鐵撬。他遲疑了一會兒，把撬尖插進鎖下的門裡。簡直太容易了。但現在沒空多想，也沒別的選擇。他並沒破門而入，只用力把門拉向樞紐處，把愛斯坦的提款卡插進門閂內，讓鎖頭滑出門框上的鎖盒。他用力把門稍微推開一些，一腳伸進下方的門縫。門的樞鈕嘎吱作響，他推了推鐵撬，讓卡片滑過。他悄聲進門，把門在身後關上。整個過程花了八秒鐘。

屋裡有著冰箱的嗡嗡聲和鄰居電視裡的情境喜劇笑聲。哈利一邊聽著這片漆黑，一面試著平穩地深呼吸。他聽到戶外的車聲，感覺到一陣冷風，表示這間公寓的窗子很舊了。但更重要的是，沒有人在家的聲音。

他找到電燈開關。走廊絕對需要重新裝潢，客廳也需要重新上漆，廚房根本已經舊不堪用了。公寓的內部陳設說明了安全措施為何如此不堪一擊，或者更確切一點地說，是缺乏內部陳設。艾夫·古納隆家徒四壁，連哈利要請他關小聲一點的音響都沒有。這裡有人住的唯一證據，就是兩把露營椅、一張綠色茶几，到處散落的衣服和一張有被子但沒有被套的床。

哈利戴上愛斯坦帶給他的洗碗手套，把其中一張椅子搬到走廊。他把椅子放在從地板一直到三米高天花板的壁櫃前方，清空腦子裡先入為主的思緒，一腳小心翼翼地踩上扶手。就在那時，電話鈴響了。哈利往旁邊跨了一步，露營椅啪地闔起，他碰一聲跌在地板上。

湯姆·沃勒有不好的預感。情況缺少他向來追求的清楚架構。由於他的職業生涯和未來展望並不是操縱在自己手裡，而是在他的同盟者手裡，人為因素向來是他必須考量的風險。不好的預感來自他不知道能否信任貝雅特·隆恩、盧納·伊佛森或——這個人最重要——他最重要收入來源的人：那個吳賴。

當市議會開始對總警司施加壓力，要求在格蘭斯萊達街的銀行搶案發生後，盡快抓到屠子的消息一傳入湯姆耳中，他就叫吳賴躲起來。他們約好一個吳賴以前就知道的地點。芭達雅是東半球藏匿最多西方通緝犯之地，只要從曼谷往南開兩個小時的車就到得了。身為白人觀光客的吳賴可以融進人潮中。吳賴稱芭達雅是「亞洲的罪惡之城」，因此湯姆不解為什麼他又忽然在奧斯陸出現，說他再也受不了了。

湯姆在烏藍德街的紅綠燈前停車，打往左的方向燈。不好的預感。吳賴並未得到他的許可，就幹出了最近這樁銀行搶案，嚴重違背了規矩。一定得做點什麼阻止這種事才行。

他剛才打電話給吳賴，但沒人接。那可能代表任何事。比方說，這可能表示他在翠凡湖的自家小木屋盤算他們之前討論過的偷運鈔車細節。但這也可能表示他又故態復萌，正坐在角落裡打盹，手臂上還掛著一根針管。

湯姆慢慢駛進吳賴住處那條漆黑、骯髒的小路。一輛等人的計程車停在馬路對面。湯姆抬頭看了看公寓的窗。奇怪，燈是亮著的。如果吳賴又開始吸毒，那就大事不妙了。進公寓應該不難，他家門上只有個爛鎖。他看了看錶。拜訪貝雅特讓他精神亢奮，他知道自己現在還睡不著。他得開車多兜一陣子，打幾通電話，再看看情況。

湯姆把王子的音樂調得更大聲，加速開上了伍立弗路。

哈利坐在露營椅中，頭埋在手裡，屁股發痛，一絲艾夫．古納隆是犯人的證據都沒找到。他只花十分鐘就把公寓裡的幾樣私人物品檢查了一遍，那些東西少得讓人懷疑他是否住在別的地方。哈利在浴室發現一支牙刷、一條幾乎快用光的牙膏，還在肥皂盒裡發現一塊讓人幾乎認不出來的肥皂，外加一條以前應該是白色的毛巾。就這樣了。他洗清罪名的機會就只有這樣。

哈利好想笑，想用頭去撞牆，想把一瓶金賓威士忌的瓶口敲碎，和著碎玻璃喝威士忌。因為犯人一定是——一定是——古納隆。在所有讓他擔上罪名的證據中，就統計學上來講，有樣東西凌駕了其他的事，他曾遭起訴，有前科。整件案子根本是嘶吼著古納隆的名字。他的紀錄裡有緝毒警員和槍枝，還在鎖店工作，可以按自己的需要訂購任何一把系統鑰匙，比方說，安娜家或哈利家的。

他走到窗邊，納悶自己怎麼會一絲不苟地照著一個瘋子的劇本兜圈子。但現在沒有指示，對白裡也沒有台詞了。月亮從雲層縫隙中探出頭，形狀像顆被咬掉一半的氟錠，但就連這個都喚不起他的記憶。

他閉上眼。專心想。他在公寓裡看到什麼足以讓他聯想的東西？他漏找了什麼？他在腦中細查整間公寓，一個地方也不放過。

三分鐘後，他放棄了。結束了，這裡什麼都沒有。

他檢查所有物品，確認都放在他進來時的位置，關掉客廳的燈。他走進廁所，站在馬桶前，解開褲子鈕扣，等待著。媽的，現在他連這樣都做不到。然後開始尿了，他疲憊地嘆口氣，按下把手，水唰地沖下，就在那時他僵住了。他是不是在沖水的嘩嘩聲中聽到一聲汽車喇叭響？他走進走廊，關上廁所的門想再聽清楚些。沒錯。馬路上傳來短而堅定的喇叭聲。古納隆回來了！哈利到了門口才想起一件事，而且是現在、來不及了的時候才想到。沖水。**教父**。那把槍。**那是我最喜歡的地點**。

「幹！」

哈利跑回廁所，抓起水槽上方的旋鈕，迅速把鈕轉鬆。那生鏽的紅色螺絲出現了。「快一點。」他低聲說。他一面轉，心跳愈來愈快，但那討厭的金屬棒嘎嘎吱吱地轉了一圈又一圈，就是取不下來。他聽到樓梯口傳來砰的關門聲。金屬棒鬆了，他打開水箱蓋。裡面的水持續上漲，半明半暗當中只有瓷器互相碰撞的刺耳迴響。哈利伸手進去，手指沿著水槽滑溜的內面塗層摸著。怎麼搞的？沒東西？他把水箱蓋翻過來，在這裡了。用膠帶貼在裡面。他深深吸了口氣。閃亮膠帶下，那把鑰匙的每道刻痕、每個凹口、每個凹凸不平的邊緣都是老朋友。鑰匙能打開哈利家的大樓門、地下室和家門。一旁的照片也一樣熟悉，就是鏡子上少了的那一張：妹妹在笑，哈利擺出酷樣；被夏日陽光曬黑的皮膚，幸福的無知。不過，有個塑膠袋用三大段黑色電工膠帶貼住，袋裡裝了白粉，這個哈利就不熟了，但他願意下一小筆錢賭這是二乙醯基嗎啡，也就是俗稱的海洛因。大量海洛因。至少得服六年無條件刑。哈利什麼都沒碰，只把水箱蓋放回去，開始把螺絲轉緊，一面聆聽腳步聲。正如貝雅特所說的，要是被人發現哈利沒有搜索令就進來這裡，證據就一文不值了。旋鈕放回去後，他衝向門口。別無選擇的哈利只好打開門，跨進樓梯平台。拖曳的步伐正在往上走，他輕輕關上門，從欄杆上方張望，看到一團又粗又亂的深色頭髮。五秒後他就會看到哈利了。哈利只要走三大步上五樓就不會被發現。

看到哈利在面前，那男人陡然停步。

「嗨，艾夫。」哈利說著看了看錶。「我等你好一陣子了。」

男人瞪大眼睛看著他。一張蒼白、有雀斑的臉，周圍是及肩的油膩頭髮，耳旁的頭髮剪成連恩・蓋勒格[8]的覆耳式樣。他並不會讓哈利聯想到殺人不眨眼的凶手，而是個害怕被修理的年輕小伙子。

「你想幹什麼？」男人用又大又尖的聲音問。

「我要你跟我去警察總署一趟。」

男人情急之下立刻做出反應，他轉過身，抓住欄杆，跳到下方的樓梯平台。「嘿！」哈利喊，但那人已經跑得不見蹤影了，他跳過五、六階樓梯的重重落腳聲在樓梯間迴盪。

「古納隆！」

哈利聽到的回答是樓下大門砰的關上的聲音。

他伸手進夾克口袋，才發現自己沒帶菸。現在輪到騎兵出馬了。

湯姆把音樂聲調小，從口袋裡拿出嗶嗶響的手機，按下綠色按鈕，再把手機拿到耳邊。他聽到另一頭傳來迅速、緊張的喘氣和車流聲。

「喂？」那個聲音說，「你在嗎？」是吳賴，他好像嚇壞了。

8 Liam Gallagher，綠洲樂團（Oasis）的主唱。

「吳賴，有什麼事？」

「謝天謝地，你在。大事不妙了。你一定要幫我，快點。」

「我不一定非要幫你不可。到底什麼事？」

「他們找到了。有個警察在樓梯上等我回家。」

湯姆停在鈴環街的斑馬線前。一個老人踩著怪異的碎步正在過馬路。好像要花上一輩子時間。

「那警察想幹嘛？」湯姆問。

「你說呢？我猜是來逮捕我的。」

「那你為什麼沒被捕？」

「我他媽的逃了啊，馬上就開溜了。但他們在追我，已經有三輛警車開過去了。聽到沒？他們會逮到我的，除非——」

「別在電話裡叫。其他警察在哪？」

「我沒看到別人。我直接跑掉的。」

「這麼容易就讓你跑掉？你確定那個人是警察嗎？」

「對，一定就是他，不會錯！」

「誰？」

「應該是哈利．霍勒吧，他最近又去過店裡。」

「你沒跟我說。」

「那是鎖店，一天到晚都有警察去啊！」

號誌燈轉綠，湯姆對前面那輛車按了按喇叭。「好，這個待會再談。你現在在哪裡？」

「我在電話亭，就在……呃，法庭前面。」他緊張地笑著。「我不喜歡待在這裡。」

「你家裡有沒有什麼不該有的東西？」

「沒有，所有東西都在小木屋裡。」

「那你呢？你身上有沒有東西？」

「你明明知道我早就戒了。你到底來不來？媽的，我全身都在抖。」

「吳賴，放輕鬆。」湯姆盤算著需要多少時間。翠凡湖、警察總署、市中心。「就把這當成搶銀行。我到了以後會給你一顆。」

「我說過，我已經戒了。」他遲疑著，「我不知道你還隨身攜帶，王子。」

「那還用說。」

沉默。

「你有哪些？」

「母親之臂、羅眠樂。我給你的傑立寇手槍還帶著嗎？」

「那還用說。」

「好。那你仔細聽好：我們在貨櫃轉運站東邊的碼頭見面。我離你有段距離，所以你必須等上四十分鐘。」

「你在說什麼呀？你他媽的一定要快來！現在就來！」

湯姆聽著喘氣聲振動著耳膜，沒有回答。

「如果被逮到，我會把你也拖下水，你得明白這一點，王子。要是可以脫身，我會依計行事，但我他媽的可不會繼續配合，要是你——」

「吳賴，你太慌了，現在不需要慌。我又怎麼知道你不是已經被抓了，只是在拐我上鉤？你瞭解了嗎？你一個人過來，站在路燈下，這樣我到的時候才能看清楚。」

吳賴哀叫著：「該死！」

「怎麼樣？」

「好好好，帶丸子來。他媽的！」

「四十分鐘後在貨櫃轉運站。路燈下。」

「不要遲到。」

「等等，還有一件事。我會把車停在那條路上再過去一點的地方。我開口的時候，你就把槍舉向空中，好讓我看清楚。」

「為什麼？你懷疑我還是怎樣？」

「這麼說吧，目前情況不太明確，我不想冒險。照我的話做。」

湯姆按下紅色鈕，看了看錶。把音量控制鈕轉上一圈。吉他。美麗純粹的噪音，美麗純粹的憤怒。

畢悠納．莫勒走進公寓，帶著不悅的表情打量著房間。

「舒服的小窩，對吧？」韋伯說。

「聽說是個熟朋友？」

「艾夫．古納隆。至少這間公寓是在他名下。這裡有一大堆指紋，得查查是不是他的。玻璃。」他指著一個正用一把細刷子刷玻璃的年輕人。「玻璃上的指紋最清楚。」

「既然你在採集指紋，我猜你們也找到其他東西了？」

韋伯指著地毯上的一個塑膠袋和其他幾樣東西。

莫勒蹲下去，一指戳進袋上的裂縫。「嗯，味道像是海洛因。一定快半公斤了。這又是什麼？」

「一張兩個小孩的照片，我們還不知道是誰。還有一把崔奧芬鑰匙，但顯然開不了這間公寓的門。」

「如果是系統鑰匙，崔奧芬馬上就能查出鑰匙的主人是誰。照片裡的男孩滿眼熟的。」

「我也覺得。」

「**梭狀回**。」一個女人的聲音從他們身後傳來。

「隆恩。」莫勒驚訝地說，「搶案組的人來這裡做什麼？」

「是我接到線報，說這裡有海洛因的。還要我打電話叫你們過來。」

「所以妳在緝毒這塊也有線民囉？」

「銀行搶匪、緝毒，都是一家子。」

「線民是誰？」

「不知道。我是在上床睡覺以後，才接到他打來家裡的電話。不肯說出姓名，也不說他怎麼知道我是警察。但這條線索非常精確仔細，我才有所行動，把警方律師叫醒。」

「哦。」莫勒說，「毒品。前科。有價值的證據可能會不見。我猜妳立刻就得到了許可。」

「對。」

「我沒看到屍體，所以為什麼叫我來？」

「線民還跟我說了一件事。」

「哦，是嗎？」

「艾夫．古納格應該跟安娜．貝斯森有過親密關係。他是安娜的情人和藥頭，後來安娜在他坐牢時，甩了他跟別人跑了。莫勒隊長，你對這點有何看法？」

莫勒看著她。「我很高興。」他說，沒露出任何反應。「比妳想像中還要高興。」

他繼續盯著她，最後還是不得不垂下目光。

「韋伯，」他說，「我要你封鎖這間公寓，把手下能找到的人都叫來。我們得幹活了。」

39 葛拉克手槍

史丹．湯莫森當刑警已經兩年了，他最大的希望就是當警探，夢想成為警察專家，有固定的上下班時間、自己的辦公室和比警監更優渥的薪水。能夠回到家時，告訴翠娜工作上遇到一個有趣狀況，讓他和重案組的專家討論了一陣；她會覺得超乎想像的複雜。但此時他卻得輪班，領微薄的薪水，即使睡了十小時還是累得像條狗，而且在翠娜說她不想後半輩子都這樣過活的時候，他就想盡辦法解釋這些事會讓人多麼疲憊：把上班時間花在開車載吸毒過量的青少年去急診、告訴小孩他必須逮捕他們的父親，因為他一直毆打母親，還得被討厭這身刑警制服的人罵。但翠娜只會白他一眼。這些都不是新鮮事了。

犯罪特警隊的警監湯姆．沃勒走進值勤室，問史丹能不能跟他一起去抓通緝犯時，史丹的第一個念頭是，或許湯姆會給他一些建議，告訴他怎樣才能當上警探。

在尼藍路往「交通機器」開的車上，他對湯姆提到這件事，湯姆微笑了。在紙上寫幾個字，事情就辦好了，他這麼說。他，湯姆，或許可以替他說幾句好話。

「那就……太好了。」史丹不知是否該說「謝謝」，又怕這樣說太諂媚。畢竟，目前還沒有要感謝他的地方。但他肯定會告訴翠娜，說消息已經放出去了。對，他要用這四個字：「放出消息」。然後別的都不說，保持神祕，直到接獲佳音。

「我們要逮捕的是怎樣的人？」他問。

「我在外面巡邏，收到廣播說他們在索爾奧森街發現大量海洛因。艾夫．古納隆。」

「哦，我也聽到了。幾乎有半公斤。」

「然後有人向我密報，說看到古納隆在貨櫃轉運站那裡。」

名——」

「今晚線民一定都提高警覺了吧。查獲海洛因也是因為有人密報的，可能是巧合，但怪的是兩個都是匿

「可能是同一個線人。」湯姆打斷他的話，「也許有人跟古納隆是一夥的，但把事情搞砸了之類的。」

「或許哦……」

「所以你想當警探。」湯姆說，史丹覺得那語氣裡似乎有一絲惱怒。他們駛離交通機器，往碼頭區開去。「嗯，我可以理解。換換跑道，對吧？想過要去哪一組了嗎？」

「犯罪特警隊，」史丹回答，「或是搶案組。但不要性犯罪組，我覺得不好。」

「對，當然。到了。」

他們駛過一塊黑暗、開放的廣場，廣場上堆疊著一個個的貨櫃，盡頭有棟粉紅色的大樓。

「站在路燈下的那個人符合描述。」湯姆說。

「哪裡？」史丹說著凝望暗處。

「就在大樓那邊。」

「媽的！你的眼力超好。」

「你有沒有帶槍？」湯姆問，放慢車速。

史丹訝異地望著湯姆。「你剛才沒提到——」

「沒關係，我有槍。你留在車上，如果他惹麻煩，你就叫支援，可以嗎？」

「好。你確定我們不需要先叫——？」

「沒時間了。」湯姆讓車頭燈大開，把車停下。史丹估計到路燈下那個人影的距離是五十公尺，但事後測量結果顯示，精確距離為三十四公尺。

湯姆在葛拉克二〇手槍裡裝上子彈——他申請且得到持有這把槍的特殊執照——抓起放在兩個前座中間的黑色大手電筒，跨出車外。他一邊走向那個人，一邊大喊。事後在兩位警員的事件報告上，針對這點

有很大的分歧。湯姆的報告上說，他當時大喊：「警察！亮出來！」意思是：「雙手舉到頭上。」檢察官同意，假設一名遭逮捕多次的前科犯聽得懂這種術語是合理的；此外沃勒警監清楚陳述出他是警察。在史丹的原版報告中，湯姆當時是喊：「嘿，我是你的警察朋友。亮出來吧。」但湯姆和史丹經過幾次交談之後，史丹說湯姆的版本可能比較接近真相。

接下來發生的事沒有歧異。燈下男人的反應是把手伸進夾克，取出一把槍。據了解，該槍是傑立寇九四一手槍，序號已被磨掉，因此無法追查來源。根據獨立警察機構的說法，身為警力中最傑出神射手之一的湯姆，大喊之後一連開了三槍。兩槍擊中古納隆，一槍中在左肩，另一槍在屁股。這兩槍都不致命，但古納隆卻被射得退後幾步，然後站在原地。湯姆舉槍跑向古納隆，大喊：「警察！別碰那把槍，否則我就開槍！我叫你別碰槍！」

從這一點起，史丹．湯莫森的報告就沒多少具體內容了，因為他遠在三十四公尺外，當時很黑，而且湯姆正好擋住了他的視線。但另一方面，史丹的報告中——或者說現場證據中——並沒有跟湯姆在報告中所述的之後事件相牴觸之處：古納隆不理會湯姆的警告，還是抓起槍對準他，於是湯姆先發制人。兩人當時的距離為三到五公尺。

我就快要死了，實在沒有道理。我盯著冒煙的槍管看。計畫不是這樣的，至少我的計畫不是。不過，或許我一直在朝這個方向走。但這不是我的計畫，我的計畫更好，而且有道理。機艙正在降壓，一股看不見的力量從內部壓迫著我的耳鼓膜。有人靠過來，問我準備好了沒。我們要降落了。

我低聲說我是小偷、騙子、毒販，我還通姦。但我並沒有殺人。我在葛森街傷害的女人，那只是不得不然的結果。下方的星星透過機身閃閃發亮。

「這是原罪……」我低聲說，「對象是我愛過的女人。這樣也能被原諒嗎？」但空服員已經走開，降落燈號在四邊大亮。

那天晚上，安娜第一次說「不」，而我說「要」，然後把門推開。那是我接觸過最純的貨，我們可不會拿來抽，破壞一場好戲。她反對，但我說這是免費招待，一面準備針筒。幫別人打針還滿不容易的。試了兩次都失敗後，她看著我，喃喃低語著：「我已經三個月沒用了。我原本都戒掉了。」「歡迎回來。」我說。她大笑，說：「我要殺了你。」第三次，我找到了血管。她的瞳孔綻開了，緩緩地，像朵黑玫瑰。幾滴血從她手臂滴落在地毯上，發出疲憊的嘆息。然後她的頭往後仰。第二天她打電話給我，說她還要。輪胎在柏油路上尖叫。

妳和我，我們大可過著多采多姿的生活。這才是計畫，才有道理。雖然我完全不知道那是什麼道理。

根據驗屍報告，十公釐口徑的子彈打碎了艾夫．古納隆的鼻骨。碎骨隨著槍彈穿透腦前的薄組織，鉛彈和骨頭破壞了視丘、大腦邊緣系統和小腦，然後子彈穿透後腦，最後在坑坑洞洞的柏油路上打出一個洞——道路維護工人在兩天前才修補過停車場。

40 邦妮・泰勒

這是個陰沉、短暫，整體說來很多餘的一天。飽含雨水的厚重雲層飄過市區，卻連半滴都沒下，偶爾刮起的強風拉扯著艾莫水果菸草店外報攤上的報紙。攤子上的頭條新聞暗指大家已經開始厭倦所謂的恐怖主義戰爭，現在這件事還有了類似競選標語的討厭涵義，而且再也不復當初的勢頭，因為沒人知道主犯是誰。有些人甚至認為他已死。報紙於是開始把專欄空間拿去報導實境節目的電視明星、少數曾說過挪威好話的外國名人和皇室的渡假計畫。打破這些無趣報導的唯一大事，是有個通緝謀殺犯兼販毒者對一位警員舉槍，然後在尚未開槍之前被警員射殺。緝毒組組長報告說，該名男性死者家中查獲大量海洛因；犯罪特警隊隊長則表示，該名三十歲男子涉嫌犯下的謀殺案仍在調查中。不過，送印時間最晚的那家報紙卻補充寫道，對該名本國籍男子的不利證據極為確鑿。此外，奇怪的是，涉案的那位警員正是一年多前在類似案件中，射殺新納粹主義分子史費勒・歐森的那位。該名警員已遭暫時停職，直到獨立警察機構結束偵訊為止。報紙轉述總警司的話，說這是此類情況的常規程序，跟史費勒・歐森一案完全無關。

翠凡湖的一間木屋起火，也在報上佔了一小段的空間，一個空汽油罐被發現在完全燒毀的房子現場附近，因此警方不排除縱火的可能。報紙上沒寫的是，記者試圖聯絡比爾格・古納隆，問他對在一個晚上同時失去兒子和木屋有何感想。

天色暗得早，才下午三點，路燈就已經亮了。

哈利進來時，葛森街搶案的靜止畫面正在痛苦之屋的螢幕上閃動。

「看出什麼了嗎？」他問，朝屠子搶劫的畫面點點頭。

貝雅特搖頭。「我們還在等。」

「等他再搶一次嗎？」

「他正在某個地方盤算下次搶劫。我覺得會是下禮拜的某一天。」

「妳好像很肯定。」

她聳肩。「經驗。」

「妳的嗎？」

她微笑，但沒回答。

哈利坐了下來。「我沒照電話裡說的那樣做，希望沒讓妳不高興。」

她皺眉。「什麼意思？」

「我當時說，今天才會去他家搜查。」

哈利打量她。她露出發自內心、毫不矯飾的困惑神情。唔，哈利又不是密勤局的。他正準備開口，又改變主意。反而是貝雅特說話了：「哈利，有件事我要問你。」

「問吧。」

「你知道洛斯可和我父親的事嗎？」

「他們的什麼事？」

「洛斯可當時……也在銀行。他殺了我父親。」

哈利垂下目光，看起自己的手。「不，」他說，「我當時不知道。」

「但你猜到了？」

他抬頭，迎向貝雅特的雙眼。「我是這樣想過。如此而已。」

「你為什麼會這樣想？」

「贖罪。」

「贖罪？」

哈利深深吸了口氣。「有時候，一樁罪行會大得遮蔽了你的視線。不論是外在或內在。」

「什麼意思？」

「每個人都需要贖罪，貝雅特，妳也是，天知道我更需要。洛斯可也是。這是基本需求，就像洗澡。贖罪的重點是和諧，達到不可或缺的內心平衡。這種平衡是我們所謂的道德。」

哈利看著貝雅特臉色發白，然後漲紅。她張開嘴。

「沒人知道洛斯可為什麼自首。」哈利說，「但我相信，他這麼做是為了贖罪。對一個把漂泊流浪當成唯一自由的人來說，監獄是終極的自我懲罰。奪走一條人命跟搶錢不同，假如他犯下的罪使他失去了平衡，於是他選擇祕密贖罪，為了自己和神——如果他信神的話。」

貝雅特終於結結巴巴地開口：「一個……有道德的……謀殺犯？」

哈利等她繼續說，但沒等到。

「有道德的人會接受本身道德觀的後果，」他柔聲說，「而不是別人的道德觀。」

「那要是我戴上這個呢？」貝雅特苦澀地說，拉開身前的抽屜，取出一個掛肩槍套。「要是我把自己跟洛斯可關進訪客室，之後說他攻擊我，而我出於自衛而開了槍呢？用對付壞人的方式替我父親報仇。這樣對你來說夠道德了嗎？」她把槍套重重往桌上一摔。

哈利靠進椅背，閉上眼，直到聽出她急促的呼吸平緩下來。「問題在於，這樣對妳夠不夠道德。貝雅特，我不知道妳為什麼帶槍，也無意阻止妳做想做的事。」

他站起來。「貝雅特，讓妳父親以妳為傲。」

他抓住門把時，聽到貝雅特在啜泣。他轉身。

「你不懂！」她哭著，「我以為我可以……我以為這是一種……復仇。」

哈利仍然沒動。然後他把一張椅子拉到她身邊，坐下，一手捧著她的面頰。她的眼淚熱熱的，她說話時，淚水滾過他粗糙的手。「你當警察，因為你覺得世上需要有秩序、有平衡，不是嗎。有審判、正義什麼的。然後有一天，你有了夢寐以求的機會可以復仇，卻發現這根本不是你想要的。」她吸了吸鼻子。「我媽有一次說，只有一件事比欲求不滿更糟，那就是感覺不到欲望。恨意——當你失去其他的一切，你就只剩下這個。然後連這個也沒了。」

她用手臂推開桌上的槍套。槍套在悶響中撞上牆壁。

一片漆黑中，哈利站在蘇菲街上，摸著夾克各處的口袋找家門鑰匙。早上在警察總署，他所做的眾多事情之一就是去鑑識組取回自己的衣服，那些是鑑識組從薇格蒂絲．亞布家找到的。但這當中他做的頭一件事卻是到畢悠納．莫勒辦公室走一遭。這位犯罪特警隊隊長曾說，只要事情扯上哈利，就什麼都好通融，但現在得先等著看赫洛拉本十六號遭人闖入一事是否有人報警。這一天的考量重點，將針對哈利隱瞞了他在安娜．貝斯森遭謀殺當晚出現在她家中一事。哈利則回答，萬一此案受到調查，他就不得不提及總警司和莫勒本人曾授予他權限可以放手調查，以便找出屠子，以及他們在未知會巴西警方的情況下即批准一趟巴西之旅的事。

莫勒啼笑皆非地歪歪嘴，說他認為結論會是不需要調查，更不需要做出回應。

入口大廳很靜。哈利撕掉家門口的警察封鎖帶，破掉的玻璃上裝了一塊硬紙板。

他站著，打量著客廳。韋伯說他們在開始搜查以前照了相，以便事後把東西放回原位。即使如此，他仍不免想起家中已經被陌生人看過、摸過了。倒不是這裡有什麼見不得人的東西——幾封熱情洋溢但標有日期的情書、一盒打開過但早就過期的保險套，和一個裝有愛倫．蓋登屍體照片的信封。別人可能會覺得把這些照片放在家裡很變態，但除此之外就只有一本色情雜誌、一張邦妮．泰勒（Bonnie Tyler）的唱片和一本琳．烏曼（Linn Ullmann）寫的書。

哈利望著答錄機上閃爍的紅燈好一陣子，才按下按鈕。熟悉的男孩聲音充溢著闊別幾日的房間。「嗨，是我們啦。今天已經做出決定了。媽咪在哭，所以她叫我跟你說……」

哈利挺直身子，吸了口氣。

「**我們**明天起飛。」

哈利屏住氣息。他沒聽錯？我們明天起飛？

「我們贏了。你真該看看那些人的臉。媽咪說大家都以為我們會輸。媽咪，妳要不要……不行，她還在哭。現在我們要去麥當勞慶祝。媽咪問你會不會來接我們？掰掰。」

他聽到歐雷克在電話裡的呼吸聲，背景裡還有吸鼻子聲和笑聲。然後歐雷克的聲音又出現了，更小聲地說：「哈利，真的希望你能來。」

哈利癱坐在椅中。有個什麼東西哽住了他喉嚨，淚水也流了下來。

第六部

41 S2MN

天上一片雲也沒有，風卻冷得刺骨，慘淡的陽光也沒帶來多少暖意。哈利和奧納豎起夾克領口，肩並肩地走在長了樺樹的大道上。樺樹的葉子都已脫落，準備過冬。

「我跟我太太說，你說起蘿凱和歐雷克要回家的時候，語氣高興極了。」奧納說，「她問這是不是代表你們三個很快會住在一起。」

哈利用微笑當回答。

「至少她那棟房子裡的空間很夠。」奧納還不鬆口。

「房子裡的空間很夠。」哈利說，「幫我跟卡洛琳問好，轉述歐拉・鮑爾的話。」

「『我搬到了無憂路』？」

「『但這樣也沒多大幫助。』」

兩人都笑了。

「總之呢，目前我的心思都在辦案上。」哈利說。

「案子喔，對。」奧納說，「你叫我看的那些報告，我全都看過了。怪，真的很怪。你在自家公寓醒來，什麼都不記得，然後忽然就被捲入艾夫・古納隆的遊戲裡。當然，替死人做心理診斷有點困難，但他的情形的確很有意思。毫無疑問是個聰明、有創意的人，簡直可說是有藝術家氣息了。他盤算出的計畫完美無缺，但我有幾點疑問。我看了他寄給你的郵件副本，他在信中提到你失去了意識。那不就表示他看到你在大醉的情況下離開公寓，然後推測你第二天什麼都想不起來？」

「要是你連上計程車都要人幫忙，情況就會是這樣。我會猜，他當時就站在外面馬路上偷看我，就跟他在信裡寫到亞納．亞布的事一樣。很可能他從安娜那裡得知，我那天晚上會過去。而我離開時會醉成那樣一定是意外收穫。」

「所以，他從拉斯曼登鎖行的製造商拿到鑰匙，用那把鑰匙開了門，然後開槍殺了她。用他自己的槍？」

「大概吧。序號已經被磨掉了，我們在貨櫃轉運站發現古納隆手裡拿的那把，號碼也被刮掉了。韋伯說，從銼痕來看，那兩把槍很可能來自同一個供應商。看來有人在做大規模的非法軍火進口生意。我們在殺害愛倫的史費勒．歐森家裡找到的那把葛拉克手槍，也有同樣的銼痕。」

「所以他把槍放進她右手，雖然她是左撇子。」

「誘餌。」哈利說，「他當然清楚我遲早會介入這起案子，就算不為其他原因，也會為了要洗清自己的嫌疑。他也知道我會發現其他警員沒察覺到的左右手差異。」

「然後還有亞布太太和幾個小孩的照片。」

「好讓我追查到亞納．亞布，安娜最新的情人。」

「然後在他離開以前，拿走了安娜的筆電和你那天晚上掉在她家的手機。」

「又一個意外收穫。」

「所以這人的頭腦盤算出一個精密、滴水不漏的計畫，懲罰不忠的愛人、趁他坐牢時橫刀奪愛的男人，還有她那復燃的舊愛，也就是金髮的警察。此外，他還開始臨場發揮：再次利用在拉斯曼登鎖行的工作，成功進入你家和地下室。他把安娜的筆電放在那裡，連接上你的手機，又透過追查不到的伺服器設定電子郵件帳號。」

「不是完全追查不到。」

「啊，對了，你那個匿名的電腦專家朋友查出來了。但他並沒查出你收到的那些信都是事先寫好，然後讓你在儲藏室的電腦以預定排程的方式寄出的。換句話說，寄件者早在把筆電放過去以前，就已經安排好了一切。對嗎？」

「嗯。你看過那些信了嗎？」

「看了。」奧納點頭。「現在回想起來，可以看出信裡雖然提及某些事件的發展，但同時也顯得模稜兩可。但對事件的關係人來說，看起來卻很像一回事，彷彿寄件者從頭到尾都知情，而且消息靈通。但他的確做得到，畢竟從許多方面來看，整場戲都是他弄出來的。」

「唔，我們還不知道亞納．亞布的謀殺是不是古納隆一手策畫的。一個鎖店的同事說，謀殺案發生時，他和古納隆正在老市長酒吧喝啤酒。」

奧納搓著手。哈利不確定是因為冷風，還是因為他很享受這許多可能或不可能的邏輯推論。「假設古納隆並沒有殺亞布，」這位心理學家說，「那他引你去找亞布有什麼用意？為了讓亞布被判刑？但之後還是會被釋放啊。反過來也一樣，同一樁謀殺案不可能有兩個凶手。」

「對，」哈利說，「你必須找出，亞布生命中最重要的是什麼？」

「太棒了。」奧納說，「他是三個孩子的父親，自願或被迫削減事業企圖心。我想應該是家庭。」

「然後，藉由揭露或讓我查出亞布持續跟安娜見面一事，古納隆從中得到了什麼好處？」

「亞布的太太帶著小孩離開了。」

「『失去生命並非最糟糕的事。最糟糕的是失去活下去的理由。』」

「這句子引用得好。」奧納點頭表示讚許。「是誰說的？」

「忘了。」哈利說。

「但接下來你要問的問題是，他想從你身上奪走什麼？哈利，什麼讓你的人生值得活下去？」

他們抵達安娜住過的那棟房子。哈利花了好一段時間才找出鑰匙開門。

「你說呢？」奧納問。

「有關我的事，古納隆知道的都是安娜告訴他的。而安娜認識我的時候，是我還沒有……除了工作以外就沒啥目標的時候。」

「工作？」

「他要我去坐牢，但主要是想讓我被警方革職。」

他們邊說話邊走上樓梯。

公寓裡的韋伯和他手下已經做完鑑識檢驗了。韋伯很高興，說他們在幾個地方都發現了古納隆的指紋，連床頭板上都有。

「他並沒有很小心。」韋伯說。

「他來過這裡那麼多次，就算他很小心，也會被你找到指紋的。」哈利說，「何況，他很確信絕不會有人懷疑到他頭上。」

「說到這個，亞布被殺的方式就很耐人尋味了。」奧納說。哈利打開通往有肖像畫和葛瑞莫立燈的房間拉門。「頭下腳上地活埋在海灘上。看起來像是宗教儀式，好像兇手有什麼事情想告訴我們。你對這點有什麼想法？」

「跟本案無關。」

「我沒問你這個。」

「好吧。也許兇手想告訴我們這位受害者的什麼事。」

「什麼意思？」哈利扭亮葛瑞莫立燈，燈光照上那三幅畫。「我想起以前唸過的法律課程，十一世紀的挪威古代法條集。裡面說，每個死去的人都應該被埋進聖土，除了喪失名譽者、叛徒和殺人兇手，這些人應該埋在海與陸的交界處。從亞布的埋葬地點來看，不像是有人出於嫉妒而殺害了他，也就是兇手應該不是古納隆。有別人想說明亞布犯了罪。」

「有意思。」奧納說，「為什麼要再看一次這些畫？畫得很糟。」

「你真的確定從裡面看不出什麼嗎？」

「當然可以。我看出這是個自命不凡的年輕藝術家，喜歡小題大作而且毫無藝術美感。」

「我有個同事叫做貝雅特．隆恩。她去德國的警察會議演講，所以今天不能來。她的講題是如何利用電腦圖像調整和**梭狀回**來識別戴面罩的犯人。她有個與生俱來的特殊天份：能記得她這輩子看過的所有面孔。」

奧納點頭。「我知道這種罕見的天賦。」

「我把這些畫給她看，結果她認出了裡面的人。」

「哦？」奧納揚起眉。「有誰？」

哈利指著畫。「左邊這個是亞納．亞布，中間這個是我，最後一個是艾夫．古納隆。」

奧納瞇起眼，扶正眼鏡，嘗試從不同距離端詳那些畫。「有意思，」他嘟噥著，「太有意思了。我只能看出三個頭形。」

「我只想知道，你能否以專業證人的身分，擔保這種認知能力的可信度。這樣能幫我們在古納隆和安娜之間，建立更多關聯。」

奧納搖搖手。「如果你說的是真的，這位隆恩小姐只需要極少資訊就可以認出面孔。」

到了戶外，奧納說他很希望能在工作時見見這位貝雅特．隆恩。「據我所知，她是警探？」

「搶案組的。我們在偵辦屠子一案時合作過。」

「噢，對了。那個案子怎樣了？」

「唔，線索不多。他們認為他還會再次作案，但目前還沒發生。說起來也滿怪的。」

到玻克塔路上，哈利看到風裡有了翻飛的初雪。

「冬天來了！」阿里指著天空，朝對街的哈利大喊。他用烏爾都語對他哥說了幾句話，他哥馬上從他手裡接過水果箱，扛進店裡。然後阿里走過馬路，到哈利身邊。「結束了很棒吧？」他微笑。

「對，沒錯。」哈利說。

「秋天簡直糟透了。總算下起雪了。」

「噢，對。我還以為你是說那件案子。」

「你儲藏室的筆電嗎？結束了嗎？」

「沒人跟你說？他們找到把東西放在那裡的人了。」

「啊哈。一定是因為這樣，我太太才會跟我說，今天不必去警局接受問訊了。到底怎麼一回事？」

「簡單講，就是有人想讓我捲進重大刑案裡。哪天你請我吃頓飯，我就把所有細節都告訴你。」

「哈利，我早就邀請過你了！」

「你又沒說什麼時候。」

阿里翻了個白眼。「為什麼你一定要有個日期和時間才敢來拜訪？只要敲個門我就會開呀。我們家不缺吃的。」

「謝了，阿里。我一定會用力敲的。」哈利打開門。

「你查出那個女的是誰了嗎？她是助手嗎？」

「什麼意思？」

「那天我在地下室門口看到的神祕女郎啊。我還跟那個叫湯姆什麼的提過。」

哈利站住不動，手還放在門把上。「阿里，你到底跟他說了什麼？」

「他問我在地下室裡面或附近，有沒有看到什麼不尋常的事，我就想到那天我進來的時候，看到一個不認識的女人在地下室門口。我會記得是因為我本想問她是誰，但後來又聽到門鎖的喀噠聲，心想如果她有鑰匙，應該就沒有問題。」

「那是什麼時候的事？她長什麼樣子？」

阿里攤手表示抱歉。「我當時很忙，只瞥到她的背影。大概三個禮拜還是五個禮拜前吧？忘記是金髮還是深色頭髮了？不知道。」

「但你確定那是女人？」

「反正，我當時肯定認為那是個女人。」

「艾夫．古納隆是中等身材、削肩、深色頭髮，髮長及肩。這樣會讓你以為是女人嗎？」

阿里沉思著。「對，有可能。但也可能是梅克森太太的女兒來看她。」

「掰，阿里。」

哈利決定速速沖個澡、換好衣服，然後就去看蘿凱和歐雷克，他們請他去吃煎餅、玩俄羅斯方塊。他們從莫斯科回來時，蘿凱帶回一盒精緻的西洋棋組，有雕刻的棋子和用木頭和珠母貝做成的棋盤。可惜的是，蘿凱不喜歡哈利買給歐雷克的拿姆科G-Con45光槍，立刻就把槍沒收了。當時她解釋說，她告訴過歐雷克很多次，說至少在他十二歲以前不准玩武器玩具。哈利和歐雷克雙雙羞愧地接受，不再爭辯。但兩人都知道蘿凱會利用哈利照顧歐雷克的時候去慢跑，歐雷克也悄悄告訴哈利，說他知道蘿凱把光槍藏在哪裡。

滾燙的水柱驅趕了他體內的寒意，他想把阿里說的話忘掉。不管多簡單、確鑿的案子，都會有啟人疑竇的空間，而哈利是天生的懷疑者。不過，有時候你總得抱持一點信念，生活才會有目標、有意義。

他擦乾身體、刮了鬍子，套上乾淨的襯衫，在鏡子裡檢查儀容，歪嘴笑了笑。歐雷克有一次說他牙齒黃黃的，那次蘿凱笑得有點大聲。他在鏡中看到背後牆上釘著S2MN所寫第一封信的列印副本。明天他就要拿下來，改放他和妹妹的照片。明天。他端詳著鏡中的信，真怪，那天傍晚他站在鏡子前面的時候竟然沒發覺少了自己和妹妹的照片。一定是因為如果你一天到晚看到某樣東西，通常就會變得盲目，對之視而不見。他仔細看著鏡中的那封信。然後他打電話叫了計程車，穿上鞋，等待著。他看了看錶，車子現在應該到了，該出發了。但他發現自己又拿起話筒，撥起一個號碼。

「我是奧納。」

「我要你再把那些信件看一遍，告訴我你覺得寫信的人是男是女。」

42 烤串

雪過了一夜就融了。艾斯翠．蒙森剛從公寓大樓出來，正準備橫越又溼又黑的柏油路去玻克塔路，就看到對街人行道上的那位金髮警察。她的脈搏跟走路速度一起加快。她目光直勾勾地瞪著前方，希望他不會看見自己。報上登過幾張艾夫．古納隆的照片，這幾天都有警探在樓梯上下走動，干擾她寧靜的工作規律。但現在一切都結束了，她這麼告訴自己。

她用小跑步往斑馬線前進。去漢森麵包店。只要到了那裡就安全了。一杯茶、一個甜甜圈，在狹長形咖啡店盡頭、櫃檯後方的餐桌。每天準時在十點三十分報到。

「茶和甜甜圈嗎？」「是的，謝謝。」「三十八克朗。」「給你。」「謝謝。」

多數時候，這就是她跟別人最長的交談了。

但是前幾週，她到的時候都有個老人坐在她的慣用桌旁，雖然旁邊還有幾張空桌，但她只想坐這張桌子，因為……不，她現在不要想那些事。總之，她後來不得不提早十五分鐘到，才能佔到那個桌位。今天非常完美，不然他打電話來的時候，她就會在家了，而她也一定得開門。自從她拒接電話、拒絕應門兩個月，導致後來警察上門，而她母親也威脅要讓她再去住院起，她就答應過院長不能再這樣了。

她沒有欺騙院長。

對別人，她會撒謊。她經常騙人。在電話裡騙出版社、在商店或網路聊天網站，尤其是網路。她可以假扮成別人，扮成她翻譯的書裡的某個角色，或是以前她當過的一個女人——那個頹廢、濫交，且天不怕、地不怕的拉夢娜。艾斯翠小時候就發現了拉夢娜。拉夢娜是一名舞者，有著長長的黑髮和棕色的杏眼。艾斯翠以前會畫拉夢娜，尤其是她的眼睛，但她只能偷偷畫，因為院長會把那些畫撕成碎片，說不想在院裡看到像她那樣的輕佻女子。拉夢娜離開了好幾年，但她回來過，艾斯翠注意到拉夢娜是怎樣開始取得掌控權的，特別是在她寫信給所譯書籍的男性作家時。她喜歡在一陣有關語言和文化面的寒暄後，再寫些沒那麼正式的信；這樣魚雁往返了幾次之後，法國作家就會要求在他們來奧斯陸打書的時候跟她見面；就算不來打書，光是見她這個理由就值得跑一趟了。她總是拒絕，儘管這樣並沒讓那些追求者死心，反而恰恰相反。她曾經想出版自己寫的書，但幾年前一位出版顧問終於在電話裡跟她撕破臉，咬牙切齒地說再也受不了她那「歇斯底里窮緊張」的文字；還說沒有讀者會願意出錢分享她的想法，但若是付點錢可能會有心理學家想聽。自這個夢醒來以後，她的寫作活動就靠寫那些信了。

「艾斯翠．蒙森！」

她感到喉嚨一緊，一時之間大為驚慌。她可不想在大馬路上呼吸困難。她正準備過馬路，紅綠燈卻轉紅了。她原本可以衝過去的，但她絕對不會闖紅燈。

「哈囉，我正準備去找妳。」哈利．霍勒趕了上來。他仍有著那副獵人的表情，與布滿血絲的眼睛。

「我先說，我看過沃勒警監跟妳談話的報告了。我瞭解妳騙我是因為妳很害怕。」

她覺得自己呼吸開始急促了。

「我當下沒把自己在這整件事裡的角色告訴妳，實在很不應該。」這位警察說。

她訝異地看著他，他的語氣的確像是真心感到抱歉。

「我也看了報紙，有罪的人已經被捕了。」她聽到自己這麼說。

他們站著互看對方。

「我是說，他死了。」她柔聲補充。

「嗯。」他試探性地笑了笑，「但或許妳不介意幫個忙，回答幾個問題？」

這是第一次有人跟她一起坐在漢森麵包店的那張桌子。櫃檯後方的女孩對她做出女人之間心知肚明的微笑，好像跟她在一起的這位高個子男人是護花使者。由於他一副剛從床上爬起來沒多久的模樣，搞不好那女孩還以為……不，她不想繼續往這個方向想下去了。

他們坐了下來，他遞給她幾張列印信件，請她仔細看一遍。請問她以作家的身分，能不能看出這些信是男性還是女性寫的？她細看著信。他剛才說，「以作家的身分」。她該把實話說出來嗎？她舉起茶杯，免得被他看到自己因為這個念頭而微笑。當然不了，她要說謊。

「很難說。」她說，「這是小說嗎？」

「一半一半。」哈利說，「我們認為信是殺害安娜．貝斯森的人寫的。」

「那一定是男的了。」

哈利打量著桌子，她迅速瞄了他一眼。他並不好看，卻有股特別的氣質。她當初——雖然聽起來很不可能——一發現他躺在家門外的樓梯平台時，就注意到這點了。或許是因為那天她比平常多喝了一杯君度酒吧，但她也覺得躺在那裡的他面容祥和，幾乎稱得上英俊，就像有人把一位睡王子放到她家門口。他口袋裡的東西散落在樓梯各處，她逐項撿了起來，甚至還偷看了他的錢包，找到他的姓名和住址。

哈利一抬眼，她就趕緊把目光移開。她有沒有可能喜歡上他呢？當然有。問題是他會不會喜歡她。但她總是歇斯底里窮緊張，毫無根據的恐懼，突來的啜泣。他不會喜歡那樣的。他喜歡像安娜．貝斯森那樣的女人，或是拉夢娜。

「妳確定妳不認得她？」他緩緩發問。

她驚恐地望著他。那時她才發現，他正舉著一張照片。這張照片他以前也給她看過，照片裡的女人和兩個小孩在海灘上。

「比方說，在謀殺案發生當晚。」

「我這輩子從來沒見過這個人。」艾斯翠．蒙森堅定地說。

天又開始飄雪。又大、又溼的雪花在還沒飄落警察總署和波特森監獄之間的棕色土地上之前，是又灰又髒的。一段韋伯傳來的留言在辦公室裡靜靜等著，裡面證實了哈利的懷疑，正是這個懷疑讓他從嶄新的角度去看那些郵件。不管怎樣，韋伯簡短的留言仍投下了一顆震撼彈。算是預料之中的震撼。

這天哈利一直在講電話，不時在傳真機和電話之間來回。休息時，他皺眉沉思，把一塊塊線索堆疊起來，試著不去想他要找的東西。但一切再清楚不過。這輛雲霄飛車可以隨意爬升、下降、迴旋和轉彎，但它還是跟其他雲霄飛車一樣，最後會回到起點。

等哈利結束皺眉沉思，想通了大部分地方，他靠在辦公椅往後仰。他不覺得勝利，反而感到空虛。他打電話叫蘿凱不必等他，蘿凱沒問為什麼。然後他上樓到員工餐廳，走上屋頂露台，幾個站著吸菸的人都在簌簌發著抖。午後的昏暗中，城市燈火在他們下方閃爍。哈利點燃香菸，一手沿著牆摸去，捏出一顆雪球。把球滾了滾，壓得愈來愈緊，用掌心拍打，緊捏著直到融化的冰從指縫間流出來，然後把雪球往市區一丟。他的目光追隨著那顆閃亮的雪球，看著雪球墜落，愈來愈快，最後消失在灰白色的背景中。

「以前我班上有個男孩，叫做路德維希．亞歷山大。」哈利大聲說。

那群吸菸者用力跺腳，看著這位警監。

「他有語言天分，大家都叫他『烤串』，因為有一次在英文課堂上，他竟然笨得跟老師說他喜歡把『烤肉串燒』說成『串烤』，因為倒著念就是『烤串』。後來下了雪，每節下課時間都有班級互相打雪仗，烤串不想加入，但我們都逼他參加，因為想要他當砲灰。他很不會丟球，頂多只能丟出幾個勁道弱的高拋球。另一個班上有個肥胖的羅爾，是奧普索鄉的手球隊隊員，他經常故意用頭去撞烤串的雪球，之後再狂出下勾拳把烤串打得鼻青臉腫。有一天，烤串把一顆大石頭包進雪球裡，使勁丟高。羅爾微笑著跳起來用頭去頂，那聲音就像淺水裡的石頭相撞，軟與硬的聲音同時出現。那是我唯一一次在學校操場上看到救護車。」

哈利用力吸了一口菸。

「教職員室裡，為了烤串是否該受懲罰一事，大家爭辯了幾天，畢竟他並沒有對人丟雪球。所以問題在於：假若有個笨蛋做了蠢事，是否該懲罰那些不體貼笨蛋的人？」

哈利捻熄香菸，走進室內。

時間是四點半。在奧克西瓦河和格蘭區地鐵站之間空地上的冷風加重了勢道。學童和退休老人讓路給滿臉嚴肅、趕著回家的下班男女。哈利跑下階梯去搭地鐵時，撞上其中一個，咒罵聲在牆壁間迴盪著追了過來。他停在兩間廁所中間的窗前，那個老婦還是跟上次一樣坐著。

「我現在就得跟賽門談談。」

她冷靜、棕色的眼眸凝望著他。

「他不在德揚公園。」哈利說，「大家都離開了。」

那女人聳聳肩，一臉困惑。

「就說是哈利找他。」

她搖搖頭，揮手要他走開。

哈利靠著區隔兩人的玻璃。「說**日耳曼史皮歐尼**找他。」

賽門的車沒走艾克柏隧道，反而開上了艾納巴卡路。

「我不喜歡隧道。」他們在午後的尖峰時段，車子以龜速緩緩上山時，賽門這樣解釋。

「所以那兩兄弟逃到挪威、一起住拖車到長大，後來卻失和，是因為兩人愛上了同一個女孩？」哈利問。

「瑪麗亞來自很有威望的羅伐若家族。他們住在瑞典，她父親是吉普賽頭目。她十三歲時嫁給十八歲的史帝方，搬去奧斯陸。史帝方愛她入骨，為她喪命都在所不惜。那時候，洛斯可還在俄國避風頭，他不是躲警察，而是躲德國的科索沃阿爾巴尼亞族人，那些人認為做生意時被他騙了。」

「生意？」

「他們在漢堡附近的高速公路上發現一輛空拖車。」賽門微笑。

「可是洛斯可後來回去了？」

「在五月的一個豔陽天，他回到了德揚公園。那是他和瑪麗亞生平第一次見面。」賽門大笑。「我的天，他們看對方的樣子喔，那時空氣緊繃到我不得不看向天空，看是不是快打雷了。」

「所以他們墜入愛河了？」

「一見鍾情，還在眾目睽睽之下。有些女人都覺得不好意思了。」

「但如果這麼明顯，親戚一定都會反對吧？」

「他們沒想到會這麼危險。你別忘了，我們比你們早結婚。我們無法阻止年輕人。他們墜入愛河，才十三歲，可想而知……」

「也是。」哈利揉了揉後頸。

「但這件事可嚴重了。她已經嫁了史帝方，卻一看到洛斯可就愛上了他。雖然她和史帝方住在一輛拖車裡，她還是去找一直在那裡的洛斯可，事情自然一發不可收拾。安娜出生時，只有史帝方和洛斯可不知道其實洛斯可才是父親。」

「可憐的女孩。」

「可憐的洛斯可。唯一開心的人是史帝方，他神氣得不得了，說安娜就跟爸爸一樣漂亮。」賽門微笑，眼神卻是悲傷的。「如果史帝方和洛斯可沒決定去搶銀行，或許情況可以一直這樣下去吧。」

「搞砸了嗎？」

壅塞的車隊朝瑞恩區的路口前進。

「他們一夥有三人。史帝方年紀最大，所以他第一個進銀行、最後一個出來。另外兩人帶錢衝出去搭逃亡車時，史帝方舉槍留在銀行內，免得行員按下警鈴。他們都是新手，甚至不知道銀行有無聲警鈴。等另外兩人開車來接史帝方，才看到他整個人被警察壓著趴在警車的引擎蓋上。一位警察給他戴上了手銬。洛斯可負責開車，他當年才十七歲，而且沒有駕照。他搖下車窗，後座載著三千塊，慢慢把車開到那輛警車旁，看著他哥在引擎蓋上掙扎。然後洛斯可和那位警察四目交接了。我的天，當時的氣氛就跟他第一次見到瑪麗亞一樣緊繃。兩人對視了好久好久，我本來怕洛斯可會大叫，但他什麼都沒說，只繼續開車。那是他們第一次見面。」

「洛斯可和尤根．隆恩嗎？」

賽門點頭。他們出了圓環，駛進瑞恩區的彎道。賽門打了方向燈，然後在加油站旁踩下煞車。他們把車開到十二層樓高的建築前，附近入口處上方的藍色霓虹招牌閃動著挪威銀行的商標。

「史帝方坐了四年的牢，因為他只有對空鳴槍。」賽門說，「但是審判過後，發生了一件怪事。洛斯可去波特森監獄探望史帝方，隔天有位獄卒就說，覺得這位新進犯人的模樣好像變了。他上司說，初次入獄的人會有這種情況很平常，還說起犯人的太太第一次去探監時，也都不認得自己丈夫的事。獄卒放心了，但幾天後有個女人打電話到監獄，說他們關錯了人。史帝方．巴克斯哈的弟弟跟他掉了包，而他們卻放真正的犯人走了。」

「事情真的是這樣嗎？」哈利邊問邊取出打火機點菸。「對，是真的。」賽門說，「南歐的吉普賽人讓年輕的手足或兒子替犯人服刑是很普遍的事，尤其如果那犯人有家累，就像史帝方。對我們來說，這是一種榮耀。」

「但監獄當局很快就會發現錯誤，不是嗎？」

「哈！」賽門張開雙臂。「在你們看來，吉普賽人就是吉普賽人。如果他入了獄卻沒犯罪，那他遲早會犯下其他事情而入獄。」

「打電話的是誰？」

「他們沒查出來，但瑪麗亞也在同一天晚上失蹤了，後來再也沒人見過她。警察半夜開車把洛斯可載到德揚公園，史帝方則在拳打腳踢、連聲咒罵當中被拉出拖車。安娜當時兩歲，躺在床上大叫媽媽，但不管男女，沒有一個人能讓她停止號哭。一直到洛斯可進去抱她起來才停止。」

他們凝視著銀行大門。哈利看了看錶，再過幾分鐘銀行就要關了。「後來怎樣了？」

「史帝方出獄後，立刻出了國。我們偶爾會通電話，他經常到處跑。」

「安娜呢？」

「她在拖車裡長大。洛斯可送她去上學，她交了**外地**朋友，染上了**外地**習慣。她不想像我們那樣過活，想像朋友一樣，自己作主、自己賺錢、住在自己的家。自從她繼承外婆的公寓，搬進了索根福里街以來，我們就跟她毫無瓜葛了。她……唔，是她選擇要搬的。唯一跟她保持聯繫的就是洛斯可。」

「你想她知道洛斯可是她父親嗎？」

賽門聳肩。「據我所知，沒人提過這事兒，但我想她一定知道。」

他們沉默地坐著。

「事情就是發生在這裡。」賽門說。

「就在銀行打烊前。」哈利說，「就像現在。」

「如果不是非做不可，他不會開槍射隆恩。」賽門說，「但他會做非做不可的事。他是一名戰士。」

「沒有咯咯亂笑的宮女。」

「什麼？」

「沒事。賽門，史帝方在哪裡？」

「我不知道。」

哈利等待著。他們看著一位銀行員工從裡面鎖住大門。哈利繼續等。

「上次我跟他通電話，他是從瑞典的某個城市打來的。」賽門說，「哥德堡。我只能幫你到這裡了。」

「你幫的不是我。」

「我知道。」賽門嘆氣，「我知道。」

哈利找到維特蘭斯路的那棟黃色房子。兩層樓裡的燈光都亮著。他停好車，下來，站著凝望地鐵站。在第一個陰暗的秋天傍晚，那是他們——席格、托爾、克里斯提安、托基爾、愛斯坦和哈利，這是固定班底——第一次約在那裡，要去偷摘蘋果。他們一路騎單車來到諾斯特朗市，因為那裡的蘋果比較大，那邊的人認識他們父親的機率也比較小。席格第一個爬過圍籬，愛斯坦負責把風。哈利是裡面最高的，可以摘到最大的蘋果。但有天傍晚，他們不想騎那麼遠的車，就去自家附近偷摘。

哈利看著馬路對面的那座院子。

他們的口袋都已經裝滿，他才發現二樓亮燈的窗戶裡有張臉盯著他們瞧。一句話也沒說。是烤串。

哈利打開鐵門，來到門口。兩個門鈴下方的陶瓷門牌上，印著**尤根和克麗絲汀·隆恩**的字樣。哈利按了上面那個門鈴。

他又按了第二下，貝雅特才回應。

她問他要不要喝茶，但他搖頭。於是她走進廚房，他則在走廊踢掉腳上的靴子。

「妳爸的名字為什麼還在門牌上？」哈利看她端著一個杯子走進客廳。「好讓陌生人以為這棟屋子裡有男人？」

她聳肩，坐進一張深椅面的扶手椅裡。「我們一直沒空改。他的名字在那上面，已經久到我們都麻木了。」

「嗯。」哈利的雙掌互握。「其實我就是想談這個。」

「你說門牌？」

「不是。嗅覺障礙，聞不到屍體的氣味。」

「什麼意思？」

「我昨天站在門廊，看著殺害安娜的凶手寄來的第一封郵件。情形就跟妳家門牌一樣，感官雖然察覺到了，大腦卻沒收到。嗅覺障礙也是如此。列印紙在那裡掛了那麼久，久到我已經對它視而不見了，就像那張有我妹和我的照片一樣。照片被偷之後，我只覺得哪裡不太一樣，卻不知道是什麼。妳知道為什麼嗎？」

貝雅特搖頭。

「因為我身上並沒有發生什麼事，會讓我用不同眼光去看。我只看見自己認定會在那裡的東西。但昨天發生了一件事：阿里說他在地下室門口旁看到一個女人的背影，讓我忽然想到，我一直不自覺地認定殺害安娜的凶手是男人。只要犯了這個錯，只想著要找的東西，就不會找到其他的。我也因此改用新的眼光去看那封信。」

貝雅特的雙眉形成兩個括號。「你的意思是，艾夫．古納隆並沒有殺害安娜．貝斯森？」

「你知道變位詞吧？」哈利問。

「一種文字遊戲……」

「殺安娜的凶手留給我一個**線索**，像是吉普賽人會在走過的路上扔一把草做下記號，一個代號。我在鏡子裡看到了。那封信的署名是女人的名字，只是倒過來寫。所以我把信寄給奧納，他聯絡了一位認知心理學和語言專家，那人能從匿名恐嚇信中的一個句子，看出寫信者的性別、年齡和出生地。針對這個案子，他說寫信的人可能是男也可能是女，年齡約在二十到七十歲之間，而且可能來自國內任何地點。換句話說，沒多大幫助，除了他認為信也可能是女人寫的。原因是四個字，信上寫「你們警察」而非「你們警方」，或某些非特定的集合名詞。他說，寄件者可能是在潛意識中選用了這個字，因為這個字清楚區分出收件者和寄件者有不同性別。」

哈利靠進椅背。

貝雅特放下杯子。「哈利，我不能說我完全信這一套。樓梯間的不明女子、前後顛倒的女人姓名代號，和一位認為艾夫．古納隆選用女性表達方式的心理學家。」

「嗯，」哈利點頭，「我同意。首先，我要告訴妳是什麼讓我開始往這方向追查。但在我告訴妳殺害安娜的凶手是誰以前，我想請問妳能不能幫我找一個失蹤的人。」

「當然。但幹嘛問我？失蹤的人又不是——」

「不，就是。」哈利悲傷地笑，「找失蹤的人是妳的專長。」

43 拉夢娜

哈利在海灘上找到薇格蒂絲．亞布。她坐著的那塊平滑岩石，就是上次他凝視峽灣、最後抱膝睡著的那一塊。在早晨的霧氣中，太陽就像個蒼白的印子。葛瑞格搖著尾巴跑向哈利。現在是退潮，大海飄散著海藻和油的氣味。哈利坐在她身後的一塊小岩石上，彈出一根香菸。

「當時是你發現他的嗎？」她頭也不回地問。哈利不知道她在這裡等他多久了。

「有很多人發現亞納．亞布。」他回答，「我是其中之一。」

她在風中拂去在面前飛舞的一撮頭髮。「我也是。但那是好久、好久以前的事了。你可能不相信，但我的確愛過他。」

哈利點亮打火機。「我為什麼不相信？」

「隨你要相信什麼。並不是每個人都能夠愛。我們——和他們——或許相信自己能愛，但事實就是如此。那些人學會了動作、說詞和步驟，如此而已。有些人嫻熟到能矇騙我們好一段時間。讓我訝異的並不是這些人的成功，而是他們竟然肯花那個工夫。何必費那麼大力氣，只為了得到對方有同樣感受的回應，而自己卻不瞭解這個感受呢？你明白嗎？警官？」

哈利沒有回答。

「或許他們只是害怕。」她說著轉向他。「怕看到鏡中的自己，發現自己有殘缺。」

「亞布太太，妳在說誰？」

她又回身面對海。「誰知道呢？安娜．貝斯森？亞納？我？還是後來變了的我？」

葛瑞格舔著哈利的手。

「我知道安娜．貝斯森是怎麼死的了。」哈利說。他打量著她的背脊，但看不出任何反應。香菸在第二次點火時點著了。「鑑識組把安娜家中洗碗槽裡的四個玻璃杯拿去化驗。昨天下午，我拿到分析報告，上面有我的指紋，顯然我當時在喝可樂。我絕對不會想把可樂跟酒混著喝。一個酒杯被用過了。但有意思的地方是，可樂殘渣裡含有鹽酸嗎啡，也就是嗎啡。妳知道大量服用嗎啡會怎樣，對吧？亞布太太？」

她細細端詳他的臉，緩緩搖頭。

「不知道？」哈利說，「一吞下那種藥就會昏倒、失憶，醒來時會嚴重嘔吐和頭痛。很容易被誤認是喝醉了酒，是很不錯的迷姦藥，很像羅眠樂。而我們**的確**被迷姦了，我們所有人都是。對不對，亞布太太？」

一隻海鷗尖聲大笑著飛過他們頭頂。

「又是你。」艾斯翠．蒙森緊張地輕笑一聲，讓他進門。他們坐在廚房。她踩著小碎步到處走，泡了茶，還端出她在漢森麵包店買的蛋糕，「萬一有人臨時過來就可以吃」。哈利含糊不清地說著一些芝麻小事，如昨天下的雪和大家都以為會跟著電視上的雙子大廈一起崩塌的世界，其實並沒有多大的改變。等她替他倒了茶、坐下之後，他才問她對安娜有何看法。

她嘴巴都合不攏了。

「妳恨她，對不對？」

在接下來的沉默中，另一個房間裡傳來微弱的電子叮咚響。

「不。我不恨她。」艾斯翠用雙手捧住超大杯的綠茶。「她就是很……不一樣。」

「怎麼說？」

「她的生活方式、她這個人。能夠像她……這樣真是幸運。」

「妳不喜歡那樣嗎？」

「我……我不知道。不，或許不喜歡。」

「為什麼？」

艾斯翠看著他好一陣子，眼底的笑意忽隱忽現，像隻靜不下來的蝴蝶。

「不是你想的那樣。」她說，「我羨慕安娜。我崇拜她。有時候我還希望自己是她。她跟我完全相反，我坐在屋裡，而她……」

她的眼神落到窗戶。「她卻幾乎是赤裸裸地跨入生命，這就是安娜。男人來來去去，她知道自己留不住他們，卻還是一樣去愛。她畫得不好，但仍展示出作品，好讓世上其他的人自行評斷。她跟人說話的方式，彷彿認定別人都喜歡她。對我也一樣。有時候我覺得安娜偷走了真正的我，覺得這裡的空間放不下我們兩人，而我必須等著輪到自己才能上場。」她又發出緊張的傻笑。「但後來她死了，我發現其實不是那樣，我當不了她。沒人能夠。那不是很悲哀嗎？」她的目光落到哈利身上。「不，我不恨她。我愛她。」

哈利感到後頸一陣發麻。「能不能告訴我，那天晚上妳在走廊看到我的情景？」

笑容像不太靈光的霓虹燈，一下子出現、一下子消失，好像有個開心的人偶爾在她眼中出現、探出頭來。哈利覺得水壩就快爆炸了。

「你長得不好看，」她輕聲說，「卻有一種吸引力。」

哈利揚起一道眉。「嗯。妳扶我起來的時候，有沒有覺得我身上有酒味？」

她露出驚訝的表情，好像從來沒想過這點。「不，好像沒有，你身上……沒有味道。」

「沒有味道？」

她的臉漲成深紅色。「沒有……什麼特別的味道。」

「我有沒有在樓梯上掉什麼東西？」

「比方說什麼？」

「手機、鑰匙。」

「什麼鑰匙？」

「妳必須回答我。」

她搖搖頭。「沒有手機，我把鑰匙放回你口袋了。你為什麼要問這些？」

「因為我知道是誰殺了安娜。我只想先求證細節。」

44 線索

第二天，堆積了兩天的雪已經消失無蹤。一早在搶案組的會議上，伊佛森說如果想在屠子一案上有進展，唯一的希望就是再發生一次銀行搶案；但他又補了一句，說可惜貝雅特預測屠子遲早會再度犯案的話不準。讓大家驚訝的是，貝雅特似乎沒把這句間接的批評放在心上，只聳聳肩，自信地重複說，屠子遲早會再做案。

同一天晚上，一輛警車駛進孟克美術館前方的停車場，停了車。四個男人跨出車外，其中兩名是穿了制服的警察，另外兩個穿便衣的，遠看好像是牽著手在走路。

「抱歉這些保全措施非有不可。」哈利說著朝手銬歪了歪頭。「只有這樣我才能得到許可。」

洛斯可聳聳肩。「哈利，我覺得跟我銬在一起，你應該比我還煩惱吧。」

這群人走過停車場，往足球場和拖車前進。哈利打手勢叫員警在外面等，他跟洛斯可進了那輛小拖車。

賽門在裡面等。他擺出一瓶卡瓦多斯蘋果白蘭地和三個酒杯。哈利搖搖頭，解開手銬，爬上沙發。

「回來很不錯喔？」哈利問。

洛斯可沒回答，哈利等著洛斯可用那對黑眼睛檢視這輛拖車。哈利看到那對眸子在床上方那張兩兄弟的照片上停頓。他似乎看到那張線條柔和的嘴微微抽動。

「我答應要在十二點以前回波特森，所以我們得快點談正事。」哈利說，「艾夫．古納隆並沒有殺害安娜．貝斯森。」

賽門望著洛斯可，洛斯可盯著哈利。

「凶手也不是亞納．亞布。」

沉默中，芬馬克街上的隆隆車聲似乎更大了。洛斯可晚上躺在牢房時，是否會想念這種車輛噪音？他是否懷念另一張床、那股氣味、和哥哥規律呼吸的聲音？哈利轉向賽門：「請你讓我跟他獨處好嗎？」賽門轉向洛斯可，洛斯可短暫點了點頭。他出去後，關上了門。哈利雙手交疊，抬起眼。洛斯可的雙眼發亮，好像發了燒。

「你已經知道一陣子了，對不對？」哈利沉聲說。

洛斯可合起雙掌，表面上看來這是內心平靜的姿勢，但發白的指尖卻透露出另一種訊息。

「也許安娜也看過孫子的書，」哈利說，「知道所有戰事的第一條規定就是欺矇。但她還是給了我解答。我只是猜不透這個縮寫的意思：S2MN。她甚至還給了我線索，說視網膜會倒轉一切，所以我得透過鏡子才能看出那是什麼。」

洛斯可這時已經閉上了眼。他好像在祈禱。「她母親既美麗又瘋狂，」他輕聲說，「安娜遺傳到這兩種特質。」

「我知道，你早就解開了這個縮寫的意思。」哈利說，「她的簽名就是S2MN，那個2代表另一個S，中間少了三個母音。從左到右應該念成S-S-M-N，但從鏡子裡看來就是N-M-S-S，加上母音就變成NeMeSiS，也就是復仇女神的英文。她告訴過我。那是她的傑作，是她想流傳後世的作品。」

哈利說話時，語氣裡不帶一絲勝利意味，這是陳述事實。擁擠的拖車似乎在他們周圍縮得更小了。

「把其他細節告訴我。」洛斯可輕聲說。

「我想你應該想得出來。」

「告訴我！」他咬牙說。

哈利看著桌子上方那扇圓形的小窗，窗上已瀰漫了霧氣。一個舷窗，一艘太空船。他幻想著如果把霧氣擦掉，是否會發現他們置身於外太空的馬頭星雲，兩位孤單的太空人正準備登上一輛飛行拖車。就算真是這樣，也不會比他準備要說的話更虛幻。

45 孫子兵法

洛斯可挺直身子，哈利開口了：

「今年夏天，我鄰居阿里．尼亞基收到一封信，寄件人自稱幾年前住在這棟大樓時，曾經積欠過房租。阿里在住客名單上找不到這人的名字，就回信跟那人說算了。那人的名字是艾瑞克森。我昨天打電話給阿里，請他把那封信找出來，結果信上的地址是索根福里街十七號。艾斯翠．蒙森說，今年夏天在安娜的信箱上，曾有幾天出現過另一個名字的貼紙，名字就是艾瑞克森。這封信的目的何在？我打電話去鎖店。他們真的接過要求打我家公寓鑰匙的訂單，我請他們把文件傳真過來，上面第一件吸引我注意的，就是文件的日期是在安娜死前一週。訂單是阿里簽的，阿里是我們住戶委員會的主席兼負責人。訂單上偽造的簽名字跡難辨，用的是老舊的筆，比方說，是模仿自她收到的一封信。但對鎖店來說，這樣就已經足夠，鎖店立刻向崔奧芬訂購了一把哈利．霍勒家的鑰匙。而哈利還親自到店裡，秀出證件，簽收那把鑰匙，滿心以為自己簽收的是安娜家的備用鑰匙。真讓人笑掉大牙，對吧？」

洛斯可看起來非常冷靜自持。

「在我們見面和傍晚吃飯的時間中，她辦妥了下面這些事：透過埃及的伺服器安排好電郵帳戶，在筆電上寫好那些信，預先設定寄出的日期。之後她打開我家地下室的門，找到我的儲藏室，再用同一把鑰匙進到我房間，想找個容易識別的私人物品，拿去放到艾夫．古納隆家。她選擇了我妹和我的那張照片。接下來的工作就是拜訪她的前任情人和藥頭。再度見到她，艾夫一定有點訝異。她想幹什麼？也許是買槍或是借槍？因為她知道他有一款在奧斯陸司空見慣的槍，槍上的序號已被磨掉。他替她找來了一把貝瑞塔M92手槍，然後她去上廁所。他覺得她在裡面待了很久，等她終於出來時，卻忽然急著要走。至少我們可以想像當時的情況可能是這樣。」

洛斯可把牙關咬得死緊，哈利看到他連嘴唇都抿了起來。哈利向後靠。「接下來就是闖進亞布的農舍，把自家鑰匙放在那邊。這件事很容易，她知道農舍的鑰匙都放在屋外的燈裡。她在那裡的時候，把薇格帝絲和小孩的照片從相簿裡取出帶走。就這樣，一切布置就緒。她現在只要等。等哈利來吃飯。當晚的菜色是泰式酸辣湯加節朋辣椒、可樂和嗎啡。後者的成份作為迷姦藥非常受歡迎，因為那是無味的液體，用法簡單，效果無法預測。受害者醒來時記憶裡空了一塊，會以為是自己喝醉了酒，因為所有症狀都跟宿醉很像。從多方面來看，都可以說我是被迷姦了，我昏得被她從我夾克口袋裡拿走手機、然後把我推到門外都不知道。我離開以後，她也離了家，到我家地下室，把我的手機跟那台筆電連接起來。她回家時，躡手躡腳地上樓。艾斯翠．蒙森聽到了腳步聲，卻以為是住三樓的古德森太太。然後她為這場最後演出做好準備，讓剩下的一切順勢發展。當然，她早知道我會調查此案，不論是公事或者私下，因此她留給我兩個線索。她明知我知道她是左撇子，卻故意用右手拿槍，又把照片放進鞋子裡。」

洛斯可的嘴唇動了動，但沒發出聲音。

哈利一手摸著臉。「這個傑作最後的一筆就是扣扳機了。」

「但為什麼？」洛斯可說。

哈利聳肩。「安娜這人很極端。她想向曾經奪走她生活目標的人復仇，那個目標就是愛。有罪的一方是亞布、古納隆和我，還有你的家族。簡單來說，恨意取勝了。」

哈利轉身，從牆上取下洛斯可和史帝方的那張照片，放在他倆中間的桌面上。「洛斯可，在你家裡，恨意不也一直獲勝嗎？」

「狗屁。」洛斯可說。

洛斯可仰頭把酒杯喝乾。然後他笑了。

哈利事後回想那幾秒鐘的情景，就像快轉的錄影帶。他們談完後，他被洛斯可制住頭頸壓倒在地，他的眼底滿是酒精，卡瓦多斯蘋果白蘭地的氣味充塞鼻端，參差不齊的破酒瓶抵在他喉際。

「**史皮歐尼**，只有一樣東西比極度高血壓還要危險，」洛斯可低聲說，「那就是極度低血壓。所以你別動。」

哈利嚥了口口水，想要說話，但洛斯可壓得更緊，他的聲音變成了呻吟。

「孫子對愛與恨說得再清楚不過了，**史皮歐尼**。愛與恨都能在戰爭中獲勝，這兩者就像連體雙胞胎一樣不可分割。憤怒和同情則是輸家。」

「那我們兩個都快輸了。」哈利呻吟著說。

洛斯可捏得更緊。「我的安娜絕不會選擇死亡。」他的聲音發顫。「她熱愛生命。」

哈利掙扎地擠出聲音。「就像──你──熱愛──自由？」

洛斯可鬆開手，哈利猛咳一陣，直往肺裡吸氣。他感覺心臟在頭部狂跳，但車外的車流聲又回來了。

「你做了選擇。」哈利嘶聲說，「你去自首以求贖罪。別人不懂，但那是你的決定。安娜也是這樣。」

哈利想動，洛斯可把破瓶子抵住他喉嚨。「我有我的理由。」

「我知道。」哈利說，「贖罪跟復仇幾乎是一樣強烈的直覺。」

洛斯可沒有回答。

「你知不知道，貝雅特．隆恩也做了個決定？她發覺無論做什麼，都無法讓父親復活。她已經沒有憤怒了。她要我代她致意，轉告說她已經原諒了你。」玻璃的尖角刮上他皮膚，那聲音就像鋼筆筆尖寫在粗糙的紙上，遲疑著寫下最後一個字。只剩下最後的句點了。哈利嚥了口口水。「現在該你決定了，洛斯可。」

「**史皮歐尼**，決定什麼？要你死還是要你活嗎？」

哈利吸口氣，試圖屏除驚慌。「決定你想不想讓貝雅特．隆恩自由。是否肯告訴她，你射殺她父親那天發生的事。你是否願意讓自己自由。」

「我？」洛斯可又發出一聲冷笑。

「我找到他了，」哈利說，「我的意思是，貝雅特．隆恩找到他了。」

「找到誰？」

「他住在哥德堡。」

洛斯可的笑聲陡然止住。

「他在那裡住了十九年，」哈利繼續說，「自從他發現你是安娜真正的父親起。」

「你說謊。」洛斯可大吼，把破瓶子舉高到頭頂。哈利感到口乾舌燥，閉上眼睛。再度睜開時，只看到洛斯可迷濛的雙眼。他們同時吸氣，胸腔一同鼓起又陷下。

洛斯可低聲問：「那……瑪麗亞呢？」

哈利得試上兩次，聲帶才發得出聲音。「沒人有她的消息。有人告訴史帝方，說幾年前在諾曼第看到她跟一個巡迴團體在一起。」

「史帝方？你跟他說過話了？」

哈利點頭。

「他怎麼會跟你這種**史皮歐尼**說話？」

哈利想聳肩，但身子動彈不得。「你自己問他……」

「問……」洛斯可不可置信地瞪著哈利。

「賽門昨天去接他的，他現在就坐在隔壁拖車裡。警察跟他還有幾件案子沒結，但大家都接到警告，不准碰他一根汗毛。他想跟你說話。剩下的就看你了。」

哈利把手放在瓶子和自己脖子中間，站了起來。洛斯可並沒有阻止他。他只問：「你為什麼要這樣，**史皮歐尼**？」

哈利聳肩。「你確保莫斯科的法官讓蘿凱保住歐雷克。我給你機會聯繫上你唯一的親人。」他從夾克口袋裡取出手銬，放在桌上。「不管你決定怎樣，我想我們都扯平了。」

「扯平？」

「你叫人讓我的親人回來，我也這樣對待你。」

「哈利，我聽到你的話了，但這到底是什麼意思？」

「意思是我會把我對亞納．亞布謀殺案所知道的事情都說出來。我們會出動所有警力追捕你。」

洛斯可揚起眉。「**史皮歐尼**，要是你放手不管，事情會比較容易。你明知找不到對我不利的證據，那又何必試？」

「因為我們是警察，」哈利說，「不是咯咯亂笑的宮女。」

洛斯可沒移動目光，然後微微鞠了個躬。

哈利在門口轉身。這個瘦男人坐著，上身傾在塑膠桌面上，陰影遮住了他的臉。

「洛斯可，你的時間只到午夜。之後警察就會帶你回去。」

救護車的鳴笛聲刺穿芬馬克街上的車水馬龍，升起又落下，彷彿在尋覓一個純粹的音色。

46 米蒂亞[9]

哈利小心翼翼地推開臥室的門。他以為還會聞到她的香水味，但那氣味已經淡得無法確定究竟真是房間裡的，還是他記憶裡的了。占據房間中央的那張大床像一艘羅馬戰艦。他坐在床墊上，手指觸碰著冰冷的白色床單，閉上眼，感覺著床單的皺摺起伏。一種緩慢、沉重的貼地突起。那天晚上，安娜就是在這裡像這樣等他嗎？一陣憤怒的滋滋聲傳來，哈利看了看錶，七點整，是貝雅特。幾分鐘後奧納也按了門鈴，剛爬完樓梯的他，雙下巴都漲紅了。他氣喘吁吁地對貝雅特打招呼，然後三人一起走進了客廳。

「所以你認得出來這三張肖像畫裡的人？」奧納問。

「亞納．亞布，」貝雅特指著左邊那張畫說，「中間的是哈利，右邊是艾夫．古納隆。」

「了不起。」奧納說。

「唔，」貝雅特說，「螞蟻能夠辨別蟻窩裡數百萬張其他螞蟻的臉孔。如果拿體重比例來看，螞蟻的**梭狀回**比我的大得多。」

「這麼說來，我的梭狀回恐怕完全沒有發展。」奧納說，「哈利，你看得出什麼嗎？」

「比起安娜第一次給我看的時候，我肯定看得出更多線索。現在我知道她控告了這三個人。」哈利指了指舉著三盞燈的女性塑像。「納米希斯，正義與復仇女神。」

「是羅馬人從希臘人那邊偷來的。」奧納說，「他們保留了秤，把鞭子改成劍，蒙上她的眼睛，叫她正

9 Medea，希臘神話中的女子，太陽神的孫女。因為愛上凡人男子傑森而離家私奔。後來傑森另娶一位公主，米蒂亞不僅把這個公主殺死，還刺死了自己跟傑森生下的兩個小孩作為報復。

義女神賈絲媞莎。」他走到燈旁。「西元前六百年，他們開始覺得血債血還的法子不管用了，於是決定把對個體施加報復，擴大成公眾事件，結果這個女人後來成為現代憲法國家的符號。」他撫摸著那冰冷的青銅女像。「盲目的正義。冷血的復仇。我們的文明卻掌握在她手裡。她不是很美嗎？」

「就跟電椅一樣美。」哈利說，「安娜的復仇並不完全是冷血。」

「應該說是既冷血又熱情。」奧納說，「有預謀同時卻又充滿激情。她一定非常敏感。當然精神上肯定受過創傷，但我們誰不是呢？說起來，只是大家受創程度不同而已。」

「安娜怎麼受創了？」

「我從沒見過她，所以我只能用猜的。」

「說吧。」哈利說。

「就古代神祇的主題來說，我想你們都聽過納喀索斯（Narkissos）吧？這位希臘神祇不可自拔地愛上自己水中的倒影。佛洛伊德將自戀的概念引入心理學，一個將獨特性過分誇大的人，沉緬在無止境的成功美夢當中。對自戀的人來說，對冒犯他們的人採取報復的需求，往往勝過其他需求，這就是所謂的『自戀式憤怒』。美國心理學家寇哈特（Heinz Kohut）就曾描述，這樣的人會如何利用手邊所有資源，只求對冒犯者施加報復——而那些冒犯在我們看來可能只是小事一樁。比方說，表面上看來是再平常不過的拒絕，就可能使得自戀者不眠不休地工作，抱持非做不可的決心，只求恢復平衡，即使造成死亡也在所不惜。」

「誰的死亡？」哈利問。

「所有人。」

「太瘋狂了吧。」貝雅特喊了出來。

「事實上，這就是我的意思。」奧納冷冷地說。

他們走進飯廳。奧納在那張又長又窄的橡木桌旁，坐在一張直椅背的舊椅子裡試了試。「這種椅子已經沒人做囉。」

貝雅特呻吟了一聲。「可是她為什麼要用自殺……就為了扳回一城？總有其他辦法吧。」

「當然有。」奧納說，「但自殺本身通常就是報復行為，因為你把愧疚感加諸在讓你失望的人身上。安娜只是做得更激烈一些。何況，我們大有理由懷疑，她本來就不想活了。她孤單寂寞，被愛人拋棄、被家人拒絕；當不成藝術家，即使轉而吸毒也沒有幫助。總的來說，她深感灰心，很不快樂，最後選擇了預謀自殺。還有報復。」

「完全沒有道德上的顧慮嗎？」哈利問。

「當然了，道德角度是很有意思的。」奧納交叉雙臂。「我們的社會把活下去的道德責任加諸在我們身上，也因此譴責了自殺。不過，安娜顯然崇尚古風，可能在希臘哲人身上找到了心靈支柱。希臘哲人認為每個人都應該選擇自己死亡的時機，尼采也認為，個體完全有自殺的道德權利。他用的字眼是『freitod』（**自殺**）或自願死亡。」奧納豎起食指。「但她必須面對另一個道德難題：復仇。由於她自稱是基督徒，基督教的道德標準要求你不該復仇。當然啦，矛盾點在於基督徒崇拜上帝，而上帝卻是最大的復仇者，不信祂的人會淪入永恆煉獄，這種程度的復仇跟罪行完全不成比例，要是你問我，我會說這幾乎可以上訴國際特赦組織了。要是——」

「也許她只是充滿恨意？」

奧納和哈利同時轉頭看貝雅特。她擔心地抬眼望著他們，彷彿剛才是不小心說溜了嘴。

「道德，」她輕聲說，「對生命的愛。愛情。然而恨意卻是最強烈的。」

47 磷光

哈利站在敞開的窗前，聽著遠處救護車的警笛聲逐漸消失在都市鍋爐的隆隆噪音裡。蘿凱繼承自她父親的房子巍然矗立在一片燈海之上。在院子裡挺拔松樹的掩映間，哈利看著燈海裡的一切。他喜歡站著看樹，總愛想那些樹生長在那裡有多久了，然後感覺這個念頭讓自己冷靜下來。他也喜歡看城市燈火，會讓他回想起海上的磷光。他以前看過一次，有天晚上爺爺帶他划小船到史瓦霍曼附近，用燈照螃蟹。只有那麼一個晚上，但他永遠也忘不了。類似這樣的事，會隨著一年年過去，變得更鮮明、更真實。但卻不是每件事都會這樣。他跟安娜共度過幾個夜晚？他們有多少次搭那位丹麥船長的船出海，隨興航行？他記不得了。很快其他事情也會被遺忘。令人悲傷嗎？是的。悲傷卻無法避免。

即便如此，他知道有兩次跟安娜共處的片段卻沒那麼容易被消除。兩個幾乎完全相同的畫面，兩次她那一頭豐厚的髮都像一把黑扇子披散在枕頭上，圓睜著雙眼，一手緊抓著雪白的床單。不同點在另外那隻手。在一個畫面中，她的手跟他的十指緊扣；另一個畫面中，她的手卻握著一把槍。

「幫忙關個窗好嗎？」蘿凱在他身後說。她坐在沙發上，雙腿壓在身下，一手拿著一杯紅酒。歐雷克在首次打破哈利的俄羅斯方塊紀錄後，高興地上床去睡了。哈利擔憂一個時代正在逝去，無法挽回。

新聞已沒有新鮮事可說。舊事重複著：對抗東方的軍事運動，對付西方的報復行動。他們關掉電視，放上石玫瑰樂團（Stone Rose）的音樂。哈利又驚又喜地發覺，原來蘿凱的音樂收藏裡有這張唱片。青春。那個時代的他，只想看到彈吉他、有主張的驕傲英國小孩，對其他事都不感興趣。現在他喜歡好自在樂團（Kings of Convenience），因為他們唱歌細緻準確，樂曲又比唐納文（Donovan）少了那麼一點愚蠢。石玫瑰樂團的樂音變低。悲傷卻真實。也許不可避免。凡事有循環，風水輪流轉。他關上窗，暗自發誓只要有機會，他就要帶歐雷克去那座小島，開手電筒照螃蟹。

「下吧、下吧、下吧。」石玫瑰樂團的歌聲從擴音器傳來。蘿凱傾身往前，啜了一口酒。「故事跟山丘一樣古老。」她輕聲說，「兩兄弟愛上同一個女人，根本是悲劇的開端。」

他們沉默了，十指交扣，聽著對方的呼吸。

「你愛過她嗎？」她問。

哈利仔細思量了一番才回答：「我不記得了。那時我過的生活很……混亂。」

她撫摸著他的下巴。「你知道我覺得什麼念頭很怪嗎？這女人我從來沒看過、沒遇到過，但她卻進了你家，在家裡到處走動，看到你鏡子上我們三個在福隆納斯頓拍的那張照片。她明知會破壞一切。或許你們兩個過去真的是愛過對方的。」

「嗯。她早在知道妳和歐雷克以前，就把所有細節計畫好了。她今年夏天就拿到了阿里的簽名。」

「想像一下，她一個左撇子，要偽造他的簽名有多不容易。」

「我倒是沒想到這一點。」他在她大腿上別過頭，看著她。「我們要不要談點別的？要是我打電話給我爸，問我們明年夏天能不能去翁達斯涅鎮的房子住幾天，妳覺得怎麼樣？天氣通常不太好，但那裡有個船屋，還有我爺爺的划槳船。」

蘿凱笑了。哈利閉上眼。他好愛她的笑聲。他想，只要小心些，不要犯錯，或許這笑聲就能讓他聽上好久、好久。

哈利忽然驚醒。他手忙腳亂地坐起身，大口喘氣。他剛才作了夢，卻想不起來夢見什麼。他的心臟狂跳，像瘋狂的大鼓。他頭好痛。

「怎麼回事？」黑暗中，蘿凱含糊的聲音問。

「沒事。」哈利輕聲說，「妳繼續睡。」

他起身，走到浴室，喝了一杯水。鏡中那張憔悴、毫無血色的臉也回瞪著他。屋外吹著呼呼大風，院子裡那棵大橡樹的樹枝刮著屋牆，戳著他肩頭，搔著他脖子，讓他毛髮直豎。哈利又把杯子裝滿，慢慢喝著。現在他想起來了。他剛才做的夢。一個男孩坐在學校屋頂，兩條腿盪呀盪。這男孩不肯去上課，讓弟弟替他寫作文，還帶他弟弟的愛人去看他們小時候玩過的地方。哈利夢到的是悲劇的開端。

他再度爬進毯子裡，蘿凱已經睡著了。他凝視著天花板，開始等候第一道晨光。

床頭櫃的時鐘顯示五點零三分，但他再也忍不住了。他站起來，撥給查號台，寫下了金・休伊的私人電話號碼。

48 海因里希・雪莫

貝雅特在門鈴響第三聲時醒來。

她翻個身，看了看時鐘。五點十五分。她躺著思考該怎麼做最明智——是叫他滾蛋，還是假裝自己不在家？門鈴又響了，聽起來他顯然不打算放棄。

她嘆氣，起身，披上睡袍，拿起對講機。

「什麼事？」

「貝雅特，對不起，這麼晚、還是這麼早就來吵妳。」

「你去死吧，湯姆。」

一陣長長的沉默。

「我不是湯姆。」那個聲音說，「是我，哈利。」

貝雅特輕聲咒罵，按下開門鈕。

「我實在沒辦法繼續睜眼躺在床上。」哈利進門時說，「是屠子的事。」

他一屁股坐進沙發，貝雅特悄步走進臥房。

「我之前說過，妳跟湯姆之間怎樣都不關我的事……」他朝著打開的臥房門大喊。

「你說的沒錯，這不關你的事。」她回喊，「而且他已經被打入冷宮了。」

「我知道。獨立警察機構的特別法庭打電話要我過去談談跟艾夫・古納隆見面的經過。」

她再度出現時，身上已換成白色恤衫和牛仔褲，站在他對面。哈利抬頭看她。

「我是說，他被我打入冷宮了。」她說。

「哦？」

「他是個混蛋。但這不表示你可以高興對誰說就對誰說。」

哈利歪著頭，瞇起一隻眼。

「要我再說一遍嗎？」她問。

「不。」他說，「我想我懂了。但如果不是對別人，而是對一個朋友說呢？」

「要不要喝咖啡？」貝雅特還沒走到廚房，臉上就漲紅了。哈利站起來，跟了過去。小桌旁只有一張椅子。牆上有塊漆成玫瑰色的匾額，上面是一首《上人之言》的古詩：

在踏入
每一扇門以前
要查探　要打聽
因為不確定
是否會有仇敵坐在門裡
準備讓你倒地

「蘿凱昨晚說了兩件事，讓我開始思考。」哈利靠著洗碗槽說，「第一是兩兄弟愛上同一個女人，是悲劇的開端。第二是安娜要模仿阿里的簽名一定很不容易，因為她是左撇子。」

「哦，是嗎？」她把一杓咖啡放進機器濾杯裡。

「列夫的作文簿。你從崔恩．葛瑞特那裡要來，跟那張自殺遺書比對字跡。妳記得作文的題目是什麼嗎？」

「我沒仔細看，我只記得檢查那是不是他的。」她把水倒進咖啡機。

「那是挪威文。」哈利說。

「有可能。」她說著轉向他。

「是的。」哈利說，「我剛從克里波刑事調查部的金・休伊那邊過來。」

「那位筆跡專家？剛才？大半夜的時候？」

「他家裡有辦公室，很能體諒我的情形。他拿作文簿和自殺遺書跟這個比對了。」哈利打開一張摺起的紙，放在瀝水板上。「咖啡要等很久嗎？」

「你急什麼？」貝雅特問，一面靠近那張紙。

「我什麼都急。」哈利說，「妳要做的第一件事，就是重新檢查所有的銀行戶頭。」

艾爾莎・隆德是布拉斯多旅行社的辦公室經理，也是該旅行社的兩名員工之一。偶爾她會在半夜接到客戶從巴西打來的電話，說遭到搶劫，或是掉了機票和護照，情急之下就打了她的手機號碼，完全沒想到時差的問題。後來她上床睡覺時，都會把手機關掉。正因如此，當家裡的電話在凌晨五點半響起，對方問她能否盡快趕去辦公室時，她才會那麼生氣。即使那個聲音補充說是警察的時候，她的怒氣也只平息了一點點。

「希望這是攸關生死的大事。」艾爾莎・隆德說。

「的確是，」那個聲音說，「而且主要是死。」

跟平常一樣，伊佛森是第一個到警局的。他凝望著窗外。他喜歡整層樓只有他的那種靜謐，但那並非讓他喜歡的主因。等其他人抵達，伊佛森早已讀過前一天晚上的所有傳真、報告和每一份報紙，搶到了他需要的先機。如果你是老闆，領先別人一步就是關鍵——建立據點，做出判斷。如果他組裡的屬下偶爾表達不滿，認為管理階層隱瞞情報，那也是因為他們不瞭解知識就是權力，以及任何管理團隊都必須有權力，才能布置出終將取得成果的局面。的確，管理階層掌握更多情報，完全是為了他們好。他要所有偵辦屠子一案的人直接向他報告，正是基於這個理由：讓消息保留在該在的地方，不浪費時間做沒完沒了的全員討論，這種討論只是為了讓屬下有參與感而已。現在對身為組長的他而言，更重要的是掌控局勢，展現魄力和行動。儘管他已經盡了力，讓列夫．葛瑞特的事看起來像是他的功勞，但他知道當時事情發展的情形，已削弱了他的威信。一位組長的威信並不在於個人聲望的問題而已，而是關係到整個警察團隊，他這麼告訴自己。

門上有人敲了敲。

「霍勒，原來你都這麼早起呀。」伊佛森對門口那張蒼白的臉孔說，仍繼續讀著自己面前的傳真。一家日報針對獵補屠子一案與他訪談過，他請對方把引用他說詞的地方傳過來。他不喜歡那次訪談。只不過，人家雖然沒有斷章取義，卻仍有辦法讓他顯得像在迴避問題又無能為力。幸好那張照片還不錯。「霍勒，你想幹嘛？」

「我只是來說一聲，我在六樓召開了一個會，覺得你可能會想來。會議是關於玻克塔路上所謂的銀行搶案。我們就快開始了。」

伊佛森停止看傳真，抬起了眼。「你召開了一個會？有意思。可否請問是誰給你召開會議的權利的？」

「沒有人。」

「沒有人。」伊佛森像海鷗嘎嘎叫那樣笑了一下。「那你最好快點過去，說會議延到午餐以後舉行。你看，我手邊還有一堆報告要看。懂吧？」

哈利緩緩點頭，好像正仔細、適切地思考這件事。「懂了。不過這是搶案組的事，而且我們就快開始了。祝你看報告順利。」

他轉身。這時，伊佛森一拳重重敲上桌面。

「霍勒！你他媽的別在我面前這樣轉身！這個部門裡召開會議的是**我**，尤其這是一件搶案。你懂不懂？」一片潮濕的紅色下唇在這位長官的臉部中央顫抖。

「你剛才也聽到了，我說這是玻克塔路上『所謂的』搶案，伊佛森。」

「你那樣說是什麼意思？」那聲音已成了哀鳴。

「玻克塔路上的搶案根本不是搶案，」哈利說，「而是精心計畫好的謀殺。」

哈利站在窗邊，望著對面的波特森監獄。這一天像一輛嘎吱叫的小車，不情不願地上了路。雨雲籠罩在艾克柏區上方，格蘭斯萊達街裡有朵朵黑色雨傘。大家都聚在他背後：畢悠納．莫勒打著呵欠，陷進椅子裡；總警司微笑著跟伊佛森談天；韋伯交叉雙臂，一言不發，快要失去耐性；哈福森拿著筆電待命，而貝雅特的目光緊張地到處瞟。

49 石玫瑰樂團

那天稍晚，陣雨的雨勢慢慢減弱。太陽從如鉛般的灰雲中露出頭來，雲像最後一幕戲的開場簾幕般往兩旁分開。藍天只持續了那最後幾小時，之後奧斯陸市就用灰色的冬毯罩住了頭臉。霧村路沐浴在陽光下，哈利按了第三次門鈴。

他聽到門鈴聲在有露台的房屋內部叮鈴作響。鄰居的窗戶砰的一聲打開。

「崔恩不在家。」一個尖聲說。她的臉又換成一層淡淡的棕，類似金棕色，讓哈利想到被尼古丁染色了的皮膚。「可憐的孩子。」她說。

「他在哪裡？」哈利問。

她翻個白眼當作回答，拇指一翹指向肩後。

「網球場？」

貝雅特想走，哈利卻沒動。

「我一直在想我們上次討論的事，」哈利說，「就是那座天橋。妳上次說，大家都很驚訝，因為他是這麼安靜、有禮的孩子。」

「有嗎？」

「但這條路上的每個人都知道是他幹的？」

「我們都看到他那天早上騎腳踏車出去了。」

「穿著那件紅夾克？」

「對。」

「列夫嗎？」

「列夫？」她大笑著搖頭，「我才不是說列夫。列夫的確做了不少怪事，但他可沒那麼壞。」

「那妳是說誰？」

「崔恩。我從頭到尾都是說崔恩。我也說他回來的時候，滿臉發白對吧。崔恩沒辦法看到血。」

風勢增強了。西方，如黑色爆米花似的雲開始吞食著藍天。強風把紅土球場上的水塘吹起漣漪，抹去了崔恩．葛瑞特的倒影，他正把球拋起，準備發球。

「哈囉。」崔恩說著揮出球拍，球輕輕跳進空中。發球框後方飄起一陣白霧，白霧在球高高彈起時又立刻被吹散，球一去不回，越過網子對面的假想對手。

崔恩面對著站在鐵絲網外的哈利和貝雅特。他穿著白色網球衫，白色網球短褲，白襪子和白鞋。

「很完美，對吧。」他微笑。

「就差一點。」哈利說。

崔恩笑得更燦爛了，一手擋住眼睛上方的陽光，看了看天空。「看來要變天了。我能幫什麼忙？」

「你可以跟我們去警察總署。」哈利說。

「警察總署？」他訝異地望著他們。應該說，他似乎**設法**做出訝異的模樣，但睜大的雙眼有些太過戲劇化，說話聲裡也多了一絲什麼，是他們以前問訊時沒聽過的。音調太低，語尾有些中斷：**警察總－署**？哈利覺得他的怒氣逐漸高漲。

「現在就去。」貝雅特說。

「好吧。」崔恩點頭，彷彿想通了什麼，然後又笑了。「沒問題。」他走向長椅，長椅上一件灰外套下露出兩把網球拍。他的鞋在泥板地上發出擦擦聲。

「他不行了。」貝雅特低聲說，「我去銬住他。」

「別……」哈利開口想抓住她臂膀，但她已經推開門，走了進去。時間像一只氣囊般擴展、膨脹，困住了哈利，讓他動彈不得。透過鐵絲網，他看到貝雅特伸手去拿掛在腰間的手銬。他聽到崔恩的鞋在泥板地上的聲響。小步伐。像太空人。哈利的手不由得移向夾克底下掛肩槍套裡的槍。

「崔恩，很抱歉……」貝雅特的話還沒說完，崔恩的手已伸向長椅，放在外套下。時間開始呼吸了，在一個動作裡縮小又擴張。哈利感覺自己的手就快摸到槍托，心知在這一秒和取出武器、裝子彈、打開保險栓和瞄準之間，是永恆。在貝雅特舉起的手臂下，他瞥見一絲反射的陽光。

「我也是。」崔恩說著把鋼鐵灰和橄欖綠相間的AG3舉到肩頭。她退後一步。

「親愛的，」崔恩柔聲說，「如果想多活幾秒，就別動。」

「我們弄錯了。」哈利說著從窗前別過頭，向那群聚集著的警探說。「絲汀．葛瑞特並不是被列夫所殺，而是被她的丈夫崔恩．葛瑞特殺害的。」

總警司和伊佛森的交談中止了，莫勒在椅子上直起身，哈福森忘了作筆記，韋伯臉上提不起勁的表情消失了。

最後打破沉默的，是莫勒。「那個會計師？」

哈利朝那些不敢置信的面孔點頭。

「不可能。」韋伯說，「我們有7-11的錄影帶，還有可樂瓶子上的指紋。列夫．葛瑞特是凶手絕對不會錯。」

「我們還有自殺遺書上的筆跡。」伊佛森說。

「除非是我弄錯，這個搶匪還是洛斯可親自指認說是列夫．葛瑞特的。」總警司也說。

「這個案子看起來滿簡單明瞭的啊。」莫勒說。

「我會解釋。」哈利說。

「對，麻煩你解釋一下吧。」總警司說。

雲層堆積的速度加快，像黑色艦隊飄到了阿克爾醫院上方。

「哈利，別做蠢事。」崔恩說。槍口抵住貝雅特前額。「把槍丟掉，我知道你手裡有。」

「不然你會怎樣？」哈利問，取出了槍。

崔恩低笑了一聲。「很簡單。不然我就殺掉你同事。」

「像你殺掉你太太那樣？」

「是她應得的。」

「哦？就因為她喜歡列夫，多過喜歡你？」

「因為她是**我太太**！」

哈利吸了口氣。貝雅特站在崔恩和他之間，但她背對著哈利，因此他看不到她的面部表情。現在有幾條可能的路走。一是告訴崔恩他這樣太愚蠢太草率，並希望他會接受。缺點是，一個隨身攜帶裝了子彈的AG3到網球場的人，早已決定在什麼情況下會用到槍。二是照崔恩所說的話去做，把手裡的槍放下，等著被幹掉。三是對崔恩施壓，弄出一件什麼事，讓他改變計畫，不然就是讓他暴怒而扣下扳機。選項一完全不必抱希望，選項二的後果糟到不能再糟，選項三呢，唔，如果愛倫的情況也發生在貝雅特身上，哈利知道他日後將再也無法面對自己——如果他還有日後。

「或許她不想再當你太太了。」哈利說，「是這樣嗎？」

崔恩扣在扳機上的手指縮緊，目光越過貝雅特肩頭看著哈利。哈利本能地開始在心裡數……

「她以為她只要離開我就好，」崔恩低聲說，「我——給了她一切的是我耶！」他大笑，「去跟一個從沒替任何人做過任何事、以為生命就是一場生日派對，所有禮物都屬於他的人在一起。列夫沒有偷東西，他只是沒弄懂**施者**和**受者**這兩個名詞的意思。」崔恩的笑聲隨風飄遠，像字母餅乾的碎屑。

「比如施者是絲汀，受者是崔恩。」哈利說。

崔恩用力眨了眨眼。「她還說她愛他。**愛**。這字眼就連我們結婚當天她都沒用過。那時她只說**喜歡**。她**喜歡**我。因為我對她那麼好。但她愛的是那個在屋頂上盪著兩條腿，等著別人鼓掌的男生。他就只關心這個，掌聲。」

他們之間的距離不到六公尺，哈利看得到崔恩左手握著槍管時，發白的指節。

「但你卻不同，崔恩。你不需要任何掌聲，對不對？你在安靜中享受勝利，獨自一人。就像在天橋上那次。」

崔恩噘起下唇。「承認吧，你當時信了我的話，對不對。」

「對，我們相信了你，崔恩。我們一個字都沒起疑。」

「所以我是怎麼露餡的？」

「貝雅特查了崔恩和絲汀．葛瑞特過去兩季的銀行戶頭。」哈利說。

貝雅特舉起一疊紙，好讓室內其他人看見。「他們兩人都轉了錢到布拉斯多旅行社。」她說，「該旅行社證實，今年三月，絲汀．葛瑞特訂了六月去聖保羅的旅遊，崔恩一週後也跟了過去。」

「目前為止，這些都符合崔恩告訴我們的話。」哈利說，「怪就怪在絲汀告訴那個分行經理克萊門森，她是要去希臘渡假。還有崔恩是在出發當天才訂行程、買機票的。如果他們要一起慶祝結婚十週年，這樣安排計畫不是很糟嗎？」

室內靜得能聽到走廊對面的冰箱馬達啟動聲。

「一個念舊得可疑的妻子，沒對任何人坦承自己要去哪裡旅行；一個早就起疑的丈夫，檢查了太太的銀行帳單，卻無法讓布拉斯多旅行社也讓他同時前往希臘。他之後打電話去旅行社，查出太太會住的旅館，跟過去想把她帶回來。」

「結果呢？」伊佛森說，「他抓到太太跟黑人在一起了嗎？」

哈利搖頭。「我認為他根本沒找到她。」

「我們查過了，她根本沒住在訂好的旅館。」貝雅特說，「崔恩提早搭飛機回來了。」

「此外，崔恩用銀行提款卡在聖保羅領了三萬克朗。一開始，他說他買了一只鑽戒，後來又改口說他遇到列夫，把那筆錢給了他，因為列夫破產了。但我十分肯定，這兩種說詞都不是真的。我相信這筆錢是支付一項在聖保羅比珠寶更知名的服務。」

「什麼服務？」伊佛森問。很明顯，他已經受不了那片沉默了。

「聘雇殺手。」

哈利本想繼續賣關子下去的，但貝雅特的眼神告訴他，他已經說得夠慢了。「今年秋天，列夫回到奧斯陸，是去拿他自己的錢。他根本沒有破產，也沒想搶銀行。他是回來帶絲汀一起去巴西的。」

「絲汀？」莫勒喊，「他弟弟的太太？」

哈利點頭。在場的警探們面面相覷。

「絲汀想搬去巴西，不告訴任何人？」莫勒繼續說，「連她爸媽和朋友都沒說？甚至沒告訴她的老闆？」

「唔，」哈利說，「如果你決定要跟一位被警方和公司同事通緝的銀行搶匪共度餘生，就不會公開這個計畫，留下能被人找到的住址吧。她只告訴了一個人，那人就是崔恩。」

「最不該說的人就是他。」貝雅特加了一句。

「她大概以為自己瞭解他，畢竟跟他共度了十三年。」哈利走向窗戶。「這位敏感、善良、可靠又那麼愛她的會計師。接下來發生的事就讓我用推測的。」

伊佛森哼了一聲。「那你剛才說的那一堆是什麼？」

「列夫到奧斯陸時，崔恩跟他取得聯絡，說大家都是成年人，又是親兄弟，這件事應該可以好好談。列夫感到欣慰又開心，但他不能在市區露面，這樣太過冒險，於是他們同意趁絲汀上班時，在霧村路碰面。列夫去了，受到崔恩的熱誠歡迎，崔恩還說他本來覺得難過，但現在已經釋懷，只替他們感到高興。他替兩人各開了一瓶可樂，邊喝邊談進行的細節。崔恩有列夫在迪亞爵達市的祕密住址，所以能夠把信件、帳單等東西轉寄給絲汀。列夫並沒發覺自己剛給了崔恩他要用來實踐計畫的最後資料，這計畫是他在聖保羅的時候想到的。」

哈利看到韋伯緩緩點頭。

「星期五早上，計畫開始日。下午絲汀要跟列夫一起飛去倫敦，第二天再從那裡轉機到巴西。旅程是透過布拉斯多旅行社訂的。行李都已包好，放在家裡，但她和崔恩還是像平常一樣去上班。兩點時，崔恩下班，去了史布伐街的焦點健身中心。他到了以後，付清預訂壁球場的錢，卻說他找不到球友。這是他布下的第一個不在場證明：兩點三十四分的付款紀錄。然後他說那他去健身室做運動好了，接著走進更衣室。當時那裡有很多人進進出出，他拿著那只袋子進一間廁所，鎖上門，換成工作服，上面再罩一件衣服，可能是件長外套什麼的，等到確定剛剛看見他進入這間廁所的人已經離開，才戴上墨鏡、拎起袋子，在沒人注意的情況下迅速走出更衣室，來到接待區。我會猜他是朝史登斯公園走，然後走上建築工地旁的彼斯德拉街。工地的人三點下班，他溜進工地，扯掉外套，把摺起藏在棒球帽下的頭罩打開戴上。接著他往上坡走，在工業街左轉。到了玻克塔路交口時，他走進7-11。幾週以前他來這裡檢查過攝影機角度。他訂的資源回收箱已經放到定位了。場景已布置妥當，因為他顯然知道，勤奮的警察會查附近商店的監視錄影，還會巡邏警局周邊。於是他替我們演了一小齣戲：我們看不到他的臉，卻能**清楚看到**他用沒戴手套的手握著喝的可樂瓶。他把瓶子放進塑膠袋裡，好讓我們全都相信瓶上的指紋不會被雨沖掉，又把袋子放進綠色資源回收箱中，他很清楚箱子不會這麼快就被抬走。他肯定非常看得起我們的辦案效率，我們也差點把這個證據弄丟，但他很幸運——貝雅特瘋狂駕車，我們成功取得這個最終、無可置疑且不利於列夫的證據，給了崔恩·葛瑞特一個滴水不漏的不在場證明。」

哈利住了口，他面前的每張臉上都有微微的迷惘表情。

「可樂瓶是列夫在霧村路喝過的那個。」哈利說，「或是在其他地方。崔恩取走了瓶子，就是為了這個目的。」

「恐怕你忘了一件事，霍勒，」伊佛森嘶聲叫著，「你自己也看到了，銀行搶匪用沒戴手套的手拿那個瓶子。如果那人是崔恩．葛瑞特，瓶子上面的就一定是他的指紋。」

哈利朝韋伯歪歪頭。

「膠水。」這位資深警探說。

「你說什麼？」總警司轉向韋伯。

「這是銀行搶匪愛用的老技倆了。在指尖上噴點膠水，等膠水凝固，就不會留下指紋。」

總警司搖頭。「但你所說的這個會計師是從哪學會這種技倆的？」

「挪威史上最專業銀行搶匪之一是他哥哥。」貝雅特說，「他對列夫慣用的技倆和風格瞭若指掌。此外，列夫在霧村路的家裡，還留有每次搶劫的錄影帶。崔恩把哥哥的技巧學了個透，連洛斯可都瞞過了，誤以為那人是列夫。何況，這兩兄弟的長相類似，錄影帶的電腦繪圖也顯示搶匪**可能是**列夫。」

「媽的！」哈福森忍不住喊了一聲。他低下頭，驚恐地瞥了莫勒一眼，但莫勒卻像被子彈打到了頭似的，張大嘴呆坐著，瞪著面前的空氣。

「哈利，你還沒放下槍。請解釋一下。」

哈利試圖調勻呼吸，雖然他的心臟還在狂跳，輸送不可或缺的氧氣上到頭腦。他試著不去看貝雅特。風吹蓬了她那細細的金髮，纖細脖子上的肌肉緊繃著，肩膀開始發顫。

「很簡單。」哈利說，「你會射殺我們兩個。崔恩，要我放下槍，你得開出更好的條件。」

崔恩大笑，臉頰靠著那把槍的綠色槍把。「哈利，那我給你二十五秒去想怎麼脫身和把槍放下，你覺得這個條件怎麼樣？」

「又是那個二十五秒？」

「沒錯。我想你還記得這段時間過得有多快。快想吧，哈利。」

「你知不知道，我是怎麼想到絲汀認識搶匪的？」哈利吼，「兩人站得太近了。比你跟貝雅特現在站得還近。很怪吧？就算在生死關頭，我們還是會盡可能不踏進別人的親密空間。那不是很奇怪嗎？」

崔恩用槍管抵住貝雅特下巴，讓她揚起臉。「貝雅特，能不能請妳替我們數數？」他又操起那種威脅口吻了。「從一數到二十五。不要太快，也不要太慢。」

「我在想一件事，」哈利說，「在你開槍殺她以前，她對你說了什麼？」

「你真的想知道嗎，哈利？」

「對，我想知道。」

「貝雅特還有兩秒鐘就要開始數數。一……」

「貝雅特，開始數！」

「一。」她的聲音是乾澀的低語。「二。」

「絲汀宣告了她和列夫的最後死刑。」崔恩說。

「三。」

「她說我可以殺她，但應該放過他。」

哈利感到喉頭發緊，握槍的手發軟。

「四。」

「換句話說，不管那個分行經理花了多久時間把錢放進袋子裡，他都會開槍射絲汀囉？」哈福森問。

哈利陰沉地點頭。

「既然你好像什麼都知道，那你一定也知道他的逃亡路線了。」伊佛森說。那是蓄意挖苦和作樂的語氣，但那股惱怒仍清楚透了出來。

「不，但我想他是走原路回去的。走工業街，再到彼斯德拉街，進入建築工地脫頭罩，把警察標籤貼到工作服的背後。等他回到焦點健身中心，頭上戴了棒球帽和墨鏡，健身房員工就沒去注意他，因為他們認不出他的照片。他走進更衣室，穿上剛從辦公室過來時所穿的運動裝，然後追隨健身室裡的其他人踩幾下飛輪、說不定還舉了幾次啞鈴。然後他沖澡、回到接待櫃檯，說他的壁球拍被偷了。櫃檯的女孩記下他個人資料的時間是四點零二分。這個不在場證明也設定好之後，他回到馬路上，聽到警笛，然後開車回家。可能是這樣。」

「我不太懂警察標籤的用意。」莫勒說，「我們局裡甚至沒有工作服。」

「心理學小兒科，」貝雅特說。看到總警司揚起眉，她的臉都漲紅了。「我是說……小兒科不是那個……呃……很容易看出來的意思。」

「繼續說。」總警司說。

「崔恩自然知道，警察會找所有當時在那地區穿工作服的人。所以他必須把工作服弄得有點不一樣，讓到處找人的警察不去注意焦點健身中心裡這名身分不明的人。民眾看到警察總會退避。」

「很有意思的理論。」伊佛森露出嫉妒的笑，兩根手指的指尖碰著下巴。

「她說得對。」總警司說，「大家都怕權威。繼續講。」

「可是，為求百分之百的肯定，他假裝成目擊者，主動提及他看到有人走過健身室、身穿有警察字樣工作服的事。」

「這真是神來之筆。」哈利說，「崔恩把這點告訴我們，表現出他並不知道警察制服不是那樣，因此我們不會把這人列入訊問名單當中。同時，這也加深了崔恩在我們眼中的可信度，因為他主動提供的情報——從他的角度來看——可能會讓我們知道他走的是凶手的脫逃路線。」

「什麼？」莫勒說，「最後一段再說一遍，哈利。說慢一點。」

哈利深深吸了口氣。

「啊，算了。」莫勒說，「我頭痛。」

「七。」

「但你並沒照她說的話做，」哈利說，「你並沒放過自己的哥哥。」

「當然沒有。」崔恩說。

「他知道你殺了她嗎？」

「我一高興就親自告訴他了。打手機說的。他那時正在加德莫恩機場等，我說如果他沒搭那班飛機，我也會追過去。」

「你說你殺了絲汀，他就相信了？」

崔恩大笑。「列夫瞭解我。他一秒都沒有懷疑。我把細節告訴他的時候，他同時也在商務休息室看電視上的搶案報導。等我聽到機場廣播出他和絲汀要搭的班機，他就把手機關了。喂，妳繼續數！」他把槍指住貝雅特的頭。

「八。」

「他一定以為可以安全回家吧。」哈利說，「他可不知道聖保羅那邊還有人在等他。」

「列夫是小偷，還是很天真的小偷。他根本就不該把迪亞爵達市的祕密住址給我。」

「九。」

哈利試著不理會貝雅特機械式的獨白。「然後你把地址給了那個雇來的殺手，還附上一份自殺遺書。遺書是你用以前替列夫寫作文時同樣的寫法寫成的。」

「了不起。」崔恩說，「哈利，幹得好。不過那早在搶銀行之前就寄出去了。」

「十。」

「嗯，」哈利說，「那位雇來的殺手幹得也挺漂亮。看起來的確像是列夫自己上吊的，只有不見了一根小指這件事比較讓人想不透而已。收據呢？」

「這麼說吧。那根小指剛好放得進一個標準信封。」

「我以為你不能見血，崔恩。」

「十一。」

呼嘯的風中，哈利聽到遠方雷聲隱隱。他們周圍的田野和小路空無一人，大家都躲避即將到來的暴風雨去了。

「十二。」

「你為什麼不自首？」哈利問，「你明知這樣沒用。」

崔恩咯咯笑了。「當然沒用，這才是重點不是嗎。沒有希望，無所損失。」

「十三。」

「崔恩，那現在你有什麼計畫？」

「計畫？我有搶銀行得來的兩百萬克朗，準備拿來過個就算不幸福卻可以很長久的逃亡生活。旅遊計畫一定得實現，但我已經有準備了。車子早在搶劫後就把行李都裝好了。你可以選擇要被射殺還是要被銬在鐵絲網上。」

「十四。」

「你明知不會有用。」哈利說。

「相信我，我知道很多失蹤的辦法。列夫專門搞這個。我只要比你們先走二十分鐘就夠了，到時我已經換了兩次交通工具、改了兩次身分。一路上有四輛車、四本護照可用，還有可靠的聯絡人。拿聖保羅做比方吧，二千萬人口，你可以從那裡開始找人。」

「十五。」

「哈利，你同事就快死了。你準備怎麼樣？」

「你說得太多了。」哈利說，「不管怎樣你都會殺掉我們的。」

「那你只能冒個險才會知道了。你有什麼選擇？」

「你會比我早死。」哈利說著把子彈上膛。

「十六。」

哈利說完了。

「霍勒，很棒的故事。」伊佛森說，「尤其是在巴西聘雇殺手那段，真的很……」他露出幾顆小牙齒，做出虛偽的笑容：「有異國情調。故事沒啦？證據呢？」

「筆跡。自殺遺書。」哈利說。

「你剛才說那跟崔恩．葛瑞特的筆跡不符。」

「是不符合他平常寫字的筆跡沒錯。但那些作文……」

「你有目擊者可以宣示看到他寫字嗎？」

「沒有。」哈利說。

伊佛森咕噥著：「換句話說，你在這起搶案當中，沒有任何足以定罪的證據。」

「是謀殺案。」哈利輕聲說，盯著伊佛森。他從眼角看到莫勒難堪地盯著地板，貝雅特慌張地扭著手。

總警司清了清喉嚨。

哈利鬆開保險。

「你在做什麼？」崔恩用力眨了眨眼，槍管更用力地戳上貝雅特的頭，讓她不由得往後仰。

「二十一。」她呻吟。

「感覺很痛快吧？」哈利說，「在你終於發覺自己沒什麼可以失去的時候？做起決定來就容易多了。」

「你想唬我。」

「是嗎？」哈利的槍貼著自己的左臂，然後開槍。槍響大而尖銳，過了幾個十分之一秒，隆隆的回音才被大樓給彈回來。崔恩呆望著。這警察的皮夾克上有個洞，洞的邊緣參差不齊，一塊白色毛料裡子被風捲走。鮮血滴了下來，沉重、深紅色的血滴落上地面，發出時鐘般的滴答悶響，然後消失在泥板地和腐草間，被泥土吸了進去。「二十二。」

血滴變大，也落得愈來愈快，聲音有如加速的節拍器。哈利舉起槍，槍管伸進鐵絲網的缺口，瞄準。

「崔恩，我的血就是這個樣子。」他的聲音低得幾乎聽不見。「現在要不要看看你的呢？」

就在這時，雲層遮住了太陽。

「二十三。」

黑影像一堵牆從西方落下，先是越過了田野，然後飄過有露台的房屋、大樓、紅色的泥板地，再罩上這三個人。溫度也下降了。像顆石頭，彷彿遮住光之後不僅阻絕了熱度，也釋放出寒冷。但崔恩並沒發覺，他的全副心神都專注在那位女警短暫、輕促的吸氣、她那蒼白、沒有表情的臉，和那位警察對準自己的槍口，像一隻終於找到獵物的黑眼睛，已經開始在他身上鑽孔、切割、撕扯。遠方雷聲隆隆，但他只聽見血的聲音。那名警察皮開肉綻，鮮血流了出來。血液、他的內在、他的生命都在宏亮的滴答聲中落上了草地。血肉並非被吞吃的對象，反而是狼吞虎嚥的主角，燒熔著土地。崔恩知道，就算他閉上眼，遮住耳朵，也還是能聽見自身血液湧進耳朵，唱著、跳著要出來。

他覺得一陣噁心，像輕微的陣痛，像有胎兒要從他嘴裡出生。他吞嚥著，但身上所有腺體都在出水，潤滑著他的內臟，替他做好準備。田野、大樓和網球場開始旋轉，他縮起身子，想躲在那名女警後面，但她個子太小、太透明，只是一片生命的薄紗在大風裡顫抖。他緊握著槍，彷彿是槍支撐著自己，而不是自己舉著槍，扳機上的手指縮緊，然後等待。一定要等。等什麼呢？等恐懼鬆手退開？等事態恢復穩定？但沒有，一切仍轉個不休，非得觸底才肯停。自從絲汀說她要走，世界就呈自由落體下墜，湧進他耳朵的血則不斷提醒他，墜落的速度正在加快。他每天早上醒來都想，現在應該習慣墜落了，恐懼肯定就要消散，終點就在眼前，痛苦的關卡已過。但事情並非如此。然後他開始渴望碰觸底部，渴望可以停止害怕的那天。現在他看見了底部，卻是更加害怕。鐵絲網對面的地面，正迅速朝他襲來。

「二十四。」

計時就要結束。太陽照上貝雅特雙眼，她站在瑞恩區的銀行裡，室外的光亮得刺眼，把一切照得白晃晃地。父親站在她身邊，沉默如昔。母親在某處喊叫，但她離得好遠，一直都這樣。貝雅特細數那些畫面、那些年的夏天、那些親吻和挫敗。數量很多，多得讓她驚訝。她回憶著面孔，巴黎、布拉格，黑色瀏海下的微笑、慌張宣示的愛情、一句呼吸急促又擔憂地「痛不痛？」和聖賽巴斯蒂安一家貴得吃不起的餐館，但她還是預訂了一個桌位。或許她還是該覺得感激？

槍戳著前額，讓她從這些念頭裡醒來，那些畫面消失了，螢幕上只剩一片有雜訊的白色暴風雪。她納悶：父親為什麼只站在我身邊？他為什麼沒要我做什麼事？他從來沒這樣過。她最討厭他這一點。難道他不知道，她唯一渴望的就是這個，就是為他做點事，什麼事都好？她走著他走過的路，但當她發現那名銀行搶匪、那個凶手、那個殺人犯，想替父親復仇、替他們倆復仇時，他卻只站在她旁邊，沉默如昔，拒絕了。

現在她站在他曾待過的位置。晚上在痛苦之屋，看過了全世界銀行錄影帶上的人，她總納悶那些人在想什麼。現在輪到她了，但她還是不知道。

然後有人關了燈，太陽消失，她被寒冷籠罩。她在寒冷中再度醒來，彷彿第一次的清醒只是新夢境的一部分。而且她又開始數數了。但現在她數的是以前沒去過的地方、過去沒見過的人、從未流下的淚、從沒聽人說過的話語。

「對，我有。」哈利說，「我有這個證據。」他拿出一張紙，放在長桌上。

伊佛森和莫勒同時靠上前，頭跟頭撞了一下。

「這是什麼？」伊佛森不悅地問，「『美好的一天』。」

「塗鴉。」哈利說，「是在古斯達精神病院時寫在筆記本上的。當場有貝雅特和我兩名目擊者，可以證明這是崔恩．葛瑞特寫的。」

「那又怎樣？」

哈利看著他們。他背轉過身，慢慢走向窗戶。「你們有沒有看過自己在想事情的時候所寫的塗鴉？那些字可能別有意涵。所以我那時才拿走這張紙，想看看能否參透出什麼。一開始我沒看出來。大家想，假如你太太剛被槍殺，你坐在一間封閉的精神病院病房，一遍又一遍地寫『美好的一天』，那你不是完全瘋了，就是寫出了跟當時心境完全相反的東西。但後來我發現了一件事。」

奧斯陸一片慘灰，像疲憊老男人的臉，但在今天的太陽下，幾股色彩仍然鮮亮。就像道別前的最後一朵微笑，哈利心想。

「『美好的一天』，」他說，「不是一個念頭，也不是評論或主張。而是題目。小學作文的題目。」

一群麻雀飛過窗戶。

「崔恩．葛瑞特並沒有在想什麼，只是機械式地隨手寫下來。就跟他在學校裡、練習寫出新風格的字跡時一樣。克里波刑事調查部的筆跡專家金．休伊已經證實，寫自殺遺書和學校作文的是同一個人。」

電影似乎定格了，畫面凍結，沒有動作、沒有說話聲，只有外面走廊上的影印機不斷在重複影印。

最後，哈利轉身打破了沉默：「看來大家希望貝雅特和我把崔恩．葛瑞特帶進來接受問訊。」

幹！哈利想把槍拿穩，但疼痛卻讓他暈眩，風一陣陣地拉扯著他的身體。崔恩已如哈利希望的，因為見到血而有了反應，有段時間哈利還有暢通無阻的彈道。但哈利遲疑了，現在崔恩把貝雅特拉到身前，哈利只能看到一點崔恩的頭和肩膀。她好像……他現在看出來了，天哪她真的好像。哈利用力眨眼想把他們看清楚。接著吹來的那陣風，力道大得拉起長椅上那件灰色外套，一時之間似乎有個披著外套的隱形人奔過網球場。哈利知道就快下大雨了；現在是被雨牆推向前的氣團，是最後的警告。天色黑得像夜晚，前方的兩個身影合在一起，然後下雨了；豆大的沉重雨滴傾盆而下。

「二十五。」貝雅特的聲音忽然變得大而清晰。

在閃光中，哈利看到他們的身體在紅泥地上投下陰影，接踵而來的雷聲大得像塊布，貼上他們的耳朵。

哈利雙膝一軟，聽見自己在喊：「愛倫！」

他看到仍然站著的那個身影轉過來，開始朝自己走來，手上拿著槍。哈利想瞄準，但雨水滑下他的臉，他根本看不清楚。他眨眼，再次瞄準。他已經沒有感覺了，感覺不到痛苦或寒冷、也感覺不到悲哀或勝利，只有一大片空虛。事情本不該有道理；只是在永恆、自圓其說的輪迴中重複——生、死、再度誕生、生、死。他把扳機扣到一半，瞄準。

「貝雅特？」他輕聲說。

她踢開門，把AG3遞給哈利，哈利接過。

「怎麼……怎麼回事？」

「薩得斯達抽搐症。」她說。

「薩得斯達抽搐症？」

「他整個垮了，像一堆磚塊。可憐的傢伙。」她伸出右手給他看。雨水沖淨了她指節上兩處傷口的血。

「我一直在等什麼事情發生，引開他的注意。結果那一聲雷把他嚇得魂不附體。好像也把你嚇壞了。」

他們看著左邊發球框內那個動也不動的軀體。

「哈利，幫我把他銬上手銬好嗎？」金髮黏在她臉上，但她似乎沒發覺，微笑著。

哈利迎著雨揚起臉，閉上眼睛。「天上的神哪！」他低聲說，「這個可憐的靈魂要到二〇二二年七月十二日才會被釋放。還請您大發慈悲。」

「哈利？」

他睜開眼。「什麼事？」

「如果他要被關到二〇二二年，那我們最好快點把他帶回總署。」

「不是他。」哈利說著站起來。「是我。那是我退休的日期。」

他把手臂放在她肩頭，笑了。「什麼薩得斯達抽搐症，妳哦……」

50 艾克柏山

十二月又開始下雪。這一次是來真的了：雪飄上了屋牆，氣象預報還說會下更多雪。招供是在星期三下午。崔恩．葛瑞特在諮詢過他的律師之後，說出他謀殺妻子的計畫過程和執行細節。

雪整夜沒停，第二天，他也坦承在暗地裡派人殺害親哥哥。他雇來的殺手名叫艾爾．歐喬，綽號「大眼」，無固定住所，每隔一週就換職業名稱和手機號碼。崔恩只跟他見過一次面，地點是聖保羅的一座停車場，當時就談妥了細節。艾爾．歐喬拿到預付的一千五百美金，崔恩把餘款放進紙袋，鎖進鐵特機場航空站的行李寄物櫃裡。他們同意，崔恩把自殺遺書寄到市區南邊郊區坎波貝洛斯的郵局，等收到列夫的小指頭後，就把寄物櫃鑰匙寄給歐喬。

長達數小時的問訊中，唯一勉強算是有點意思的，是問及崔恩既是觀光客，怎麼知道如何跟專業聘雇殺手取得聯繫一事。他回答事情遠比跟挪威建築公司取得聯繫簡單得多。這個比喻倒不是毫無根據。

「列夫有一次告訴過我，」崔恩說，「那些人會在《聖保羅頁報》的聊天熱線廣告旁邊，標榜自己是普朗摩洛斯。」

「普朗──什麼？」

「普朗摩洛斯是當地語，就是水管工。」

哈福森把內容貧瘠的情報傳真到巴西大使館，對方克制地未發挖苦之言，並承諾會繼續追查。

崔恩在搶劫時用的那把AG3是列夫的，幾年來一直放在霧村路的閣樓裡。該槍無法追查來源，因為製造商的序號也被磨掉了。

對北歐銀行的保險公司財團來說，聖誕節提早來臨了，因為在玻克塔路搶案中被搶走的錢，全在崔恩的後車廂裡找到，分文不差。

一天天過去，雪繼續下，訊問持續進行。一個星期五下午，大家都累壞了，哈利問崔恩他對自己妻子頭部開槍的時候，為什麼沒有嘔吐——他不是不能見血的嗎。房間靜了下來。崔恩凝視著角落的攝影機，然後搖了搖頭。

但偵訊結束後，他們走地下道回到囚室時，他忽然轉向哈利：「要看是誰的血。」

週末，哈利坐在窗邊的椅子裡，歐雷克和附近的幾個男孩在木屋外的院子裡搭雪堡。蘿凱問他在想什麼，他差點說溜了嘴。他改口說不如去散散步。她拿起帽子和手套，兩人走過侯曼科倫區的滑雪跳台，蘿凱問要不要邀請哈利的父親和妹妹到她家裡過平安夜。

「就只剩我們這些家人了。」她說著捏了捏他的手。

星期一，哈利和哈福森開始偵辦愛倫的案子。從頭開始。訊問以前問過話的目擊者、看舊報告，檢查之前沒繼續追的情報和舊線索。但一無所獲。

「之前有人說看到史費勒．歐森跟一個在基努拉卡區一輛紅色汽車裡的人說話，你有沒有那人的地址？」哈利問。

「柯維斯。他給的是他父母的住址，但我覺得我們去那裡找不到他。」

哈利走進賀伯披薩屋找羅伊．柯維斯的時候，也沒期待對方會配合。但他替一個恤衫上印有**國家隊**標誌的年輕人付了一杯啤酒的錢以後，卻得知羅伊不必再信守沉默誓言，因為他已跟那幾個朋友斷了聯絡。顯然羅伊認識了一個基督徒女孩，放棄了他對納粹主義的信仰。沒人知道她是誰、羅伊現在住哪，但有人曾經看到他在費羅多菲教堂外面唱歌。

雪下成高高的幾堆，鏟雪車在奧斯陸市中心的馬路上來回行駛。

在挪威銀行葛森路分行遭到槍擊的女子出院了。她在《每日新聞報》上，用一根手指指出子彈射入之處，又用兩根手指表示子彈距離她的心臟有多近。現在她要回家照顧先生和小孩，陪他們過聖誕節了，報紙如是說。

同一週的星期三早上十點，哈利在警察總署三號房門外，用力跺腳把靴子上的雪震落，然後才敲門。

「請進，霍勒。」弗德豪格法官宏亮的聲音從門裡傳出。他負責針對貨櫃轉運站的開槍事件展開獨立警察機構的內部徵詢。哈利被帶到五人特別法庭前的一張椅子上。庭上除了弗德豪格法官，還有一位公訴人、一名女警、一名男警員和辯護律師歐拉・隆德。哈利知道隆德性格堅毅、辦事能力強而且個性真誠。

「我們想在聖誕假期以前，把大家的發現整合出來。」弗德豪格法官做了開場白。「你能否簡短告訴我們，你在這起案子中的角色？」

在那位男警員敲鍵盤的喀喀聲中，哈利說起他與艾夫・古納隆短暫見面的經過。等他說完，弗德豪格法官向他道謝，翻動了一會兒紙張，才找到要找的東西。他從眼鏡後方瞥了哈利一眼。

「我們想知道，在你跟古納隆短暫會面之後，又聽到他對一名警員開槍，你是否覺得訝異？」

哈利想起自己在樓梯上看到古納隆時心裡的念頭。一個害怕又被打的年輕人，不是殺人不眨眼的凶手。

哈利迎向法官的目光，回答：「不會。」

弗德豪格法官摘下眼鏡。「但古納隆見到你的時候，他選擇逃跑。我不懂他遇到湯姆的時候，為什麼改變了策略。」

「我不知道。」哈利說，「我當時不在場。」

「但你不覺得奇怪嗎？」

「我覺得奇怪。」

「可是你剛才回答說，你不覺得訝異。」

哈利翹起椅背。「庭上，我當警察很久了，久到看見別人做怪事已經不會讓我訝異。就連看到殺人凶手也不訝異了。」

弗德豪格法官又戴上眼鏡，哈利似乎看到那張嚴肅的臉上，嘴角漾起一絲笑意。

歐拉．隆德清了清喉嚨。「你應該知道，湯姆．沃勒警監去年在類似事件中，曾遭到短期停職處分。當時他逮捕了一名年輕的新納粹主義份子。」

「史費勒．歐森。」哈利說。

「當時獨立警察機構的結論是，公訴人提起訴訟的理由不足。」

「你只查了一週。」哈利說。

歐拉．隆德對弗德豪格法官揚起一道眉，法官點頭。「總之，」隆德繼續說，「我們自然會注意到，同一個人再度置身在同樣的狀況裡。我們知道警察人員極為團結，警官都不願讓同事陷入窘境，甚至……呃……這個……」

「告密。」哈利說。

「抱歉，你說什麼？」

「我想你要找的詞彙是『告密』。」

隆德跟弗德豪格法官互望一眼。「我知道你的意思，但我們喜歡稱為提供恰當消息，保障規則確實執行。霍勒，你同意嗎？」

哈利椅子的兩隻前腳碰地一聲落回地面。「對，其實我同意。只是我在用字遣詞上的造詣沒你好。」

弗德豪格法官的笑容已經藏不住了。

「這我可不確定，霍勒。」隆德說著也開始笑，「我們都同意就好。那麼，由於你和沃勒合作多年，我們想讓你當品格證人。其他幾位到過這裡的警官，都暗示沃勒面對罪犯時風格強硬，有時連對老百姓也是如此。如果說湯姆．沃勒是出於魯莽而射殺艾夫．古納隆，你能夠想像嗎？」

哈利依依不捨地望著窗外。一片暴風雪中，他勉強能看出艾克柏山的輪廓。但他知道山在那裡。年復一年，他都坐在警察總署的辦公桌後方，艾克柏山一直都在那裡，也永遠會在，夏天時綠意盎然，冬天時黑白相間，山不會移動，這是事實。關於事實最棒的一點就是，你不必去思考它們是不是令人滿意。

「不能。」哈利說，「我沒辦法想像湯姆．沃勒是出於魯莽而射殺艾夫．古納隆。」

就算獨立警察機構的組員注意到哈利說到「魯莽」時，微微加重了語氣，他們也沒說什麼。

哈利一到外面的走廊，韋伯就起身。

「輪到你了。」哈利說，「你手上那是什麼？」

韋伯舉起一只塑膠袋。「古納隆的槍。我得去檢驗一下這東西。」

「嗯。」哈利說著從菸盒裡彈出一根菸。「很不尋常的槍。」

「以色列製。」韋伯說，「傑立寇九四一。」

韋伯關上門後，哈利仍站著凝望門口，直到莫勒從裡面出來，叫了一聲，他才想起嘴裡那根還沒點燃的菸。

搶案組靜得出奇。一開始，眾警探開玩笑說屠子是去冬眠了，但現在他們都說，他故意赴死，被埋葬在祕密地點，以達到永恆傳奇的境界。覆蓋在城裡屋頂上的雪滑了下來，新的雪又覆蓋上去，煙囪裡寧靜地冒著煙。

警察總署的三個組在員工餐廳合辦了一場聖誕派對，座位都安排好了。莫勒、貝雅特和哈福森剛好坐在一起。他們中間有個空位，上面有張寫著哈利名字的名牌。

「他在哪？」莫勒問，一面替貝雅特倒酒。

「去找史費勒．歐森的一個朋友，那人說在謀殺當晚看到歐森和另一個人在一起。」哈福森說，一面想辦法用拋棄式打火機撬開一瓶啤酒。

「真是掃興。」莫勒說，「叫他不要工作過頭了，吃一頓聖誕晚餐又不會花多少時間。」

「你去跟他講。」哈福森說。

「也許他就是不想來。」貝雅特說。

兩個男人同時看她，都笑了。

「笑什麼？」她大笑，「你們以為我就不瞭解哈利？」

他們乾了一杯。哈福森臉上的笑一直沒停。他觀察著。她身上有個什麼——他說不上來究竟是什麼——不一樣了。上次他是在會議室看到她的，但她眼中並沒有現在這股**朝氣**。嘴唇有了血色，那股姿態，和柳條般的背脊。

「哈利寧可去監獄，也不願參加這種聚會。」莫勒說起上次密勤局接待專員琳達逼哈利跳舞的事。貝雅特笑到流淚，然後她轉向哈福森，歪著頭：「哈福森，你就準備坐在那裡看一整晚嗎？」

哈福森覺得臉上發燒，一頭霧水的他結結巴巴地說「沒有啊」，引得莫勒和貝雅特又大笑了。

那天傍晚，他鼓起勇氣問她想不想跳支舞。莫勒一人獨坐，後來伊佛森過來，在貝雅特的座位坐下。他喝醉了，話都說不清楚，一直講他有一次在瑞恩區的銀行前被嚇破膽的事。

「盧納，那是很久以前的事了，」莫勒說，「你那時大學剛畢業，而且你也無能為力。」

伊佛森靠著椅背，打量著莫勒。然後他站起來，走了。莫勒猜想，伊佛森是個寂寞的人，而他自己甚至不知道。

當DJ的雙李搭檔播放完《紫雨》，貝雅特和哈福森撞上另一對正在跳舞的夥伴，哈福森感覺貝雅特的身體突然一僵。他抬頭看另外那對男女。

「抱歉。」一個低沉的聲音說。黑暗中，大衛．赫索霍夫的臉上一口強健的白牙閃了閃。

這天晚上結束時，幾乎叫不到計程車，哈福森提議送貝雅特回家。他們在雪地上往東走，花了超過一小時才到她在奧普索鄉的家門外。

貝雅特微笑著面對哈福森。「如果你願意的話，我很歡迎。」她說。

「我非常樂意。」他說，「謝謝。」

「那就這麼說定了。」她說，「我明天跟我媽說。」

他道聲晚安，親了親她面頰，又開始往西展開極地跋涉。

挪威氣象中心宣布，二十年來，十二月的降雪紀錄即將被打破。

同一天，獨立警察機構也偵結了湯姆·沃勒的案子。

討論小組認為，並未發現任何違規之事；正好相反，沃勒還因為做出正當行動受到讚賞，在極度緊張的情境中保持冷靜。總警司致電警察總長，試探性地詢問是否認為應該推薦沃勒獲獎。不過，由於艾夫·古納隆一家在奧斯陸頗具聲望——他叔叔在市議會工作——他們怕引人非議而作罷。

今天是平安夜，聖誕節那股寧靜、友好的氣氛籠罩著……嗯，至少是籠罩著小小的挪威。

蘿凱把哈利和歐雷克趕到屋外，獨自烹煮聖誕午餐。他們回來時，家裡充溢著肋排香。哈利的爸爸歐拉夫·霍勒跟妹妹搭計程車抵達。

妹妹看到房子、食物、歐雷克和整個景象，開心極了。吃飯時，她和蘿凱像閨中密友似的暢談，老歐拉夫和小歐雷克則面對面坐著，多數時候只交換個隻字片語。但到了拆禮物時，他們就熟絡起來。歐雷克打開標有「歐拉夫送歐雷克」的大包裹，看到裡面的儒勒·凡爾納全集，張大了嘴，翻起其中一本書。

「哈利之前唸過登月火箭的故事給你聽，那故事就是這個人寫的。」蘿凱說。

「這些是原始插圖。」哈利邊說邊指著一張圖，上面是尼莫船長站在南極的一根旗子旁，一面大聲念著：「再會了，我的新帝國即將展開六個月的黑暗期。」

「這些書原本放在我爸的書架上。」歐拉夫說，跟歐雷克一樣興奮。

「一點都沒關係啊！」歐雷克大喊。

歐拉夫收到一個感謝的擁抱，和一個羞赧但溫暖的笑容。

他們都上床、蘿凱也睡著之後，哈利起床來到窗邊，想著那些已經不在世上的人：他母親、碧姬塔、蘿凱的父親、愛倫和安娜。他也想著那些還活著的人：奧普索鄉的愛斯坦，哈利送他一雙新鞋當聖誕禮物，波特森監獄的洛斯可，和奧普索鄉那兩個好心的女人，她們知道哈福森今年聖誕夜要值勤，無法回斯泰恩謝爾市的家過節，於是邀他到她們家中共享聖誕晚餐。

這天晚上發生了一件事，雖然他不確定是什麼，但肯定有什麼變了。他站著看城裡的燈火，好一會兒才發覺雪已經停了。腳印。今晚在奧克西瓦河岸行走的人，會留下腳印。

「你的願望實現了嗎？」他回到床上時，蘿凱這麼問。

「願望？」他伸臂攬住她。

「你剛才那樣好像在窗邊許願。你許了什麼願？」

「我想要的都已經有了。」哈利說著親了親她前額。

「告訴我。」她輕聲說，仰起頭好看清他。「哈利，告訴我你的願望。」

「你真的想知道？」

「嗯。」她貼近他身子。

他閉上眼，影片開始轉，慢得每個影像都像是靜止了。雪中的足跡。

「和平。」他撒了謊。

51 無憂

哈利看著那張照片，看著上面那個溫暖、露齒的笑容，那健壯的下巴和那雙鋼鐵藍的眼眸。湯姆‧沃勒。然後他把照片推到桌子另一邊。

「慢慢看，」他說，「看仔細一些。」

羅伊‧柯維斯似乎很緊張。哈利靠進辦公椅裡，打量四周。哈福森已把基督降臨曆掛上了檔案櫃上方的牆。聖誕節。整層樓幾乎是哈利一人獨有，這是假日最棒的一點。他懷疑會聽見柯維斯像上次在費羅多菲教堂前排時那樣喃喃祈禱，但人總要抱持希望。

柯維斯清了清嗓子，哈利坐直身。

窗外的雪花輕輕飄落在空無一人的馬路上。

復仇女神的懲罰 *SORGENFRI*

作　　者　尤・奈斯博
譯　　者　韓宜辰
美術設計　黃暐鵬
行銷企畫　林芳如
行銷統籌　駱漢琦
行銷業務　邱紹溢
業務統籌　郭其彬
責任編輯　吳佳珍
副總編輯　何維民
總 編 輯　李亞南

發 行 人　蘇拾平
出　　版　漫遊者文化事業股份有限公司
地　　址　台北市105松山區復興北路331號4樓
電　　話　（02）27152022
傳　　真　（02）27152021
讀者服務信箱　service@azothbooks.com
漫遊者書店：www.azothbooks.com
漫遊者臉書：https://www.facebook.com/azothbooks.read

發行或營運統籌　大雁文化事業股份有限公司
地　　址　台北市105松山區復興北路333號11樓之4
劃撥帳號　50022001
戶　　名　漫遊者文化事業股份有限公司

初版九刷　2018年 10 月
定　　價　380 元

復仇女神的懲罰 ／尤・奈斯博（Jo Nesbø）著；韓宜辰 譯
初版. —台北市：漫遊者文化出版：大雁出版基地發行, 2011.8
448 面； 14.8 x 21 公分
譯自：Sorgenfri
ISBN 978-986-6272-67-7 （平裝）

881.457　　100010762

ISBN　978-986-6272-67-7

This translation has been published with the financial support of NORLA.

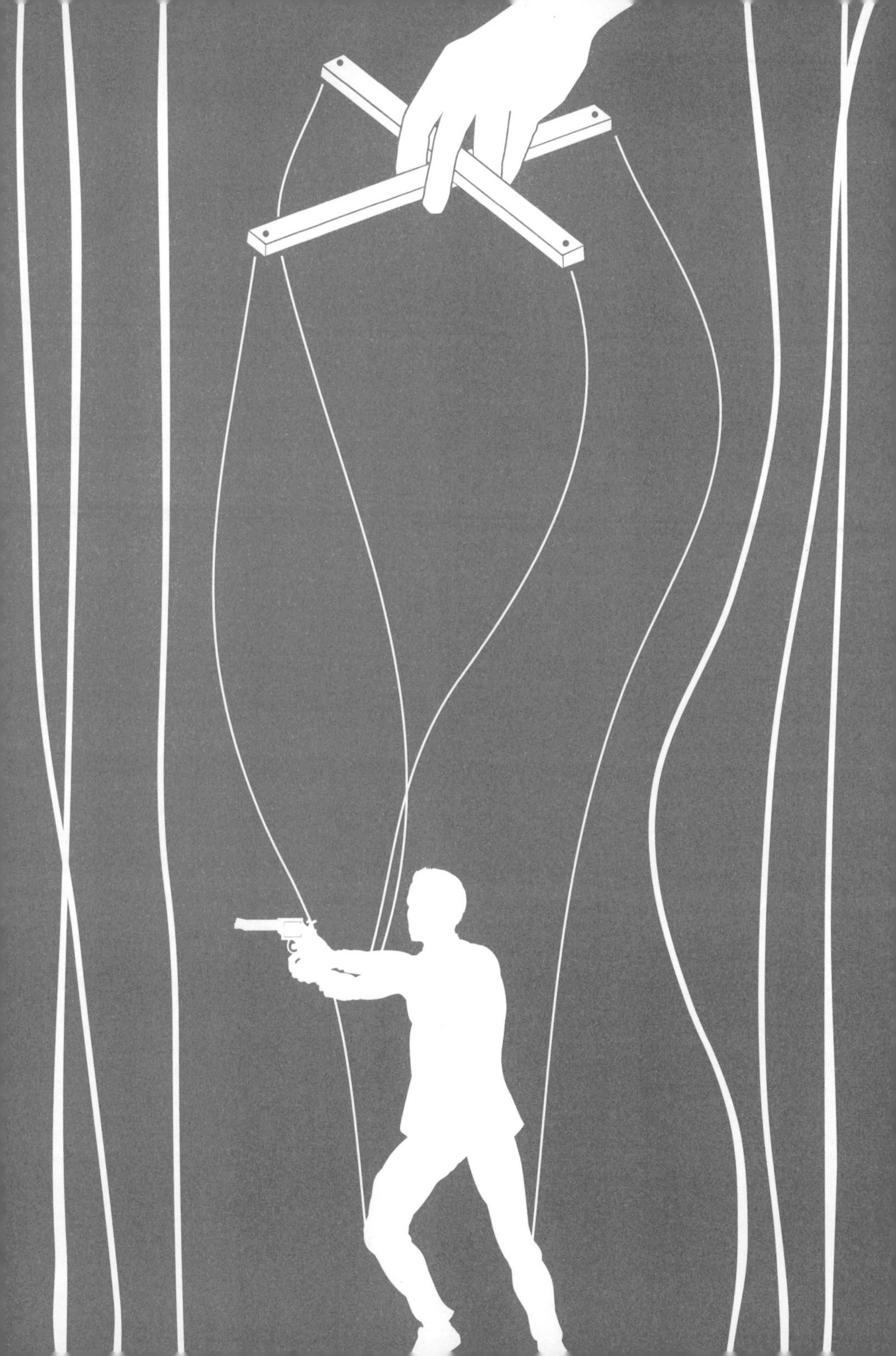

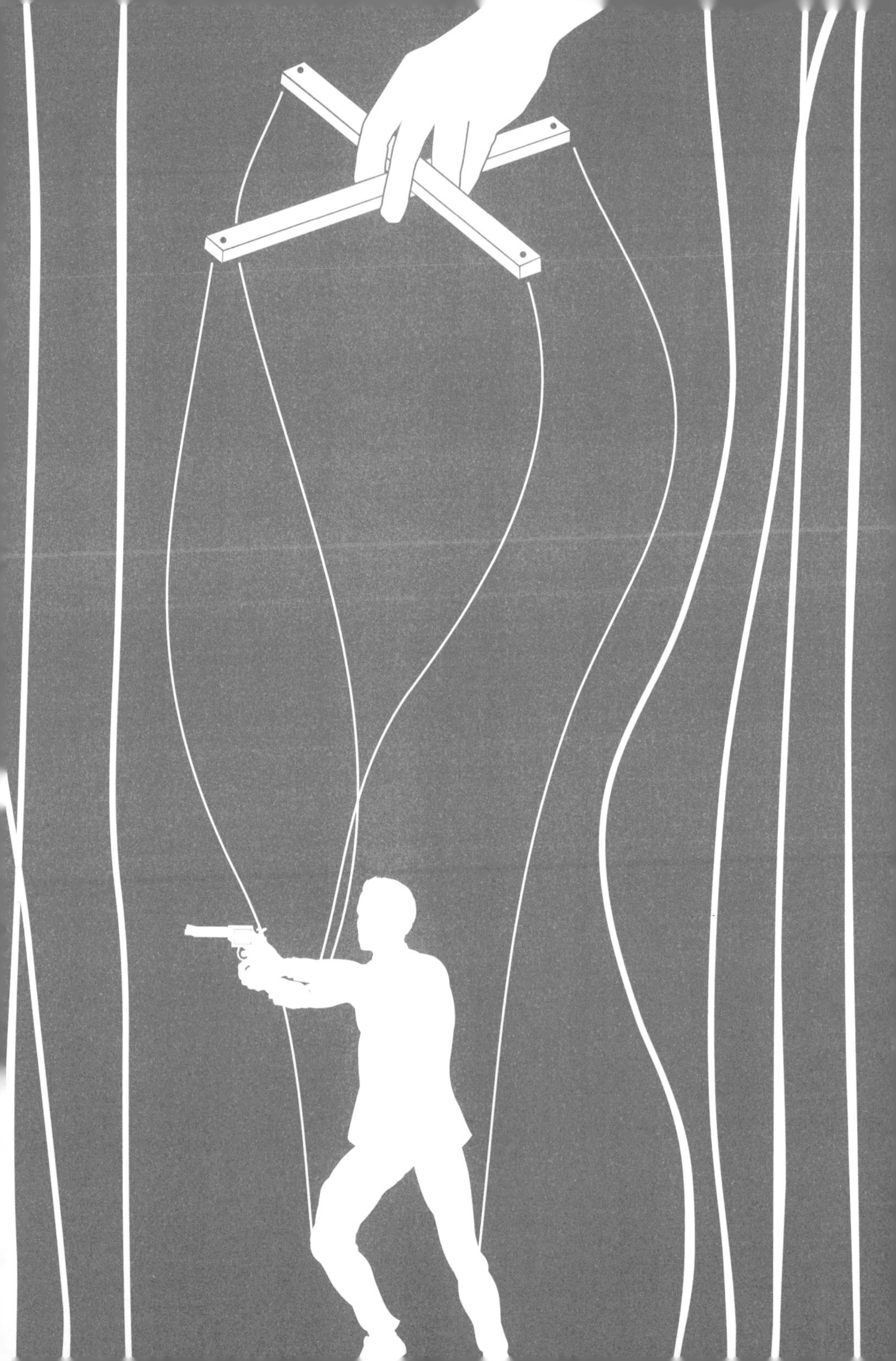